OSCAR
BESTSELLERS

di Valerio Massimo Manfredi
nelle edizioni per ragazzi

nella collezione Oscar Bestsellers

Il romanzo di Odisseo

nella collezione Oscar junior

Il romanzo di Alessandro
Lo scudo di Talos

nella collezione Divulgazione

Le 7 meraviglie del mondo antico

VALERIO MASSIMO MANFREDI

IL ROMANZO DI ODISSEO

La presente edizione è frutto dell'adattamento dei due volumi *Il mio nome è Nessuno, Il giuramento* e *Il ritorno*, pubblicati da Mondadori nel 2012 e 2013.

Prima edizione I Grandi ottobre 2014
Prima edizione Oscar Bestsellers ottobre 2015

ISBN 978-88-04-65784-2

Questo volume è stato stampato
presso ELCOGRAF S.p.A.
Stabilimento di Cles (TN)
Stampato in Italia. Printed in Italy

Anno 2020 - Ristampa 3 4 5 6 7

ragazzimondadori.it

Il romanzo di Odisseo

For Christine,
'αμωμήτῳ 'αλόχῳ.

NOTA DELL'AUTORE

*Questo romanzo narra l'intera avventura dell'eroe dell'*Odissea*, il re di Itaca, dalla nascita fino al suo misterioso Ultimo Viaggio.*

L'orma profonda e sempre nuova di questa straordinaria figura è riconoscibile nei testi più importanti della letteratura di ogni tempo, a ogni latitudine. A partire dai drammaturghi greci del V secolo – Eschilo, Sofocle e soprattutto Euripide – passando per Licofrone in età ellenistica, per arrivare attraverso i secoli fino a Virgilio, Dante, Shakespeare, Tennyson, Pascoli e Joyce.

*Per quanto mi riguarda, mi sono attenuto essenzialmente alle notizie contenute nelle fonti più note, l'*Iliade *e l'*Odissea*, e ho scelto come io narrante proprio Odisseo, il protagonista stesso della storia.*

La figura di Odisseo mi ha colpito profondamente fin da bambino: per me che ho sognato e praticato l'avventura non poteva che essere un idolo. Crescendo ho studiato e indagato tutto quello che lo riguardava e posso dire che, mentre scrivevo il racconto della sua vita, ho appreso molto più di quanto abbia narrato. È il bello dell'epica: non si tratta di un racconto che si ascolta dicendo "Ah, che bella storia". È un incontro provocatorio, un confronto continuo che solleva degli interrogativi e, a mano a mano che questi interrogativi si sciolgono, nascono altre domande a cui si vorrebbe dare un significato.

Questo libro è un romanzo, ovvero una narrazione fantastica in cui ipotesi anche audaci sono possibili, sebbene non dimostrabili.

Si sa, per esempio, di un santuario antichissimo in Arcadia in cui alcuni fra gli iniziati diventavano lupi per sette anni finché un nuovo misterioso rituale restituiva loro la natura umana. Esiste forse un legame con il nonno di Odisseo, Autolico, il cui nome significava "Egli stesso, un lupo?".

Autolico giunge a Itaca, inatteso, subito dopo la nascita del nipote e si rivolge alla figlia Anticlea e allo sposo di lei, il re Laerte, dicendo: «Figlia mia e genero, mettetegli il nome che io vi dico. Io sono arrivato qui covando nel cuore odio per molti, sia donne che uomini. Dunque Odisseo sia il nome del bambino». Odisseo ha quindi un nome maledetto, un nome che contiene la radice dell'odio. E questo nome gli è imposto dal nonno.

E tuttavia Autolico avrà un ruolo fondamentale nella vita di Odisseo, come lo avrà suo padre, il saggio e valoroso re Laerte, uno degli Argonauti, gli eroi che andarono alla conquista del vello d'oro. Proprio lui dirà a Odisseo bambino, sgomento dinanzi alla rivelazione del significato del suo nome: «Non temere: sarai tu, con le tue azioni e le tue imprese, con la forza del braccio e della mente a dare un senso al tuo nome. Ci può essere grandezza e dignità anche nel destino più amaro, se il tuo cuore sarà forte e impavido, se non tremerà di fronte ad alcuna sfida, di umani o di dei, avrai la vita che meriti».

Nella prima parte di questo libro racconto proprio l'infanzia di Odisseo nella piccola, rocciosa isola di Itaca, le radici e i legami familiari che avranno tanta parte nel destino dell'uomo e del guerriero che diventerà. A Itaca Odisseo impara a tirare con l'arco, a impugnare la spa-

da e la lancia, perché questo prevedeva l'educazione di un principe. Ma Odisseo è un guerriero che non ama la guerra e che fa di tutto per mantenere la pace. Pretende il giuramento dei principi, affinché – chiunque sia lo sposo di Elena di Sparta – tutti si impegnino a difendere quel matrimonio come se fosse il proprio. Tenterà poi di evitare la guerra quando accompagnerà Menelao a Troia per chiedere al re Priamo la restituzione di Elena, fuggita con il figlio Paride.

Una versione di uno dei poemi del ciclo epico troiano racconta che quando gli emissari di Menelao e di Agamennone giungono a Itaca per arruolarlo, Odisseo si fa trovare sulla spiaggia mentre ara con un mulo e un bue, spargendo sale sulla terra. Si finge cioè pazzo. Ma qualcuno prende il suo bambino appena nato, Telemaco, dalla culla, lo mette davanti agli animali e Odisseo corre a salvarlo, svelando l'inganno. Eppure, quando il vento della guerra soffierà, quando si renderà conto che quella guerra è inevitabile, Odisseo combatterà per vincere e sarà uno dei protagonisti assoluti. L'uomo dalla mente complessa, l'uomo astuto dai molti inganni, quello che tutti chiamano quando c'è una missione delicata: è lui a riportare Criseide al padre che ha scatenato l'ira di Apollo, è lui che va alla tenda di Achille per implorarlo perché torni a combattere e sarà lui a progettare il cavallo che farà cadere Troia.

Poi, dopo dieci anni di astuzie e combattimenti, in cui Odisseo è rimasto inchiodato sulla terraferma davanti a una città imprendibile, il mare, il suo elemento naturale, si riappropria di lui. Odisseo diventa l'eroe che non si ferma mai, che più cerca di tornare più il mare – con i suoi venti, le sue correnti, le sue tempeste – lo porta lontano.

Vano è disporre gli animi alla gioia del ritorno, perché quel mare è popolato di mostri e di dei invidiosi, primo fra tutti Poseidone che diventerà il suo più terri-

bile nemico, perché Odisseo ha accecato suo figlio Polifemo. È un duello senza quartiere il loro: eppure alla fine è l'uomo a vincere. Odisseo sbarcherà su nave straniera a Itaca, con il cuore colmo di dolore per i compagni perduti lungo la rotta, e con l'aiuto di Atena – la dea che lo ama e che sempre è al suo fianco – si compirà il ritorno.

Nell'*Odissea* non pochi studiosi hanno visto un protagonista diverso da quello dell'*Iliade*: non più un guerriero e combattente ma un avventuriero, un vagabondo che vive una quantità di peripezie contro ciclopi, giganti antropofagi, sirene, mostri, gorghi micidiali, isole misteriose e che vince più con l'astuzia che con la forza. In realtà l'eroe vagabondo, una volta raggiunta Itaca e il suo palazzo invaso dai pretendenti, si rivestirà di bronzo accecante, impugnerà l'arco micidiale, la spada e la lancia e ucciderà tutti i pretendenti di Penelope, tornando a essere il guerriero sterminatore che era sotto le mura di Troia.

È stato detto che ci sono due stelle nel firmamento di Omero: Achille e Odisseo. Ma uno solo dei due sopravvive per l'eternità: Odisseo dalla mente complessa, eroe vagabondo animato da una curiosità insaziabile, che combatte una lotta impari contro dei, giganti e forze soverchianti della natura. Nella sua sete di conoscenza, nella sua umanità, anche fragile e vulnerabile, Odisseo è simile a tutti noi. Odisseo non è un guerriero puro e semplice. È l'uomo tenace che prima della forza usa l'intelligenza, l'uomo flessibile, versatile e risolutivo che si camuffa e che inganna dicendo "Io sono Nessuno", è un uomo che ha molte qualità ma anche difetti. È coraggioso, ma può cedere al panico e fuggire abbandonando il campo di battaglia. Questo non fa di lui un codardo ma semplicemente un essere umano con le sue fragilità e i suoi cedimenti. E soprattutto è capace di sentimenti umanissimi: tutto ciò che è importante per lui *continua a essere importante per noi e ci insegna ad affrontare la realtà, anche quando è terribile, a non perderci mai d'animo, ad amare le cose davvero fondamentali della vita. Quando Calipso, la dea misteriosa figlia di Atlante, lo terrà avvinto in un abbraccio dolcissimo e gli offrirà l'immortalità, invitandolo a rinunciare ai suoi ricordi, perché lei non può capire a cosa servano, Odisseo rifiuterà dicendo: «A nulla servono questi ricordi. Per questo mi sono necessari, per questo sono così cari al mio cuore. Per te la vita non ha valore. Ne hai senza limiti. Nulla ti può segnare, niente può cambiarti. Io so che la mia finirà, presto o tardi, per questo ne amo ogni istante. Per questo voglio rivedere chi amo».*

Omero, nel canto XI, immagina una seconda Odissea, *non più di mare ma di terra, fango e polvere fino a un luogo misterioso e remoto in cui l'eroe avrebbe dovuto immolare a Poseidone tre animali, mettendo fine per sempre alla sua sfida temeraria e ammettendo la sua inferiorità di uomo di fronte al dio. Questa la profezia del vate Tiresia, quando Odisseo lo evocherà dal regno dei morti, per interrogarlo sul suo futuro:*

«Tu cerchi il dolce ritorno, Odisseo, un ritorno che il dio dell'abisso ti renderà duro, perché gli hai accecato il figlio e senza pietà lo hai umiliato. Tornerai, ma tardi e male, avendo perduti tutti i compagni, su nave straniera, e troverai la casa invasa da uomini arroganti che divorano le tue ricchezze e insidiano la tua sposa. E tutti li dovrai spegnere, con la forza o con l'inganno... E nemmeno allora potrai godere la sposa dolcissima e il figlio caro, ripartirai con un remo sulla spalla e andrai sul continente, tanto lontano da raggiungere luoghi e popoli che mai nessuno ha veduto. E quando un viandante ti chiederà cosa sia quel remo che porti sulla spalla, quello sarà il segnale. Conficcalo in terra, sacrifica al grande Poseidone un toro, un cinghiale e un ariete.

Solo allora potrai tornare e regnare fra popoli felici, e te, esausto di serena vecchiezza, la morte ucciderà, dolce, venendo dal mare».

Tutti i più grandi poeti si sono interrogati nei secoli su questo fantomatico poema dell'Ultimo Viaggio di Odisseo, di cui non si è mai trovata traccia: un vero e proprio mistero della letteratura universale, che dopo ventisette secoli non è mai stato svelato. Verrebbe da chiedersi: è mai davvero morto il re di Itaca, il figlio di Laerte, l'eroe vagabondo?

Questa è la sua storia.

Valerio Massimo Manfredi

PRIMA PARTE
IL GIURAMENTO

Ciò fu nei tempi che ai monti
stridevano ancor le Chimere,
quando nei foschi tramonti
centauri calavano a bere.

GIOVANNI PASCOLI

1

MI CHIAMARONO ODISSEO PERCHÉ COSÌ AVEVA STABILITO MIO nonno Autolico, re di Acarnania, giunto in visita al palazzo un mese dopo la mia nascita. E presto mi resi conto che gli altri avevano un padre e io non l'avevo. La sera, prima di addormentarmi, chiedevo a Euriclea, la mia nutrice: «Dov'è mio padre?».

«È partito con altri re e guerrieri alla ricerca di un tesoro in un luogo lontano.»

«E quando torna?»

«Non lo so. Non lo sa nessuno. Quando si parte per mare non si sa quando si torna. Quella del marinaio è una vita rischiosa. Il mare nasconde mostri terribili e creature misteriose che vivono negli abissi e salgono alla superficie nelle notti senza luna...»

«Perché è andato a cercare un tesoro?»

«Perché ci sono andati tutti i guerrieri più forti di Acaia. Tu sei un principe, e devi capire. Poteva Laerte, tuo padre, mancare? Un giorno i cantori racconteranno questa storia e i nomi degli eroi che vi hanno preso parte saranno ricordati in eterno.»

Io annuivo con il capo come per approvare ma non comprendevo del tutto perché si dovesse partire, rischiare la vita solo perché qualcuno un giorno cantasse di te narrando che avevi avuto il coraggio di partire e di rischiare la vita.

Una sera domandai a mia madre, la regina Anticlea, che mi parlasse di lui.

«Vorrei che fossi tu a raccontarmi una storia, quella che vuoi» le chiesi. «Una cosa che ha fatto mio padre. Raccontami di quando lo hai incontrato la prima volta.»

Lei sorrise e si sedette vicino a me accanto al letto: «Accadde quando mio padre lo invitò a una battuta di caccia. I nostri regni erano confinanti, quello di Laerte a occidente sulle isole, quello di mio padre in terraferma. Era un modo per fare causa comune, per allearci contro invasori esterni. Fui fortunata. Poteva capitarmi di sposare un vecchio grasso e calvo: tuo padre invece era bello e forte; aveva soltanto otto anni più di me. Solo, non sapeva cavalcare. Fu mio padre a insegnargli e gli regalò anche un cavallo».

«Tutto qui?» le domandai. Immaginavo avesse dovuto compiere imprese ben più ardite per conquistarla.

«No» rispose, «ma non posso dirti altro. Un giorno, forse. Quando potrai capire.»

Passò un altro anno senza che giungessero notizie del re, ma avevo un maestro, ora, che sapeva tutto e mi aveva raccontato di mio padre. Avventure di caccia, incursioni, battaglie contro i pirati: storie più belle di quelle che mi narrava mia madre. Lui, il maestro, si chiamava Mentore. Era un giovane con gli occhi scuri e una barba nera che lo faceva sembrare più grande di quel che non fosse. Sapeva rispondere a qualunque domanda tranne che all'unica che mi interessava: "Quando torna mio padre?".

Nell'attesa, grazie a quei racconti, colmavo un vuoto, e davo forma alla figura di mio padre nella mia immaginazione.

Laerte tornò l'anno dopo, al finire della primavera. La notizia arrivò al palazzo alle prime luci dell'alba creando grande scompiglio. La nutrice fece subito preparare un bagno per la regina, poi l'aiutò a vestirsi e a pettinarsi e le portò la scatola dei gioielli perché scegliesse quelli che più le piacevano. A me fece indossare l'abito lungo di quando c'erano visite, rosso con due bande dorate.

«Non ti sporcare, non giocare nella polvere, non giocare con i cani...» si raccomandava la nutrice.

«Posso stare sotto al portico?»

«Sì, se non ti sporchi.»

Mi sedetti sotto il portico. Mentore giunse in quel momento, afferrò il bastone e si avviò lungo il sentiero che conduceva al porto. Mi guardai intorno per assicurarmi che nessuno guardasse dalla mia parte e gli corsi dietro, raggiungendolo nei pressi della fontana.

«Dove vorresti andare?» mi chiese.

«Con te. A vedere mio padre.»

«Se Euriclea si accorge che non ci sei più impazzisce e poi tua madre la farà punire e anche con un certo piacere...» Mentore si fermò rendendosi conto che ciò che aveva in mente non poteva essere detto a un bambino di sei anni.

«Mia madre è gelosa di Euriclea, la nutrice, vero?»

Mentore non credeva a quello che stava ascoltando: «E sai che cosa vuol dire, "gelosa"?».

«Lo so ma non riesco a spiegarlo... ecco, geloso è quando una cosa la vuoi solo per te.»

Mentore sorrise prendendomi per mano. «Avrai tempo per capire meglio certe cose. Vieni, andiamo.»

Il sole era già alto quando arrivammo al porto. La nave reale era stata avvistata, quando era ancora al largo, per lo stendardo che issava a poppa, e molte imbarcazioni le erano andate incontro scortandola poi festosamente fino all'approdo.

«Eccolo» disse Mentore. «Quell'uomo con il mantello azzurro e la lancia in mano è il re Laerte: tuo padre.»

A quelle parole mi divincolai liberando la mano e mi

misi a correre veloce giù per il pendio in direzione del molo. Corsi a perdifiato finché non mi trovai davanti al guerriero con il mantello azzurro. Lì mi fermai e restai a guardarlo ansimando. Occhi colore del mare.

Mi riconobbe e mi prese in braccio.

«Sei mio padre, vero?»

«Sì, sono tuo padre. Ti ricordi ancora di me?»

«Sì. Non sei cambiato» mentii. Non volevo dirgli che era solo per il colore degli occhi che l'avevo riconosciuto.

«Tu invece sei cambiato molto» rispose lui, «parli come un adulto e corri veloce: ti ho osservato mentre scendevi dal fianco del monte.»

Un servo portò un cavallo, l'unico sull'isola, per il re, e Laerte montò facendomi salire in groppa, davanti a sé. Dietro si formò un corteo: i suoi amici, la guardia del corpo, i nobili, i rappresentanti del popolo, i soprintendenti alle sue proprietà e al suo bestiame. A mano a mano che il corteo avanzava si affollava gente lungo il sentiero che saliva serpeggiando verso il palazzo. Mentore camminava a fianco del re a cavallo, in una posizione di riguardo, segno che il sovrano lo teneva in grande considerazione.

I festeggiamenti si protrassero fino a tardi ma io fui messo a letto subito dopo il tramonto. Rimasi sveglio a lungo per gli schiamazzi, le risate e il vociare confuso che venivano dalla sala del banchetto.

Poi si fece silenzio, le lucerne proiettarono ombre sfuggenti sui muri, le porte delle camere si aprirono e si chiusero con rumore di chiavistelli. A notte fonda non ero ancora veramente addormentato ma in dormiveglia, eccitato per tutti i suoni, i canti e le grida che avevo udito. Dormivo un sonno leggero e fui destato del tutto dal rumore di una porta che si apriva. Scivolai nel corridoio al buio e vidi un uomo entrare nella stanza di Euriclea, la nutrice. Era mio padre. Capii che avevo visto qualcosa che non avrei dovuto, e tornai di fretta a letto, rintanandomi sotto le coperte. Il battito del mio cuore mi tenne desto ancora per un poco, poi, finalmente, s'acquetò e mi addormentai.

Fu Mentore a svegliarmi l'indomani. «È giorno. Vai a lavarti. Oggi abbiamo molte cose da fare e tuo padre avrà voglia di stare con te.»

«Mio padre ha dormito prima con mia madre e poi con Euriclea...»

«Occupati dei fatti tuoi. Tuo padre è il re e fa quello che vuole.»

Mi lavai e poi mi rivestii. Mentore mi mostrò una rupe che sovrastava il sentiero a cento passi di distanza: «Vai a sederti lassù. Tuo padre è andato a caccia prima dell'alba. Passerà di là al ritorno. Ti vedrà e si fermerà a parlare con te».

Obbedii e m'incamminai solo lungo il sentiero, e una volta giunto sulla sommità della rupe mi sedetti a guardare in basso i servi e i contadini, i pastori con le pecore e le capre che andavano al lavoro mentre la luce del sole illuminava, a ogni momento che passava, anche le valli più profonde. Mi misi a giocare con dei sassetti colorati che tenevo sempre nella tasca della veste. Li gettavo e li raccoglievo, li gettavo ancora e ogni volta osservavo come si erano disposti. Mai nello stesso modo. Pensai: "Quante volte dovrei gettare i sassolini perché cadano nella stessa posizione della prima? Basterebbe tutta la vita?".

«Giochi da solo?» domandò la voce di mio padre dietro di me, sorprendendomi.

«Non ho altri con cui giocare» risposi.

«E che cosa ti aspetti quando getti le tue pietre?»

«Predicono il futuro.»

«E cosa dicono?»

«Anche io farò un lungo viaggio. Come te.»

«Questo è facile da predire. Abiti in un'isola che adesso ti sembra grande. Fra un po' ti sembrerà piccola.»

«Andrò dove non è mai arrivato nessuno.» Guardai negli occhi verde mare di mio padre: «Tu fin dove sei arrivato?».

«Fin dove il mare finisce contro le montagne. Sono così alte, sempre coperte di neve. La neve genera fiumi che scendono rombando e spumeggiando fino al mare.»

«E lì avete trovato il tesoro?»

«Chi te lo ha detto?»

«La nutrice.»

Mio padre chinò il capo. Aveva qualche filo bianco fra la chioma nera.

«Sì» replicò, «ma tu vuoi la verità o ciò che narreranno i cantori come Femio?»

Mi era difficile rispondere. La verità mi interessava davvero? E perché mai? Non è una cosa per i bambini. Basta raccontarla, una cosa, e diventa vera. «Raccontami, padre, dimmi dei tuoi compagni: è vero che sono i più grandi eroi di Acaia?»

«Sicuro» sorrise. «Eracle» disse allargando le braccia, «è l'uomo più forte del mondo. Quando flette i muscoli fa paura. Nessuno può battersi con lui. La sua arma preferita è una clava, non usa armi di metallo. Può abbattere un toro con quella clava. A volte, da solo, tirava la nave a riva legando il canapo a un tronco di ulivo... Lo sai? Ha tagliato lui il pino con cui è stata costruita la nave. Un tronco gigantesco che dodici uomini non riuscivano ad abbracciare. Poi il mastro d'ascia vi ha modellato la chiglia con l'accetta e l'ha scavato dentro con la zappa. E le ha anche dato il nome: *Argo*, perché è velocissima.»

Non ricordo quanto tempo restammo su quella roccia a guardare il lento moto delle ombre e delle luci sui profili della nostra isola. Ascoltavo attento, incantato dalla voce di mio padre. Quel suono mi avrebbe accompagnato per tutta la vita.

E continuai ad ascoltarlo quando finalmente mi raccontò del tesoro trovato, dei vasi colmi d'oro e del vello dorato che scintillava sotto la luce della luna. E ancora della battaglia feroce per impossessarsi di quelle meraviglie, combattuta al fianco della principessa selvaggia, figlia del re Eeta, che aveva tradito il suo popolo per amore di Giasone, il loro capo. Lo ascoltai rapito mentre mi descriveva la spaventosa natura dei nemici, insensibili al dolore, a cui si opponeva il coraggio di Giasone stesso, la forza sovrumana di Eracle, l'abilità nella lotta di Castore e Polluce, e la velocità di Zete e Calais, i gemelli del vento. Potevo sentire il clangore delle armi, l'urto dei colpi e le grida dello scontro; potevo vedere le scintille del metallo e del fuoco che illuminavano le tenebre, i volti dei guerrieri tesi nello sforzo. Avvertivo la paura della morte e al contempo l'eccitazione della sfida che faceva ribollire il sangue. Quando mio padre e i suoi compagni alla fine vinsero, fu come se fossi accanto a loro, in mezzo a loro, a gioire. Assieme a loro risalii sulla grande nave *Argo*, e da lì vidi, come se fossi presente, la principessa selvaggia che si lavava in mare dalla polvere e dal sangue della lotta per poi arrampicarsi sulla cima fino alla prua. L'urlo più alto e acuto fu il suo, simile a quello di un falco che spiega le ali.

Poi il racconto terminò. Mio padre mi chiese qualcosa, ma io non lo udii.

Ero rimasto a combattere nell'oscurità o forse sulla nave a guardare la sponda che si allontanava.

«A che pensi?» domandò ancora mio padre prendendomi per mano.

«Penso che è così che deve vivere un uomo. Come te che corri sul mare e combatti e conquisti tesori.»

«Sì, forse è così che uomini come noi devono vivere ma oggi sono stato assieme a te e abbiamo parlato a lungo guardando la luce e l'ombra passare sulla nostra terra. Anche questo è bello.»

«Dunque io pure correrò sul mare e incontrerò popoli selvaggi in luoghi lontani...»

«Certamente. Ma ora guarda: la cena sarà pronta fra poco, carne e pane e vino buono, il fumo esce dal tetto del palazzo, il palazzo che un giorno sarà tuo, figlio. Perché tu, quel giorno, sarai re di Itaca.»

2

MIO PADRE PARTÌ ANCORA MOLTE VOLTE PER ALTRE IMPRESE O PER incontrare altri re e principi, stabilire alleanze, castigare alleati riottosi, saccheggiare territori di tribù del Settentrione o di luoghi ancora più lontani.

Non sempre e non tutti tornavano. Quando i giovani guerrieri che lo seguivano perdevano la vita venivano sepolti lontano. I genitori non avrebbero mai avuto la consolazione di piangere sulla loro tomba. Altre volte, se c'era stato il tempo di erigere una pira, il re riportava le ceneri racchiuse in un'urna, un vaso chiuso da un coperchio, con anse, e le consegnava alla famiglia dopo aver reso loro gli onori prescritti. Altri tornavano feriti. Mio padre stesso faceva talvolta ritorno con i segni di aspri combattimenti sul corpo e trascorreva giorni e giorni nell'inerzia per recuperare le forze.

Avevo quattordici anni quando lo ricondussero al palazzo dalla nave disteso su una barella, portato da quattro uomini, pallido come un cadavere, con il torace fasciato da bende macchiate di sangue. Le donne, accorse alla notizia, si strappavano i capelli e levavano alte grida come piangessero un morto. Anche io piangevo ma nel cuore, senza farmi udire, ingoiando le lacrime. Così mi era stato insegnato.

In quel periodo la camera in cui giaceva era inaccessibile perfino a mia madre. Solo Mentore poteva vederlo, per curarlo forse. Mentore sapeva fare qualunque cosa e certo conosceva i segreti delle erbe e dei filtri che ristabiliscono un uomo. Il re era vivo ma non voleva essere visto in quelle condizioni.

Una notte strani rumori mi destarono dal sonno e mi alzai dal letto. Salii le scale che portavano al piano superiore e poi al terrazzo tenendomi nel buio al corrimano. Guardai di sotto nel cortile. Un uomo stava parlando in modo concitato con mio padre, che a fatica si reggeva in piedi, appoggiandosi con le ascelle su due bastoni biforcati. Che cosa era successo? Era un allarme? Qualcuno ci stava rubando il bestiame? Erano forse sbarcati dei pirati ed erano sparsi per i campi a razziare? E come avremmo potuto difenderci se il re non poteva impugnare le armi e guidare i suoi uomini in combattimento?

Mio padre rientrò nel palazzo seguito dall'uomo che gli aveva parlato. Certamente lo avrebbe ospitato. Mi rannicchiai in un angolo e restai ad ascoltare i suoni del bosco e della notte perché non avevo più voglia di dormire. Si udivano da basso i passi veloci dei servi che preparavano un giaciglio per l'ospite. Sentii il rumore dei bastoni che toccavano il pavimento e poi i gradini delle scale, e finalmente vidi emergere la sagoma nera del re che camminava lentamente verso il parapetto. Vi si appoggiò con i gomiti e mi parve che piangesse. Mi alzai piano e, senza fare il minimo rumore, scalzo com'ero, mi avvicinai a lui da dietro cosicché, quando si volse per tornare nella sua camera, me lo trovai davanti. Non parlò e non si mosse ma sentivo l'angoscia che gli opprimeva il cuore. Non si trattava dunque di un attacco: non erano sbarcati pirati nel porto ben riparato né predoni correvano per le campagne razziando bestiame. Era qualcosa di molto peggio, qualcosa di atroce.

«Che cosa ti ha detto il messaggero, padre?»

Non rispose e riprese ad arrancare verso la scala che scendeva al piano sottostante. Non voleva più parlarmi o non riusciva?

Il mattino dopo mi svegliò Euriclea.

«Che cos'è successo? Chi era l'uomo arrivato stanotte?»

«Non dovresti stare in giro la notte. Dovresti dormire. E adesso levati e vestiti: il sole è già sorto.»

Indossai il mio abito e scesi nella sala grande dove una delle serve aveva già acceso un bel fuoco ed Euriclea mi portò dalla cucina una fetta di pane, latte caldo e miele. Era una giornata limpida e fredda, dalla finestra vedevo le cime di terraferma spruzzate di neve.

Un uomo apparve nella sala. Doveva essere il messaggero della notte. Aveva i capelli arruffati e gli occhi stretti da furetto. Subito dopo apparve il re e si sedettero uno di fronte all'altro. Mio padre teneva la testa china e non diceva nulla. Il messaggero parlava a bassa voce, potevo udire soltanto frasi qua e là: «Il sangue... in terra... pareti... la moglie, i figli... mi dispiace...». Poi udii altre parole: «La nave... la marea». Si alzò, si inchinò profondamente e si congedò.

Mi avvicinai e sedetti ai piedi di mio padre: «Che cos'è successo?» domandai.

Sospirò e alzò la testa mostrando occhi lucidi di lacrime. Non l'avevo mai visto così.

«Eracle: ti ricordi di lui?»

«Sì, il gigante dalla forza smisurata che usava un albero come clava, il tuo amico nell'avventura del vello d'oro. È morto forse?»

«Peggio. Ha sterminato la sua famiglia a Micene, tre notti fa.» Le lacrime gli sgorgavano dalle palpebre, rotolavano lungo le guance.

Lo guardai atterrito: un padre poteva dunque uccidere il proprio figlio? Avrebbe potuto farlo anche il re Laerte se io lo avessi fatto adirare? Mi guardò a sua volta. Forse capì ciò che stavo pensando e mi fece una carezza: «Eracle è facile all'ira e in combattimento si avventa come un leone ma è buono, lo conosco. Non farebbe male a un inerme, a un debole che non ha difesa. Come avrebbe mai potuto levare la spada contro il suo stesso sangue? Forse qualcuno, invidioso della sua gloria, gli ha somministrato un veleno che gli ha fatto perdere il senno».

«E ora che cosa succederà?»

«Non lo so. Qualunque sia stata la causa del suo delitto, dovrà espiare.»

«Che cosa significa?»

«Che dovrà pagare per quello che ha fatto, anche se non avesse colpa.»

Tacqui. Erano discorsi troppo pesanti per il mio cuore.

«Quando andiamo a trovare il nonno?» Non so perché mi vennero quelle parole alla bocca. Mi sembrava di sfuggire alla paura di ciò che era troppo più grande di me. È invece naturale che un ragazzo desideri andare a visitare il nonno per ricevere doni, farsi narrare belle storie e non pensare a nulla di terribile. Del mio sapevo molto poco, dicerie dei servi e della nutrice e non l'avevo mai visto. Per questo ero curioso di vedere l'uomo che era padre di mia madre, re di un paese aspro e montano.

«Non è ancora il tempo. Andrai il prossimo anno quando sarai diventato un uomo...»

Mio padre rimase in silenzio per un momento. Era evidente che aveva altro da dirmi, ma esitava.

«Sai perché tuo nonno si chiama Autolico?» si decise poi. «Perché è "egli stesso un lupo". Perché è duro, scaltro, incurante di ogni regola e di ogni comportamento rispettabile. È uno spergiuro e un predatore spietato che non ha riguardo per nessuno. Vive in una rocca precipite, grigia come il ferro, circondato da feroci scherani in cima a una rupe inferiore d'altezza solo al monte Parnaso che la sovrasta. E la sua fama incute paura per un vasto territorio.»

Chinai il capo confuso. I miei compagni avevano avi saggi e amorevoli che li portavano a pesca sulla barca e a pascolare le greggi con il cane fedele.

«Come già sai, l'unica volta che venne qui a farci visita fu quando nascesti. Tua madre ti appoggiò sulle sue ginocchia e fu lui a sceglierti il nome.»

«Perché lui? Perché non tu che mi sei padre?»

«Perché ti aveva atteso a lungo. Benché gli avessimo assicurato che, se fosse arrivato un bambino, lui sarebbe stato il primo a saperlo, mandava di tanto in tanto messaggeri a chiedere se ci era nato un figlio. Ti guardò soddisfatto, poi aggrottò la fronte e ci rivolse la parola: "Figlia mia e genero, mettetegli il nome che io vi dico. Io sono arrivato qui covando nel cuore odio per molti, sia donne che uomini. Dunque Odisseo sia il nome del bambino".»

Mi vennero le lacrime agli occhi all'udire quella storia, perché mi era stato imposto un nome maledetto.

«Ormai era avvenuto» si rammaricò mio padre. «Un nome, una volta che ha varcato la barriera delle labbra, non può più essere richiamato se l'ha proferito un uomo dello stesso sangue nella linea diretta.» Poi tentò di rassicurarmi. «Ma non temere, sarai tu, con le tue azioni e le tue imprese, con la forza del braccio e della mente a dare un senso al tuo nome. Ci può essere grandezza e dignità anche nel destino più amaro, se il tuo cuore sarà forte e impavido, se non tremerà di fronte ad alcuna sfida, di umani o di dei, avrai la vita che meriti.» Quindi aggiunse: «Se anche vi fosse un'ombra nel nome che porti, nessun presagio potrebbe oscurare il tuo cammino perché... perché io ti voglio bene, Odisseo, figlio mio».

Disse così e mi strinse a sé. Sentii il calore del fuoco che ardeva nel focolare e il calore e l'odore del grande corpo di mio padre, l'eroe Laerte, il re di Itaca.

3

ATTESI UN ANNO, ATTESI CHE MI CRESCESSE LA PRIMA PELURIA sopra il labbro e sulle guance, e che ciò attestasse che finalmente ero diventato uomo, quindi il momento finalmente giunse. Avrei potuto recarmi a far visita al nonno Autolico in terraferma.

Ero pronto, e venne la vigilia del gran giorno: la vigilia del solstizio d'estate. Quella notte mia madre venne a trovarmi e mi raccontò una strana storia: «Domani partirai per fare visita al nonno. Prima, però, c'è qualcosa che è giusto che tu sappia».

Mia madre aveva negli occhi una luce fredda quando riprese a parlare. Disse: «Una notte, mentre dormivo profondamente, udii strani rumori provenire da una stanza che da sempre mi era proibita. Si sentiva un ringhio, un brontolio sordo, come se un grosso animale fosse rimasto prigioniero e cercasse di uscire. Mi alzai e senza fare rumore avanzai lungo il corridoio. La porta era socchiusa e lasciava uscire il raggio della luna. Quando mi accostai e, vincendo la paura, guardai all'interno, vidi qualcosa che non avrei mai più dimenticato. Mio padre strisciava sul pavimento torcendosi come una bestia ferita, il ringhio che avevo udito usciva dalla sua bocca spalancata. Le membra erano coperte di ispido pelo. In un attimo – forse aveva avvertito la mia presenza – si lanciò di fuori. Corsi alla finestra e vidi un lupo attraversare il cortile e sparire nel bosco».

Se con quel racconto, vero o inventato che fosse, mia madre aveva voluto spaventarmi, non ci riuscì. Ero più che mai deciso a partire. Quando anche lei se ne rese conto, mi porse un'anforetta di terracotta, minuscola, che poteva stare nel palmo della mano, e mi raccomandò di darla a suo padre, mio nonno, da parte sua.

«È molto importante» aggiunse. Mi abbracciò e mi baciò, poi si volse e uscì dalla stanza.

L'indomani fu mio padre a svegliarmi e ad accompagnarmi al porto.

«Partirai da solo, come un uomo» mi disse. «... Salirai al nido dell'aquila, entrerai nella tana del lupo.»

Autolico...

"Egli stesso, un lupo" ripetei nel cuore.

Al porto c'erano tutti: il re e la regina miei genitori, la nutrice Euriclea che piangeva e si asciugava gli occhi con un fazzoletto, Mentore indispettito perché non poteva salire con me, e Damaste l'armiere, colui che durante tutto quell'anno mi aveva addestrato alla lotta e all'arte della caccia. Con fare solenne, mi consegnò tre giavellotti e mi cinse al fianco un pugnale con il fodero di bronzo con decorazioni d'argento.

«Tuo nonno ti porterà sicuramente a caccia, che è l'unico esercizio degno di un re o di un principe quale tu sei» mi spiegò mio padre. «Gli piace cacciare il cinghiale perché gli fa ricordare di un'altra bestia spaventosa che fu abbattuta da tutti i più grandi re ed eroi di Acaia: il cinghiale di Caledonia. Un mostro, un verro gigantesco e sanguinario con zanne smisurate, taglienti come spade. Te lo racconterà lui anche se non fu invitato alla battuta... l'unico, mi sembra.»

Mio padre rimase per un momento a fissarmi, poi, senza dire altro, mi abbracciò. Baciai mia madre che mi guardava con occhi lucidi di lacrime. Non si lasciò andare al pianto, però, mantenendo il suo contegno di regina, e si limitò a stringermi forte al petto.

Il nocchiero mi fece un cenno mentre i marinai alzavano la vela e io salii sulla nave.

Il mio primo viaggio. Lasciavo Itaca per la prima volta.

Navigammo con il favore del vento e prima di notte gettammo l'ancora in un piccolo porto naturale.

«Quello è tuo nonno.» Il nocchiero mi indicò un uomo dai capelli grigi ma dal corpo asciutto e muscoloso, armato di spada e di lancia, fiancheggiato da due guerrieri più alti di lui, con lunghe barbe nere. Balzai a terra e gli andai incontro camminando a testa alta.

«Signore che possiedi questa terra» dissi, «sono Odisseo, il figlio di Laerte che regna su Itaca.»

«Ma come parli, ragazzo?» rispose. «Sembri un vecchio cerimoniere. Lo so chi sei, e ti stavo aspettando. Sono tuo nonno e così voglio essere chiamato. Questi due sono tuoi zii, fratelli di tua madre. Ora vieni, il viaggio ci attende.»

Salimmo tutti su un carro mentre il cielo si oscurava lasciando sul mare una striscia di porpora e ci avviammo per un sentiero che saliva verso la montagna.

«Non dici nulla a tuo nonno?» domandò Autolico seduto davanti a me, senza voltarsi.

«Ho aspettato a lungo questo giorno» dissi.

«Perché? Ti hanno detto chi sono? Il più malvagio degli uomini: ladro, mentitore, predone sanguinario e spergiuro.»

«L'ho sentito dire... ma i miei genitori mi hanno sempre parlato di te con rispetto. E mi hanno detto che fosti tu a impormi il nome che porto.»

«Sì. Perché ero pieno di odio per tutti.»

Non riuscii a dire altro. Non volevo sapere quale fosse la ragione di un sentimento così duro.

Giungemmo a una casa di pietra in fondo a una radura in mezzo a un fitto bosco di querce e lì trascorremmo la notte. Dormii in un letto che profumava di pino, ma nel cuore della notte venni svegliato da un battito d'ali: una civetta si era posata sul davanzale della finestra. Mi alzai ma non si mosse. Feci qualche passo e mi fermai a poca distanza dall'uccello che sembrava guardarmi incuriosito. Perché non volava via? Ci guardammo l'un l'altro per un tempo forse lungo, forse breve, un tempo sospeso e fuori dalla realtà, forse sognai. Ma oggi sono certo che quello fu il primo incontro con la mia dea dagli occhi verdi.

Atena...

Il cielo s'illuminò ben prima che spuntasse il sole dalle montagne, e uscii all'aperto. Mi volsi dalla parte del mare e vidi la distesa azzurra davanti a me che s'increspava nella brezza del mattino e le vette delle isole che s'illuminavano colpite dal sole una dopo l'altra.

«Quella laggiù è Itaca, la tua isola» disse una voce alle mie spalle. «È ancora scura, e sai perché? Perché la vetta di quella montagna dietro di noi ancora la copre con la sua ombra.»

La montagna era il Parnaso, la cui cima brillava della luce rosata dell'alba. Una visione che non avrei dimenticato.

Riprendemmo il viaggio verso la parte più alta dei monti e arrivammo così alla dimora di Autolico: un palazzo fatto di grandi massi squadrati come quello di mio padre, circondato da un muro in cui si apriva una sola porta. Giunti all'interno vidi che qualcuno ci aveva preceduto. Al centro della sala ardeva il fuoco, i servi avevano ucciso un torello e gli spiedi già stavano rosolando la carne. Si mangiò e si bevve fino a notte, e mio nonno e gli zii decisero che l'indomani avremmo dato inizio alla caccia al cinghiale.

«È una caccia pericolosa» disse il nonno, «vi hai mai preso parte?»

«Mio padre mi ha affidato a un istruttore tessalo che mi ha addestrato. So maneggiare l'arco, il pugnale e il giavellotto.»

«E quanti cinghiali hai ucciso?»

«Nessuno.»

Il nonno scoppiò in una risata imitato dai suoi figli, i miei zii. «Domani ne ucciderai uno, il primo della tua vita, ma non con questi spilli che ti sei portato. Ti servirà questa per fermare un bestione da trecento libbre.» Si alzò, andò alla parete e staccò una lancia, pesante, massiccia. Me la gettò e l'afferrai al volo. «Ma domani potresti anche morire» proseguì, «vuoi che ti faccia riaccompagnare al porto?»

«Fammi svegliare prima dell'alba» risposi e mi incamminai, impugnando la lancia, verso la mia stanza ma prima di entrarvi mi volsi: «Ho anche io una domanda: perché non sei stato invitato alla battuta al cinghiale di Caledonia? C'erano tutti i più grandi eroi di Acaia».

«Domani sera, se sarai sopravvissuto, l'avrai capito da te.»

Il mattino seguente, il rumore delle armi mi destò che era ancora buio. Mi vestii, strinsi ai fianchi la cintura, indossai il corsetto di cuoio e il bracciale, cinsi il coltello, impugnai la lancia e misi l'arco, due giavellotti e la faretra a tracolla.

«Sei deciso» disse il nonno al mio apparire, «vediamo se sei capace di cavartela. Seguimi.»

Camminammo in silenzio nel bosco l'uno a fianco dell'altro. Io continuavo a pensare alle parole che mi aveva detto la sera precedente e lui sicuramente se ne rendeva conto. Prima che il cielo cominciasse a imbiancarsi arrivammo a una radura.

Lì, ci separammo. Il branco più grosso sarebbe stato spinto verso i miei zii dai battitori, mentre il branco più piccolo si sarebbe diretto verso il punto dove si accingeva a prendere posizione il nonno. Io avrei dovuto attendere nella radura gli esemplari sfuggiti ai battitori.

«Non muoverti da questa posizione: è solo da qui che potrai averli a tiro» si raccomandò. Raccolse da terra dello sterco di cinghiale e me lo strofinò sulle gambe e sulle braccia: «Così non ti sentiranno. Il vento ci è sfavorevole. Ricorda: li avrai di fronte».

Il nonno s'incamminò e sparì fra le querce. Mi guardai intorno per capire in che modo proteggermi se uno di quegli animali mi avesse caricato, ma riuscii a vedere soltanto un piccolo avvallamento del terreno. Di lontano veniva fino a me un suono di corni e uno strepito di legni percossi. I battitori! Dal rumore che sentivo i cinghiali dovevano essere più di uno. Strinsi la lancia nel pugno. Il cuore prese a battermi più forte ma cercai di dominarlo. Il suono si avvicinava.

D'un tratto, rumore di rami infranti e di cespugli strappati. Mi piazzai ben fermo a gambe larghe in posizione di tiro, tesi l'arco e puntai. Nulla. Gocce di sudore mi colavano sugli occhi, bruciavano. Poi d'improvviso un gruppo di cinghiali al galoppo irruppe nella radura. Non davanti, non dietro, dal mio fianco sinistro. Mi volsi da quella parte ma il sole che sorgeva mi abbagliò. Scoccai una freccia, e una bestia crollò di schianto. Subito un'ombra scura, enorme; scagliai la lancia. Un grugnito lacerò l'aria. Mi gettai a terra e me lo trovai sopra. Un maschio gigantesco. Sentii un dolore acuto, insopportabile. La mia mano destra sfilò il pugnale dalla cintura e lo conficcò fino all'elsa nel ventre dell'animale. Poi non vidi né udii più nulla.

Fu il dolore a risvegliarmi, terribile, in fondo alla coscia, vicino al ginocchio.

Aprii gli occhi e vidi un enorme ariete albino, con grandi corna ritorte, smisurate. Forse sognavo. Ma il dolore era reale e sempre più forte. Ero disteso sul terreno in mezzo all'erba. Una voce: «Hai ucciso il tuo primo cinghiale». La voce di Autolico, mio nonno.

«È vero?»

«Che cosa?»

«Quello.» Indicai l'ariete che stava immobile davanti a me.

«L'ariete? Certo. È il capobranco del mio gregge. È magnifico. Non ne esistono altri così grandi. L'ho rubato agli Etoli che vivono nell'interno.»

«Ho male, molto...»

«Il cinghiale ti ha squarciato la coscia» disse.

Quindi si allontanò per qualche istante, e ricomparve con in mano un coltello arroventato: «Devo bruciare la tua ferita e poi cucirti o morirai».

Accostò la lama rovente alla mia coscia, e subito la vista mi si oscurò.

Soltanto l'ariete albino rimase, immagine bianca stagliata sulla tenebra.

4

LA FEBBRE MI ARSE PER CINQUE GIORNI E CINQUE NOTTI, POI CESSÒ. Fu allora che conobbi la nonna Anfitea, perché fu lei a curare la mia ferita. Mi sparse un unguento sulla carne lesionata che mi attenuò molto il dolore, e quando ritenne che fossi ormai in via di guarigione mi permise di alzarmi dal letto e di muovere i primi passi.

La mia andatura era faticosa e anche dolorosa, ma normale. Il cuore si riempì di gioia: non sarei rimasto impedito dal combattere, dal correre, o dal gareggiare in mare come in terra. Ringraziai in cuor mio Atena, che mi era apparsa la prima notte nella forma della civetta. E ringraziai la nonna che mi aveva curato con le sue mani.

Anche il nonno venne a farmi visita, e poiché avevo avuto tempo per meditare, gli dissi quello che pensavo: «Il mio incidente non è stato un caso. Aspettavo i cinghiali da settentrione e quella bestia mi è arrivata addosso da levante. Sei stato tu a dirmi di appostarmi in quel luogo, allo scoperto; tu hai fatto spingere contro di me quell'animale sapendo che sarei stato abbagliato dal sole».

Sapevo da mio padre che già sei mesi dopo la mia nascita, il nonno aveva espresso il bizzarro desiderio di avermi con sé a caccia. Non avevo mai capito il senso di quella richiesta, ma ora cominciavo a farmi un'idea.

«È per questo che mi hai invitato alla battuta quando ero ancora un infante? Per vedermi morire? Ecco perché nessuno ti ha voluto vicino nella caccia al cinghiale di Caledonia.»

Il nonno sogghignò. «Ti dissi che se fossi sopravvissuto avresti capito perché non fui invitato a quella battuta benché fossi il miglior cacciatore, e questo avrebbe dovuto metterti in guardia. Era un avvertimento. Ora hai imparato che non puoi fidarti di nessuno al mondo e non lo dimenticherai finché avrai vita. È per questo che ti ho chiamato qui. A Itaca non avresti mai appreso ciò che adesso sai. Ora la tua carne porta il segno indelebile della tua ingenuità. Quella cicatrice sarà un monito per sempre.»

«Avrei potuto morire.»

«Ma non è accaduto. Ho una pessima fama perché non nascondo ciò che sono. Altri, molti altri che sono ben peggiori di me, sanno celare la loro vera natura. Sono quello che hai visto, eppure venni al palazzo di tuo padre perché avevo atteso tanto che tu nascessi.»

«E mi imponesti un nome maledetto.»

«No, un nome sincero. Volevo che ti ricordasse com'è il mondo, come sono gli uomini. L'odio è di gran lunga il più comune dei sentimenti umani.»

«E perché avevi atteso tanto che io nascessi?»

«Perché nessuno dei miei figli è come l'avrei desiderato, e speravo che il nuovo erede sarebbe stato diverso. E adesso ne sono sicuro. Il giorno della caccia io ho visto tutto, ho tenuto l'arco puntato su quel grosso maschio, ma non è stato necessario. Il tuo istinto è stato più veloce di quello della bestia, la tua lancia ha colpito con precisione. È mancata solo un po' di forza, che ti verrà quando avrai finito di crescere. Il tuo corpo si è adattato al profilo del terreno per non essere stritolato dal peso del cinghiale. Tu sei perfetto, Odisseo, il figlio che avrei desiderato.»

Non riuscii a rispondere né a dire altro. Mio nonno era

violento, forse anche crudele ma non malvagio. Aveva il coraggio delle sue azioni, e a modo suo aveva voluto farmi capire che mi amava e che aveva voluto proteggermi da un mondo di deboli e vili che disprezzava. Il vecchio lupo aveva certamente un suo segreto, che avrebbe portato nella tomba, e io non volli scoprirlo.

L'ultimo giorno prima della partenza mi prese da parte e mi chiese se mia madre non mi avesse dato un messaggio per lui.

Io presi dalla mia borsa la minuscola anfora di terracotta di cui quasi mi ero scordato, e gliela porsi. Lui la sbriciolò fra le mani e ne uscì una laminetta di bronzo con incisi dei segni.

Fissò a lungo la piccola fascia di bronzo, poi la ripose nella cintura e mi guardò dritto negli occhi: «Dirai a tua madre il nome di tre animali, quelli che ti verranno in mente... No, non dire niente a me. Non lo voglio sapere, ma stai attento, quei tre nomi potrebbero segnare il tuo destino».

Quando venne la sera consumammo insieme il pasto, in tre: la nonna Anfitea, il nonno Autolico e io. Dopo cena, la nonna mi baciò sul capo e sugli occhi e mi fece una lunga carezza, poi si ritirò nelle sue stanze. Il nonno si trattenne ancora per poco. Disse: «Non so se ci rivedremo. Un uomo come me vive in costante pericolo e quando le mie forze cominceranno a scemare qualcuno vorrà prendersi delle soddisfazioni. Ma per scongiurare questo evento ti invito a tornare per una seconda battuta di caccia dopo che sarai entrato nel tuo ventesimo anno. Così dovrò per forza restare vivo per accoglierti. Non mancare».

«Verrò, perché questa volta ho capito ciò che mi hai detto.»

Ci salutammo in modo conciso, ma con uno sguardo affettuoso.

Al mio ritorno a Itaca si ripeté la stessa scena della partenza: i miei genitori vennero a ricevermi con la scorta, i dignitari, l'armiere Damaste, Mentore il mio istruttore ed Euriclea, che piangeva e si asciugava gli occhi con il fazzoletto.

Alla festa in mio onore venne sacrificato un toro, e furono invitati gli amici di mio padre e anche alcuni dei miei compagni di infanzia: Antifo, Euriloco, Euribàte, Sinon. Questa volta ero io che avevo un'avventura da narrare e mostrai orgoglioso la cicatrice sul ginocchio. Tutti mi ascoltarono mentre raccontavo della mia lotta con l'enorme cinghiale, e anche mio padre, che si era conquistato gloria immortale come uno degli Argonauti, si mostrava fiero di me. Capii in quel momento che mio nonno aveva fatto la scelta giusta per fare di me un uomo e mi aveva insegnato cose che non avrei mai più dimenticato. Lui stesso, un lupo...

A tarda notte, quando tutti ormai se n'erano andati, mia madre si presentò sulla soglia della mia stanza, e mi domandò se avevo trasmesso al nonno il suo messaggio.

«Certo che l'ho fatto. E lui ha detto che quando ti avessi vista avrei dovuto dirti il nome di tre animali.»

«Dunque?»

«Gli animali sono il toro, il cinghiale e l'ariete.»

«Ne sei certo?»

«Del tutto certo. Il toro è stato il primo animale a essere sacrificato per festeggiare il mio arrivo, il cinghiale mi ha ferito e porterò per sempre il segno di quell'incontro sul mio corpo, l'ariete è stata la prima cosa che ho visto quando ho riaperto gli occhi.»

«Bene» rispose mia madre, «è scritto che un giorno queste parole avranno per te un significato, forse saranno la chiave della vita e della morte.»

Io rimasi raggelato da quelle parole oscure, e mia madre parve accorgersene, visto che subito mi baciò sulla fronte augurandomi una notte tranquilla.

Crollai spossato e dormii per parecchio tempo. Mi risvegliai più tardi, avvertendo una presenza nella mia camera e nello stesso momento sentii l'odore di mio padre. Non mi mossi, chissà da quanto era lì, al buio, a vegliarmi nel sonno.

Forse anche lui aveva sentito che ero vigile e si alzò per raggiungere la porta.

«Padre» gli dissi, confortato dall'oscurità, «c'è qualcosa che non ti ho detto, qualcosa che è accaduto nella casa del nonno...»

Si volse.

«Che cosa di tanto importante che me ne parli solo ora?»

«Ho visto la dea Atena.»

«Dormi, figlio» rispose.

5

QUANDO LA MIA FERITA FU FINALMENTE GUARITA DEL TUTTO, ripresi ad addestrarmi come avevo fatto prima di recarmi in visita da mio nonno. Damaste, il mio maestro d'armi, mi seguiva costantemente, correva accanto a me, mi costringeva ad arrampicarmi per i pendii più scoscesi, a scendere dalle rupi più aspre, a tuffarmi dall'alto degli scogli e a nuotare per ore lungo la costa, e nelle soste mi insegnava a maneggiare il giavellotto e la lancia e a tirare con l'arco con mira sempre più acuta, perfetta.

«L'arco è un'arma potente: uccide da lontano e ti permette di restare al riparo. Molti pensano che un vero guerriero debba usare la spada e affrontare i suoi avversari corpo a corpo, pensano che l'arco sia un'arma da vili. Ma in battaglia la cosa più importante è vincere: tutte le armi sono uguali se servono a togliere la vita al tuo nemico. Se vinci sopravvivi, se perdi sei morto oppure schiavo per sempre.»

Da ultimo, comunque, Damaste mi insegnò a usare anche la spada.

«È l'arma più terribile» disse. «Perché per colpire devi avvicinarti al nemico tanto da guardarlo negli occhi, da sentire il suo alito sulla faccia. E per uccidere un uomo guardandolo negli occhi, occorre coraggio e nobiltà d'animo, così come accettare che possa essere quello stesso uomo a ucciderti. È questo che chiamano "gloria". È per questo che i cantori narrano le gesta degli eroi accompagnandosi con la cetra.»

Al termine delle giornate d'addestramento, dormivamo a volte nei campi e nei boschi avvolti nel mantello su un letto di foglie secche, e una notte vidi ancora la civetta. Per un attimo vidi solo i suoi occhi dai riflessi d'oro che mi fissavano, poi spuntò da dietro il tronco la dea. Indossava un abito del colore della luna, sfiorava appena, coi piedi scalzi, l'erba del prato; pallidi bagliori danzavano sulla cuspide della sua lancia. Un profumo l'accompagnava, di metallo forgiato, di oliva e di cedro e fiori di campo. Avrei voluto chiamarla, ma la voce non mi uscì: non è dato ai mortali rivolgersi agli dei se questi non vogliono. Eppure, lei si volse come m'avesse udito; sorrise e disparve. La civetta abbandonò il ramo, volò via nella notte profumata.

Durante tutto quell'anno, mio padre uscì in mare per viaggi di quindici, venti giorni. Suppongo che si recasse nelle isole vicine che costituivano il nostro regno per incontrare i nobili. Una volta, io credo, partì con i guerrieri per predare, riportando diversi schiavi. Io li guardavo turbato.

Mio padre mi appoggiò la mano sulla spalla: «Questa è la legge della vita, sarebbe potuto capitare a me e ai miei compagni. E nessuno avrebbe avuto pietà di noi. Riserva questo sentimento per le persone che ami se un giorno dovessero soffrire mali o perdere la vita o la libertà». Detto questo si allontanò senza aspettarmi. Io gli andai dietro.

«Padre» gli domandai, «che cosa succede a un re se viene catturato?»

«Un re ha modo di farsi riscattare perché ha molti beni: oro, argento e bronzo, armi, bestiame, stoffe preziose.»

«Ma se succedesse?»

Laerte tacque pensoso. Poi rispose: «Diventerebbe uno schiavo come gli altri, obbedirebbe per non essere picchiato, cercherebbe di soddisfare il padrone per avere cibo e vesti migliori».

«Chiunque altro» replicai, «non tu.»

«E chi te lo dice? Quando un uomo perde la libertà perde tutto. C'è solo una cosa peggiore che perdere la libertà: perdere la vita.»

Giunto l'autunno, mentre io continuavo a esercitarmi, arrivarono a Itaca notizie di Eracle.

Il re di Micene, Euristeo, non osando confrontarsi con lui, gli aveva imposto di purificare la sua colpa compiendo un numero di imprese impossibili. Eracle aveva obbedito ed era scomparso. Nessuno lo aveva più visto. Domandai a mio padre che cosa fossero queste imprese che doveva compiere il più forte degli uomini, ma non seppe o non volle rispondermi. Non era nemmeno sicuro che Eracle fosse colpevole o semplicemente stentava a crederci, e aggiunse che Euristeo era capace di qualsiasi nefandezza.

Infine, mi disse di tenermi pronto, perché con l'arrivo della bella stagione io e lui avremmo fatto un viaggio, e forse allora molte cose ci sarebbero state più chiare. E così fu. Partimmo con la nave un giorno sull'inizio dell'estate. Salutai mia madre e la mia nutrice, che mi baciò ripetutamente sugli occhi chiamandomi "creatura mia" e piangendo com'era solita fare in queste occasioni, finché mio padre fece udire la sua voce per significare che era ora di muoversi. Impugnai la lancia e mi incamminai a fianco del re.

Scendemmo al porto principale, e salpammo con il favore del vento. Prendemmo il largo con buona velocità. La nave scricchiolava, la vela era gonfia e tesa. Con noi c'era anche Mentore questa volta, e ne fui felice.

Tuttavia, mentre la costa si faceva sempre più bassa

fino a sparire come venisse inghiottita dal mare mi sentii invadere dallo sgomento. Davanti a noi l'orizzonte era vuoto, eppure mio padre continuava a mantenere la rotta. Passò del tempo, poi diede ordine di ammainare la vela. Il mare era calmo, quasi immobile, da ogni parte il nulla.

Nessuno disse una parola, fui lasciato solo con i miei pensieri. Saremmo rimasti lì finché non fosse calata l'oscurità? E a quel punto come avremmo ritrovato la direzione per tornare indietro?

«Mentore» sussurrai, «Mentore...»

«Tuo padre ha voluto che provassi l'angoscia del vuoto, lo smarrimento dell'infinito, sospeso fra il cielo e l'abisso. Lo sai quante ossa di marinai giacciono laggiù sul fondo? I loro spiriti non trovano pace perché non hanno avuto sepoltura...»

«Taci» dissi, «non voglio sentire queste cose. Non voglio...»

Non osai dire altro e mi lasciai sommergere dal silenzio. Pensai a cosa avrei provato se la nave fosse andata distrutta, se mi fossi trovato immerso fra onde di tempesta, solo, senza terra in vista, senza orientamento, senza forze. Eppure quella distesa infinita e informe m'incantava. Immaginavo le creature che l'attraversavano percorrendo spazi impossibili, i mostri degli abissi e gli dei azzurri. Un giorno avrei sfidato il mare senza sponde, lo spazio sterminato, lo sentivo. Io, figlio di un Argonauta.

Mio padre diede finalmente l'ordine di mettere i remi in acqua e dopo una notte in mare approdammo infine in una piccola baia.

«Dove siamo?» domandai.

«Questa è la terra degli Elei» rispose il re. «Oltre, a un giorno di navigazione c'è la Messenia su cui regna Nestore. Lo conoscerai: è un uomo saggio, rispettato da tutti i re degli Achei. Ho portato doni per lui e la sua sposa che tu stesso consegnerai. È giunto il tempo che tu venga riconosciuto come colui che un giorno sarà il re di Itaca. Nestore ha un palazzo che domina la città del Pilo e una vasta baia protetta da una lunga isola, porto ampio e sicuro per i vascelli che vi cercano rifugio. Il re ha molti figli. Alcuni hanno poco meno della mia età; altri, i più piccoli, la tua. Fai amicizia con loro: uno di essi un giorno siederà sul trono. È bene che i re e i principi siano amici e alleati, ognuno rispettando i confini e i domini dell'altro, perché se dovesse presentarsi un nemico è meglio affrontarlo tutti assieme.»

Pilo, il Pilo sabbioso, si ergeva su un colle e da lassù la nostra nave era già stata avvistata da tempo. Quando prendemmo terra, un drappello di guerrieri comandato dal principe Antiloco, di poco più giovane di me, era pronto a renderci gli onori e scortarci al palazzo.

Era la mia prima visita a un re.

Nestore e sua moglie, la regina Euridice, ci ricevettero all'interno del palazzo reale, in piedi nella grande sala principale, e ci vennero incontro mostrando grande gioia, come si fa con amici.

La sera fu imbandito un banchetto enorme, ancora più abbondante di quello che aveva preparato il nonno Autolico quando ero andato da lui per la caccia al cinghiale. Vi parteciparono anche tutti i principi della casa reale, compreso Antiloco. Mio padre era seduto alla destra di Nestore e li vedevo parlare molto vicini l'uno all'altro come se si raccontassero cose in confidenza. Anche Nestore era un Argonauta e aveva condiviso con mio padre grandi avventure nonostante la sua età non più verde. C'erano armi dappertutto appese alle pareti della sala: scudi, lance, asce, spade con i loro cinturoni adorni di placche d'argento e con fibbie di bronzo splendente.

Io parlai con Antiloco che stava seduto accanto a me, e seguendo i consigli di mio padre tentai di stabilire con lui un buon rapporto, pensando che forse sarebbe stato un giorno il re e avremmo avuto relazioni di alleanza. Non avevo ancora imparato che il futuro è stabilito dal fato.

Restammo in tutto solo tre giorni, poi partimmo per andare a Sparta. Nestore ci diede i carri e i cavalli e noi gli lasciammo in consegna la nave. Ammiravo i cavalli, animali di grande fierezza, abituati al campo di battaglia, dalla coda inquieta e dal lucido mantello. Fu Antiloco a consegnarceli: un onore riservato ai visitatori più illustri.

Io salii sul carro a fianco di mio padre. Mentore veniva dietro assieme al comandante della nostra nave; seguivano altri tre carri con sei dei nostri uomini di scorta armati di lancia. Sull'ultimo l'auriga trasportava i doni che avevamo portato per i re. Per raggiungere Sparta si doveva prendere una strada molto ripida che attraversava una catena montuosa, poi scendere nella valle che si apriva dall'altra parte. Quando fummo in vetta si aprì ai nostri sguardi una vista meravigliosa: una vasta pianura con migliaia di ulivi, alberi da frutto, prati e pascoli con greggi di pecore e mandrie di cavalli. Non avevo mai visto nulla di simile in tutta la mia vita. Mai tanti cavalli insieme.

«È il regno di Tindaro» disse mio padre, «signore di Sparta, e di sua moglie, la regina Leda, famosa per la sua bellezza.»

Giungemmo alle porte di Sparta all'imbrunire, e arrivati davanti al palazzo, i palafrenieri si presero cura dei nostri cavalli, mentre noi fummo condotti al bagno per essere lavati, profumati e per indossare vesti fresche prima di essere ammessi alla presenza del re e della regina.

Leda aveva grandi occhi luminosi, i capelli lunghi e ondulati che le scendevano sulle spalle e, dietro, sulla schiena. Il suo sguardo era verde e induceva sgomento ma anche un'ammirazione attonita e quasi estatica. Era quello lo sguardo di Medusa che pietrificava? Mi sembrava quasi di udire un canto, complesso, di tante voci che componevano una sola armonia.

Mi riscossi dal mio rapimento quando mio padre mi colpì al fianco con il gomito e lo affiancai nell'omaggio a Tindaro. Furono introdotti i due principi, dell'età di forse venticinque anni: Castore e Polluce, i più giovani fra gli Argonauti. Erano gemelli ed erano talmente identici da non poter essere distinti se non dal colore degli occhi. Ignorando il protocollo corsero da mio padre e lo abbracciarono gridando di gioia. Lui ricambiò commosso l'abbraccio, e io capii cosa doveva significare aver partecipato assieme a una grande impresa: un legame fortissimo, inscindibile.

Più tardi, il re ci fece sedere a mensa per il banchetto e io, un po' annoiato da quel cerimoniale che si ripeteva dopo Messenia, mi guardai attorno per ammirare la sala. Anche qui come al Pilo pendevano dalle pareti armi splendenti e grandi scudi, lance con la punta di bronzo. Parte dei muri era dipinta con scene di caccia e di combattimento. Una di queste rappresentava Eracle in atto di attaccare l'usurpatore che aveva regnato su Sparta prima di Tindaro. Ogni sua azione entrava nella leggenda prima che se ne fosse spenta l'eco. Anche mio padre guardava quei dipinti, con una certa meraviglia.

«Padre» sussurrai, «vedremo mai Eracle?»

Il suo tono mutò, e le parole che pronunciò mi ferirono. Avevano, in sé, dolore.

«Non credo. La sua strada porta lontano, molto lontano dal nostro mondo, in un luogo da cui nessuno è mai tornato.»

Alla fine del banchetto una delle ancelle portò le figlie della regina, Elena e Clitennestra, perché fossero presentate agli ospiti. Avevano fra i tredici e i quattordici anni ed erano molto diverse l'una dall'altra. Elena sembrava una creatura sovrumana per la perfezione del volto, per i riflessi viola dei suoi occhi, e per i capelli increspati di onde che riflettevano la luce in tante tonalità diverse. Quando muoveva il capo e li faceva ondeggiare, l'onda si trasmetteva a tutto il corpo che pareva flettere dolcemente come un fiore nella brezza. Avrei voluto in quel momento avere l'ispirazione di un grande cantore come Femio per esprimere ciò che sentivo e vedevo, quella sorta d'incanto che la bellezza nella sua forma assoluta esercitava su di me.

Il re mio padre parve leggermi nel pensiero: «Non ci pensare, ragazzo, non è per te. Lei è d'oro, tu sei...».

«Di legno, padre. Il legno delle nostre querce di Itaca, che solo il fulmine di Zeus può schiantare. Il legno che galleggia sempre mentre l'oro va a fondo.»

Mio padre sorrise.

Clitennestra era molto diversa benché gemella, di una bellezza algida e severa che diventava inquietante per la sua età ancora acerba.

Incontrai Elena il giorno dopo, verso sera, mentre stavo seduto su un sasso vicino al recinto dei cavalli, ammirato dei movimenti di quei magnifici animali che a Itaca non potevamo allevare. A un tratto la vidi avvicinarsi e cercai di non guardarla. Cominciavo a pensare che chi la guardasse ne rimanesse prigioniero e dovesse essere infelice per tutta la vita.

«Tu sei il principe Odisseo di Itaca, vero?»

«Sì» risposi senza voltarmi, «e tu sei Elena di Sparta.»

«Lo sai che il re Teseo di Atene mi ha chiesta in sposa? È quel guerriero laggiù sul cavallo nero» disse indicando una figura poco lontana da noi.

«Lo vedo.»

«Ma è troppo vecchio per me.»

«Colui che sfidò e vinse l'uomo-toro nel Labirinto non sarà mai vecchio. Tu, oltre a essere bella, che cosa hai fatto nella vita?»

Sorrise anziché arrabbiarsi: «Ti sembra poco essere bella?».

«No. Non mi sembra poco ma...»

«Mi chiederesti in sposa, se potessi?»

«No.»

Mi si parò dinanzi allora e mi fissò con durezza: «Perché mi odi? È forse il tuo nome che lo impone?».

Balzai in piedi e ribattei acceso in volto: «Il mio nome non m'impone nulla e non ti odio... Non ti chiederei in sposa perché...».

«Perché?» insistette.

«Perché quando gli dei avranno finito di plasmarti tu sarai troppo bella per amare qualcuno che non sia te stessa. E perciò credo che sarai la rovina di molti uomini.»

Mentre i raggi del sole scendevano dietro le vette del Taigeto, un velo di malinconia si distese sul suo volto.

«Queste cose accadono solo per volere degli dei» rispose, «noi siamo soltanto dei mortali e non abbiamo alcun potere. Non sono cattiva, Odisseo, e se tu potessi restare vorrei parlare con te ogni giorno.»

«Di cosa?»

«Del sole e della notte, dell'odio e dell'amore, della vita e della morte. Nei tuoi occhi c'è una luce che non ho mai visto. Invidio la sposa che starà al tuo fianco, la donna che sceglierai d'amare, principe di Itaca. Addio.»

Si dissolse nella luce del tramonto.

6

RIPARTIMMO DOPO DUE GIORNI CON DONI PREZIOSI SUL NOSTRO carro. Il pensiero di Elena tornava ogni tanto a turbarmi, ma poi guardavo mio padre e mi sentivo felice di stare con lui, di vedere luoghi che non avevo mai visto, montagne e pianure, fiumi e boschi, tramonti fiammeggianti e albe silenziose.

«Dove siamo diretti, ora» domandai a mio padre, «torniamo a casa?»

«Già hai desiderio di tornare? Il viaggio è appena cominciato. No, andiamo a Micene.»

Un brivido all'udire quel nome: «È un posto maledetto. Perché ci andiamo?».

«Ricordi quella notte in cui arrivò un messaggero al palazzo con la notizia tremenda di Eracle? Tutto accadde a Micene.»

«Tu non credi che lui abbia potuto uccidere la sua stessa famiglia, vero?»

«No, non lo credo infatti.»

«Cambierebbe qualcosa scoprire la verità?»

«Molto, anche se chi è morto non potrà essere riportato in vita.»

Quando finalmente giungemmo a Micene, salimmo verso la città lungo una strada fiancheggiata da grandiose tombe di pietra coperte da tumuli, fino alla porta, una costruzione immane fatta di due stipiti sormontati da un architrave gigantesco che neppure cento uomini avrebbero potuto smuovere. Sull'architrave poggiava un grande masso triangolare scolpito con le figure di due leoni rampanti l'uno di fronte all'altro con il corpo dipinto di un colore fulvo e le teste d'oro scintillante.

Venti guerrieri ci resero gli onori e ci scortarono verso il palazzo, costruito su una rupe a strapiombo sul baratro. Mio padre mi mostrò, sulla destra, il recinto funerario che racchiudeva le sepolture dei Perseidi, primi sovrani della città, e poi il palazzo, in alto, illuminato da torce. A ogni passo che ci avvicinava alla grande dimora reale sentivo una morsa d'angoscia stringermi il cuore. Quel luogo era al contempo magnifico e tetro, permeato d'una atmosfera lugubre.

Avrei voluto evitare di incontrare il re Euristeo, perché in cuor mio sentivo che era lui il male ma ormai eravamo all'ingresso.

Ci ricevette, solo, nell'armeria. Non avevo mai visto tante lance e spade, tanti scudi, tanti elmi con i loro cimieri. Coprivano completamente le pareti. Le armature, illuminate dalle lucerne, sembravano spettri di guerrieri caduti. Si sedette con un sospiro su una panca e fece cenno a noi di sedere. Non ci offrì vino, né pane.

«Che cosa ti porta qui, Laerte di Itaca?» domandò a mio padre.

«Mio figlio e io siamo diretti ad Argo. Passare oltre la tua rocca superba senza salire a renderti omaggio sarebbe stata una grave mancanza.»

Mio padre mentiva, celando i suoi sentimenti, ma allo stesso tempo m'insegnava come dissimulare il vero per non essere vulnerabili verso chi in un certo momento è più forte di noi.

«Te ne sono grato» gli rispose Euristeo. «E da parte

mia desidero che un ospite tanto illustre riceva la giusta accoglienza. Purtroppo sono tormentato da un male che non mi dà tregua, una fitta acuta alla testa, come un dardo infuocato. Ma vi farò servire in una camera degna del vostro rango.»

Due dei guerrieri ci scortarono percorrendo un lungo corridoio con muri di nuda pietra, e il suono dei nostri passi era dilatato dal silenzio. Il palazzo sembrava deserto, eppure più volte ebbi l'impressione di essere seguito.

Fummo infine introdotti in una sala adorna di pitture sulle pareti dove era stato preparato del cibo per noi, e lì lasciati soli.

«Padre» chiesi appena il passo dei due guerrieri si fu allontanato, «non hai sentito dentro di te che qualcuno ci seguisse, o ci spiasse?»

«No» rispose. «Pensavo ad altre cose. Perché Euristeo ci ha fatti condurre in questa stanza? Perché non c'è nessun membro della casa reale a tenerci compagnia?»

«Forse non si fida di nessuno e se lui non può o non vuole essere presente non permette neppure che altri lo siano. In fondo siamo qui nella speranza di riconoscere qualche elemento o segno di una verità nascosta.»

Entrò un servo con una brocca di vino. Quando voltò le spalle per servire me, mio padre fece cadere a terra il suo anello di bronzo. Il servo non si girò.

«È sordo, e probabilmente muto» disse. «I muri invece posso parlare e anche udire.»

Capii che non dovevo fare nessun accenno al motivo della nostra visita e parlammo d'altro. Quindi mio padre andò verso la porta, aprì uno stretto spiraglio, poi la richiuse tornando al centro della stanza: «Non mi piace questo posto, non mi piace come siamo stati accolti da Euristeo, non mi piace questo isolamento. E in fondo al corridoio c'è uno dei suoi guerrieri di guardia. All'altra estremità, altri due. Non riusciremo a parlare con nessuno. E restare ancora non avrebbe senso. Domani ce ne andremo, all'alba».

«Padre, perché Euristeo regna su questa città?»

Mio padre tacque per un poco e si avvicinò alla finestra. Potevo quasi leggere nei suoi pensieri: era venuto certo di trovare qualche traccia che potesse condurlo ad assolvere Eracle, almeno nel suo cuore, e sentiva di doversene andare sconfitto.

«Euristeo ed Eracle sono cugini... Un oracolo aveva decretato che l'ultimo discendente dei Perseidi avrebbe regnato su Micene e Tirinto e questi era Eracle, ma una sacerdotessa di Era giurò che suo cugino era nato prima perché la dea, che assiste alle nascite, glielo aveva rivelato. Euristeo divenne il signore delle due città, Eracle dovette andarsene e iniziare una vita raminga.»

«Ma perché è tornato proprio qui?»

Mio padre non seppe rispondere. Era esattamente questo il nodo da sciogliere.

Cenammo in silenzio, ci ritirammo quindi nella stanza vicina dove erano stati preparati due letti, ed entrambi ci addormentammo tenendo le nostre armi a portata di mano.

Poi, nel mezzo della notte udii un rumore alla porta, come di un cane che raspasse per entrare. Forse qualcuno che voleva farsi sentire da noi ma non da altri?

Mi alzai e seguii il lume quasi morente dell'ultima lucerna che ancora ardeva nella sala. Sollevai lentamente, senza fare il minimo rumore, il chiavistello e poi, rapido, spalancai la porta. Mi trovai di fronte un bambino con occhi pieni di paura.

Lo presi per la mano e lo feci entrare.

«Chi è?» domandò mio padre affacciandosi dall'altra stanza.

«Solo un bambino... Come ti chiami?»

«Eumelo.»

Mio padre si avvicinò e il piccolo visitatore arretrò verso la porta, spaventato.

«Da dove vieni, Eumelo?»

«Sono di Fere, in Tessaglia...»

Mio padre si volse verso di me: «Non può essere un bambino qualunque, guarda le sue vesti. È un principe di certo. Probabilmente un ostaggio di Euristeo...».

Il bambino ammutolì e io feci cenno a mio padre di fare un passo indietro: la sua presenza lo intimidiva. Cercai nella mia bisaccia qualcosa che potesse piacere al fanciullo: vi trovai un cavallino di legno che avevo intagliato con il coltello, lo appoggiai sul palmo aperto della mia mano e glielo porsi. Lui esitò per un poco, poi lo afferrò rapidamente e se lo mise nella cintura.

«Questo è il mio dono: ricordati di Odisseo di Itaca ogni volta che lo prenderai dalla tua cintura per giocare. E sai cosa significa questo? Significa che siamo amici: sono gli amici che si scambiano doni.»

«Non ho nulla da darti in cambio.»

«La tua amicizia sarà il dono più bello. Ma ora dimmi perché sei venuto da noi. Che cosa volevi dirci?»

Eumelo mi fissò negli occhi, quindi cominciò a parlare, sommessamente, senza mai cambiare il tono di voce né l'espressione del volto. Spiegò chi era e descrisse ciò che aveva visto una notte di un tempo passato nella sala in cui ci trovavamo. Era stato svegliato nel sonno da strani rumori. Si era alzato, aveva seguito la direzione da cui venivano i rumori e aveva visto l'orrore aprendo uno spiraglio nella porta. Era subito fuggito più veloce che poteva per raggiungere la propria camera in fondo al corridoio e tuffarsi nel buio prima che qualcuno lo vedesse.

Finito di parlare restò a fissarmi con quei due occhi così grandi, così neri e così aperti come volesse permettermi di guardargli in fondo al cuore.

Gli chiesi se non avesse sognato ma lui scosse il capo e mi mostrò a cosa serviva il chiodo conficcato nella tavola di legno. Raschiò il pavimento e raccolse il terriccio che era compresso fra gli interstizi.

Feci cenno a mio padre di avvicinarsi, sicuro ormai che il bambino si fidasse di noi. Lui mi confermò quello che già avevo intuito: il terriccio era sangue rappreso. Sebbene il pavimento fosse stato lavato, non era stato rimosso del tutto.

«Dobbiamo portarlo via» dissi.

«Non mi lasceranno andare via» si oppose Eumelo, «e sui vostri carri non c'è abbastanza posto per nascondermi. Se mi trovassero ci ucciderebbero tutti.»

«Tu sei il figlio di Admeto» disse mio padre, «gli riferirò io quello che abbiamo visto e come ti abbiamo trovato.»

«Nemmeno lui potrebbe fare nulla anche se volesse. C'è solo un uomo che può liberarmi da questa prigione.»

Nessuno di noi proferì una parola di più perché tutti pensavamo alla stessa persona: Eracle.

Il giorno successivo, dopo avere scambiato i doni con il re Euristeo in una cerimonia che sapeva di finzione, ci avviammo. Mentre partivamo guardai in alto e feci cenno a mio padre. Eumelo si sporgeva appena da una finestra, per non farsi scorgere, e salutava con la mano, o almeno così poteva sembrare.

Anche Euristeo guardò verso la finestra e sorrise ambiguo. Forse aveva voluto accertarsi che il suo giovane ospite fosse dove doveva essere.

Mio padre chinò il capo, io credo per nascondere l'ira impotente. Passammo sotto la porta dei leoni coperta ancora dall'ombra e scendemmo la rampa fino a raggiungere il bivio per Argo. Là prendemmo a sinistra.

Era venuto il momento di raccontargli tutto quello che Eumelo mi aveva detto la sera prima: c'era stato un grande banchetto in onore di Eracle e della sua famiglia. Euristeo lo aveva convinto a tornare a Micene dicendogli che voleva fare pace e ristabilire buoni rapporti. A un certo punto della serata la moglie di Eracle, Megara, e i figli si erano ritirati per la notte mentre lui veniva trattenuto da Euristeo e dagli altri commensali per godere ancora della festa e del vino. Ed Eracle bevve, fino a perdere conoscenza. Forse il suo vino conteneva un farmaco che gli tolse la coscienza. Lo portarono di peso nella sua stanza e se ne andarono.

Il palazzo piombò nel silenzio.

A tarda notte Eumelo, che dormiva in una camera in fondo al corridoio, aveva udito gemiti e urla e tonfi. Aveva teso l'orecchio convinto che presto i corridoi del palazzo sarebbero risuonati di grida di allarme e del passo dei guerrieri di guardia e invece non era successo nulla. Si era alzato allora dal letto e, giunto davanti alla porta da cui venivano i rumori, si era affacciato alla stanza. E aveva veduto l'orrore: Eracle giaceva esanime sul pavimento e tre uomini armati stavano finendo i membri della sua famiglia che ancora respiravano. La moglie e i figli. Poi uno di loro mise una spada nella mano di Eracle.

Eumelo era fuggito verso la sua camera avendo capito che i tre assassini stavano per uscire. Non aveva potuto chiudere occhio per il resto della notte. All'alba l'urlo di una donna svegliò tutti. Il palazzo intero echeggiava di grida, di gemiti e di pianti.

Mio padre tacque, lo sguardo fisso davanti a sé, perso in profondità remote.

Io, però, non avevo terminato: «Eumelo, prima, alla finestra, ci stava ancora dicendo qualcosa...».

Mio padre mostrò di non capire, e allora gli spiegai: il bambino aveva fatto dei segnali, simili a quelli che usavano i pastori a Itaca per capirsi a distanza.

Mio padre tirò le redini e fermò il carro. Mentore dietro di noi e i nostri uomini di scorta fecero altrettanto.

«E che cosa ti ha detto?»

«Due cipressi. Sa dove siamo diretti, e forse voleva indicarci un luogo dove potessimo incontrarci...»

«Allora muoviamoci, troviamo questo luogo!»

Riprendemmo il cammino e dopo poco davanti a noi apparvero i due cipressi.

Eravamo però ancora troppo vicini a Micene, e mio padre esitava, temendo che gli uomini di Euristeo potessero spiare le nostre mosse.

«Vado io» mi offrii. «Se troverò il bambino ce ne torneremo indietro assieme. Se non lo troverò attenderò che il sole scenda a due spanne dall'orizzonte e poi tornerò da solo.»

Mi allontanai a piedi e mi inoltrai di buon passo verso il luogo dei due cipressi. Erano due alberi imponenti ben visibili da lontano e sorgevano accanto a un tumulo in cui doveva essere sepolto un antico eroe. Mi avvicinai guardandomi intorno ma il luogo appariva del tutto deserto. Lasciai passare un po' di tempo misurando ogni tanto la distanza del sole dall'orizzonte.

Poi d'un tratto mi ritrovai Eumelo al fianco, come apparso dal nulla. Doveva essersi calato da qualche finestra sulla parte posteriore del palazzo e dopo doveva aver preso una scorciatoia in mezzo ai campi.

«Dove ti eri nascosto?» gli domandai.

Il bambino indicò l'ingresso della tomba.

«Lì? E non avevi paura che i morti ti portassero sottoterra con loro?»

Scosse il capo: non aveva paura. Sapeva già che i vivi sono da temere molto più dei morti.

Ci affrettammo a raggiungere mio padre, il quale dispose, per prudenza, che da lì in avanti sarebbe stato meglio dividersi.

«Tu verrai con me ad Argo con il bambino, per una strada secondaria» mi disse, «Mentore e gli altri andranno per la strada principale. Ci troveremo tutti sull'istmo entro sei giorni, al tramonto. E adesso, via!»

Alla partenza, ogni carro lasciò una lunga scia di polvere dietro di sé lanciandosi lungo la via principale. Noi prendemmo una strada secondaria e poco frequentata. In breve distanza la nostra via, inerpicandosi verso le colline, divenne poco più di un sentiero. Eumelo sembrava divertirsi molto e voleva afferrare le redini per guidare lui stesso.

«Ha passione» diceva mio padre, «diventerà un auriga.»

Io però non ero tranquillo: avevamo preso il sentiero secondario contando sul fatto che Euristeo e i suoi uomini avessero visto la scia di polvere dei nostri carri che andavano a settentrione. Era tuttavia anche giusto ritenere che ci attribuisse una certa astuzia, vista la nostra discendenza, e che avesse quasi la certezza che il ragazzo si fosse unito a noi. Avrebbe quindi potuto cercarci sulle vie meno frequentate e meno praticabili, che in fondo era la cosa più probabile.

Non passò molto tempo, infatti, che avvistammo una vedetta del re di Micene, composta da una dozzina di uomini. La distanza tra noi e loro non era tale da permetterci di nascondere le nostre tracce, per cui, su mio suggerimento, decidemmo di nascondere soltanto il bambino.

«Vedi quel pino enorme, laggiù a mezza costa?»

Eumelo annuì.

«Bene, corri più veloce che puoi. Quando loro saranno qui tu dovrai già essere in cima, e restaci finché non verrò io a cercarti.»

Il bambino sparì nella foresta.

Io aprii il sacco con le provviste e ne diedi a mio padre: «Facciamoci trovare seduti e tranquilli a mangiare ma teniamoci pronti a tutto. La prima cosa che si domanderanno è perché ci siamo separati dagli altri...».

«Non ti preoccupare» mi tranquillizzò mio padre. «Lascia parlare me.»

Gli uomini di Euristeo ci si pararono davanti, armati fino ai denti.

«Stiamo cercando un bambino. È un giovane principe affidato alla nostra custodia» disse subito quello che doveva avere il comando.

«E lo state cercando qui?»

«Certo. È scomparso quando siete partiti voi. E perché mai vi sareste separati dagli altri?»

«Perché andiamo in Arcadia. Al santuario del re Lupo...»

Mio padre l'aveva previsto: a sentire il nome di mio nonno, l'arroganza sparì dal volto dei nostri inseguitori.

«Il nonno del mio ragazzo, mio suocero, di cui avrete sentito parlare, ha il sangue mescolato al suo e io voglio liberare Odisseo dalla maledizione. È terribile vedere il proprio figlio trasformarsi in lupo una volta ogni mese e avventarsi sui viandanti sorpresi in luoghi deserti...»

I soldati del re di Micene si scambiarono sguardi inquieti.

«Vedete» continuò mio padre, «vi aiuteremmo volentieri a cercare il vostro prezioso ospite, ma purtroppo dovremo essere al santuario prima del plenilunio. Se non dovessimo arrivare in tempo sarebbe davvero una sventura, per noi ma anche per voi, credetemi.»

Non ci fu bisogno d'altro. Gli uomini di Euristeo si guardarono intorno, poi se ne tornarono da dove erano venuti. Aspettai che fossero di nuovo in fondo, in pianura, prima di raggiungere Eumelo, ma solo per raccomandargli di seguirci restando nel bosco.

Finché non fosse calata la notte.

7

ANDAMMO AVANTI FINCHÉ NON CALÒ IL SOLE E FINCHÉ NON fummo del tutto certi che nessuno ci avesse seguito se non il nostro giovane principe. Mio padre tirò le redini e fermò i cavalli. Io accesi il fuoco perché eravamo saliti molto e faceva freddo. Chiamai Eumelo, ma non ottenni risposta.

«Ma dov'è andato? Gli avevo detto di seguirci stando dentro il bosco. Non può essersi perso.»

Mio padre chinò il capo e sospirò.

Poi, d'un tratto, udii un rumore di rami spezzati ed Eumelo apparve. Teneva con la mano sinistra un coniglio che aveva catturato e ucciso chissà come.

Ci sedemmo tutti attorno al fuoco e quando avemmo saziato la fame e ci fummo avvolti nei nostri mantelli di lana, ci prese il desiderio di parlare. Il cielo era gremito di stelle, grandi e luminose, lievi soffi di vento facevano stormire le querce. Udii stridulo il canto della civetta: Atena! Lei era vicina, vegliava su di me. La sentivo, nel bosco, che mi fissava con gli occhi verde e oro.

«Giovane principe» cominciò mio padre, «sei certo di aver visto quello che ci hai raccontato, a proposito di Eracle? Non avrai sognato? A volte i sogni sembrano più veri della realtà.»

Eumelo negò con decisione. Non aveva affatto sognato.

«Ma perché lo hanno fatto? Perché non hanno ucciso anche lui?» domandai io.

«Euristeo è troppo accorto per commettere un simile errore» rispose mio padre. «Il popolo avrebbe accusato lui del misfatto, sarebbe insorto e lo avrebbe annientato. Eracle era nel cuore della gente. Tutti lo adoravano e lo avrebbero voluto re di Micene e Tirinto al suo posto. Doveva distruggere la sua figura di eroe generoso, al servizio di tutti. Doveva farne un mostro che aveva sterminato la sua famiglia. Diffondere ovunque, non solo fra il popolo ma anche fra i re, questa notizia.»

Mio padre tornò a rivolgersi a Eumelo: «E dopo, che accadde dopo?».

Uno spirito passò nella notte, le querce ebbero un brivido. Eumelo trasse un respiro profondo, poi iniziò a parlare. Sembrava un altro, anche il timbro della sua voce suonava ora diverso.

«Eracle si risvegliò con una spada in mano, in mezzo ai corpi dei figli e della sposa. Non dimenticherò mai il suo grido di disperazione. Il palazzo intero tremò, i corvi si alzarono dalle torri gracchiando. Le guardie del re raccolsero la spada prima che lui l'afferrasse per rivolgerla contro di sé, poi Euristeo apparve come dal nulla e disse: "Come hai potuto? Come hai potuto commettere un simile delitto?". Eracle sembrava fuori di senno: si lasciò coprire di catene e trascinare in un sotterraneo. Lo intravidi appena. E mentre lo portavano via, il re gli gridò dietro: "Quello che hai fatto è troppo per qualunque giudice mortale. Solo un dio potrà giudicarti e infliggerti la pena che meriti".»

Eumelo fece una breve pausa. Come se ciò che aveva veduto fosse ancora vivido davanti ai suoi occhi e lui faticasse a sopportarlo.

Quindi, lentamente, riprese a raccontare. Era fuggito,

e dalla sua stanza aveva visto portare fuori al buio i corpi della moglie e dei figli di Eracle, per essere gettati in una fossa senza nome in un punto segreto della valle, dopodiché era rimasto nascosto. Se qualcuno avesse saputo che era stato testimone del massacro, la sua vita non avrebbe avuto più alcun valore.

Alla fine per Eracle arrivò il verdetto pronunciato dallo stesso Euristeo: "L'oracolo ti ha condannato a espiare il tuo delitto liberando il mondo dai mostri che lo infestano: fiere, giganti, selvaggi predatori. Alla fine, se sopravvivrai, forse avrai riscattato la tua vergogna, se soccomberai come meriti, nessuno ti piangerà: avrai pagato il tuo debito".

Questo era certamente ciò che Euristeo sperava che accadesse. Il suo rivale morto in una di quelle imprese impossibili, la sua memoria e il suo onore macchiati per sempre. Lo fece rimettere in libertà.

«Da allora, a quanto si dice, Eracle vaga nei territori dell'incubo, affronta imprese impossibili» concluse Eumelo. «Ha rinunciato a ogni arma, a ogni veste e ornamento e vive come un uomo selvatico. Lo cinge solo la pelle di un leone e brandisce un tronco d'albero come clava.»

Mio padre gli appoggiò una mano sulla spalla: «Sei stato coraggioso e saggio e la cosa più importante è che sei vivo e che conosci la verità. Euristeo ci ha fatti inseguire perché è tormentato dal dubbio e, nel dubbio, è pronto a ucciderti. Ricorda: il tuo compito sarà rivelare a Eracle ciò che hai visto, quando lo incontrerai».

Eumelo fissò mio padre, quindi annuì con fare solenne.

Si coricarono vicino al fuoco. Io, invece, mi addentrai nel bosco perché speravo di incontrare la mia dea. Il canto della civetta mi aveva ispirato, simile a un richiamo, proprio come la prima notte che mi era apparsa.

Camminai per un poco, mi sembrava di aver percorso

una lunga distanza quando vidi un giaciglio di foglie e, invaso da profonda stanchezza, mi ci sdraiai.

Vidi, o forse sognai: sette armate cingevano le mura di una città con sette porte. Ognuna era guidata da un grande guerriero. Altri sette dall'interno cercavano di respingerli. Sulla quarta porta vidi la dea, armata, a proteggere la città.

La mia visione si frammentò in mille deliri di sangue, di grida e duelli. Vidi uno degli assalitori scalare il muro, gettarsi contro il suo avversario e affondargli la spada nel collo. Il vincitore alzò il grido di vittoria ma subito cadde in ginocchio, ferito anch'egli nello scontro, vedendo il proprio sangue bagnare il suolo.

Capii che la dea lo aveva a cuore e, balzando da una torre all'altra, lo raggiungeva per salvarlo da morte. Tideo era il suo nome. Melanippo il suo nemico.

Tideo si trascinò con le ultime forze vicino al corpo dell'avversario abbattuto, lo decapitò, sbatté il suo cranio contro la pietra fino a spaccarlo, poi cominciò a divorarne il cervello.

Atena, inorridita, prese il volo sparendo nell'aria, lasciandolo preda della morte.

Sobbalzai come colpito dal fulmine e mi trovai sveglio, coperto di sudore. C'era silenzio tutto attorno, eppure sentivo che lei mi era vicina e la pregai.

«O dea dagli occhi cerulei, non rivelarti nel tuo vero aspetto: un mortale non può sopportare la vista di un dio. Ma guidami, assistimi e io non penserò che a te, non avrò che te nei pensieri e nel cuore.»

Alzai lo sguardo e vidi la civetta che mi guardava. Fui certo che la dea mi avesse ascoltato.

Tornai accanto al focolare senza quasi rendermene conto, ancora sconvolto dalle visioni del sogno.

Capivo finalmente lo scopo del viaggio: dovevo fare esperienza del nostro mondo, così diverso dalla pace dell'isola in cui ero cresciuto. Vedere fino a che punto potesse giungere l'essere umano, e di quali azioni fosse capace per conseguire o mantenere il potere.

Gettai un altro pezzo di legna sul fuoco, radunai dell'erba secca e mi distesi coprendomi con il mantello. Alla fine mi sentii invadere dalla pace di quel luogo, capii che le immagini dell'orrore non sarebbero tornate e mi addormentai.

Il mattino seguente ci svegliammo quando ancora la luna non aveva lasciato il suo posto nel cielo, e ci avviammo mantenendoci sul crinale della montagna finché fu possibile, poi, quando il sentiero sembrò perdersi nel bosco, cominciammo a scendere per ritrovare una via percorribile con il carro. Da quel punto in poi proseguimmo più spediti, mantenemmo una buona andatura per tutto il giorno, e prima di sera vedemmo apparire le mura di Argo e il palazzo sulla collina di Larissa che la sovrastava. Argo... quante volte avevo sentito parlare di quella città! E la vista non era inferiore alle aspettative. Una rocca possente, mura formidabili e torri coperte di lastre di pietra bianca. Da questo veniva il nome di "città splendente" che la rendeva famosa in tutta Acaia. Ma quando fummo più vicini un cattivo augurio apparve ai nostri occhi: drappi di lana nera pendevano dai bastioni e dalle torri, segno di un grande lutto.

E presto ne vedemmo la ragione: un grande guerriero coperto dall'armatura, avvolto in un mantello rosso, veniva portato a spalle da sei compagni sopra il feretro lungo una rampa di terra battuta fino alla sommità di una pira di tronchi di pino. Ci passarono vicino e dalla mia posizione elevata, sul carro, potei vederlo distintamente.

«È Tideo» disse mio padre, «Argonauta, il genero del re Adrasto. Torna da un'impresa sfortunata, come vedi. E quel ragazzo con i capelli biondi e il mantello nero che segue il feretro è suo figlio Diomede. È appena adolescente, ma dicono sia già un formidabile guerriero, e potrebbe diventare un giorno il re di Argo.»

Io lo osservai mentre seguiva il feretro del padre fino sulla pira con passo fermo, la schiena eretta, la mano sull'impugnatura della spada, coperto di bronzo abbagliante. I suoi colori erano nero e oro. Fu lui ad appiccare il fuoco alla pira, scendendo fino alla base dell'alta catasta che venne subito avvolta in un vortice di fiamme. Lui a piegare ritualmente la spada di Tideo e a consegnarla ai sacerdoti perché la riponessero nella sua tomba quando avessero seppellito le sue ceneri.

Incrociai il suo sguardo quando mi passò davanti e chinai il capo in segno di omaggio. Mi guardò appena.

Dormimmo sotto il portico della piazza del mercato, perché eravamo giunti in un momento molto duro per la città e per la famiglia del re e perché, se ci fossimo presentati al palazzo, sarebbe apparso evidente che il re e il principe di Itaca viaggiavano con un fanciullo ricercato dal re di Micene. Il giorno dopo, appena il mercato si fu affollato di gente, mio padre seppe la verità su quanto era accaduto a Tideo e ad altri sei grandi guerrieri, che avevano assediato la città di Tebe con sette armate in una guerra fra due fratelli che alla fine si erano uccisi l'un l'altro.

E io compresi di avere sognato il vero.

Si seppe anche che il giovane Diomede aveva giurato assieme ad altri sei amici e compagni di prepararsi ogni giorno nell'esercizio delle armi per tornare sotto le porte di Tebe, quando fosse venuto il momento, a vendicare i padri sconfitti. Pensai che non lo avrei rivisto più, non sapevo che gli dei avevano per noi in serbo un destino diverso.

Riprendemmo il nostro cammino dopo aver acquistato provviste di cibo e coperte per la notte e viaggiammo quattro giorni verso settentrione, finché ci apparve alla vista la grande rupe di Corinto e poi, finalmente, il mare.

La sera stessa incontrammo i nostri compagni di viaggio che ci aspettavano in un bosco sacro a Poseidone, signore dell'Istmo.

Mentore ci venne incontro per primo, e subito mio padre gli chiese se aveva notizie di Eracle.

«È stato visto a Creta dove sta dando la caccia a un toro selvaggio, enorme, invincibile, che devasta le campagne, distrugge i raccolti e scompare» rispose Mentore.

Tutto corrispondeva al racconto che ci aveva fatto Eumelo sulla sentenza decretata da Euristeo.

Mio padre rifletté per qualche istante, poi diede le sue disposizioni. Mentore doveva prendere in consegna il ragazzo, e portarlo fino a Fere, accompagnato da una scorta.

Gli disse: «A Fere dovrai far sapere al re che hai importanti notizie che lo riguardano. Se ti riceverà porterai Eumelo e glielo consegnerai».

«E se non vorrà ricevermi?»

«Porterai il giovane fino alla soglia del palazzo. Saprà come farsi riconoscere e come introdurti alla presenza dei sovrani. A loro, e soltanto a loro, dirai quello che è accaduto e il ragazzo ne sarà testimone. Dirai che ti manda Laerte che regna su Itaca e sulle altre isole. Andate ora, e che gli dei vi guidino per buoni sentieri.»

Li vedemmo partire senza aver potuto trascorrere insieme una sola notte. Noi riprendemmo la strada prima dell'alba dopo aver fatto provvista di cibo e di acqua, seguendo prima la sponda del mare verso occidente e poi dirigendoci verso l'interno risalendo aspre gole rocciose.

«Padre» domandai, «non sarebbe stato meglio tornare a Sparta dove il re Tindaro ci è amico?»

«No. Perché siamo diretti in Arcadia.»

«In Arcadia? Ma io credevo che...»

«Che non fosse vero? Che avessi inventato tutto per spaventare le guardie di Euristeo?»

«Sì, questo pensavo.»

«Ho detto la verità» rispose, «andiamo al santuario del re Lupo.»

8

LE MONTAGNE. NON ERANO CERTO PIÙ ALTE DI QUELLE CHE AVEVO viste nel regno del nonno ma molto più aspre, inaccessibili. Molte erano imbiancate sulla vetta, dalla neve.

«Posso vederla, padre» domandai, «la neve?»

«Non c'è tempo per salire fin lassù. La vedrai quando tornerai da tuo nonno. Gli chiederai di portarti sul Parnaso e potrai toccarla. È come spuma, ma molto fredda: se vi immergi le mani diventano rosse e poi viola e dopo un poco non le senti più.»

La neve... Già allora era nei miei sogni, incubi.

Erano invece meravigliose cuspidi d'argento le cime che si ergevano a destra e a sinistra delle aspre gole.

«Padre, allora dicevi la verità quando parlavi di andare al santuario del re Lupo?»

«Stiamo andando in Arcadia, ragazzo mio, ma non hai di che temere. Compiremo il rito e nulla accadrà di tremendo.»

«Ma perché? Il nonno, ne sono certo, non ci crede. E dunque perché dovrebbe essere vero?»

«Nessuno può dire con certezza ciò che è vero e ciò che non lo è.»

«Solo perché il nonno ha quel nome?»

«Sì, e perché tua madre ci crede, e ha paura.»

L'Arcadia era ancora più bella: colli e montagne, gole e boschi, fiori di campo e tramonti, il disco della luna striato di nubi sottili.

Il santuario, mi disse mio padre, non era tanto lontano ma conveniva riposare in un luogo tranquillo prima di avvicinarci. Ci preparammo per la notte all'imbocco di un antro da cui sgorgava una fonte che versava le proprie acque in un torrente.

«Che dici? Saranno arrivati alla meta Mentore con Eumelo e la nostra scorta?» domandai.

«Mentore è saggio e accorto. Saprà trovare le strade giuste e riuscirà a riconsegnare il ragazzo ai genitori. Avrei voluto che tu li conoscessi, Admeto e la sua sposa Alcesti, bellissima e altera... Tutti la volevano ma solo Admeto, anch'egli glorioso Argonauta, riuscì a vincerla come sposa.»

«E come vi riuscì?»

«Dimostrando di essere il migliore, io credo, anche se su di lui i cantori narrano vicende incredibili, e quindi solo il re di Fere potrebbe dirti la verità se lo volesse. C'è una storia che si racconta di lui.»

«Che storia?»

«Un giovane sconosciuto e bellissimo si era presentato un giorno al palazzo chiedendo di poter lavorare. Il re lo aveva assunto come mandriano per tre anni. Lo aveva preso a benvolere, e il giovane, dal canto suo, si era molto affezionato al suo signore. Poi, così come era arrivato, decise di andarsene...»

Mio padre s'interruppe, tendendo l'orecchio.

«Che c'è?»

«Non senti?» rispose. «Non senti questo lungo richiamo? È un lupo.»

Un ululato sempre più forte e vicino. «Padre, che dici? Ci attaccherà?»

«Questa è una regione di pastori e di greggi. E dove ci

sono pecore ci sono lupi. Ma non temere, noi non siamo pecore, siamo guerrieri e abbiamo le nostre armi.»

Il lupo tacque, come avesse udito le parole del re Laerte, e lui riprese il suo racconto.

«Si dice che per ricambiare il suo affetto, il giovane mandriano gli abbia lasciato un dono... Egli avrebbe convinto le Moire, che filano il fato di ogni uomo, a concedere al re Admeto di allontanare la morte per una sola volta, quando fosse giunta la sua ora, se avesse trovato qualcuno disposto a morire al posto suo. Chi se non un dio potrebbe prometterti il dono più prezioso che esista, la vita? E al tempo stesso farti pagare un prezzo così terribile come la vita di una persona che ti ami a tal punto da essere disposta a perderla per prolungare la tua?»

«Qual è, dunque, l'insegnamento?»

«L'insegnamento è che anche il più breve istante di felicità ha un costo. Se ti viene concesso un dono, sia pure di un dio, altre forze oscure e ignote oppure quello stesso dio esigono un prezzo che a volte ti fa rimpiangere di averlo accettato. Ma ora dormi. Domani sarà un giorno che non dimenticherai.»

Ci coricammo nell'ombra della fenditura, non senza aver prima offerto un dono votivo alle ninfe che di certo l'abitavano. Quando ci svegliò il sole del mattino, lasciati i cavalli dentro la grotta, mio padre e io ci mettemmo in cammino digiuni per presentarci al santuario.

«Perché, padre?» domandai. «Lo voglio sapere. Tu già avevi deciso prima che lasciassimo Itaca, non è vero?»

«È così, per volontà di tua madre. Lei è...»

«Diversa dalle altre donne. Lo so. È figlia di un simile padre.»

«Sì. Ha presentimenti... a volte visioni. Lei crede che tuo nonno, in gioventù, abbia compiuto qui il rito del lupo. Lo sai che cosa significa?»

Non lo sapevo e in quel momento non avrei voluto apprenderlo.

«Vedi quella montagna? È la più alta di Arcadia. Lassù, tanto tempo fa, visse il re Lupo. Tutti nelle terre circostanti erano spaventati da questa oscura presenza. Quando spariva un uomo o una fanciulla o un ragazzo senza lasciare traccia, lo sguardo di ognuno si alzava alla montagna, la mente al re sanguinario che ne abitava la sommità.

Poi, un giorno, il re Lupo sparì. Forse morì, forse fu ucciso, ma non morì la sua memoria, in qualche modo si potrebbe pensare che egli sopravvivesse in altre forme. Sta di fatto che ancora oggi in questo santuario si pratica un rito oscuro su certi uomini segnati da un marchio che solo i sacerdoti riescono a riconoscere. Da quel momento un uomo diventa lupo una notte ogni mese, per sette anni, poi, scaduto il suo tempo, torna qui al santuario. Gli offrono diversi tipi di carne, tra cui carne umana. Se la rifiuta è riscattato. Se la divora resterà un lupo per altri sette anni.»

«Non è possibile» mormorai, «non posso crederci... Vuoi dire che il padre di mia madre è stato un lupo?»

Il santuario si avvicinava, era ormai visibile: un recinto di tronchi d'albero circondava un ingresso che conduceva, forse, nelle viscere della montagna.

«Non a quel modo. Tua madre dice che poteva assumere quelle fattezze in certe notti...»

«Mia madre dà corpo ai fantasmi! Mio nonno è duro, inflessibile, spietato, ma un uomo. Ne sono certo.»

«Nondimeno le ho fatto una promessa. E tu devi sottometterti a questa prova. Non temere, io sarò al tuo fianco.»

Non avevo scelta. Entrammo e ci trovammo in una vasta caverna. Al centro una grande lastra di pietra levigata, che poggiava su quattro massi squadrati. Era buio all'interno, ma dal fondo veniva il tremolare di una luce. Nel silenzio echeggiò di nuovo un ululato sinistro, e dalla oscura profondità emerse una figura che mi fece rabbrividire: un uomo con il volto coperto da una maschera di lupo avanzava verso di me reggendo una coppa da cui si diffondeva un vapore dall'odore acuto. Me la porse e mio padre mi fece cenno di bere.

Obbedii. La mia mente svanì.

Mi trovo in una distesa bianca, infinita, gelida, e avanzo a fatica con il vento che mi spinge indietro e mi taglia la faccia. L'orizzonte da ogni parte è deserto, il cielo vuoto. La luce immobile. Poi, d'un tratto, un punto nero a grande distanza. Avanza verso di me. Veloce, diventa sempre più grande. Lui, il re Lupo su un carro trainato da lupi che sembra volare!

Quando ripresi conoscenza ero sdraiato sull'erba di un prato al limitare di un bosco e vedevo le zampe dei nostri cavalli.

Il rito doveva avere avuto un esito positivo, poiché mio padre mi guardava sorridendo.

«Ora puoi essere sereno, se anche tuo nonno fosse stato un lupo, nulla della sua natura è rimasto in te. Tua madre sarà soddisfatta e dormirà sonni tranquilli.»

«Ma che cosa è accaduto davvero?» chiesi io. «Perché non ricordo?»

«Perché eri altrove e ora sei di nuovo nel tuo mondo. Ma le porte del mistero si riapriranno. Quando, non saprei dirti. Il nostro mondo è instabile, Odisseo.»

Dopo avermi lasciato appena il tempo per riprendermi da quell'esperienza, ripartimmo. Attraversammo l'Arcadia e poi la Messenia. In capo a cinque giorni giungemmo alla nostra destinazione. Il re Nestore ci venne incontro con i suoi figli e abbracciò mio padre. Antiloco mi salutò con affetto.

Aspettammo per giorni e notti finché una sera ritornarono Mentore e la nostra scorta. Mentore aveva compiuto il suo dovere riportando Eumelo dai suoi genitori, a Fere, ma appariva turbato. Durante il lungo tragitto, lui e il ragazzo si erano molto legati, e mio padre lo capì.

«Possiamo fare a meno di te per qualche tempo» disse a Mentore. «Puoi tornare a Fere, se vuoi, ma non dimenticarci. Verrà il giorno che Eumelo si sentirà di nuovo parte dei suoi genitori, e non avrà più bisogno di te. Allora torna da noi e riprenderai il tuo posto nel palazzo.»

Quando ripartimmo, il distacco fu triste. Lasciammo i carri e riprendemmo la nave, caricata dei molti doni e dei ricordi di un viaggio che non avrei mai più dimenticato. Facemmo vela verso settentrione.

Verso Itaca.

Il vento ci fu favorevole: viaggiammo tutto il giorno e tutta la notte e giungemmo a casa la sera dell'indomani. La nostra isola ci accolse nel porto più prossimo al palazzo e trovammo come al solito ad attenderci l'armiere Damaste con un carro a quattro ruote trainato da una coppia di buoi che ci avrebbe trasportato fino a casa. Euriclea mi strinse piangendo di gioia. Damaste e i dignitari salutarono il re e resero omaggio anche a me, ben sapendo che tornando da quel viaggio non ero più quello di prima. Ero un uomo come loro, capace di reggere il regno se fosse stato necessario.

Da parte mia, ero contento di essere tornato, ma questa felicità fu assai breve. Una volta assaporato il piacere di rivedere mia madre, la mia nutrice, la mia casa, gli amici più cari, non riuscivo a trovare altro interesse nell'essere tornato.

Per alcuni giorni provai un vero e proprio sentimento di repulsione per la mia terra e una forte sensazione di disagio perché non mi sembrava giusto e perché non riuscivo a capirlo fino in fondo. Poi mi resi conto di che cosa si trattava. Per quasi due mesi avevo viaggiato per buona parte dell'Acaia sempre al fianco di mio padre; avevo incontrato tre sovrani, due regine, una quantità di principi e due principesse di cui una di sconvolgente bellezza. Avevo visto luoghi d'incredibile incanto, montagne e fiumi, picchi nevosi, fitte foreste e vaste, fertili pianure, ricevuto doni di inimmaginabile pregio e finezza.

Ero stato inseguito, avevo avuto sogni e visioni, sperimentato la paura, l'ammirazione, la tenerezza, il dubbio e, infine, il mistero. Sapevo ora che anche le emozioni più violente, più terribili e spaventose, erano preferibili all'immobilità, all'inerzia, al tedio di una esistenza sempre uguale. Tornare alla monotona vita di prima mi pareva inconcepibile.

A mio padre bastò guardarmi per capire, e mi parlò: «So quello che provi: è una specie di malattia che non ti dà tregua, ma è anche una profonda contraddizione. Quando ero sulla nave *Argo* nella lontana Colchide, pensavo sempre alla mia isola e ai suoi profumi, alla mia sposa, alla mia casa e a te, mio unico figlio. Tutto mi mancava terribilmente, provavo un'acuta nostalgia. Ma quando ero nel furore del combattimento dimenticavo ogni cosa, la mente ebbra della frenesia della mischia non aveva altro pensiero che lo scontro e la vittoria. È così, figlio: il nostro cuore desidera gli affetti, i ricordi, le immagini della famiglia e della casa ospitale, ma ha nel suo fondo un abisso. Tu hai solo sfiorato quella realtà oscura, non hai mai provato l'esperienza del combattimento, e non hai ancora affrontato l'ignoto, che è per tutti gli uomini ciò che più spaventa.

Aspetta tranquillo, fra poco ti abituerai di nuovo a Itaca. Ricorda: questo è un bene. Quando torniamo, quando viviamo nella nostra casa, la parte migliore di noi riprende il sopravvento».

Io rimasi in silenzio, meditando sulla profondità di quelle parole.

«È una grande fortuna» gli dissi infine, «crescere a fianco di un padre come te, che ha una risposta per tutte le domande, anche per quelle che non vengono pronunciate.»

«Ti ho solo mostrato una parte di ciò che ti attende quando verrà il momento, ma l'ho fatto amandoti, come si fa con un figlio, e questo ti resterà nel cuore.»

Mentore tornò soltanto dopo due anni, all'inizio della primavera, e il suo ritorno fu un grande avvenimento. Mio padre volle accoglierlo per primo quando lo seppe alla porta e Mentore s'inchinò a baciargli la mano. Poi anche io lo salutai, abbracciandolo come un amico che è mancato per molto tempo.

Al termine di un sontuoso banchetto, a cui praticamente tutto il palazzo era stato invitato, Mentore narrò della sua permanenza a Fere, accanto a Eumelo, e di come il re e la regina, una volta appreso cosa era accaduto a Micene, desiderassero liberare Eracle dal suo insopportabile rimorso, ma non potessero fare nulla, poiché le notizie che giungevano su di lui erano vaghe e confuse. Dov'era l'eroe dalla forza smisurata e dal cuore pesante? Nessuno lo sapeva. L'eco delle sue gesta giungeva deformata nel canto degli aedi: in Tracia? A Creta? In Peloponneso o in Beozia o in Iberia o agli estremi confini del mondo? Sarebbe mai tornato?

«Così aspettavamo» aggiunse Mentore. «Che tornasse Eracle, suppongo. A fare loro visita? Forse. Si dice che gli Argonauti si incontrino di tanto in tanto, tutti, a parte il loro capo, Giasone di Iolco. Ha sposato Medea, la figlia di Eeta, re di Colchide, la principessa selvaggia, ed è per lui come vivere con una tigre del Caucaso. Vorrebbe liberarsene ma non sa come fare perché intanto hanno avuto insieme due figli.»

«Continua» lo esortò mio padre. «Non hai bisogno di dire ciò che già conosco.»

Mentore proseguì nel suo racconto. «Intanto il re Admeto cominciò a dare segni di malessere. Un male indefinito che fluttuava nel corpo senza fermarsi. Passarono giorni, notti e ancora giorni e il re continuava a deperire. Lo assisteva la sposa dolcissima, Alcesti, la figlia di Pelia, re di Iolco. La madre di Eumelo.

Ogni giorno di più Admeto si avvicinava alla fine, diceva di sentire il freddo invadergli le membra, come se un'ombra maligna si fosse impossessata di lui. Un servo riferì questa storia che sto per dirvi. Forse il re delirava, forse era lucido. Raccontò che un dio era stato al suo servizio come schiavo ad accudire le mandrie e poiché lui lo aveva trattato bene gli aveva fatto un dono: se, giunto per lui il momento estremo, avesse trovato qualcuno pronto a sacrificarsi al suo posto avrebbe potuto evitare la Morte.

Alcesti, la sua sposa, non ebbe esitazioni. "Andrò io" disse, "andrò io alle porte dell'Ade e salverò il mio amore."

Admeto restò folgorato da quelle parole, al pensiero del dono immenso che la sposa gli stava facendo. In tanti tentarono di dissuadere la regina, ma lei fu irremovibile. Questo era il suo amore, e Admeto poté solo accettarlo.

Alcesti fu preparata per entrare, ancora viva, nel regno delle ombre. Bella come non mai: nel suo cereo pallore le labbra perfette spiccavano scarlatte, gli occhi azzurri, lucenti di lacrime, erano come un cielo dopo la pioggia. Abbracciò i figli piangendo per salutarli un'ultima volta, ed Eumelo, che aveva finalmente capito, piangeva anch'egli. Non ancora un ragazzo, non più un bambino, doveva assistere all'addio di sua madre.

Admeto, nel frattempo, sentiva la forza rifluire nelle vene, la vita riprendere lentamente possesso del suo corpo. Era invaso da grande sgomento, da una gioia di cui si vergognava, da un senso di sconfinata gratitudine per l'eroico gesto della sposa.

Finalmente, Alcesti si mosse. Accompagnata da un necroforo vestito di nero, con il volto striato e gli occhi cerchiati, e da uno stuolo di prefiche piangenti, fu posta su un carro trainato da quattro cavalli neri come ala di corvo. Venne condotta via.»

Dopo molti giorni, furono soltanto le prefiche e il necroforo a tornare. E subito dopo, venne il più inaspettato degli annunci: Eracle era a palazzo, e voleva vedere il re e la regina.

Fu Mentore il primo a incontrarlo.

Quando gli disse che la regina Alcesti era andata a morire, Eracle emise un ruggito che parve uscire dalla bocca di un leone e lo afferrò per la gola, costringendolo a raccontargli tutto, senza omettere un solo particolare.

Non fece in tempo ad aggiungere altro, né a rivelargli che la strage della sua famiglia era un'infamia perpetrata da suo cugino Euristeo, che già Eracle era corso via, era balzato su un carro e aveva lanciato i cavalli a corsa sfrenata.

Il suo ritorno fu annunciato sette giorni dopo. Quando entrò in città, fu accolto da due ali di folla muta e sgomenta.

L'eroe avanzava sul carro con i quattro cavalli al passo, il corpo pieno di graffi, lividi e ferite, la pelle quasi bruciata, lo sguardo fisso. Al suo fianco, immobile, stava una figura velata. Così ferma da sembrare inerte, una statua.

Il re uscì dal palazzo, e dietro di lui c'era Eumelo.

Eracle si rivolse allora ad Admeto esortandolo a riprendere a vivere come aveva sempre vissuto. Il suo popolo e i suoi figli avevano bisogno di lui. Per questo gli aveva portato in regalo una donna, affinché lo guarisse dalla sua malinconia.

Ma Admeto si volse all'eroe con occhi pieni di lacrime: "Non la voglio, amico. Sono stato un uomo spregevole ad accettare che Alcesti prendesse il mio posto. Senza di lei la mia non è più vita. Che pazzia ho mai compiuto, che cosa vergognosa! Se non avessi questi figli, ti giuro, la raggiungerei dov'è".

«Eracle, a quel punto, sorrise» disse ancora Mentore. «Aveva capito che Admeto era sincero, e meritava di essere perdonato. Tutti restammo con il fiato sospeso mentre l'eroe invincibile toglieva il velo che copriva la donna.

Apparve Alcesti.»

9

TUTTI I PRESENTI NELLA GRANDE SALA SI RALLEGRARONO PER LA felice conclusione della vicenda narrata da Mentore. E lui stesso sorrise al vedere l'effetto che l'epilogo della storia aveva avuto sul suo uditorio. Io rivolsi lo sguardo a mio padre e lo vidi compiere un gesto rivolto a Mentore. Due dita della mano destra tracciarono nell'aria una breve linea orizzontale: fermati. Poi un mezzo cerchio nella direzione frontale: mi dirai dopo.

Quando tutti si furono ritirati, restammo in tre seduti uno di fronte all'altro vicino a un lume che pendeva dal soffitto: il re Laerte mio padre, Mentore e io stesso.

Fu il re il primo a parlare: «Dov'è ora Eracle? Ha saputo di essere stato ingannato da Euristeo?».

«Sì. Gliel'ho detto. E lui è partito per Micene subito dopo, sul carro con cui aveva riportato Alcesti. E vi giuro che le Furie correvano ai suoi lati. I quattro stalloni neri sembravano spirare fuoco dalle narici e scintille sprizzavano di sotto ai cerchioni delle ruote.

Admeto ordinò alla sua guardia di andargli dietro pensando forse che avrebbe avuto bisogno di aiuto e io ne approfittai per balzare su uno dei carri da guerra, ma al nostro arrivo fu subito evidente che non avrebbe avuto bisogno di alcun sostegno. Scalò le mura, piombò dentro la città e, per un tempo che a noi parve interminabile, non si udì nulla. Il primo rumore che ci riscosse fu quello dei cardini della grande porta dei leoni su cui ruotavano i giganteschi battenti. Subito dopo apparve lui trascinandosi dietro Euristeo ancora vivo, il volto ridotto a una maschera informe e sanguinolenta. Con il dito della mano destra gli cavò tutti e due gli occhi, poi la sinistra si serrò sempre più forte al collo del re di Micene fino a spezzarlo. Chiamò uno dei nostri uomini e gli consegnò gli occhi del suo nemico: "Portali a Tebe, a mia madre; dille di chi sono e che questa è la giustizia di Eracle". Poi balzò sul carro e sparì in una nube di polvere.»

«Ha avuto quel che si meritava» disse mio padre dopo un lungo, pesante silenzio.

«E ora che farà?» domandai.

«Non lo so» rispose Mentore. «A me è parso che ciò che gli è stato rivelato sulla morte della sua famiglia abbia solo incendiato la sua collera, ma non sanato le sue ferite. Nessuno può restituirgli sua moglie e i suoi figli. Neppure gli dei. Se avessero voluto lo avrebbero già fatto o, meglio ancora, avrebbero impedito che ciò accadesse.»

Eracle, apprendemmo in seguito, scomparve così come era comparso – quasi dal nulla nella reggia di Admeto a Fere –, e di lui si persero le tracce. Io pensai che volesse in ogni caso condurre a termine quello che Euristeo gli aveva comandato di fare, perché si trattava di liberare il mondo da creature feroci e micidiali che devastavano e uccidevano. E giorni dopo, quando fummo soli, feci un'altra domanda a Mentore: «Dimmi, che cosa pensi sia successo ad Alcesti fra il momento in cui scomparve e il momento in cui tornò sul carro di Eracle? Tu eri là. Ti sarai pur chiesto che cosa sia accaduto».

Mentore scosse il capo: «La porta dell'Ade a noi più vicina è a Efira, non molto lontano da qui. Lì c'è la palude Stigia, lì c'è il fiume Acheronte. Ma solo Eracle e Alcesti conoscono la verità, e uno è scomparso, e l'altra non ha mai voluto parlare. Di una cosa però sono certo. Quando Eracle sollevò il velo per mostrarla al marito, il suo volto era pallido, gli occhi privi di espressione. La morte non l'aveva ancora del tutto lasciata».

Da quel momento, passarono più di tre anni prima che lo stesso Mentore venisse ad annunciare importanti notizie. A Micene il trono vacante dopo la morte di Euristeo era stato occupato da Atreo, figlio di Pelope, che si era rifugiato presso di lui con il fratello Tieste. Ora era lui il più potente sovrano di Acaia, e regnava assieme ai suoi due figli maschi: Agamennone e Menelao. Ad Argo il principe Diomede si stava esercitando nel combattimento per vendicare il padre, e intanto si preparava a partire per Sparta, come già stavano facendo i principi Castore e Polluce e molti altri.

«E anche tu andrai a Sparta, Odisseo» mi disse Mentore.

«Io? E perché? Sono già stato a Sparta.»

«Molti fra i più valorosi principi di Acaia hanno chiesto in sposa la figlia di Tindaro e di Leda, Elena, che ha compiuto diciassette anni. La sua bellezza è di tale splendore che chiunque sarebbe disposto a mettere in gioco la vita pur di condurla all'altare.»

«Non io, Mentore.»

«Aspetta di vederla, principe di Itaca. Anche tu potresti smarrire il senno.»

Restai in silenzio a riflettere. Quella vicenda poteva sfociare in una guerra, cosa che di certo io non volevo. Ero stato con mio padre Laerte sul continente per rinsaldare l'amicizia con gli altri re. Il più grande risultato dell'avventura degli Argonauti non era stata la conquista del tesoro di Colchide, il vello d'oro come ormai tutti lo chiamavano: era stato quello di unire cinquanta re e principi di Acaia in un'unica impresa in cui ognuno aveva combattuto al fianco dell'altro, l'uno aveva salvato la vita dell'altro. Mio padre era amico di tutti, tutti erano amici di mio padre e così doveva restare.

«Per quando siamo convocati a Sparta?» domandai.

«Per la luna nuova del prossimo mese.»

«Allora partirò subito. Trovami una nave e convoca i miei amici: Euriloco, Perimede, Polite, Euribàte e gli altri.»

Quindi andai a cercare mio padre per informarlo di quello che stavo per fare, e lui non dissentì. Era giusto che io andassi incontro alle mie sfide.

«Dovrai portare dei doni per Elena anche se non credo proprio che diverrà tua moglie: lei è...»

«D'oro, padre. E io sono di legno. Di quercia.»

La prima sosta del viaggio fu al Pilo e andai subito a rendere omaggio al re Nestore, che mi accolse come un figlio. Il sovrano volle che accettassi un seguito di guerrieri coperti di bronzo con il cimiero sull'elmo, più per prestigio che per necessità. Fra di loro c'era anche suo figlio Antiloco che già avevo conosciuto, e con lui strinsi facilmente amicizia. Arrivati a Sparta, il comandante della mia guardia si presentò ad annunciarmi al palazzo e tornò con un invito a cena per la sera successiva.

Antiloco voleva che mi presentassi al palazzo scortato da due giganteschi guerrieri della guardia di suo padre, ma lo convinsi a farmi accompagnare semplicemente da due servi che portassero i doni per Elena.

Il re Tindaro e la regina Leda mi accolsero con grandi onori e riguardi mentre i miei servi aprivano una scatola di avorio per mostrare il dono del principe d'Itaca a Elena di Sparta, un diadema d'oro con decine di pendenti che incastonavano pietre di meravigliosa bellezza.

«Elena ne sarà incantata» disse la regina. Poi il re mi condusse nell'armeria dove era allestito un tavolo con due coppe d'oro colme di vino rosso.

«Il tuo dono è davvero splendido, principe Odisseo.»

«Certo non è il giusto omaggio alla bellezza e alla grazia della più bella fanciulla del mondo. Ma è tutto quanto potevo offrire» risposi io, «e l'ho fatto con il cuore.»

Tindaro sembrò rabbuiarsi. «La sua bellezza è un pericolo.»

«Lo so. Ma non per me. Io non intendo mettere mano alla spada per conquistarla, anche se lei lo meriterebbe.»

«Perché no?» domandò Tindaro. «Sei figlio di un re, come gli altri pretendenti.»

«Perché so bene che non posso nemmeno sperare che Elena mi degni di uno sguardo. Il nostro è un regno di piccole isole rocciose. Vostra figlia può avere ben altro: i principi degli Achei sono molti, con regni potenti, ricchezze senza limiti, palazzi fastosi. Piuttosto, temo che i principi finiscano per battersi all'ultimo sangue per conquistare Elena, ma chi sarà battuto odierà il vincitore e lotte sanguinose seguiranno, guerre e lutti senza fine.»

«È quello che temo anche io. Ma udire le tue parole, pur essendo tu tanto giovane, mi dà speranza. E nel mio cuore di padre, se potessi scegliere, vorrei l'avessi tu la mia figlia splendente, perché la mente e il cuore valgono più che il braccio e la spada.»

In quel momento, un araldo venne ad annunciare che Aiace di Locride era arrivato, e così pure il principe Diomede.

«E altri principi arriveranno: da Fere, Arne, Micene, Salamina, Ftia, dalle isole e dai monti...» disse il re Tindaro.

«I figli degli Argonauti» commentai io. «I nostri padri strinsero un'alleanza che unì tutti i re di Acaia e noi distruggiamo la loro opera. Tuttavia ho pensato a una soluzione che potrebbe allontanare il triste presagio che c'incombe.»

Il re mi fissò incuriosito, e mi chiese di spiegare cosa intendevo.

E così io feci: «Posso parlare io a tuo nome ai principi, se così desideri, dopo che ognuno si sarà presentato a Elena. Dirò che la bellezza di tua figlia non dovrà essere conquistata con la spada, perché sangue chiama sangue. Sarà lei invece a scegliere, Elena luminosa. Ma prima che questo avvenga tutti dovranno giurare che, chiunque sia il prescelto, gli altri rispetteranno la volontà della sposa. Quindi tu in persona sacrificherai a Zeus, custode dei giuramenti, un toro, lo farai scuoiare e radunerai i principi. Li farai giurare in piedi sulla sua pelle ancora umida, uno per uno, che qualora qualcuno volesse portare via Elena allo sposo che lei ha scelto, tutti sarebbero pronti a battersi al suo fianco per riportarla nella sua casa».

Tindaro continuò a fissarmi, ora stupefatto. «Come puoi, così giovane, conoscere a tal punto i cuori degli uomini? Tu hai capito che tutti accetteranno perché ognuno dei principi sarà certo di essere l'unico degno di portare Elena nella sua casa, e dunque giurerà convinto che il giuramento vincolerà tutti i pretendenti a suo vantaggio.»

«Sono devoto ad Atena» risposi. «Forse un riflesso della sua infinita saggezza illumina il mio cuore cosicché io possa parlare parole assennate.»

Il re mi abbracciò: «Resta con me, finché ogni cosa si sarà risolta».

«Resterò, non solo perché me lo chiedi, ma perché la dea questa notte mi ha concesso una visione: un uccello d'acqua aveva fatto il nido su un ulivo nel palazzo di Laerte, nella mia casa.»

Il re sorrise: «Gli uccelli d'acqua non fanno il nido sugli ulivi».

«No, infatti, ma quando avrò riconosciuto il significato del sogno saprò di aver agito come vuole la mia dea che tutto conosce.»

Uscii dal palazzo meditando sulle mie mosse successive, quando un canto mi fermò. La voce di una ragazza giungeva a me, limpida come l'acqua, le parole portate dal vento.

Vola, vola lontano,
guarda dall'alto il fiume,
guarda dall'alto il mare
quando tramonta il sole
e l'aria sa di sale,
amara nostalgia, fallo tornare!

Ma da dove veniva quella voce soave? Guardavo intorno e non vedevo alcuno. C'era un muretto coperto di gelsomini fioriti che cingeva un giardino di meli e di ulivi. Da là veniva il canto. Mi accostai e vidi una ragazza vestita di un abito leggero, stretto ai fianchi da un'alta fascia. Raccoglieva fiori di campo ma, avvertendo la mia presenza, si fermò e venne verso di me senza paura.

«Chi sei?» domandò. «Dall'aspetto sembri un principe: sei forse venuto per conquistare Elena? Già altri ne sono arrivati e si accampano lungo il fiume, si preparano a feroci duelli.»

«Mi chiamo Odisseo» risposi io.

«Il principe di Itaca. Combatterai, Odisseo? Se sì, ti auguro un avversario non troppo difficile.»

«E tu? Cantavi per qualcuno quelle parole?»

«Per nessuno» disse lei.

Io per un istante pensai che quel *Nessuno* sarebbe stato un uomo fortunato. Era un pensiero incongruo, e mi ripresi subito. «E perché mi auguri un avversario non troppo difficile?»

«Perché hai dei begli occhi. Cambiano di colore quando sorridi.»

«Anche tu hai dei begli occhi. Ci si perde nel tuo sguardo. Chi sei?»

«Penelope. La figlia di Icario, il fratello del re. Quindi sono la cugina di Elena.»

«Ti vedrò ancora?»

«Se non ti farai ammazzare. Lo sai quanto è grosso Aiace Telamonio? È gigantesco. Una montagna che cammina. E suo cugino Achille? Una folgore. Ti ha già tagliato in due prima che tu metta mano alla spada.»

«Io sono più veloce di loro» risposi. «Li ho già battuti tutti.»

Restò muta a guardarmi, i fiori le caddero di mano. Io ripresi il mio cammino.

«Odisseo!» risuonò la sua voce alle mie spalle. Mi volsi.

Mi sorrise. Bruna e luminosa.

Arrivai all'accampamento degli ospiti pretendenti quando il sole cominciava a declinare. Vidi prima le tende di Achille, principe di Ftia dei Mirmidoni, poi quella di Aiace Telamonio, principe di Salamina; quella di Diomede, principe di Argo, veniva dopo, quindi quella di Aiace, principe di Locride, di Idomeneo di Creta, di Menelao, principe di Micene, accompagnato dal fratello maggiore Agamennone che non avrebbe gareggiato. Aveva già chiesta e ottenuta in sposa la sorella gemella di Elena, Clitennestra, e questo doveva avere certamente un significato che per il momento non riuscivo a interpretare.

Subito mi sentii male, capii che la mia missione sarebbe stata molto più difficile di quanto pensassi. Camminai attraverso l'accampamento per vedere chi fossero i giovani che volevano conquistare Elena, quale fosse il loro carattere, il loro atteggiamento.

Quando vidi che il sole si avvicinava all'orizzonte chiamai uno degli araldi che stavano sullo spiazzo libero da tende, gli dissi che ero Odisseo di Itaca, da parte del re Tindaro, e gli ordinai di chiamare i principi ad assemblea. Mi preparavo a tenere il mio discorso, sperando di essere abile abbastanza da convincere tutti.

Uno a uno i pretendenti arrivarono nello spiazzo presso il fiume e io salii su un masso per parlare.

«Principi di Acaia!»

Le loro voci si acquetarono in un brusio. E io cominciai.

«Nobili principi, ascoltatemi! Sono Odisseo, figlio di Laerte re di Itaca. So perché siete qui: tutti voi volete Elena, la più bella sulla faccia della terra. Ma voi siete molti. Lei una sola! Se vi batterete – se *ci* batteremo – scorrerà il sangue, e con il sangue arriverà l'odio e il desiderio di rivalsa. Dalla pace che ora regna tra noi, torneremo alla guerra. E dunque, chiunque vinca, ugualmente perderà. Tutti noi perderemo.»

Fissai i volti dei giovani e nobili guerrieri che avevo di fronte, e feci loro la proposta che già avevo anticipato a Tindaro: sarebbe stata Elena a scegliere il suo futuro sposo, e tutti gli altri avrebbero giurato fedeltà a quel matrimonio come e più dello sposo stesso.

I principi si guardarono l'un l'altro, increduli. Era l'ultima cosa che si aspettavano e la peggiore.

«Non c'è bisogno di versare sangue: perché non lottiamo o corriamo con i carri o gareggiamo scagliando la lancia più lontano degli altri? Qualunque cosa è meglio che lasciarsi scegliere da una donna» gridò Diomede di Argo.

«Non cambierebbe di molto: nessuno di voi accetterebbe una sconfitta, e la guerra, le vendette sarebbero solo rimandate. Giurerete uno dopo l'altro a mano a mano che sarete chiamati dall'araldo. E siate felici: da questo momento, fino a quando Elena non avrà pronunciato un nome, ognuno di voi potrà sognare di essere il prescelto.»

«Anche tu sarai con noi, itacese?» domandò Aiace di Salamina.

«Non posso ignorare l'onore che il re e la regina di Sparta mi fanno e dunque anche io giurerò con voi, ma non sarò io a essere scelto, principe di isole povere e rocciose, non certo imponente nell'aspetto come siete voi. Il re e la regina con la loro figlia splendente vi aspetteranno domani nel cortile del palazzo, dopo il tramonto.»

Per un attimo vidi, ritto fra Antiloco e Achille, il mio consigliere, Mentore, che mi fissava con un sorriso enigmatico sulle labbra e fui per chiamarlo, ma sapevo che non poteva essere lì, e un momento dopo si era già dissolto nell'aria, come nebbia. Atena!

Tremai per quella visione ma gioii nel cuore: ero sicuro di aver vinto, di aver scongiurato il peggio.

Tornai al palazzo, pensando a Penelope. A un tratto qualcosa cadde ai miei piedi e mi chinai a raccoglierla: un piccolo sasso di arenaria rossa. Alzai lo sguardo e la vidi affacciata al davanzale di una finestra. Il suo sorriso era velato di malinconia o mi ingannavo? Le feci cenno di scendere. Lei mi indicò la parete meridionale del palazzo e sparì.

Mi guardai intorno per accertarmi che nessuno si fosse accorto di nulla, poi svoltai dietro l'angolo e cercai un luogo adatto a un appuntamento segreto. Trovai un gruppo di lecci e di bossi che creava un piccolo spazio appartato: vi entrai e poco dopo la vidi uscire, guardinga, da una porticina e chiamarmi sottovoce.

«Un dono ben strano mi hai fatto e non ho certo voglia di ricambiarti. E sì che volentieri ti avrei portato un fiore.»

«Perché dici queste parole? Hai fama di essere abile nel parlare e di riuscire facilmente a far credere quello che non è.» Le luccicavano gli occhi, nella penombra.

«Non capisco che cosa intendi. Le mie parole erano sincere e venivano dal cuore.»

«Davvero? Allora ascolta questa storia. Elena ha fatto un sogno» disse. «Ha sognato che voi due eravate assieme, in una stanza da bagno rivestita di una pietra rara, dai riflessi verdi, con vasi di alabastro ricolmi di profumi orientali. Eravate in un atteggiamento come di... marito e moglie.» Qui si fermò e scoppiò in lacrime. Cercai di attirarla vicino a me ma lei mi respinse come fossi un traditore.

«Se Elena ha raccontato questo sogno significa che ha già fatto la sua scelta e che tu hai già risposto. La conosco troppo bene. Prende sempre ciò che vuole.»

Non feci in tempo a dire una parola che lei era già fuggita via.

La sera dopo, al calar del sole, tutto era pronto a palazzo. Il re e la regina, con il loro seguito di dignitari e di guerrieri, uscirono dalla porta principale accompagnando la figlia coperta da un velo che le scendeva fino a terra. Per ultimi uscirono la principessa Clitennestra con lo sposo Agamennone, il figlio maggiore di Atreo, re di Micene.

Il toro, trascinato al centro del cortile dai sacerdoti, venne sacrificato e scuoiato per il rito. Poi, a un cenno del re, una nutrice svelò lo splendore di Elena. Fece cadere il drappo azzurro che la ricopriva suscitando voci di stupore da tutti i presenti. Avevamo di fronte una dea più che una mortale, una bellezza pura e perfetta come una rosa d'oro.

Uno a uno, passando a piedi scalzi sulla pelle del toro ancora sanguinante, giurammo lo stesso giuramento. Per primo Achille:

> Io, Achille, figlio di Peleo signore di Ftia dei Mirmidoni, sono giunto con i doni nuziali per Elena di Sparta e giuro, se anche scegliesse un altro fra i principi qui convenuti, che difenderò il suo onore e la sua persona come se fosse la mia sposa.

Pronunciato il giuramento ognuno faceva cenno al suo scudiero perché deponesse ai piedi di Elena i doni nuziali, poi andava a porsi al centro della corte a fianco dei compagni che già avevano giurato. Alla fine, ai piedi di Elena si era accumulato un tesoro, ma solo i doni dell'uomo che avrebbe sposato sarebbero stati trattenuti. Gli altri sarebbero stati restituiti. Quando tutti ebbero giurato venne il momento, e a ognuno fra i principi, e anche a me, il cuore batteva nel petto come nell'attimo che precede una tremenda battaglia, la mischia feroce che può dare la vittoria o la morte.

Elena si mosse, si diresse verso il primo dei giovani eroi all'inizio della fila, e il più sfolgorante: Achille. Lì tutti pensavano che si sarebbe fermata, ma sostò solo per un istante e per un lieve sorriso. Passò Filottete, l'arciere infallibile, Protesilao, signore dei Traci indomabili, Antiloco, il più valoroso fra i figli di Nestore, Menesteo di Atene, Aiace di Locride dallo sguardo impassibile, Diomede, dopo Achille il più fiero.

Poi, l'ebbi di fronte, io, principe di una piccola isola rocciosa, pascolo di capre, modesto il mio dono a fronte degli altri tesori. Sarebbe passata oltre...

Si fermò.

Si avvicinava cercando il mio sguardo, cercando una risposta. La vidi fanciulla che mi parlava presso il recinto di focosi cavalli. Capii. Le risposi no con lo sguardo, scossi leggermente la testa, solo lei poté vedermi. Lacrime le brillarono negli occhi appena comprese. All'ultimo fece un passo quasi impercettibile verso destra e scelse il primo che incontrò: Menelao colore del bronzo, rosso come il rame nei capelli.

Si alzò un grido da tutti, di gioia, di furore, di delirio. Era passata la prova tremenda e nulla era successo. Elena aveva uno sposo, un principe senza regno. E già il palazzo ferveva dei preparativi per la grande festa di nozze. Nessuno badava a me e corsi via, lungo il cortile e poi lungo il corridoio fino al giardino posteriore.

Non dovetti cercare a lungo: Penelope correva verso di me con il volto bellissimo pieno di gioia e di lacrime. Mi abbracciò forte e *non voleva più sciogliere dal mio collo le candide braccia*.

«Portami con te» disse, «ora, Odisseo. Sei tu l'uomo che voglio e che vorrò per tutta la vita.»

«Corri» urlai, «corri più veloce che puoi, dietro di me!» E così arrivammo ansanti alle scuderie. Legai i cavalli al carro, la feci salire e frustai con le redini i bei corsieri di Nestore. Quelli si lanciarono veloci lungo la strada.

Ma subito udimmo un grido più forte del rumore di galoppo: «Fermati, fermati, figlia!», e immediatamente dopo suo padre Icario si gettò in mezzo alla strada. Forse aveva capito, forse un dio a me avverso lo aveva avvertito, e ora mi sbarrava la strada. Dovetti tirare le redini, fermare il carro per non travolgere il fratello di Tindaro.

«Scendi» ordinò a Penelope. «Non è questo lo sposo che tua madre e io abbiamo scelto per te. Vogliamo un re possente, signore di una terra vasta e fertile, che abbia ai suoi ordini numerose schiere di guerrieri. Il figlio di Laerte regnerà su piccole isole del mare occidentale, scoscese e sterili, e vivrà da predone, come suo padre e suo nonno. Torna indietro con me, figlia mia, finché sei in tempo, ti scongiuro!»

Mi sentivo umiliato per quelle offese e avrei voluto affrontarlo con la spada in pugno, ma era il padre della donna che amavo e repressi l'ira nel mio cuore. E anche mi faceva pietà. Piangeva perché stava perdendo la figlia che adorava. Ma Penelope fu irremovibile. Si coprì il capo e il volto con il velo che le cingeva le spalle, come una sposa già promessa con un patto solenne che si avvicina allo sposo il giorno delle sue nozze. Frustai di nuovo i cavalli per lasciarmi dietro Icario, ma lui si afferrò alle maniglie cercando di saltare sul carro. Per un poco fu trascinato lungo il campo erboso, poi lasciò la presa, ma udimmo ancora a lungo le sue grida disperate che chiamavano la figlia.

10

FERMAI I CAVALLI AL RIPARO DI UN MURO DIROCCATO PERCHÉ proseguire sarebbe stato un grande pericolo. Il cielo nuvoloso copriva la luna e avevo con me Penelope. Oltre a questo mi sentivo male a lasciare Sparta a quel modo, come un ladro. Avevo forse evitato che i pretendenti di Elena si scontrassero l'un l'altro, ma mi allontanavo portando via contro il volere del padre una principessa di sangue reale e abbandonavo gli uomini del mio seguito in una situazione insostenibile. Lo stesso Nestore che mi aveva aiutato avrebbe potuto subire danni a causa del mio comportamento. La mia missione, iniziata sotto i migliori auspici, si concludeva malamente. Eppure, in quel momento la cosa più importante per me era che mi trovavo solo con la ragazza che amavo e che avevo desiderato fin dal primo istante.

Sentivo il suo profumo, cercavo i suoi occhi nell'oscurità e lei cercava i miei, ma io frenai il mio cuore, e standole vicino le dissi: «Penelope, nessuna creatura al mondo potrei desiderare più di te perché non amo solo la tua bellezza, amo tutto ciò che ti rende soave e dolce, superba e luminosa. Gli dei sicuramente ti fecero per me, perché nessun'altra io vorrei mai, ora che ti ho incontrata, nessun'altra vorrei prendere in sposa».

«Lo so» rispose accarezzandomi. «Hai respinto Elena.

Nessuno se n'è accorto ma a me non è sfuggito. Nessun altro al mondo ne sarebbe stato capace. Mi sono velata il capo e il volto per te, perché capissi che voglio solo te e nessun altro.»

«E dunque non possiamo fuggire, dobbiamo tornare indietro. Io parlerò al re Tindaro e lo pregherò di intercedere presso suo fratello perché non ci maledica e accetti che tu sia la mia sposa. Mi ascolterà.»

Le porsi la mano e la feci salire accanto a me. Poi volsi il carro in direzione di Sparta e spinsi i cavalli in avanti, al passo. Salimmo il declivio di una collina, ma appena fummo alla sommità ci si presentò alla vista uno spettacolo che mi lasciò senza respiro: trenta carri da guerra aperti a ventaglio avanzavano verso di noi, decine di torce accese fissate alle cuspidi delle lance dei guerrieri illuminavano il terreno intorno. Mi fermai e lo stesso fecero loro. Per alcuni istanti vi fu un silenzio greve come il cielo che c'incombeva. Si udiva solo lo sfrigolare delle torce e lo sbuffare dei cavalli. Poi uno dei carri, quello al centro con le insegne reali sullo stendardo, avanzò fino a trovarsi di fronte a noi. Il re di Sparta parlò: «Dove vai a quest'ora così tarda, principe d'Itaca, dopo aver disertato le nozze di mia figlia? E chi è questa ragazza così sfrontata da fuggire con te di notte e di nascosto?».

Presi Penelope per mano, scendemmo a terra e ci accostammo al cocchio del re.

«Non stiamo fuggendo, Tindaro, e nessuna offesa è stata portata all'onore di tua nipote, la principessa Penelope, benché nessun mortale possa resistere all'amore, che è un dio. Egli ci ha travolti e spinti a fuggire, ma poi abbiamo pensato che non potevamo lasciare la tua casa in questo modo e stavamo tornando per chiederti perdono. E anche per chiederti che tu interceda presso tuo fratello Icario affinché accetti che sua figlia diventi la mia sposa. Ti prego, re di Sparta.»

Tindaro sembrò ascoltarmi con indulgenza: «Ti ho trovato mentre tornavi indietro, Odisseo, e quindi crederò alle tue parole. E non posso dimenticare che la tua opera è stata preziosa. Tuttavia, non credo che mio fratello Icario sarebbe ora disposto ad ascoltarti, ma farò in modo che incontriate in segreto sua moglie Policaste. Penserà lei a parlare con suo marito. A Icario dirò che il re Laerte verrà da lui a chiedere in sposa Penelope per il figlio».

Gli baciai la mano ringraziandolo e Penelope fece lo stesso, poi ci rimettemmo in viaggio in direzione di Sparta, scortati dal gruppo di carri da guerra che seguivano il re.

Arrivammo a notte fonda e fui accompagnato nella mia camera in una parte del palazzo poco frequentata. Penelope, velata, fu condotta nell'appartamento della regina approfittando dell'oscurità.

Ero stanco ma non riuscivo a dormire: avevo trascorso con Penelope un tempo molto breve, eppure essere separato da lei mi dava preoccupazione e profondo disagio. Sentivo che se l'avessi perduta la mia vita non sarebbe mai più stata la stessa, l'avrei rimpianta per sempre. Mi alzai e uscii per camminare nell'uliveto che confinava da quella parte con il palazzo. Non so quanto tempo fosse trascorso quando vidi che la luna splendeva nel cielo quasi piena e molte ombre erano impresse sul terreno. Un'altra si disegnò accanto alla mia e una voce risuonò alle mie spalle: «Perché non mi hai voluta?»

Nel chiarore lunare Elena era bella come non mai. I capelli le scendevano sulle spalle, accarezzando il volto perfetto, e il loro riflesso dorato riluceva nei suoi occhi.

«Nessun uomo potrebbe resistere alla tua bellezza e alla luce del tuo sguardo. Io tremavo di fronte al tuo splendore...»

«Tu mi hai ferita, principe di Itaca, e ora non mi rispondi. Perché non mi hai voluta?»

«Io pensavo a Penelope, tua cugina, e ora sono certo

di amarla. Lei è fatta per me e io per lei. Tu saresti stata infelice nella mia isola piccola e povera e mi avresti disprezzato. Eri d'oro ai miei occhi e lontana come le stelle, troppo lontana perché potessi anche solo pensare a te.»

«Non dire altro» rispose, «ma sappi che mi hai resa infelice. E una donna come me, quando è infelice, diventa più temibile di un esercito.»

D'improvviso capii che dovevo andarmene: «Hai sposato un giovane bello e forte che ti darà gioia. Questo è il mio augurio. Addio, Elena».

Mi diressi verso il mio alloggio ma la sua voce mi fermò ancora. Mi venne vicina, così vicina da farmi tremare: «Eppure ci rivedremo, io e te, in un luogo bellissimo, come marito e moglie. L'ho sognato. Non so come né quando, ma accadrà». Scomparve nel chiarore della luna, fra le ombre degli ulivi.

Il mattino dopo ripartii con la mia scorta per raggiungere il Pilo. Tindaro mi disse di aver parlato con la madre di Penelope e che mi avrebbe mandato un messaggio quando le cose fossero cambiate. Lo ringraziai ancora per avermi creduto e aver speso le sue parole a nostra difesa. Chiesi a Euriloco di precederci viaggiando il più velocemente possibile per avvertire i miei genitori che tornavo con la mia fidanzata. Ero contento che mio padre e mia madre la incontrassero, ma per giorni e notti il ricordo dell'apparizione notturna di Elena e delle sue parole amare non mi diede tregua. Giunto al palazzo di Nestore, lo salutai e ringraziai con il cuore perché mi aveva trattato come un padre, e l'indomani partimmo con una delle sue navi.

Il mare era tranquillo, il vento favorevole. Ero felice perché avevo dovuto prendere molte decisioni ma tutte erano state buone. A volte Penelope si accorgeva che la mia mente era lontana o assente, e diceva: «A che pensi?». E sembrava mi leggesse nel cuore.

«Penso a noi, alla vita che vivremo insieme, ai figli che avremo, al giorno in cui saremo il re e la regina di Itaca e delle isole occidentali. Mio padre sarà il mio consigliere e la sua sposa Anticlea sarà per te come una seconda madre.»

«Davvero non rimpiangi di aver respinto Elena? Non dimenticherò mai quell'istante. Il mondo intero si era fermato. Anche gli dei guardavano dall'alto chi fosse mai il prescelto.»

«Non l'ho respinta, le ho fatto capire con uno sguardo che non saremmo mai stati felici. Io sono contento perché quello che avrebbe potuto diventare uno scontro senza tregua e provocare la morte di molti fra i più belli e valorosi principi di Acaia si è risolto senza violenza. Ora i figli degli Argonauti sono in pace fra di loro come lo furono e lo sono i padri.»

«Tu vedi la pace, Odisseo? Che gli dei ti ascoltino. Lo sai chi sono davvero Agamennone e Menelao? Lo sai chi era il loro padre Atreo? Lo sai che cosa fece alla moglie che lo aveva tradito con suo fratello Tieste e che cosa fece a lui quando lo scoprì? Lo invitò a un banchetto fingendo di volersi riconciliare e...»

«Non voglio sentire queste cose!» gridai. «E anche se fossero vere non mi interessano: Atreo non era un Argonauta.»

La sera del terzo giorno di navigazione arrivammo nel porto grande e potemmo vedere subito che Euriloco ci aveva preceduti da tempo: trenta navi spuntarono da dietro i promontori e si unirono a quelle che già ci scortavano. Sui pennoni sventolavano i vessilli delle più potenti famiglie del regno, dai fianchi pendevano scudi lucidati a specchio che riflettevano gli ultimi rossi bagliori del giorno. Poi, appena si oscurarono le vie dell'acqua e della terra, centinaia di torce s'infiammarono sulle prue e sulle fiancate di ogni nave sicché pareva che vascelli di fuoco solcassero il golfo; i fuochi incendiavano anche il mare e, a mano a mano che ci avvicinavamo alla terra, un suono dolcissimo cominciava a udirsi, mentre appariva un coro di fanciulle vestite di bianco e coronate di fiori. Al centro, il re mio padre, circondato dalla sua guardia. Alla sua sinistra, la regina mia madre.

Mi vennero le lacrime agli occhi.

I marinai fecero appoggiare la passerella sul molo e scendemmo in terra, Penelope e io. Mi inchinai davanti a mio padre, poi piegai le ginocchia di fronte a mia madre. Dissi: «Padre e madre mia, accogliete vi prego la mia fidanzata, Penelope, figlia del nobile Icario di Sparta, con affetto e benevolenza».

«Figlia mia» le disse mio padre.

«Creatura mia» le disse mia madre abbracciandola. «Sii la benvenuta. Noi ti ameremo.»

«Noi ti ameremo» ripeté mio padre.

Dietro vidi la mia nutrice Euriclea che piangeva di commozione asciugandosi gli occhi con un fazzoletto a ogni istante.

Sulle navi, a un grido dell'araldo, i marinai sollevarono dal mare i remi, li alzarono con le pale verso l'alto e batterono all'unisono le impugnature sui banchi di voga facendo rimbombare le cavità degli scafi d'un cupo fragore, come quando il tuono scende sul mare rombando dalle cime dei monti.

Salimmo sul carro trainato da candidi buoi e centinaia di guerrieri che impugnavano torce accese ci scortarono fino al palazzo già illuminato sui muri di cinta e sulle finestre.

Gli occhi di tutti erano per Penelope. Ma lei guardava me e io lei.

Le nozze si celebrarono dopo poche settimane davanti al sacerdote di Era che protegge il focolare domestico. Sollevai fra le braccia la mia sposa e le feci attraversare la porta della casa che con le mie stesse mani avevo voluto costruire attorno a un albero di ulivo che Penelope mi aveva pregato di non tagliare. Lo stesso albero che aveva riacceso la mia visione come un lampo. "Ho sognato che un uccello d'acqua si posava nel nido su un ulivo nella mia casa."

Poi, venuta la sera, le ancelle con le torce accese la prepararono e l'accompagnarono fino alla soglia della camera nuziale e, dopo che fu entrata, si ritirarono.

Nessuno aveva visto ciò che avevo fatto e nessuno avrebbe mai dovuto vedere che anche il letto era incastrato tra piccoli rami d'ulivo.

Udii il suo grido di meraviglia e di gioia, e anche il mio cuore si riempì di una felicità che mai prima avevo conosciuto. Guardai in alto l'apertura sopra la scala e dovetti attendere un poco che il respiro si acquetasse prima di salire nel talamo. Gli occhi di Penelope brillavano ardenti nell'oscurità, rischiarata soltanto dal lume rosato di una lanterna.

«Mi hai costruito un nido fra i rami di un albero. Nessun uomo al mondo lo avrebbe pensato. Anche soltanto per questo ti amerei per sempre.»

Mi prese tra le braccia, e io la strinsi a me. L'aurora ci trovò ancora abbracciati. Prima che il sonno scendesse sulle nostre palpebre, sentii la sua voce sussurrare: «Gli dei ci invidieranno per questo. Non possono capire, gli immortali, quanto intenso e bruciante sia il nostro amore Odisseo, principe d'Itaca, mio sposo».

11

MI LEVAI PRIMA CHE IL SOLE FOSSE ALTO SULL'ORIZZONTE, ANCORA colmo dell'emozione della notte appena trascorsa, e trovai mio padre che zappava nell'orto come a volte si dilettava a fare. Si alzò, si deterse il sudore e mi venne incontro.

«Hai portato in questa casa una sposa impeccabile, una giovane rispettosa e senza superbia, benché sia la nipote di Tindaro e Leda sovrani di Sparta. E sono orgoglioso di te, figlio mio. La notizia si è già diffusa. Ciò che hai compiuto è stato un prodigio: hai restaurato l'unità e la concordia tra i figli degli Argonauti prima che si accendesse una mischia dall'esito disastroso.»

Era evidentemente felice, e lo ero anche io. Una giornata luminosa risplendeva sulla nostra isola, profumo nell'aria, avevo i miei genitori e la mia sposa che mi amavano e io li amavo e la gente tutto attorno era intenta alle sue opere...

«Tuo nonno vuole vederti» mi annunciò mio padre interrompendo i miei pensieri. «Ti aspetta per consegnarti il suo dono di nozze.»

Cercai di prendere tempo, ma mio padre mi fece capire che non era il caso. Dovevo partire subito, all'indomani.

Penelope, quando lo seppe, ne rimase sorpresa, più probabilmente contrariata, però non disse nulla e venne a salutarmi al porto quando salpai l'ancora con gli stessi compagni che mi avevano accompagnato al Pilo da Nestore. «Penserò a te ogni istante» mi sussurrò all'orecchio.

Arrivammo in porto la sera stessa con un vento di ponente teso e costante. Ad attendermi c'erano gli zii con un paio di servi che offrirono cibo abbondante ai miei compagni sulla nave. Io salii sul carro e ci avviammo verso la fortezza di Autolico. Il nonno mi venne incontro sorridente, e mi abbracciò. «Sembra ieri che siamo andati a caccia insieme ed eri un ragazzo. Ora eccoti uomo maturo, e sposato con una principessa della dinastia fra le più forti di Acaia. Vuoi vedere il tuo regalo?»

«Certamente» risposi, «non è forse per questo che sono venuto?»

Autolico rise, mi prese per un braccio e mi portò nelle scuderie dove teneva i cavalli.

«Eccolo qua: si chiama Argo, come la città, come la nave che ha visto tuo padre e i suoi compagni compiere le loro eroiche imprese; ha tre mesi ed è tuo.»

Un cucciolo di cane, di pelo rosso con una macchia chiara in mezzo agli occhi. Lo presi in braccio e ci fu subito amore fra noi. Mi leccava e scodinzolava come se ci conoscessimo da sempre.

Ringraziai sinceramente mio nonno, e lui mi chiese per quanto tempo mi sarei trattenuto. Dovetti deluderlo, ero sposato solo da due giorni e intendevo tornare subito da mia moglie.

Autolico capiva. Temeva però che potessimo non rivederci più, e questo a causa mia. Uno strano e cupo presagio che non volle spiegarmi.

Mi confidò, invece, che sulla nave, al mio ritorno, avrei trovato un'arca di legno che conteneva il vero regalo di nozze.

«E ora ascolta bene» mi intimò. «Qualunque cosa accada, fa' che non lasci la casa. Mai.»

Io lo rassicurai. Ma c'era qualcosa che volevo chiedergli.

«Se sono mai stato al santuario del re Lupo?» mi anticipò lui, come se potesse leggermi dentro. «È questo che volevi domandarmi? Sì, ci sono stato. Ma stai tranquillo, la coda non mi è mai spuntata. Diciamo che questa storia mi ha aiutato a ottenere un certo rispetto.»

Volevo credergli, e lui pareva sincero. D'altra parte sapevo pure che la sua arte prediletta era la menzogna.

Cenammo insieme, poi gli zii portarono a letto il nonno ubriaco e non ebbi nemmeno il modo di salutarlo. Mi aveva detto e dato tutto e dunque non lo avrei rivisto l'indomani. Odiava i congedi. Preferiva che lo pensassimo chiuso nella sua tana a ringhiare contro il mondo.

Navigammo con maggiore difficoltà al ritorno e arrivammo a Itaca tardi col buio. Non c'era nessuno ad attenderci perché pensavano che sarei tornato dopo qualche giorno. Solo Penelope mi aspettava.

Dopo aver goduto dell'amore, la mia sposa si addormentò e io uscii scalzo senza far rumore per aprire l'arca che il nonno mi aveva consegnato.

Con me c'era solo Argo, il cucciolo, che pareva ancora più impaziente del suo padrone.

Ruppi i sigilli dell'arca e vidi cosa conteneva.

Un arco!

Un grande, magnifico arco di corno con la sua corda sciolta: un nerbo di toro tagliato a strisce e attorto in una treccia sottile. Lo estrassi, afferrai l'estremità superiore con la mano sinistra, appoggiai il ginocchio contro l'impugnatura, presi l'estremità della corda con la destra e li spinsi con grande sforzo uno verso l'altro finché l'anello superiore del nerbo non agganciò l'estremità dell'arco. Tentai la corda e la sentii rombare sorda al centro ai primi tocchi e poi stridula quando la tesi più forte rilasciandola. Doveva avere una potenza tremenda. Argo guaiva sommesso come se capisse a cosa serviva quell'oggetto.

Il mattino dopo, mio padre volle vedere il regalo del nonno. Io provai a convincerlo che l'unico dono che avevo ricevuto era Argo, il cucciolo, ma lui aveva udito nella notte il suono inconfondibile di una corda che viene tesa, e così mi decisi a mostrargli l'arco.

Lo portai nella stanza dove tenevo la cassa e l'aprii davanti ai suoi occhi. L'eroe Laerte si stupì a quella vista e protese la mano a sfiorare il corno, nero, lucente.

«Quest'arma viene da molto lontano» disse, serrando la mano all'impugnatura.

«Il nonno mi ha detto che quest'arco non dovrà mai lasciare la casa. Che cosa significa?»

«Significa che non dovrà varcare il mare, dovrà restare nell'isola. Forse è un talismano, un oggetto magico che può tenere lontane le disgrazie. Tuo nonno è stato generoso, questo è un dono degno di un re.»

La mia vita riprese da quel momento tranquilla nell'isola. Mentore viaggiava spesso nel continente e ci portava notizie su quanto accadeva. A Micene, dopo svariate congiure di palazzo, Agamennone era divenuto re. Menelao, sposo di Elena, viveva ancora a Sparta, e il re Tindaro pensava che alla sua morte due re avrebbero regnato sulla città, i gemelli Argonauti Castore e Polluce. Fortissimi, come ben sapeva mio padre.

Damaste, il mio istruttore d'armi, dopo avermi visto cacciare usando l'arco regalatomi da Autolico, decise che il suo compito con me poteva dirsi concluso, e che sarebbe tornato alla sua casa, sul continente.

Ci salutammo in un commiato colmo d'affetto e di tristezza.

Con lui se ne andava anche la mia gioventù. Quella sera Penelope mi disse che aspettava un figlio.

L'amai, se possibile, ancora di più.

Nacque un maschio e fui io a dargli il nome, prima che

qualcun altro gliene imponesse uno che non mi piaceva. Lo chiamai Telemaco perché un giorno anche lui sarebbe diventato un arciere e gli avrei lasciato in eredità l'arco del nonno Autolico, l'arma più potente e straordinaria che vi fosse nel palazzo. Tutti gli uomini in casa dissero che somigliava a me, tutte le donne che somigliava a sua madre. Dunque sarebbe stato un ragazzo perfetto. Quel giorno salii fino in vetta al Nerito per offrire in sacrificio ad Atena l'agnello più bello del gregge dei miei pastori. Mia madre, al palazzo, avrebbe offerto un sacrificio a Era, che assiste le partorienti, per ringraziarla che tutto era andato bene.

Argo si adattò subito al nuovo arrivato e spesso si accovacciava ai piedi della culla e, se solo il bambino emetteva un gorgoglio, si alzava, appoggiava le zampe sull'orlo e gli leccava la mano come per fargli sentire che non era solo e che qualcuno vegliava su di lui.

Un giorno, mentre io e Penelope guardavamo vicini il tramonto sul mare, lei si volse verso di me fissandomi. «Hai preparato un lungo periodo di pace in Acaia perché tuo figlio possa vivere il più a lungo possibile in un mondo senza sangue» mi disse. «L'augurio triste contenuto nel tuo nome non si è avverato. Guarda come il sole discende sul mare, senti le voci dei bambini che giocano giù al villaggio. Io sono felice di essermi velata per te, Odisseo.»

Io sentivo che non potevo desiderare altro da ciò che avevo.

Quella sera stessa venni avvertito che mio padre desiderava vedermi a cena, e fui contento di accettare.

Erano presenti alcuni dei miei amici: Euriloco, Perimede, Elpenore, Euribàte, che mi avevano accompagnato dal nonno, i consiglieri di mio padre, il suo guardiacaccia e Mentore. Mio padre annunciò che aveva deciso di far riunire l'assemblea del popolo entro la fine dell'estate, ma non volle spiegare il perché davanti a tutti i presenti. Solo quando io e Mentore restammo soli con lui, il re Laerte rivelò il motivo.

«Figlio» disse, «ormai sei un uomo che ha dimostrato di poter reggere grandi responsabilità...»

Guardai con espressione interrogativa Mentore, ma sembrava che nemmeno lui sapesse dove quel discorso volesse andare a parare.

«... Nella tua missione a Sparta hai dimostrato grande saggezza e sagacia. L'Acaia intera ti deve essere grata. Non hai voluto competere per la più bella donna del mondo, ma hai scelto quella che ai tuoi occhi era la più bella, e anche la più saggia e la più degna. Possiedi un'arma formidabile, segno della considerazione e della stima dell'uomo più sprezzante e irascibile che io abbia mai conosciuto: tuo nonno. Infine hai generato un figlio, sei capo della tua famiglia. Puoi esserlo del tuo popolo...»

Mio padre mi guardò fisso con quei suoi occhi d'azzurro iridescente, fino in fondo all'animo.

«... Puoi essere il re di Itaca!»

Tentai in tutti i modi di dissuaderlo, lo supplicai di non prendere una simile decisione, ma lui non volle sentire ragioni. La sua scelta era stata fatta.

Ne parlai tutta la notte con Penelope, che invece cercò di convincermi ad accettare la volontà di mio padre.

«Tuo padre è anche il tuo re, Odisseo. Non puoi sottrarti alla responsabilità che ti ha attribuito. Io sono una donna felice, non è mio desiderio diventare regina ma sono certa che sarai un grande sovrano perché ti conosco.»

Chinai il capo e il mio cuore era colmo di tristezza: altri avrebbero desiderato lo scettro e il trono. Non io.

L'evento fu annunciato dall'araldo in tutto il regno, e la mia successione sul trono di Itaca sarebbe avvenuta all'equinozio di primavera, un lasso di tempo indispensabile per i preparativi.

Passai il tempo che mi separava dalla successione parlando con mio padre ogni giorno, cercando di impadronirmi della sua esperienza e della sua saggezza, delle sue memorie e dei suoi errori, dei suoi segreti più gelosi, delle sue avventure, dei sentimenti più nascosti del suo cuore.

Passai il tempo cacciando con Argo, ed esercitandomi con l'arco di corno che il nonno Autolico mi aveva donato.

Passai il tempo accanto alla mia sposa che sentivo d'amare di più ogni giorno che passava. E andavo ai pascoli e negli stabbi a conoscere il mio patrimonio: le greggi, le mandrie, gli schiavi.

Una volta Eumeo, il ragazzo cui mio padre aveva affidato l'allevamento dei porci, mi domandò: «Verrai ancora a trovarmi quando sarai re?».

«Se mi inviterai a cena certamente!» risposi.

Mi baciò la mano e in seguito andai più volte a trovarlo. Non ricordava chi fossero i suoi genitori. Mio padre l'aveva comprato che era molto piccolo da mercanti fenici. Eravamo noi la sua famiglia. Per mio padre avrebbe sacrificato la vita senza pensarci un attimo.

Anche con Mentore passai molto tempo, e fu lui, il giorno della successione a prendere dalle mani di mio padre lo scettro e a consegnarmelo, mentre il re Laerte mio padre – *sì, continuerò a chiamarlo così finché avrò vita, perché un re lo è per sempre* – mi pose sulle spalle il mantello azzurro che indossava quando tornò dalla spedizione degli Argonauti.

Mia madre piangeva, Euriclea piangeva, per commozione certamente. Era passato in fondo poco tempo da quando mi tenevano, bambino, fra le braccia. Tesi la mano sinistra e Penelope si pose al mio fianco. Era incredibilmente bella, la mia regina, eppure non riuscivo a essere felice. Sentivo lo sguardo di mio padre, sentivo la voce del popolo, ma il mio cuore sapeva che tutti quelli che mi acclamavano erano tuttavia più sicuri con mio padre sul trono che con me.

In processione ci recammo fino a una grotta sacra in cui vivevano le ninfe, e offrii loro un sacrificio propiziatorio, poi sulla montagna nuda, ripida e scoscesa immolai un altro sacrificio a Zeus che protegge i re. Ma ad Atena rivolsi la preghiera più sentita e accorata. Non chiesi nulla se non che mi fosse vicina.

La sera, dopo che tutti i nobili invitati avevano reso omaggio a me e alla regina Penelope, e dopo che il più ricco dei banchetti fu consumato, quando finalmente venne l'ora di ritirarsi, raggiunsi mio padre nel cortile dove si era seduto a prendere il fresco. Mi sorrise: «Come ti senti a essere il re?».

Io non gli risposi subito. Volevo prima capire la vera ragione della sua scelta. Lui sospirò, e provò a spiegarmi. Molte cose erano accadute in un tempo relativamente breve, e ben presto tutta la penisola meridionale di Acaia sarebbe stata governata da una nuova generazione di giovani sovrani. Agamennone a Micene, Diomede ad Argo, e forse anche Menelao a Sparta, se i figli di Tindaro, Castore e Polluce – partiti per un viaggio nel settentrione di cui si ignorava il motivo – non fossero tornati come si temeva.

«Noi dobbiamo essere al pari e all'altezza delle altre famiglie reali» disse mio padre. «Per questo ti ho lasciato lo scettro e il trono. Ma non ti preoccupare: non ho intenzione di scomparire e sarò sempre qui a sostenerti con il consiglio e anche con il braccio, se fosse necessario, Odisseo.»

Mi abbracciò, l'eroe Laerte mio padre, e per un momento mi sembrò di essere tornato bambino.

Sei mesi dopo la mia ascesa al trono, Telemaco cominciò a emettere i primi suoni, ma ancora per un po' Argo fu il solo a capirlo. Penelope ci giocava ogni momento che aveva libero dalle cure di casa.

Una sera invitai formalmente a cena mio padre per dirgli che sarei andato a trovare il nonno e che lui avrebbe dovuto sostituirmi durante la mia assenza. Mentore non c'era. Su ordine di mio padre era andato nel continente a visitare tutti i re per annunciare la mia successione.

«Nessuno fa visita al Lupo di Acarnania senza una ragione ben precisa» mi disse mio padre.

«In occasione della mia ultima visita mi congedò dicendo che quella sarebbe stata l'ultima volta che ci vedevamo.»

«E quindi vuoi dimostrare che si è sbagliato. Che puoi invertire un vaticinio, il corso del fato.»

«No, voglio solo dimostrargli che se una persona decide di incontrarne un'altra ci riesce prima o poi.»

«È capace di non riceverti solo per dimostrare che ha ragione lui.»

L'indomani diedi ordine di preparare la mia nave ma quando mancavano solo due giorni alla partenza mi annunciarono che era arrivata un'altra nave dal continente con l'insegna di Sparta. Mio padre era presente e aggrottò le sopracciglia al sentire quell'annuncio.

«Sparta è nostra amica: non abbiamo nulla da temere. Perché fai quella faccia?»

«Sparta è la città di Elena e sai che cosa intendo. E tuo nonno non si sbaglia mai.»

Ci preparammo comunque a ricevere i visitatori. Mandai a chiamare la regina, e Penelope apparve poco dopo in tutta la sua bellezza.

L'intero palazzo era in agitazione perché si era sparsa la voce che Mentore era sulla nave e stava giungendo al palazzo per una scorciatoia. Arrivò trafelato e grondante di sudore.

«Re Odisseo, il re Menelao di Sparta sta salendo al palazzo per essere ricevuto.»

Menelao re di Sparta... la previsione di mio padre si era avverata prima del tempo. E non era tutto...

«È successa una cosa terribile» proseguì Mentore a bassa voce. «Elena è stata rapita.»

Trasalimmo, io e Penelope, colpiti da quella rivelazione improvvisa e ci guardammo l'un l'altra, sgomenti.

Rapita. In un attimo il mio regno, la pace di Acaia, la mia famiglia e la mia casa, fino a quel momento felici, erano in grave pericolo.

Un istante dopo, Menelao fece il suo ingresso annunciato da un araldo.

Mi alzai e gli andai incontro per abbracciarlo. Eravamo uno di fronte all'altro: due giovani re che sedevano su un trono che forse non avevano desiderato.

Menelao comunicò ai presenti che Tindaro, re di Sparta, era purtroppo deceduto, e Penelope si mostrò addolorata per la scomparsa dello zio.

Io però sapevo che se Menelao aveva compiuto un viaggio tanto lungo, doveva esserci dell'altro. E bisognava capire cosa fosse realmente accaduto a Elena.

Feci preparare la sala degli Argonauti, una sala destinata a colloqui riservati dove mio padre aveva fatto dipingere su una parete la nave *Argo* mentre salpava l'ancora e prendeva il largo e lì ci ritirammo: io, mio padre e Menelao stesso.

Soltanto quando finalmente fummo soli, il nostro ospite confermò che la sua sposa era stata davvero rapita. Il fatto era accaduto quindici giorni prima, mentre lui non era in città, ma in visita alla sorella.

«È sbarcata una nave proveniente da Ilio che recava a bordo il principe Paride, figlio del re Priamo» spiegò Menelao. «In mia assenza furono gli anziani a riceverlo e ad ascoltare quello che aveva da dire. Ma lui ha violato la mia casa e la mia ospitalità...»

Era furioso, Menelao, e lo era anche con me. «Tu, Odisseo, sei il garante del patto dei principi, giurato solennemente alla presenza del re Tindaro. Spetta a te farlo rispettare, richiamare coloro che giurarono alla difesa, non soltanto del mio onore, ma di quello di tutta Acaia. Se qualunque straniero potrà permettersi di portare via le nostre spose dalle nostre case e restare impunito, vorrà dire che il destino di questa terra è segnato.»

Mio padre intervenne, capendo dove andava a parare il discorso, e cercando di riportare Menelao alla calma: «Una guerra è sempre una catastrofe, tutti perdono, chi più chi meno. Non si sacrificano migliaia di giovani nel fiore degli anni e delle forze per placare l'ira, pur giusta, di un principe. Ascoltami, ragazzo mio, un re è il padre del suo popolo e non vuole la morte dei suoi figli, a meno che non sia proprio impossibile evitare il conflitto».

Menelao stava per dire qualcosa che avrebbe forse potuto offendere mio padre e pormi in una situazione insostenibile. Presi la parola appena in tempo: «Che cosa consigli di fare, allora? Non possiamo pensare che il re di Sparta possa subire un simile affronto senza reagire».

Menelao fissò sia me che mio padre, per il momento ammansito.

Il re Laerte parlò: «Andate a Ilio, subito. Tu Menelao e tu, figlio mio. Andate mostrando buona volontà, facendo capire a Priamo che dietro l'atto dissennato di suo figlio sapete vedere un popolo che non ci ha mai fatto nulla di male. Menelao si limiterà a chiedere la restituzione di Elena. Se ci sarà un rifiuto parlerai tu, Odisseo, e confido che li saprai convincere a evitare lo strazio della guerra».

Mi volsi verso Menelao.

«Tu faresti questo per me?» mi chiese.

«Lo farei per te, lo farei per me, per la mia famiglia. Lo farei perché è la cosa giusta e perché confido nella saggezza e nell'esperienza di mio padre.»

«Quando saresti disposto a partire?»

«Fra dieci giorni.»

«E dieci giorni siano. Da questo momento considerami un tuo grande amico, Odisseo.»

Ci abbracciammo e ognuno di noi si ritirò nella propria camera per la notte.

Nessuno aveva toccato cibo.

12

DIECI GIORNI TRASCORSERO IN UN LAMPO E VENNE IL TEMPO PER me di lasciare Itaca, Penelope e Telemaco. Il mio cuore era molto triste ma gli occhi erano asciutti, perché stavo imparando come si comporta un re. Li strinsi in un solo abbraccio, era strazio per me separarmene, ma nutrivo ancora la speranza che tutto potesse risolversi per il meglio. Priamo era un uomo saggio, ci avrebbe restituito Elena, avrebbe offerto riparazione per il gesto sventato del figlio, e in capo a un mese io sarei potuto tornare da loro.

Quando scese la sera, tuttavia, e ormai eravamo per mare, mi sentii assalire dai dubbi: perché mio padre non si era offerto di venire con me almeno fino a Gythion di dove la nave avrebbe fatto ritorno? Dov'erano Castore e Polluce, i due gemelli invincibili? Dov'era Eracle, fin dove l'aveva spinto la disperazione? Perché gli Argonauti scivolavano uno dopo l'altro nell'ombra? Di che cosa era morto Tindaro, il re di Sparta? Perché dovevo io comparire di fronte a un grande re dell'Asia per vincere una guerra senza combattere?

Dopo due giorni di navigazione doppiammo capo Malea e riprendemmo a salire verso settentrione. Il quinto giorno dalla partenza da Itaca giungemmo nel porto di Gythion, inalberando il nostro stendardo. Fummo avvistati quando eravamo ancora al largo e il re Menelao stava ad attenderci sul molo, circondato dai suoi amici e dai guerrieri del suo seguito per rendere gli onori al re di Itaca.

Al molo erano attraccate due navi da guerra che imbarcavano acqua e viveri: erano quelle che ci avrebbero portato a Ilio. Abbracciai i miei compagni uno per uno e li guardai manovrare con la nave e mettere la prora a meridione. Il mio viaggio sarebbe proseguito senza di loro. «Dite a mio padre che tornerò presto e che non pensi a nulla di male. Alla regina madre Anticlea che le porterò doni bellissimi e così anche alla mia sposa.»

Mi assicurarono che l'avrebbero fatto e che mi avrebbero atteso con ansia di ritorno dall'Asia. Prima che la nave prendesse il largo mi avvicinai a Menelao. Scuro in volto, coperto dall'armatura, mi sorrise comunque e mi venne incontro con parole di benvenuto. Era già passato un mese da quando Elena aveva abbandonato Sparta.

Partimmo due giorni dopo. Entrambi sulla stessa nave, durante tutto il viaggio avemmo modo di parlare a lungo. La preoccupazione maggiore di Menelao era di dimostrare che Elena era stata rapita con la forza e non era fuggita di sua volontà con un altro uomo. Mi disse che aveva da poco partorito una bambina, Ermione, e che per nulla al mondo l'avrebbe lasciata, tanto meno per uno sconosciuto. «E inoltre è stata lei a scegliere me» aggiunse, «non il contrario.»

Mi venne in mente quell'attimo in cui lei, la più bella di tutte le belle, sembrò venire verso di me, ma poi all'ultimo istante deviò il suo cammino e il suo sguardo quando vide il cenno negativo – appena percettibile – del mio capo.

Decisi di non dire nulla, l'animo del re di Sparta era già troppo turbato perché pronunciassi altre parole. Tuttavia durante il viaggio parlammo ancora a lungo.

Passammo vicini alla baia di Iolco e navigammo oltre la Tessaglia. Menelao indicò con il braccio teso una cima cinta di nembi tempestosi. «L'Olimpo» disse, «di là gli dei possono vedere tutto il mondo.» Un vento occidentale ci spinse veloci lungo la penisola dei tre promontori e poi verso la Tracia, e in capo a cinque giorni arrivammo in vista della costa dell'Asia.

Solo allora sentii la necessità di fare a Menelao una domanda che avevo sempre rimandato: «Se Priamo ci restituirà Elena ti dichiarerai soddisfatto? Non chiederai altre riparazioni che potrebbero provocare un rifiuto? Potremo tornare a casa e vivere in pace?».

«Hai paura di combattere?» mi chiese Menelao.

E io pensai che quando un uomo risponde a una domanda con un'altra domanda significa che vuole evitare di darti una risposta che non ti piacerebbe.

«Non ho paura. Sono stato educato e forgiato come un guerriero, come te. Mi addolora il pensiero di lasciare Penelope e Telemaco, di non vederli più per tanto tempo, forse per sempre. Temo che in mia assenza qualcuno voglia prendere il sopravvento sulla mia casa, sulla mia sposa, su mio padre che non è più nel fiore degli anni. Ti sembra così duro da capire? Quando sei venuto a Itaca a chiedere il mio aiuto, hai detto che da quel momento saresti stato mio amico per la vita.»

«È così» disse il re di Sparta.

«Allora rispondi con parole chiare: sosterrai i miei tentativi di ottenere Elena e riportarla a Sparta? Se questo è veramente quello che vuoi, mi aiuterai a ottenerlo dai Troiani e dal re Priamo? La verità, Menelao.»

«Ti aiuterò» rispose lui e per lungo tempo non disse altro.

Giungemmo in vista dell'isola di Tenedo e poi del promontorio Reteo il sesto giorno. Davanti a noi si aprì un golfo che s'incuneava profondo nella terra, e che arrivava nella sua parte estrema a lambire la base di una collina su cui si ergevano una rocca poderosa e un grande palazzo.

Ilio.

Ci accostammo al molo accolti dal suono di un corno, forse un saluto, forse un allarme. La nostra era una nave da guerra che entrava in porto. A bordo avevamo una ventina di guerrieri schierati lungo le murate con scudi, lance ed elmi con alti cimieri. A poppa si ergeva lo stendardo con le insegne di Sparta, rosso e ocra con due leoni affrontati, lo stemma degli Atridi, lo stesso che avevo visto sull'architrave della porta di Micene.

Un buon numero di guerrieri troiani si era intanto raggruppato lungo l'ormeggio. Anche il cielo si addensava: nubi grigie, fosche, calura umida e soffocante. La mia fronte grondava, le mie braccia luccicavano di sudore.

«Sapevano del nostro arrivo?» domandai.

«Noi non li abbiamo avvertiti» rispose Menelao, «ma di certo lo sapevano o lo attendevano. Quello che è successo è molto simile a un atto di guerra.»

Convocai i nostri araldi. Uno era dei miei, di Itaca, si chiamava Euribàte ed era figlio di un nobile signore di Same. L'altro accompagnava Menelao e parlava la lingua dei Troiani. Si rivolse a quello tra i guerrieri che sembrava, dall'aspetto e dalle insegne, il comandante: «Questo vascello è una nave reale e trasporta due sovrani della terra di Acaia».

Il comandante fissò il suo sguardo su di me e su Menelao.

«Odisseo, figlio di Laerte, re di Itaca, e Menelao, Atride, re di Sparta. Sono giunti qui per incontrare il re Priamo signore di questa potente città. Vogliamo parlare con il tuo sovrano e chiedergli, da parte loro, udienza.»

Il comandante parlò sottovoce con due dei suoi uomini e questi, fatti salire i nostri araldi su un carro, lanciarono i cavalli di corsa verso la città. Io e Menelao attendemmo, in silenzio.

Guardavo la rocca e mi rendevo conto che ne stavo esplorando i punti vulnerabili, guardavo i campi e la spiaggia e pensavo dove approdare con una flotta, da dove lanciare un attacco. In cuor mio già mi comportavo come un uomo che non crede più possibile la pace. Menelao faceva di certo la stessa cosa. La mia missione nasceva compromessa, eppure non avevo intenzione di arrendermi, non volevo lasciare nulla di intentato.

Il sole cominciava a declinare alle nostre spalle, quando gli araldi ritornarono con la notizia che il re Priamo aveva acconsentito a riceverci, e io e Menelao fummo scortati a palazzo, fino alla sala del trono.

Il re ci attendeva assiso sul grande seggio di avorio, aveva bianchi i capelli, grigia la barba ben curata, striata ancora di nero, un cerchio d'oro gli cingeva il capo. Stringeva nella destra uno scettro d'argento, e tutto parlava della sua potenza.

Attorno al re sedevano anziani e consiglieri che avrebbero ascoltato le nostre parole. Parlò per primo Menelao: «Priamo, re di questa grande, gloriosa città, ascoltami. Sono venuto da te a chiedere un atto di giustizia. Ho ospitato tuo figlio nella mia casa, e lui, mentre io ero assente, ha rapito mia moglie, Elena, sposa legittima che mi aveva scelto come suo marito. Ha offeso la mia casa, ferito a morte il mio onore. Chiedo che tu la restituisca perché possa riportarla a casa, alla figlia nata dal nostro matrimonio che non ha più visto».

Il re subito rispose: «Nobili sovrani, capisco le vostre ragioni ma è usanza in questa città che sia l'assemblea a deliberare. Parlerete dunque al popolo e cercherete di convincerlo. La risposta del popolo sarà quella che deciderà. Preghiamo gli dei perché ispirino a voi e alla mia gente le parole e i pensieri più giusti. Il nobile Antenore, a me molto vicino e caro per la sua grande saggezza, vi ospiterà nella sua casa. Là riceverete l'annuncio e l'invito quando l'assemblea si sarà riunita».

Così si concluse il primo nostro incontro con uno dei più potenti re dell'Asia. E non capii perché non si offrisse di convincere lui il popolo. Cominciai a sentire la presenza di un fato oscuro che si addensava su di noi come una tempesta sul mare.

Fummo condotti alla casa di Antenore, dove trascorremmo tre giorni. Con nostra sorpresa apprendemmo che anch'egli trovava terribile il gesto di Paride e alla mia richiesta se fosse disposto a ripetere di fronte all'assemblea ciò che aveva detto a noi, si dichiarò favorevole.

«È proprio quello che farò» rispose. «Non voglio che i nostri figli debbano scontrarsi con voi in battaglia e perdere la vita o toglervi la vostra.»

Il giorno dell'assemblea convinsi Menelao a non indossare l'armatura. Doveva dare l'immagine di un uomo offeso che chiede giustizia in nome del diritto. Quando tutti furono riuniti nella piazza e il re Priamo ebbe preso posto sul trono con accanto la regina Ecuba, uno degli anziani con un araldo accompagnò Menelao al centro dell'assemblea e chiese attenzione. In poco tempo il brusio cessò e si fece silenzio. Erano presenti tutte le persone che avevo conosciuto durante la nostra permanenza dentro le mura di Ilio: l'erede al trono Ettore, e il principe dei Dardani Enea, il padre di lui, invalido, Anchise, e Antenore. Fu lui a invitare con un gesto Menelao a prendere la parola.

Il re di Sparta avanzò verso il centro della piazza, e cominciò a parlare: «Re Priamo, regina Ecuba, uomini e donne della grande città di Ilio, ascoltate! Sono qui per chiedervi di riparare un torto!».

Ripeté le medesime parole che aveva già rivolto a Priamo, raccontò della visita di Paride e di come avesse rapito la sua sposa, Elena, e ne chiese la restituzione.

Poi, prima che potessi fermarlo, aggiunse: «Se non lo fate... sarà la guerra!».

Ci fu un lungo, pesante silenzio durante il quale decine di araldi-interpreti sparsi in mezzo alla gente e vicini al re e alle autorità diffusero il discorso di Menelao, poi un boato eruppe nell'assemblea con grida confuse che forse Menelao non riuscì a comprendere ma che lo ferirono ugualmente per come risuonavano. Io ormai avevo capito in che cosa la loro lingua era diversa dalla nostra e in che cosa era simile, o forse Atena che sentivo vicina, come sempre nei momenti più difficili, mi sussurrava all'orecchio il significato delle parole. Vidi Antenore impallidire, poi alzarsi e dirigersi al centro. Si fece di nuovo silenzio mentre raggiungeva il podio, si inchinava al re e al popolo e chiedeva attenzione: «Nostro re, e voi figli della nostra amata patria, ascoltate anche le parole di Odisseo, re di Itaca. Anch'egli vi vuole parlare».

Tremò nel petto il mio cuore: ora il peso di evitare una guerra già scatenata da Menelao gravava davvero solo sulle mie spalle. Invocai la dea perché mi assistesse, perché accorresse al mio fianco e ispirasse i miei discorsi. Aprii la bocca e parlai nella loro lingua, certo che questo sarebbe stato per loro segno di rispetto, certo che Atena avrebbe compiuto il miracolo. Dissi: «Re Priamo, regina Ecuba e voi tutti nobili e abitanti di Ilio, grande e gloriosa!». E l'assemblea tacque, stupita.

«Menelao, che regna su Sparta, ha parlato spinto dall'amarezza e dall'ira. Non avreste anche voi fatto la stessa cosa se aveste dovuto sopportare una simile umiliazione? Se l'ospitalità e l'amicizia fossero state ricambiate con l'insulto e il tradimento? Ma se questo non bastasse pensate se alla fine non rimanesse altra soluzione che quella di combattere: quanti mali dovremmo affrontare, voi come noi! Quanti dei nostri e dei vostri figli cadrebbero in battaglia, quanti padri e quante madri che qui mi ascoltano dovrebbero sopportare questo strazio indicibile?»

Alzai lo sguardo per un momento, e la vidi. Vidi Elena, lontana, bianca e superba sulla torre del palazzo. Guardava e io credo mi udiva.

«Se voi rifiutaste ciò che chiediamo, per l'onore e per il diritto saremmo costretti a prendere le armi» continuai. «Non farebbe forse lo stesso ogni uomo, fra quanti qui siedono in assemblea, se privato della sua dignità? Quanto tempo durerebbe la guerra? Quante famiglie precipiterebbero nel lutto? Il re Priamo ha tanti figli e certamente li vuole vedere crescere e sedere splendidi nell'assemblea fra i migliori. Spero che vi consiglierà con la sua saggezza.»

Ce ne andammo e, mentre uscivamo dall'assemblea, udii le parole di Antenore che esortava i suoi concittadini a restituirci Elena.

Il mattino dopo fummo ricondotti all'assemblea. C'era un grande silenzio e il sole era velato da nubi alte e sottili. Sulla piazza la calura era soffocante. Un cane abbaiava in lontananza. Il re si alzò in piedi e tutti i presenti si alzarono, a migliaia. Ettore era accanto al padre coperto delle sue armi splendenti. Enea, il principe dardano, era dietro di lui.

Priamo parlò: «Nobili sovrani, il popolo ha pronunciato il suo verdetto dopo che ha ascoltato le parole del principe Paride. Non possiamo restituirvi Elena perché lei non vuole e ha seguito mio figlio di sua volontà. Ora è la sua sposa e mia nuora. Come una figlia».

Era dunque questa la verità che avevo temuto: Elena non era stata rapita, bensì aveva seguito Paride perché lo voleva.

Mi avvicinai a lui senza che le guardie cercassero di fermarmi, e quando gli fui di fronte dissi a bassa voce perché nessuno mi udisse: «Grande re, questo significherà la guerra. Perché? Fermiamola finché siamo in tempo. Io ho mandato di trattare anche in segreto. Troveremo un accordo».

«Non possiamo trattare sulla libertà di una persona di

decidere del proprio destino, re Odisseo, ma ti ringrazio di aver cercato di scongiurare la guerra in tutti i modi. È quello che avrei fatto anche io.»

Tornai indietro e fissai negli occhi Menelao scuotendo il capo. Il re di Sparta aggrottò le sopracciglia e il suo volto assunse un aspetto tremendo mentre urlava con tutta la forza della sua voce tonante: «Torneremo con un'armata come non avete mai visto e mi riprenderò la sposa legittima, raderemo al suolo la vostra città e vi trascineremo schiavi in Acaia!».

Non so se il popolo avesse compreso, ma reagì come se avesse capito ogni parola. Si gettarono infuriati verso di noi, ma in quello stesso istante più di cento guerrieri si frapposero fra noi e la folla inferocita.

«Nessuno vi torcerà un capello» disse Ettore con un sorriso spavaldo, «finché sarete entro il nostro territorio e sotto la protezione del re Priamo.»

Trascorsi sulla nave la mia ultima notte a Ilio, e appena spuntò il sole ordinai di mollare gli ormeggi.

«Remi in acqua!» gridai. «Torniamo a casa.»

Il settimo giorno di navigazione gettammo l'ancora di nuovo a Gythion senza issare le insegne e gli stendardi. Non c'era nulla di cui gioire.

Lì mi separai da Menelao per prendere la rotta che mi avrebbe portato a Itaca. Ci abbracciammo perché quel viaggio concluso senza risultato aveva comunque consolidato la nostra amicizia. Prima di salire sulla mia nave pensai che una via d'uscita avrebbe pur sempre potuto esserci e gli domandai: «Tu hai il potere di sciogliere i principi dal giuramento. Lo faresti? Per me, per loro, per tutte le madri e le spose che piangeranno i loro figli e i loro mariti caduti».

«No» rispose.

13

IL RE LAERTE MIO PADRE AVEVA SPINTO LO SGUARDO SUL MARE ogni giorno dall'alto di una rupe per scrutare l'orizzonte se mai avesse visto comparire la vela della mia nave. Mi abbracciò stretto e mi sussurrò all'orecchio: «Male, vero, figlio mio?».

«Male, sì. Menelao vuole la guerra. E anche Priamo, o la sua gente, non fa differenza.»

«E allora, se così deve essere, così sia. Ti batterai, re di Itaca, ti coprirai di bronzo, cingerai una spada e imbraccerai lo scudo, armi che adornano i muri della reggia, armi senza macchia che furono dei nostri antenati prima di te e prima di me. Nei giorni che ti separano dalla partenza starai vicino a tua madre e alla tua sposa e darai loro l'amore che per anni non avranno.»

Salimmo al palazzo in cima al monte dove mi attendeva la regina madre.

Pianse quando le dissi l'esito della mia missione, e maledisse Elena e la sua bellezza e la follia che prende gli uomini e li spinge alla guerra.

Penelope non apparve. Mi attese nella stanza fra i rami dell'ulivo, quando le luci nella casa alta sul monte si spensero e il silenzio e l'oscurità l'inghiottirono.

Sapeva, aveva ascoltato, e anche lei piangeva.

«Non andare, mio amore, non lasciarci soli, me e Telemaco, in questa isola scura, tutto a un tratto... così scura.»

Mi avvicinai e lei si ritrasse: «Sei figlia di guerrieri e sai com'è la regola. Io ho fatto un giuramento».

«Nella scelta di un uomo ci deve essere ciò che vale e ciò che non vale o vale di meno. Che cosa vale più della tua casa, della tua sposa, di tuo figlio e dei tuoi genitori? Una guerra per una donna che ha tradito il marito che aveva scelto?»

«Ascoltami, un re gode di molti privilegi, ma deve dimostrare di essere il migliore, il più coraggioso, pronto a dare la vita se è necessario. Come potrei sopportare il disprezzo dei miei compagni, dei miei amici, del popolo e degli altri re? Non è così semplice.»

«Lo è invece. Semplice come l'acqua, come il giorno e come la notte. Semplice, Odisseo, mio signore, mio re, mio unico amore...»

E nascose il viso per celare le lacrime che non riusciva ad arrestare.

Nessuno di noi due dormì, piangemmo l'uno nelle braccia dell'altra, e la prima pallida luce dell'alba ci trovò abbracciati.

Tuttavia, io avevo un dovere da compiere.

E pochi giorni dopo, l'arrivo inatteso sulla nostra isola di Nestore, re di Messenia, mi ricordò che quel dovere non poteva essere rimandato.

«Il motivo della mia visita» esordì Nestore, «è molto importante e ho bisogno del tuo aiuto.»

«Disponi di me» risposi.

«Devi accompagnarmi in Tessaglia, a Ftia, dal mio amico e amico di tuo padre, Peleo. Ha un figlio, Achille...»

«Lo conosco bene: è una folgore di guerra, corre come il vento e nessuno può stargli alla pari. Ha giurato con me il patto dei principi.»

«Sì, ma qualcuno sta facendo di tutto per non farlo partire.»

«Chi?»

Nestore esitò per un momento: «Non lo so. La madre, dicono. Di lei non si sa nulla, nessuno può affermare di averla mai vista e chi afferma il contrario non dice la verità. Le attribuiscono poteri sovrumani. Solo il nome di lei è noto, Teti. Verrai con me?».

«Verrò. Ho fatto di tutto per impedire questa guerra ma ora che è decisa farò di tutto per vincerla. Senza Achille non avremmo speranza. Io ho visto l'esercito di Priamo.»

Partimmo il mattino successivo, e quando salutai Penelope mi parve che questo distacco temporaneo la inducesse a prepararsi per quello molto più duro che avrebbe dovuto affrontare ben presto. Mi baciò sulla bocca ma non versò lacrime: «Torna prima che puoi».

«Tornerò, mia regina e mio amore, tornerò questa volta e anche la volta successiva, te lo giuro.»

Sorrise e gli occhi le brillarono come perle nere. Restò sul pontile a salutarmi e io non staccai lo sguardo da lei finché non scomparve dietro la cresta delle onde.

Costeggiammo la Locride e proseguimmo fino a Corinto, dove ci fu detto che Giasone, l'eroe della nave *Argo*, era in città!

«Lo voglio vedere» dissi a Nestore. «Non mi accadrà mai più nella vita di incontrare l'eroe che riportò il vello d'oro da Colchide e navigò con la più grande nave del mondo.»

Nestore corrugò la fronte: «Davvero lo vuoi vedere? Non sai quindi quello che è successo?». Fece gettare l'ancora e scendemmo sul pontile. Mi disse che avremmo attraversato a piedi l'istmo nel punto più basso. Dall'altra parte una nave ci avrebbe aspettato per condurci alla meta.

Marciammo per ore finché giungemmo al punto da cui si vedevano il mare orientale, il golfo e il secondo porto.

Là per qualche istante restammo immobili. Nestore indicò una scogliera sulla riva settentrionale del golfo: «Guarda laggiù» disse, «quell'enorme relitto incagliato sugli scogli». Un freddo terrore mi morse il cuore. «Quella è *Argo*!»

Giunti al pontile cui era attraccata la nave che ci attendeva, mi raccontò infine del terribile destino cui era andato incontro Giasone.

Tornato a Iolco, si era reso conto che la sua sposa, la principessa selvaggia, era temuta e detestata da tutti per le sue opere di magia. Giasone era l'unico a cui accettava di essere sottomessa, perché era follemente innamorata di lui. Quando aveva visto il vecchio re Pelia, sapendo che in passato aveva usurpato il trono del suo principe, Medea lo aveva attirato con un inganno e lo aveva fatto a pezzi. L'avevano trovata che cuoceva i suoi resti per poi divorarli.

Giasone era dovuto fuggire con lei e i figli ed era giunto a Corinto, dove si era innamorato di Glauce, la figlia del re suo amico. Medea, pazza di gelosia, aveva finto di accettare la nuova sposa e le aveva donato una veste come regalo nuziale. Il giorno delle nozze, si era avvicinata a Glauce reggendo una delle fiaccole sacre e l'aveva accostata alla veste che, intrisa di una sostanza sconosciuta, era divampata in un attimo, trasformandola in una torcia. Subito dopo, aveva tagliato la gola ai figli sotto gli occhi di Giasone ed era sparita per sempre. Impazzito, Giasone era salito sulla sua nave tutto solo, poi si era messo al timone e l'aveva spinta sugli scogli.

Nestore non aveva ancora finito di parlare, che dal relitto di *Argo* salì un urlo disumano.

«Ecco» disse, «quella era la voce di Giasone, l'eroe del vello d'oro. E questo è il suo ultimo approdo.»

Piansi.

Quella voce di strazio, la visione dello scafo squarciato di *Argo* mi tormentarono per giorni. Infine arrivammo a Ftia.

Il re Peleo accolse Nestore come un fratello, ma ci rendemmo conto che non c'erano preparativi per una festa o per un grande banchetto. L'ombra della guerra spegneva la gioia.

«Lascia che ti faccia conoscere il re di Itaca» mi presentò Nestore facendomi cenno di avvicinarmi.

«Sei il figlio di Laerte... Achille mi ha parlato di te» disse pensoso Peleo. «Sei venuto a prenderlo?»

«Non possiamo vincere senza di lui» replicai io.

«È questa la sua maledizione.»

«Dov'è ora?»

Peleo indicò un punto sul fianco della montagna che avevamo di fronte. Una nube di polvere si spostava rapidissima a mezza costa. Un carro da guerra, e sopra di esso, una figura tutta di metallo abbagliante.

«Là» rispose Peleo.

In poco tempo il rombo delle ruote e il rullare degli zoccoli si udirono sempre più forti e vicini, finché il carro entrò nella corte e Achille balzò a terra.

Gli andai incontro e ci trovammo l'uno di fronte all'altro.

«Benvenuto, re di Itaca.»

«Achille! È una gioia per il cuore rivederti.»

«Sei solo?»

«Nestore è con me. Sta parlando con tuo padre.»

«E tu?»

«Sono venuto per parlare con te.»

Achille chinò il capo, poi disse: «Seguimi».

Uscimmo dal palazzo e ci incamminammo per un sentiero che si dirigeva verso un bosco di querce. Ci fermammo vicino a una fonte che sgorgava da un macigno enorme coperto di muschio. Achille si sedette su un tronco caduto. Lo toccò. «Schiantato da un fulmine. Era una pianta bellissima e vigorosa.» Capii che cosa intendeva dirmi.

«Sono venuto per sapere se manterrai fede al giuramento di Sparta.»

«Un patto può essere interpretato in molti modi» rispose lui. «Elena è partita di sua volontà. E il nostro giuramento aveva significato se ci fosse stato un rapimento.»

«È comunque un oltraggio. E da te mi aspettavo altre parole.»

«Tu perché vuoi partire?»

«Perché il giuramento è opera mia. Non posso evitarlo. Ho cercato di scongiurare questa guerra. Ma ora non è più possibile e penso solo che dobbiamo vincere. Ma senza di te non è possibile. Dimmi perché esiti, Achille!»

Sorrise triste.

«Lo sai, ognuno di noi, quando c'è una guerra, ha davanti due possibili destini: partire, morire giovane in combattimento ed essere ricordato per sempre oppure non partire e vivere tranquillo una vita priva di significato.»

«C'è una terza possibilità, Achille: si può conquistare la gloria e tornare vivi alla casa e alla famiglia. Ed è quello che faremo.»

«Quella è per te, Odisseo versatile e astuto, non per me. Per me ci sono solo due destini.»

Non capivo: «Quello che dici non ha senso. Chi te lo ha detto: un oracolo? Un indovino? Tua madre, forse, l'essere misterioso che nessuno ha mai visto?».

«Che importanza ha? Ho fatto comunque la mia scelta. Sarò con te, Odisseo, ci vedremo ad Aulis, in primavera.»

Il tempo passò, troppo veloce, e venne il giorno. Gli araldi di Agamennone e di Menelao giunsero al porto grande di Itaca, e io convocai i giovani migliori, i figli delle famiglie più importanti e i miei amici. La mia era una chiamata alle armi. Preparammo dodici navi, le caricammo di viveri, di armi, di tende e di vesti, di tutto quello che sarebbe stato necessario per una lunga guerra.

I miei genitori mi abbracciarono, mia madre pianse tutte le sue lacrime stretta al mio collo, e mio padre disse: «Vinci questa guerra, re di Itaca, rendici fieri di te e... torna, torna da noi che ti aspettiamo».

Da quando ero tornato da Ftia il mio cuore si preparava a dire addio a Penelope. Telemaco non era ancora capace di comprendere: chissà se mi avrebbe ricordato, se mi avrebbe riconosciuto come io avevo riconosciuto l'eroe Laerte mio padre reduce da Colchide.

Penelope scese al porto a piedi come una qualunque delle donne dell'isola, con lo stesso acuto dolore in cuore. Porse nostro figlio Telemaco a Euriclea, la nutrice, e mi baciò, a lungo, con passione. Poi avvicinò la bocca al mio orecchio e disse: «Ricorda, mio re, ricorda che nessuna donna al mondo può amarti come me».

Subito dopo si staccò e mi fissò con gli occhi che tremavano di lacrime: «E ora sorridi, ch'io possa vedere ancora una volta i tuoi occhi cambiare di colore».

Mi sforzai di sorriderle. Lei mi gettò sulle spalle il suo ultimo dono, un magnifico mantello rosso, e me lo fissò con una fibbia d'oro che rappresentava un cervo fra le zampe di un cane da caccia. Le sussurrai all'orecchio: «Ti penserò ogni istante e ogni notte, ricorda, quando la luna sorge dal mare. Custodisci nostro figlio, il mio cane e il mio arco».

Baciai Telemaco e m'incamminai lungo il pontile fino alla scaletta della nave reale, ma mentre appoggiavo il piede al primo scalino udii un latrato e mi volsi indietro: Argo!

«Non posso prenderti con me» dissi, «devi restare con Telemaco, devi proteggerlo mentre sono via e quando tornerò andremo a caccia insieme.»

Sembrò quasi che avesse capito. Mi leccò la mano e mi guardò uggiolando mentre salivo a bordo. Un marinaio sciolse l'ormeggio e la mia nave si staccò dalla riva, si staccò da Itaca e da tutto quanto avevo di più caro al mondo. Sentii il cuore spezzarsi nel petto, ma ricordai che i miei uomini ai remi e al timone aspettavano il triplice grido dei re di Itaca che annunciava l'inizio di una guerra, e salii sulla prora. Le altre navi si stavano disponendo a ventaglio in modo da essere tutte egualmente distanti dalla mia. I marinai ritirarono i remi e li alzarono come fossero lance di guerrieri. Indossai l'armatura lucente e gridai a gran voce:

He-ha-heee!

He-ha-heee!

He-ha-heee!

E tutti risposero con un boato, battendo l'impugnatura dei remi contro il legno del ponte.

Partimmo.

14

LA FLOTTA DI NESTORE CI ATTENDEVA ALL'INGRESSO DELLA BAIA davanti al palazzo del Pilo. Noi entrammo in due formazioni dai due sbocchi fra l'isola e il continente e ci riunimmo su due linee di fronte alla flotta messenica schierata in tutta la sua grande estensione. Novanta navi piene di guerrieri eguagliavano e superavano l'intera nostra squadra fino ad allora radunata.

Salii personalmente sulla nave reale per cedere a Nestore il comando dell'intera formazione. Gli spettava perché era il più anziano e perché la sua flotta e il suo esercito erano i più potenti e numerosi.

Suo figlio Antiloco mi si avvicinò e ci abbracciammo battendoci l'un l'altro i pugni sulla schiena coperta di bronzo. C'erano nell'aria una forza e una vibrazione tremende, l'odore della pece e quello del pino, il suono del bronzo e quello del mare. In quel momento fra tante migliaia di giovani, nessuno avrebbe voluto mancare.

Nemmeno io.

Restammo alla fonda per tre giorni per completare il carico con altre provviste in parte fornite da Nestore.

Verso la metà della terza notte, quando le stelle cominciavano già a declinare e le acque della baia erano come una lastra di marmo, vidi baluginare sul mare un lume.

Una barca si stava avvicinando alla mia nave, silenziosa come se i remi non toccassero l'acqua. Chi poteva essere a quell'ora? E come mai non c'erano sentinelle a vigilare?

«Chi è là?» domandai quando la barca si fu accostata al fianco destro della mia nave. Un uomo si afferrò alla cima dell'ancora per issarsi a bordo e una voce rispose: «Non mi riconosci?».

«Mentore? Che fai qui a quest'ora? Da dove vieni?»

Avevo pensato spesso al mio vecchio amico e consigliere ultimamente, ed ero rimasto turbato per non averlo visto al momento della mia partenza.

Gli porsi la mano e lo aiutai a scavalcare il parapetto. Era smagrito, e sembrava stanco. Mi raccontò di essere reduce da un lungo viaggio, e di portare tremende notizie.

«Eracle» disse. «Non c'è più.»

Non potevo crederci. Non poteva essere vero!

«Come è stato possibile se non esiste uomo o animale che possa vincere la sua forza?» gli chiesi.

«Io lo vidi» rispose Mentore, «su una montagna a precipizio sul mare spumeggiante di Pallene su cui si allunga l'ombra dell'Olimpo. Si ergeva immobile come una colonna di pietra, simile a un dio, davanti a una pira gigantesca. Un giovane pastore impugnava una torcia accesa. Lui gli fece un cenno e questi appiccò il fuoco. Lo vidi gettare a terra la clava. Si spogliò della pelle di leone e avanzò nudo sulla rampa in mezzo a un vortice di fiamme. A ogni passo che faceva udivo grida, vedevo tra le fiamme immagini di mostri, di fiere, di selvagge creature che egli aveva combattuto e annientato, vedevo gli spiriti dell'Ade che aveva sfidato e sconfitto. Ora tutti volevano la loro vendetta.»

Sul mare passò un soffio leggero di vento che fece fremere le sartie. Il cuore era colmo di dolore per ciò che il racconto di Mentore evocava: la fine del più grande degli eroi, che io non avevo mai potuto incontrare.

«Eracle non poteva più sopportare la solitudine cui il fato lo aveva condannato. Doveva riunirsi a coloro che aveva amato e mai dimenticato» proseguì Mentore rievocando il grido di agonia di Eracle.

Scese sulla nave un lungo silenzio greve.

«Chi sei?» domandai.

Mentore non aprì bocca ma sentii ugualmente la sua voce dire: «Non fare domande di cui già conosci la risposta».

«Atena... Dov'è Mentore? Dimmi dov'è, ti scongiuro.»

«Dorme. In un luogo segreto che solo io conosco. Ma non temere, io sarò sempre al tuo fianco.»

Detto questo, si tuffò nel mare e subito ne emerse sotto l'aspetto di un candido gabbiano. Lo guardai volare lontano, quasi trasparente nella luce lunare.

Un'amarezza profonda mi prese, una malinconia infinita perché Eracle aveva dovuto soccombere alla disperazione, e perché Giasone aveva squarciato la sua nave sugli scogli e con essa anche la sua mente, il suo cuore. Perché Mentore era scomparso affinché la mia dea potesse celarsi sotto le sue spoglie. O forse era morto.

Riprendemmo il viaggio al mattino. Fra capo Tenaro e capo Malea a noi si aggiunse il contingente di Menelao, re di Sparta, e poi nel golfo di Argolis vennero le navi di Menesteo di Atene e quelle di Agamennone, signore di Micene, che non vedevo da tempo. Per ultimi si unirono con le loro flotte Protesilao dei Tessali, Diomede di Argo e Aiace di Salamina.

Dopo altri quattro giorni di navigazione, arrivammo ad Aulis in Beozia dove già erano giunti Achille, Patroclo e Automedonte, l'auriga che reggeva Balio e Xanto, i cavalli veloci come il vento. Il principe di Ftia dei Mirmidoni aveva dunque mantenuto fede al patto dei principi. Là era ancorata anche la grande flotta di cento navi del re Idomeneo, signore di Cnosso e di Creta tutta.

Salii sul monte che dominava la baia e mi trovai di fronte uno spettacolo che mai avrei potuto nemmeno immaginare. Mille navi alla fonda e forse cinquantamila uomini. Quasi non potevo credere ai miei occhi. La migliore gioventù di Acaia era radunata in quel porto per attraversare il mare e portare guerra alla città di Priamo. Quando mai tante navi e tanti guerrieri erano stati radunati per una guerra? Ed era davvero possibile che lo scopo di quella sterminata potenza fosse soltanto di vendicare l'onore offeso di uno dei principi di Acaia?

Non potevo sopportare che uno scopo della guerra, diverso da quello che conoscevo, mi restasse nascosto.

Quando scese il buio, contai quante notti avevo trascorso sul mare, e capii quanto mi mancavano Penelope e Telemaco. Quanto tempo avrei trascorso lontano da loro? Quando mi sarebbero giunte notizie di loro e a loro di me?

Dopo i primi momenti di entusiasmo, i giorni che seguirono divennero pesanti come macigni. Una calura insopportabile soffocava la terra e l'acqua della baia era immobile e stagnante. Non un soffio di vento, non un'increspatura nel mare. Sembrava una maledizione, e questa fu la voce che cominciò a spargersi fra gli uomini. Gli dei erano adirati, per una ragione che ancora non si conosceva.

Quella notte Atena, sotto le spoglie di Mentore, mi fece di nuovo visita, ma la risposta alla mia invocazione di aiuto, fu netta e tagliente: «Restane fuori. Non è tuo il supremo potere. Un indovino darà il suggerimento».

E così avvenne: una divinità offesa teneva prigioniero il vento e per liberarlo chiedeva ad Agamennone, condottiero dell'armata, il supremo sacrificio: immolare la figlioletta sull'altare. Quella che più amava: Ifigenia.

Si disse che nell'istante in cui la lama calava sul tenero collo, la dea, placata, l'avesse portata via al sicuro in un santuario della Tauride nevosa e sostituita con una cerva. Nessuno l'avrebbe mai più vista. Non l'avrebbe rivista la madre, Clitennestra, che da quel momento concepì nel cuore un odio inestinguibile che crebbe, come un mostro, nel tempo.

Poi il vento soffiò, una mattina silenziosa. Le vele si gonfiarono. Una nave si mosse e prese il largo, un'altra le andò dietro con i remi prendendo velocità sempre maggiore, poi dieci e cento. E infine, mille.

La vista dell'immensa flotta, delle navi spinte da migliaia di remi che battevano la superficie del mare ribollente di schiuma mi riempì di stupore. Era quella un'impresa che offuscava qualunque altra avventura umana.

Sarebbe stata l'ultima così grande e gloriosa, lo sentivo. Non ve ne sarebbero state altre. Ormai il destino faceva il suo corso.

Il vento continuò a gonfiare le vele senza mutare la direzione per due giorni e due notti.

Poi io e Achille ci separammo dagli altri. Voleva sbarcare a Sciro e vedere il figlio di pochi anni che aveva avuto da una principessa, figlia del re Licomede, quando era vissuto come paggio nel suo palazzo. Si chiamava Neottolemo, il piccolo, ma lui lo chiamava Pirro perché aveva i capelli color del fuoco. Non volle incontrarlo di persona, si limitò a contemplarlo da distanza. Io invece lo incontrai.

Al momento di congedarci lasciai due guerrieri per istruire il bambino come maestri d'armi. E pronunciai quelle parole che ancora oggi non mi danno pace: «Ascoltatemi, l'esito di questa guerra sarà molto incerto. Lui deve diventare la nostra ultima arma quando non ci dovessero essere altre speranze. Dovete allevare un guerriero implacabile, un massacratore: nessuna pietà, nessun affetto, separatelo dalla madre da domani».

Il giorno dopo ci riunimmo al resto della flotta. Gli equipaggi esposero la vela nel pieno del vento, esortarono i compagni a far ribollire il mare con la forza dei remi.

Ognuno voleva arrivare per primo. Ilio si stagliava già in lontananza sul colle.

Agamennone fece subito proclamare dai suoi araldi che tutti sulla riva si disponessero in ordine con le navi, per gruppi e per luoghi di origine. Io mi sarei trovato al centro, a eguale distanza dalle estremità dove approdarono le navi di Aiace da un lato e quelle di Achille dall'altro. Intanto le mura di Troia si riempivano di guerrieri ma anche di popolo: anziani, donne, ragazzi, perfino bambini. Certamente, dopo l'esito infelice della nostra visita, non potevano aspettarsi che avremmo accettato il rapimento di una regina di Sparta senza reagire. Priamo sapeva di sicuro dei preparativi e di quante navi e quanti guerrieri sarebbero arrivati, eppure la loro flotta non era uscita in mare aperto contro di noi.

Io me ne chiedevo il motivo.

Per prima toccò la riva la nave di Protesilao che comandava i Tessali e questi si lanciò in avanti seguito dai suoi uomini. Subito dopo toccò terra Achille, poi Menelao con i suoi Lacedemoni, poi toccò a me e agli altri compagni e poi ancora Agamennone con i suoi Micenei, Diomede con gli Argivi, Aiace il minore con i suoi Locresi, Aiace gigante con i guerrieri di Salamina a fianco degli Ateniesi di Menesteo, e poi tutti gli altri. Corsi subito dal primo Atride per chiedergli di richiamare Protesilao, ma era troppo tardi. Una freccia aveva già trapassato il re dei Tessali in pieno petto, e una schiera di guerrieri troiani si lanciò all'attacco dell'esercito di Protesilao.

«Achille!» gridai. Il principe dei Mirmidoni aveva già visto. I suoi guerrieri avevano fatto scendere i carri dalle navi. Balio e Xanto, splendidi animali, uno pezzato di bianco e di bruno, l'altro biondo come il grano, venivano aggiogati al carro. Gridai a Diomede e a Menelao di correre in aiuto, e anche loro seguirono in una seconda ondata di carri e guerrieri appiedati. Io schierai i miei arcieri per proteggere il loro ritorno quando fossero rientrati al campo.

Il contrattacco spezzò la schiera troiana. La loro compagine non era abbastanza forte e numerosa da reggere l'urto furioso di Achille e poi la forza di Diomede e di Menelao che seguiva. Certamente il re di Sparta sperava che Elena, dall'alto delle mura, lo vedesse e lo riconoscesse dallo splendore delle armi e dalle insegne sul carro. Io venivo avanti con i miei arcieri quando vidi aprirsi le porte di Troia e riversare sul campo migliaia di guerrieri. Al mio ordine, subito tutti gli arcieri si schierarono in tre file ai miei fianchi. Piantarono a terra le faretre, imbracciarono gli archi, incoccarono e attesero.

«Tirate!» gridai, e una nube di dardi piovve sulla schiera troiana.

Crollarono.

I sopravvissuti si volsero verso di noi. Sguainammo le spade e imbracciammo gli scudi. C'era confusione, non distinguevo le urla e il suono dei diversi metalli.

Poi, d'un tratto, le porte di Troia si aprirono di nuovo e la città ingoiò i suoi figli per non lasciarli morire.

Molti dei loro rimasero sul terreno, pochi dei nostri. Troppi, però.

Il primo scontro si era concluso e ognuna delle due parti piangeva i propri caduti, rendendo loro gli onori funebri.

A notte alta Agamennone inviò gli araldi a convocare il consiglio dei capi. Nestore chiese a me che cosa pensassi dell'assenza di una flotta troiana.

«Io penso che l'abbiano nascosta» dissi. «Non potevano tenerci testa, e anziché assistere alla sua distruzione, hanno preferito disperderla nei porti di varie città della costa alleate di Priamo.»

Agamennone meditò qualche tempo sulle mie parole e anche Nestore, che poi di nuovo prese a dire: «Forse dovremmo attaccarle e prenderle una per una: togliere a Priamo i suoi amici, isolare Troia, distruggere la flotta dovunque si trovi e poi stringere l'assedio attorno alla città e farla cadere».

I capi cominciarono a discutere e i pareri erano discordi. Achille voleva subito lanciare l'assalto alle mura, Menelao lo sosteneva e tutti potevano capire il perché: riprendersi Elena, riportarla a casa e dimenticare tutto, se ci fosse riuscito. Prevalse alla fine il parere che si dovessero fare incursioni nelle città alleate di Priamo o comunque situate nelle vicinanze. Ma lasciare in ogni caso il grosso delle nostre forze a tenere l'assedio di Troia.

La decisione si rivelò saggia. Nel corso del primo anno di guerra Achille e Patroclo, alla testa della loro flotta e di quella di Protesilao, assalirono diverse città della costa, distruggendo le navi. Si fermarono soltanto con la cattiva stagione.

Alla primavera successiva Achille, Patroclo, Menesteo, e altri presero la più grande e prospera città della costa attorno a Troia. Si chiamava Tebe e fu una grande vittoria, ma lo scontro divenne ancora più accanito. I Troiani tentavano continue sortite per ricacciarci in mare o incendiare le nostre navi e noi rispondevamo cercando di distruggere il loro esercito e di forzare il vallo e il muro della prima cinta. Un'impresa che si faceva ogni giorno più difficile.

Anche io ebbi le mie prime perdite. Non era mai successo prima e il mio dolore fu molto più forte perché quei morti erano di Itaca. Conoscevo le loro famiglie, le loro spose, e avevo visto nascere i loro bambini.

La guerra, tuttavia, proseguiva. Il tempo parve dilatarsi, faticavamo a tenere il conto dei giorni, e la fine appariva ancora molto lontana.

Di quei primi tempi, più che le battaglie e il sangue, più che le vittorie e le sconfitte, ricordo le parole. Con me parlavano tutti.

Aiace di Salamina, smisurato, forza insostenibile, montagna che incede, eppure semplice e ingenuo come un bambino. Uccideva per non essere ucciso, combatteva per sopravvivere alla morte che sentiva sempre al suo fianco. Non voleva sfuggirle, voleva che l'ultimo attimo della sua vita fosse come folgore, come lampo abbagliante. Non essere dimenticato, non svanire nell'oblio.

Menelao, divorato dal rancore e dall'umiliazione, mi confidava i suoi incubi, i suoi dubbi, i suoi sogni. Non parlava a quel modo con nessun altro.

Io non riuscivo a spiegarmi come fosse possibile che mille navi e cinquantamila guerrieri avessero passato il mare solo per riportargli la sposa. Cercavo nel mio cuore altri motivi. Ma non ne trovavo.

«C'era un patto tra noi» mi disse una sera.

«Nessun patto potrebbe tenere qui cinquantamila guerrieri tanto a lungo, non credi? Che cosa ci trattiene qui? Forse tu lo sai? Se lo sai dimmelo, voglio sapere perché sono qui a perdere la vita. Elena non mi basta.»

Menelao tacque e non seppi mai se per sua volontà o perché non sapeva.

15

ACHILLE CONQUISTÒ ANCHE ALTRE CITTÀ DELLA COSTA MA NON per questo le sorti della guerra migliorarono. Altri guerrieri da altri paesi giungevano a Troia per aiutare Priamo a respingere gli invasori stranieri. Anche gli dei a quel punto avevano scelto da quale parte stare, e lo si poteva sentire nell'aria e negli eventi. Il tempo, le manifestazioni inattese del cielo e della terra, tuoni e folgori, e una volta anche il terremoto che fece imbizzarrire i nostri cavalli e ribollire il mare, lanciavano segnali che gli indovini non esitavano a interpretare. Agamennone aveva portato con sé il suo veggente Calcante, colui che aveva dato il vaticinio terribile sull'amata figlia Ifigenia. Lo odiava ma lo teneva con sé. Una volta, infastidito dalle sue parole, lo provocai: «Dimmi, o profeta, quanti fichi ci sono su quell'albero?».

Mi guardò gelido: «Non serve a contare i fichi la mia arte» ribatté, «e tu lo sai bene. Pensi che non ti abbia udito quando parli a qualcuno che gli altri non vedono?».

Restai stupefatto. Lui continuò: «Non è forse vero?».

Non risposi.

Calcante chinò il capo e camminammo in silenzio.

«Voglio proporti un patto. Tu dimmi quale sarà il giorno della mia morte e io ti dirò quale sarà il tuo.»

«Nessuno vuole conoscere il giorno della propria morte» dissi.

«Allora ce lo diremo ma senza proferire parola. In questo modo ognuno di noi saprà la verità ma sarà libero di ignorarla.»

«A che serve?» domandai.

«Serve a capire se siamo davvero diversi da tutti gli altri, per quale motivo gli dei ci hanno concesso un dono tanto raro. Ci sono frontiere che solo a pochissimi è dato di attraversare. Tu sei uno di quelli.»

«Accetterò il tuo patto se risponderai a questo quesito: perché mi sfugge il trascorrere del tempo?»

«Perché ci sono due frontiere nel nostro mondo: quella del tempo e quella del luogo. Tu hai varcato quella del tempo e un giorno varcherai anche l'altra. Attraverserai una linea invisibile per raggiungere luoghi che nessun altro può vedere.»

Mi volsi verso di lui e nel momento in cui mi guardava negli occhi si aprì per me un pozzo di tenebre senza fondo. Gli diedi una risposta e lui la diede a me. Ma la sua risposta non era un giorno o un anno. Era un'immagine che mi pareva di avere visto. Non ci avrei pensato più per molto tempo.

La guerra andò avanti, sempre più dura, sempre più violenta e crudele. Nulla faceva presagire un buon esito. Così, quando una notte ricevetti in segreto un messaggio nel quale mi si chiedeva di recarmi, solo, al caprifico, l'enorme pianta che sorgeva in mezzo alla pianura fuori dalle mura di Troia, decisi di correre il rischio. Sapevo chi era il mandante di quel messaggio, e sapevo che potevo fidarmi.

Passai dalla mia tenda, presi un mantello scuro con il cappuccio e cinsi la spada al fianco. Lasciai la schiera delle navi tirate in secco sulla spiaggia e mi inoltrai per la campagna. Giunto nei pressi dell'albero, vidi un'ombra, e restando lontano dissi: «Mi è stato chiesto di venire a questo incontro, nobile Antenore, e sono venuto perché ero certo che non avresti dimenticato i vincoli dell'ospitalità».

«Odisseo... riconosco la tua voce benché tu tenga celato il tuo volto. Sapevo che avresti accettato.»

Ci trovammo uno di fronte all'altro, scuri, statue scolpite dalla luna. «Noi fummo gli unici a batterci nell'assemblea per evitare l'inutile massacro.»

«Invano, Antenore. Quale motivo ti ha spinto a convocarmi in questo luogo?»

«Sia noi che voi soffriamo pesanti perdite. I giovani nel fiore degli anni cadono sul campo ogni giorno, le madri stringono al petto le urne con le loro ceneri e piangono inconsolabili, due popoli si dissanguano senza che nessuno riesca a prevalere sull'altro. Ci deve essere una soluzione, una via d'uscita.»

«Tu sai già quale, nobile Antenore?»

«Un duello...»

Io compresi. «... fra i due contendenti principali: Paride e Menelao. Ma come convincerai Paride? È un vigliacco. Lascia che migliaia di giovani muoiano per un suo capriccio.»

Antenore esitò, meditò silenzioso. «Non è un capriccio, è amore ma questo non cambia le cose. Tu convinci Menelao a sfidare Paride a duello. Vorrà fuggire ma Ettore lo fermerà e lo costringerà a combattere: è troppo orgoglioso, nobile e intransigente e non ha di lui alcuna stima. Lo spingerà a riscattarsi, Paride non avrà scelta e Menelao potrà avere la sua soddisfazione. Non mi interessa chi vincerà. Si giurerà un patto e io convincerò il re Priamo a farsi garante di persona. A quel punto, qualunque sia l'esito del duello, la guerra finirà».

Il mio cuore esultò a quelle parole. Il ritorno era vicino. Non potevo crederci e pregavo in silenzio la mia dea che mi aiutasse. Ora tutto dipendeva da me.

Strinsi la mano ad Antenore e prima di separarci dissi: «Se tutto andrà come deve, vedrai sventolare un drappo giallo sulla prora della mia nave».

Tornai alla tenda di Agamennone, e feci richiamare Menelao. Riferii del mio incontro e della proposta di Antenore non appena il re di Sparta fu entrato nella tenda del fratello. Gli si illuminò il volto.

«Finalmente!» esclamò. «Massacrerò quel vigliacco al primo assalto.»

Lo calmai, facendogli presente che ci sarebbero state delle regole da rispettare, ma questo non smorzò il suo entusiasmo. Vedeva la sua vendetta vicina.

Anche Agamennone accettò la proposta di Antenore. Lui pure sentiva il peso delle tante vite spese senza ottenere alcun risultato, e finalmente scorgeva una possibilità per far cessare quell'orrore. L'unico nostro timore era tenere a bada l'irruenza di Achille.

Il mattino dopo, quando i raggi del sole illuminarono le nubi da dietro la linea dei monti, radunammo l'esercito e lo guidammo fuori dal campo verso la città. Ben presto vidi risplendere il casco lucente di Ettore e, accanto a lui, Paride. Una pelle di leopardo gli copriva in parte il petto e le spalle.

«È là!» gridai a Menelao che avanzava sul carro non molto distante da me. Era imponente a vedersi: il bronzo che gli ricopriva il petto splendeva come oro e a ogni movimento mandava barbagli accecanti, un alto cimiero ondeggiava sull'elmo a ogni colpo di vento.

Come vide Paride la sua voce tuonò: «Paride! Traditore, vigliacco, ti sei nascosto fino a ora, hai sempre evitato di affrontarmi. Mostra finalmente quello che vali». Così dicendo, imbracciato lo scudo e impugnata la lancia, saltò a terra e avanzò con passo pesante verso il suo avversario. Paride tentò di arretrare al riparo tra le file dei guerrieri troiani ma Ettore lo fermò e gridò qualcosa che non compresi. Paride si girò e prese ad avanzare, con poco entusiasmo, verso la prima fila.

«Troiani!» urlò allora Menelao. L'armata rallentò la marcia e anche i nostri si arrestarono a un segnale di Agamennone che alzò la lancia tenendola di traverso. «Troiani, vi propongo un patto! Non è giusto che tutti voi soffriate per la colpa di uno solo. Io sono pronto a battermi contro Paride: siamo soltanto noi due che dobbiamo rischiare la vita!»

Paride si guardava intorno preoccupato, senza capire quello che stava succedendo. Ettore, accompagnato dal suo araldo, si accostò ad Agamennone che fece cenno a me di avvicinarmi.

«Siamo pronti ad ascoltare la proposta di Menelao» disse il principe troiano.

Rispose Agamennone, il nostro capo supremo: «Principe Ettore! Troppi mali abbiamo sofferto, noi Achei e voi Troiani. Lasciamo che tuo fratello, il principe Paride, si batta con mio fratello Menelao. Se vincerà Paride lasceremo la Troade senza chiedere nulla, salperemo le ancore entro tre giorni per non fare mai più ritorno. Se vincerà Menelao voi ci restituirete Elena, con molti beni preziosi in riparazione dei danni che abbiamo subito».

Ettore chiese che il patto venisse approvato e sancito dal re Priamo e noi accettammo. Tutti i guerrieri delle due armate si sedettero e appoggiarono le armi a terra. Come quando il vento si abbatte su un grande campo di spighe ritte con le ariste appuntite e le corica tutte a terra. Lo spettacolo era straordinario e incredibile per tutti, forse, ma non per me: le cose stavano andando proprio come Antenore e io avevamo previsto. Certamente anche Ettore era al corrente ed era d'accordo. L'unico forse che non ne sapeva nulla era Paride.

Aspettammo con ansia che il re, avvertito da un messaggero, arrivasse sul campo e giurasse davanti ai due eserciti schierati i patti già decisi. Finalmente lo vedemmo arrivare e, quando il carro fu vicino e vidi che accanto a lui c'era Antenore, cominciai a pensare che veramente quella fosse la giornata in cui avremmo stabilito il ritorno.

Furono sgozzate due coppie di agnelli e si giurarono i patti, si definirono le riparazioni. Eppure io sentivo una strana inquietudine. Pensavo che eravamo vicini alla conclusione, perché Menelao avrebbe certamente stroncato il suo avversario. Per quello ero inquieto: perché mancava poco.

I due avversari si fronteggiavano ormai molto vicini, armati da capo a piedi. Tirò per primo Paride, scagliò la lancia senza attendere un istante. Menelao alzò svelto lo scudo. La punta della lancia lo penetrò ma si piegò per il peso dell'asta che gravava indietro. Scagliò allora Menelao e la lancia attraversò lo scudo e la corazza dell'avversario. Tutti gridarono pensando che Paride fosse stato colpito, ma non era così. Menelao, abbandonato lo scudo inservibile, si lanciò all'attacco con la spada. Paride spezzò la lancia nemica per estrarla dallo scudo e di nuovo l'imbracciò per proteggersi.

Menelao lo attaccò con furore, e il principe troiano resisteva arretrando come a cercare rifugio tra le file del suo esercito ma non c'era riparo, tutti erano seduti, soltanto Ettore era in piedi, appoggiato alla lancia; scuro in volto, si mordeva il labbro inferiore. Udii un rumore lontano come di vento che corre sulla pianura, fra gli alberi. Una lieve foschia avanzava da oriente.

Al secondo assalto la spada di Menelao andò in pezzi, forse un dio la infranse, e io cominciai a disperare. Non potevo crederci. La foschia si fece più fitta, spinta dal vento fra i due schieramenti. Menelao raccolse il troncone della sua asta e con quello calò un colpo tremendo sul braccio destro di Paride, che lasciò cadere la spada. Menelao gli balzò sopra, pronto a sferrare il colpo decisivo. Ma a quel punto la foschia coprì tutto, le due armate e i combattenti accaniti.

Poi il vento cambiò d'un tratto, dissolse la foschia e vidi Menelao a poca distanza da me: stringeva fra le mani l'elmo di Paride. Il principe troiano era sparito. E ora tutti i Troiani erano in piedi.

Un sibilo acuto.

Un colpo secco, metallico.

Un ruggito.

Menelao trafitto da un dardo!

La freccia gli si era conficcata nel fianco.

Era finita. Finito il sogno, il piano così ben preparato, violati i patti giurati da due grandi re.

Le due armate si scontrarono come nel cielo nubi di tempesta lampeggianti di folgori.

Menelao venne curato dal migliore dei nostri medici, Macaone, e sarebbe sopravvissuto, ma ancora c'erano morti da piangere. Molte, troppe vite perdute.

Quella notte tornai alla mia nave per stare solo, e quando il Grande Carro cominciava a declinare verso il mare, sentii un passo nel buio, un passo che conoscevo fin da ragazzo. Scesi balzando a terra e scrutai nelle tenebre davanti a me. Damaste!

Capii subito, però, che quello non era il mio vecchio maestro d'armi, bensì Atena, che ancora una volta veniva da me sotto altre spoglie.

«Perché, mia dea» le domandai trattenendo a stento il pianto, «perché oggi hai permesso a Paride di dileguarsi nella fitta foschia, di scampare alla morte? Ora starei preparando la partenza, e invece sono afflitto e penso a quanto si è allontanato per me e per i miei compagni il giorno del ritorno. Perché mi hai fatto questo?»

«Quello che è accaduto oggi io non potevo cambiarlo perché era la volontà degli dei che abitano il cielo» rispose Atena. «Essi non volevano che la guerra terminasse. Alcuni di loro aiutano i Troiani, altri gli Achei. Così la lotta continuerà senza sosta né interruzione ancora per molto. Rassegnati: ai mortali non è dato sottrarsi alla volontà dei numi.»

«Che cosa ti spinge allora ad aiutarmi se tutto è inutile?» chiesi ancora.

«Il fato non è altro che il risultato di mille e mille volontà, infinite, umane e divine, della forza delle onde e del soffio dei venti, del canto degli uccelli e del moto degli astri, così come un grande fiume è fatto di mille e mille correnti e la sua forza è invincibile. Io ti sto vicina perché dall'origine del tempo fino alla fine nessuno è mai stato come te, nessuno lo sarà mai. Io amo la tua paura e il tuo coraggio, il tuo odio e il tuo amore, la tua voce e il tuo silenzio e dunque vivi la tua vita, re di Itaca, finché avrai respiro. Nessun dio potrà mai essere ciò che tu sei, nemmeno se lo volesse.»

Se ne andò e a lungo ascoltai il suo passo che si allontanava.

16

LA GUERRA SI TRASCINÒ A LUNGO, I GIORNI DIVENNERO MESI, E poi anni, e in quegli anni fragorosi, assordanti, combattemmo con ogni nostra stilla di forza, esplorando i limiti a cui un uomo può arrivare. Tutti cambiammo. Non credo diventassimo peggiori o migliori: soltanto diversi.

Più volte i campioni troiani si misurarono con i nostri eroi più possenti e lo scontro era pauroso. Nessuno, però, osò mai confrontarsi, solo, con Achille, ben sapendo di andare incontro a morte sicura. A lui si opponeva una massa compatta, scudo contro scudo e spalla contro spalla, per limitare le perdite.

Mai, soprattutto, Ettore, l'eroe troiano, si oppose direttamente ad Achille, né da parte sua Achille cercò lo scontro con lui. Non certo per timore, piuttosto perché entrambi sapevano che quello sarebbe stato il duello decisivo, e il momento non era ancora giunto.

Achille credeva di dover morire giovane, di aver fatto la scelta fatale, e voleva che la fama lo rendesse immortale. «Torneremo» gli dicevo io, «torneremo entrambi.» Lui sorrideva senza rispondere, come se in fondo non gli importasse. Ciò che mi colpiva era lo sguardo tranquillo, quasi sereno, ma quando indossava l'armatura e saliva sul carro si trasformava nel più formidabile e spietato dei guerrieri.

Patroclo era la sua ombra, il suo aiutante di campo ma anche una sorta di fratello maggiore che forse conosceva i segreti del suo animo. Era originario di Opunte, ma aveva trovato accoglienza presso Peleo, il padre di Achille, in seguito a un omicidio involontario in una rissa di gioco. Cosciente di essere un uomo morto fuori dai confini del regno di Peleo, che semplicemente gli aveva creduto, Patroclo era rimasto. Patroclo e Achille erano cresciuti assieme, anche se Achille era di qualche anno più giovane, e assieme si erano sempre esercitati all'uso delle armi. Per questo Patroclo conosceva più di chiunque altro il modo di combattere di Achille, il modo di portare i colpi, le finte, di schivare e di reagire fulmineo, ma non avrebbe mai potuto eguagliarlo.

Una sera, tornando alla mia tenda, Achille mi accompagnò per un pezzo.

«È una bella notte» disse guardando le nubi spinte dal vento.

«Sì, questo vento è passato dalle nostre case prima di arrivare qui.»

«Vorresti tornare a casa, vero?»

«Non a qualunque costo» risposi. «Se si entra in guerra bisogna vincere e non abbiamo vinto.»

«Non ancora.»

«Il rumore del mare mi fa venire in mente la mia isola. E a te?»

«Mia madre» rispose.

Restammo in silenzio, ascoltando il rumore della risacca.

«Tua madre? Dicono sia una dea dell'abisso.»

Achille sorrise, come quando pensava alla morte.

Da quella notte, tuttavia, si instaurò un pensiero fisso nella mia mente: volevo trovare il modo per entrare nella città, scoprire cosa dava a quella gente la forza di battersi con tanto accanimento. Non potevo più aspettare inerte il corso degli eventi. Se volevo che quella guerra finisse, dovevamo far cadere Troia. E io dovevo trovare il modo.

Pochi giorni dopo radunai i miei compagni: Euribàte, Sinon ed Euriloco, ed esposi loro il mio piano: alla prossima battaglia, non appena un troiano fosse caduto, loro mi avrebbero aiutato a spogliarlo e a indossarne l'armatura e i fregi, e quando tutti i soldati fossero rientrati a Troia, io mi sarei unito a loro fingendomi ferito.

La battaglia arrivò soltanto otto giorni dopo, e io, aiutato dai miei fedeli compagni, riuscii nello stratagemma. Indossai l'armatura di un troiano caduto, mi sporcai di sangue la tunica e il viso e passai zoppicando sotto le porte di Troia, sorretto da alcuni nemici.

Ero dentro la città.

In fretta mi staccai dal gruppo degli altri soldati, e mi dileguai in un vicolo oscuro. Volevo raggiungere la rocca e dominare di lassù le mura, le porte, il palazzo e ogni altro punto importante. In parte già la conoscevo, per esserci venuto con Menelao, ma molte cose erano cambiate, opere di difesa erano state allestite, tagli nella roccia erano stati fatti per eliminare i punti da cui si sarebbe potuto facilmente salire fino alla sommità delle mura. E un vallo, dalla parte del settentrione proteggeva gli accampamenti degli alleati: Traci, Frigi, Lici e altre nazioni dell'Asia. Migliaia e migliaia di guerrieri che combattevano contro di noi al fianco dell'esercito di Priamo.

La rocca era ormai vicina, e finalmente arrivai quasi di fronte al più imponente dei santuari, quello di Atena. Era un mistero che la dea potesse distogliere il suo sguardo dalla città che la onorava a quel punto. Vedevo una fila di guerrieri coperti di bronzo che impugnavano aste massicce, dalla lunga ombra. Come mai vi era una simile protezione attorno a un luogo di culto?

Mi accostai più che potevo restando all'ombra del porticato che fiancheggiava il muro meridionale della rocca, spiando dove potessi intravedere uno spiraglio. Dovevo distrarre i guerrieri in qualche modo e scagliai l'elmo più distante che potei verso l'estremità opposta del portico. Il bronzo risuonò fortissimo all'urto con il muro e poi a ogni rimbalzo sul pavimento. Alcune guardie si precipitarono nella direzione del suono. Qualcuno accese delle torce dai bracieri per fare luce e intanto io strisciai non visto fino all'ingresso. La porta non era chiusa ma solo accostata, come se qualcuno fosse appena entrato e dovesse uscire. Entrai.

All'interno vidi una figura femminile immobile di fronte all'immagine di Atena, un'immagine piccola, che la rappresentava in piedi con la lancia in mano e l'elmo sulla testa. Non era di metallo e nemmeno di legno. Sembrava scolpita in una pietra sconosciuta, aspra e porosa con dei cristalli che luccicavano e si tingevano di rosso riflettendo la luce delle torce e del braciere. La giovane, ritta davanti al simulacro, dalla ricchezza delle vesti e dal diadema d'oro che le cingeva i capelli doveva essere una principessa di sangue reale e questo spiegava il motivo della cintura di guardie armate attorno al recinto sacro. Una figlia di Priamo! Ma chi poteva essere? O forse era la sposa di Ettore, l'eroe?

Continuai a spostarmi leggero come un fantasma finché non mi trovai di fronte a lei. Vidi il suo volto e la sua espressione e vidi le lacrime scendere copiose dai suoi occhi. Occhi tristi e atterriti. La principessa bagnò i piedi della statua con le sue lacrime, pronunciando fra i singhiozzi una invocazione che non compresi, poi si avviò finalmente verso l'uscita. Udii il passo dei guerrieri che si allontanavano scortandola verso la sua dimora e udii la porta richiudersi. Io mi avvicinai al simulacro.

C'era qualcosa di inquietante in quell'immagine. Gli occhi di madreperla, immobili e fissi, erano capaci di uno sguardo penetrante, l'asta sembrava quasi vibrare nella mano della dea.

"Mostrami una via d'uscita!" gridò il mio cuore, e la dea rispose. Un lampo improvviso illuminò il cielo rivelando l'apertura che permetteva ai fumi dell'incenso e delle torce di salire verso il cielo.

Mi arrampicai per un pilastro fino al soffitto e mi trovai all'aperto sul tetto. Guardai Ilio sacra per lunghi, interminabili istanti. Pensai che un giorno avremmo vinto e che tutto questo sarebbe stata la nostra preda, ma non riuscii a provare gioia nel cuore perché in quel momento quasi ero parte di quella visione d'incanto.

Mi calai a terra senza fare rumore e, mentre mi accingevo a scivolare sotto l'ombra del portico, una mano si appoggiò sulla mia spalla. Mi volsi di scatto con la spada protesa a uccidere. Il bronzo si fermò a un soffio da un volto di assoluta bellezza e perfezione: Elena! La mia spada tremava nella mano come tremava il mio cuore nel petto il giorno in cui lei stava per scegliere uno sposo a Sparta lontana.

«Odisseo. Sapevo che eri tu...»

«Che cosa vuoi fare?» domandai. Un suo grido e sarei morto. Ma la mia mano ormai aveva esitato e non potevo più ucciderla.

«Seguimi» disse lei, e si mosse voltandomi le spalle. Le tenni dietro, che altro avrei potuto fare? Aprì una porticina sotto un arco ed entrò in un lungo e stretto corridoio illuminato da qualche lucerna, poi aprì un'altra porta ed entrò in una stupenda dimora, certamente la casa in cui viveva.

«Vieni» disse ancora, e aprì un'altra porta. Ci trovammo in una stanza rivestita di alabastro con una vasca di acqua profumata sul fondo e vasi colmi di essenze rare. Elena mi offrì di prendere un bagno. Con una ciotola d'argento attinse acqua e me la versò addosso lavando via il sangue dai capelli, dalle spalle, dal viso. Infine mi porse una veste pulita.

«Perché fai questo per me?» le chiesi.

«La notte prima di fare la mia scelta feci un sogno: io e te, come marito e moglie, in un luogo bellissimo, nell'intimità della nostra casa» rispose. «Pensai che fosse un segno, un messaggio sul mio futuro. Ma non era quello il mio destino, no. Il mio destino era questa guerra spaventosa, crudele, sanguinosa, il cui vero scopo continua a sfuggirmi ma che piace molto agli dei... E ora vattene, re di Itaca, che la tua audacia non ti perda.»

Mi baciò. Un lungo, folle bacio disperato.

Ora somigliavo a un aristocratico troiano con quella veste. Chiesi alla mia dea dal profondo del cuore che guidasse i miei passi nell'oscurità. Raggiunsi finalmente il ballatoio che portava sulle porte, le uniche che dessero sull'aperta campagna. Mi calai aggrappandomi alle sporgenze delle pietre, spellandomi le mani fra le crepe e i bordi taglienti dei massi. Poi mi lasciai cadere a terra. Rotolai ferendomi ai gomiti, alle spalle, alla schiena e infine raggiunsi ansando il caprifico e di nuovo indossai le mie vesti.

Entrai, non molto tempo dopo, nella tenda di Agamennone, e subito fu convocato il consiglio dei capi. Riferii tutto ciò che avevo visto, compresi i vasti accampamenti degli alleati, e spiegai che un attacco frontale alle fortificazioni sarebbe stato di fatto impossibile. Per ora non restava che continuare gli scontri in campo aperto cercando una vittoria decisiva: senza di questa non sarebbe stato possibile piegare la forza d'animo dei Troiani.

«Sicuramente c'è qualcosa che dà loro la forza di continuare a combattere sopportando la disperazione, le perdite, le privazioni.»

«E che cosa, saggio Odisseo?» domandò Agamennone.

«L'amore per la loro città e la loro terra. Per questo

amore sono disposti ad affrontare qualunque pericolo e a perdere la vita se necessario. Noi siamo soli, loro hanno sotto gli occhi ogni giorno le mogli e i figli, i genitori e i fratelli, le persone che amano. È questa la loro forza. Spero che la notte vi porti consiglio e che gli dei ci concedano un sonno sereno.»

Mi incamminai verso le mie navi e la mia tenda, e quando fui arrivato a poca distanza notai una sagoma scura in piedi davanti all'ingresso: Calcante. Aveva ascoltato le mie parole senza essere visto e mi stava aspettando.

«La persona che hai incontrato nel santuario è Cassandra, la figlia di Priamo» disse. «Anche lei ha il dono.»

«Mi è sembrata soltanto una donna sola, spaventata e triste.»

«Tutti coloro che hanno il dono sono soli. Il dono è anche una maledizione. Dicono che quando nacque Paride lei, ancora bambina, entrò nella camera della regina che aveva appena partorito e, guardando il neonato con occhi di ghiaccio, sentenziò: "Uccidetelo". Si pensò che lei, fino a quel momento la prediletta dei genitori, odiasse il nuovo arrivato che le avrebbe sottratto il loro affetto e le loro carezze. Il piccolo Paride fu allontanato presso una balia, temendo che Cassandra avrebbe potuto fargli del male. Ancora adesso Priamo e la sua sposa si rifiutano di capire il messaggio.»

«E qual è il messaggio?»

«Paride sarebbe stato la rovina della sua patria.»

«E quindi Troia cadrà.»

«Così è scritto. Ma non ora. E non per i motivi che tu elencavi: è quella statua di pietra coperta di stelle luminose. Finché resterà dove si trova la città non cadrà.»

Molto tempo ancora passò senza che la bilancia di Zeus facesse pendere le sorti da una parte o dall'altra. Accadeva a volte che alcuni dei nostri più forti campioni fossero feriti e non potessero scendere in battaglia; accadeva altre volte che noi ci trovassimo in superiorità, ma in quel caso le imprendibili mura della città diventavano un rifugio sicuro. Cercammo quindi in più occasioni di schierare contro Ettore lo stesso Achille, ma il troiano evitò lo scontro volando con il carro in un'altra parte dello schieramento che stava cedendo all'impeto di Agamennone, Menelao e Diomede. Non accadde nulla di decisivo. Ettore si comportava da uomo saggio: sapeva di non dover rischiare la vita per non togliere al suo esercito una guida fondamentale. Per lui veniva prima la vita della sua gente e della sua città che la sua gloria di combattente.

Sembrava che nulla sarebbe mutato, quando invece accadde qualcosa che cambiò la sorte di tutti noi.

Quell'anno l'estate fu torrida, soffocante. E nel mezzo della canicola estiva nel nostro campo si diffuse un malanno che mieteva numerose vittime ogni giorno e ogni notte e che gettò tutti nella costernazione.

Il flagello era certamente dovuto all'ira di un dio. Era necessario capire quale era stata l'offesa e quale nume occorreva placare con sacrifici e riti di espiazione. Lo stesso Achille volle che fosse convocata l'assemblea dei re e dei principi di Acaia e che venisse consultato l'indovino Calcante.

Ci riunimmo verso sera presso la riva del mare, entro un cerchio tracciato sulla sabbia e segnato da dodici torce accese. Agamennone era corrucciato perché l'assemblea era stata convocata da Achille e non da lui. E fu Achille a cominciare. «Parla dunque, o veggente, quale dio è così irritato con noi da mandare un tale flagello? Qual è la causa del suo sdegno?»

Ma Calcante sembrava riluttante a rispondere.

«Dimmi, che cosa ti trattiene?» lo incalzò Achille.

«Quello che dirò non piacerà al nostro capo supremo.»

Achille, senza nemmeno guardare Agamennone, rispose: «Non devi temere nulla e nessuno perché sei sotto la mia protezione». Era una sfida pronunciata davanti a tutti e contro il sovrano più potente di tutta Acaia.

Calcante alzò il suo bastone agitando i tintinnaboli che ne adornavano la punta e sull'assemblea dei re e dei principi scese il silenzio. Risuonò in quell'atmosfera la parola del veggente: «Apollo è irato con noi perché il suo sacerdote, Crise, come qualcuno di noi ha visto, è venuto al campo portando molte ricchezze per riscattare sua figlia che è schiava di Agamennone, ma ha ottenuto un rifiuto. Affranto, il sacerdote ha invocato il dio perché vendicasse la sua umiliazione e Apollo lo ha ascoltato scagliando su di noi i suoi dardi mortali. L'unica possibilità di far cessare il flagello è che Agamennone restituisca a Crise la figlia».

Mai in tanti anni di guerra Agamennone era stato così umiliato pubblicamente e costretto a piegare il capo di fronte alla tracotanza di Achille. Ma il re dei re degli Achei reagì duramente alle parole di Calcante: «Profeta del malaugurio, non mi hai mai portato una notizia che rallegrasse il mio cuore! Non ho voluto privarmi della mia schiava: ebbene? Lo stesso avrebbe fatto ciascuno di voi! Ma se proprio è vero quello che affermi, non voglio si creda che non ho a cuore la sorte dei miei uomini. La restituirò al padre, ma voi re e principi qui presenti dovrete darmi un altro dono di uguale valore e bellezza».

Potevo facilmente prevedere quello che sarebbe successo: Achille era il più forte guerriero di tutta l'armata, Agamennone era il capo supremo e il più potente dei sovrani; le loro parole sarebbero diventate sempre più aggressive. Non era prevedibile però la conseguenza di uno scontro se alle parole fossero seguiti i fatti. Forse la fine della grande impresa.

Achille gli si rivolse con durezza: «Atride grandissimo e altrettanto avido, non ci sono più prede da spartire, ma se riusciremo a conquistare Troia potrai scegliere per primo le cose più preziose e le donne più belle».

«No» rispose duro Agamennone. «Il mio dono lo voglio adesso.»

Achille lo insultò ferocemente, ma quelle parole non mi colpirono più di tanto; fu quello che disse in seguito che mi spezzò il cuore.

«Ho sempre combattuto con tutte le mie forze, ed è sulle mie spalle che grava il peso maggiore della guerra. Io sono qui con i miei uomini perché è stata rapita la moglie di tuo fratello, per tener fede a una promessa.» I suoi occhi mi fissarono penetranti per un istante. «A me i Troiani non hanno fatto niente di male, non mi hanno derubato né hanno invaso il regno di mio padre, per cui me ne vado, torno a casa, non ho nessuna voglia di starmene qui a combattere la tua guerra!»

«Vattene!» ribatté Agamennone. «Non sarò io a trattenerti, non mi mancherai, rissoso, furioso, ribelle, sempre alla ricerca di liti e contese! Vai, hai il mio permesso, ma poiché sarò io a dover pagare rimandando al padre la mia schiava, allora mi prenderò la tua Briseide.»

Questo era troppo, Achille non l'avrebbe accettato. Scagliò in terra lo scettro, e mise mano alla spada. Era la fine.

Ma ecco, d'un tratto, sentii la sua presenza, Atena; non la vidi, no. Eppure chi altri avrebbe potuto fermare d'un tratto, nel pieno della collera, il più forte e irruento guerriero che avesse mai calcato la terra? Indurlo a rinfoderare la spada?

Vidi Achille girare lo sguardo all'indietro e abbassare gli occhi.

Nestore cercò di calmare i due contendenti ma era troppo tardi. Agamennone mandò i suoi uomini a prendere la donna di Achille, una giovane di splendente bellezza che egli amava e da cui era ricambiato ardentemente benché le avesse ucciso lo sposo. Poi fece preparare la più possente delle sue navi da guerra e mi mandò a chiamare mentre mi incamminavo verso la mia tenda.

«Ho bisogno di te, Odisseo» mi disse. «Voglio che tu guidi le navi in questo viaggio e che mi sostenga quando incontreremo il padre della ragazza. Non possiamo commettere errori.»

Accettai, benché non lo meritasse.

«Perché hai provocato il guerriero selvaggio?» gli domandai l'indomani. «Senza Achille non abbiamo speranza.»

Agamennone non rispose e anche io restai in silenzio con l'animo pesante.

17

ANCORA UNA VOLTA AVEVO NELLE MIE MANI IL DESTINO DI ACAIA, come era accaduto a Sparta quando avevo proposto e ottenuto il patto dei principi. Ancora una volta tutto aveva origine per una donna. La forza di Achille, pura, tagliente e inesorabile come la folgore, non c'era più; restavano il mio cuore e la mia mente per guidare la massiccia potenza di Aiace gigante e il furore di Diomede, la nobile forza di Idomeneo e Menelao. Sarebbe bastato? Ma intanto dovevo fermare il flagello causato dall'ira del dio Apollo: non era riuscito a Macaone, il nostro medico guerriero, figlio di Asclepio che fermava la morte. Occorreva venire a patti con uomini e dei, riparare l'offesa: era la mia ora.

Parlai con la schiava di Agamennone durante il viaggio e scoprii che il suo nome era Astinome.

«Come ci accoglierà tuo padre?» le domandai. «Ho deciso di venire senza guardia armata, io stesso disarmato per presentarmi al dio come è giusto e necessario.»

«Sarà molto felice di rivedermi, sono la sua unica figlia, era disposto a pagare la mia libertà con tutte le sue sostanze. Tu hai figli, Odisseo?»

«Uno solo: Telemaco è il suo nome, e mi manca più di quanto io possa mai dire.»

«Allora forse tu puoi comprendere i sentimenti di mio padre» disse Astinome.

Sì, potevo comprenderli, ma nondimeno dovevo fare in modo che suo padre, sacerdote di Apollo, placasse la vendetta del dio verso le nostre armate.

Giunti a Crisa, mi recai al santuario del dio e raggiunsi l'altare con la ragazza. Il padre stava per iniziare i riti in onore di Apollo e al vederci si illuminò in volto, la gioia gli brillava negli occhi. Misi la mano di lei nella sua e dissi: «Il signore dei nostri popoli, Agamennone, mi ha mandato da te per restituirti la figlia che hai tanto cara».

Sentii che Astinome gli parlava nella loro lingua. Non capii che una parola: il mio nome.

Lui, il sacerdote, allora invocò il suo dio: «Apollo che regni sovrano sulle nostre città, prima hai ascoltato le mie parole e hai fatto pagare duramente agli Achei la loro colpa, mi hai reso giustizia. Ora il torto è riparato. Distogli la tua ira, ti prego, dal campo degli Achei». Poi offrimmo in sacrificio gli animali che avevamo portato.

Passammo la notte dormendo sui banchi delle navi o sulla spiaggia e io pregai, pregai Atena che intercedesse con Apollo, che lo convincesse ad accettare l'invocazione del suo sacerdote. Quando l'aurora illuminò il mare, sciogliemmo le vele e salpammo le ancore.

L'ira del dio non si spense subito, ma a poco a poco il flagello cessò, e ricominciarono i combattimenti. Achille non vi prese parte, però non se n'era andato come aveva minacciato. Era rimasto dov'era e si rodeva per il fatto di non partecipare alla mischia, mentre le perdite tra le nostre fila aumentavano. La mia missione era stata inutile. Tuttavia non mi arrendevo.

Incontrai Patroclo in segreto per tentare di convincerlo a parlare con Achille.

«Lui ti stima» mi disse, «e non capisce come un uomo come te possa ancora riconoscere l'autorità di Agamennone.»

«Io ancora continuo a sperare. Non è partito, è ancora qui. A meno che tu non conosca intenzioni diverse che lui ti abbia confidato. Non ha segreti per te.»

Patroclo sospirò. «Agamennone ha acconsentito che la sua schiava venisse riportata al padre, ma in cambio s'è preso Briseide, la schiava di Achille. Ma per Achille lei è ben più che questo: lui la ama. Per lui, lei è amante, sorella e madre...»

«Madre...» mormorai. «Nessuno l'ha mai vista. Dicono sia una dea del mare.»

«O forse, semplicemente, è morta quando lui era appena nato. Forse lui parla con un fantasma quando siede la sera lungo la riva del mare e canta una melodia triste suonando la cetra.»

«E che cosa chiede a questo essere invisibile?»

Patroclo mi fissò: «Vendetta».

E fu vendetta.

I Troiani si accorsero presto che Achille non c'era più e si fecero sempre più audaci. Lo scoramento serpeggiava tra le truppe. Al punto che un giorno si diffuse, non si sa come, la voce che i capi avevano deciso di fare ritorno in patria e a migliaia si riversarono alle navi, cominciando a spingerle in mare. Il panico prese noi tutti, non sapevamo come reagire. Fu la dea a parlarmi: «Fermali!».

E io obbedii. Gridai come un pazzo: «Fermatevi, Achei! Dove andate?». Giurai che Calcante, l'indovino, aveva predetto la caduta di Troia entro un anno. Da nove anni, ormai, durava quella guerra, ma al decimo sarebbe terminata!

«E vorreste andarvene ora?» gridai ancora. «Restate e combattete! Troia sarà rasa al suolo. Ve lo prometto!»

Non sapevo quello che stavo dicendo, ma in qualche modo riuscii a fermare gli uomini.

«E adesso tutti in linea di combattimento!» mi fece eco Agamennone.

Fu una giornata memorabile, tremenda. Diomede era diventato il nuovo Achille. Il re di Argo prese a risplendere come un nuovo astro della guerra. Al primo scontro si lanciò con il carro. Stenelo, il figlio di Capaneo, che lo guidava, incitò i cavalli al galoppo e irruppe tra le file dei Troiani come un macigno che rotola da un ripido pendio, tutto travolgendo e schiantando al suo passaggio. Diomede colpiva con l'asta e con la spada, senza posa, animato da una forza inestinguibile.

Io mi trovavo in un altro punto dello schieramento, e potevo vedere gli altri re battersi con un vigore mai visto prima, come volessero mostrare che non avevano bisogno di Achille per sconfiggere i Troiani e i loro più valorosi guerrieri.

Una volta preso nel turbine della battaglia, delle grida, dei nitriti, del rombo dei carri da guerra, del lampeggiare delle armature, anche io mi ero lanciato nella mischia con una forza che *solo un'altra volta nella mia vita avrei mostrato*.

Vidi, a un certo punto, Diomede spingere il carro verso Enea, dopo Ettore il più forte dei Troiani, e affrontarlo senza esitazione. Vedevo lampeggiare al sole il suo elmo, la punta della lancia oscillare mentre assestava nel pugno l'asta, pronto a scagliarla. Poi affondò nella mischia e non vidi altro, non potevo distrarmi dalla lotta che da ogni lato mi circondava con strepito assordante. Ettore alla fine comparve, coperto di bronzo, formidabile, e il destino della battaglia cominciò a piegare a favore dei Troiani. Gli lanciai contro Aiace gigante, l'unico che potesse sostenerne l'urto. Aiace di Locride gli si affiancò ma neppure insieme riuscirono a contenere l'impeto di Ettore: sembrava che le frecce e le lance non riuscissero a prenderlo, come se un dio le deviasse con la mano. Così andammo avanti fino a sera finché l'oscurità separò i combattenti. Era stata la giornata di Diomede, e certo Enea sarebbe crollato sotto i suoi colpi se un dio non lo avesse sottratto al giorno fatale. Benché alla fine avessimo indietreggiato, avevamo avuto la meglio su molti dei nemici e contenuto la forza di Ettore.

Mentre rientravo al campo rividi Patroclo che sedeva davanti alla sua tenda. Gli feci un cenno, ma lui scosse il capo. Nonostante anche noi avessimo lasciato tanti uomini valorosi sul campo di battaglia, la vendetta per Achille non era ancora sufficiente a placare la sua ira. Voleva vederla e assaporarla: per questo era rimasto.

Nei giorni successivi si combatté ancora e ancora e ancora. Sarebbe stato impossibile evitarlo anche se avessimo voluto. I Troiani, guidati da Ettore e da Enea miracolosamente ristabilito, uscivano ogni giorno dalle porte e noi dovevamo fermarli perché non arrivassero fino alle nostre navi. Un giorno Ettore uscì dalle linee e lanciò una sfida a uno dei nostri campioni: chiunque fra loro avesse voluto battersi con lui. Il principe troiano l'aveva sempre evitato perché l'avversario sarebbe stato Achille. Ora, sicuro di vincere, ci sfidava per toglierci anche un altro dei più valorosi combattenti e piegare l'orgoglio e la volontà di combattere dell'intero esercito.

La paura gelava tutti. E la vergogna non bastava a farci ritrovare il coraggio. Menelao si alzò gridando: «Affronterò io il principe troiano, perché mio è il dovere se nessuno fra coloro che potrebbero tenergli testa si farà avanti!».

Nestore ci coprì di ingiurie e di disprezzo.

Allora si alzò per primo Agamennone, il capo supremo, si alzò Diomede e dopo di lui Aiace di Locride e Aiace gigante figlio di Telamone, e poi Idomeneo, signore di Creta e del Labirinto, e poi Merion, il suo scudiero, e Thoàs, signore di Caledonia. Almeno quattro di loro non avrebbero avuto speranza contro la forza massacrante di Ettore.

Io mi alzai per ultimo sperando di non essere scelto. Volevo sopravvivere, volevo tornare da Penelope che salutavo ogni sera nei miei pensieri, volevo tornare da Telemaco, volevo rivedere Itaca baciata dal mare, ma avrei combattuto se la scelta fosse caduta su di me.

Venne fatta un'estrazione, e la sorte decise per Aiace gigante. Tutti esultammo, mentre Ettore, consapevole del valore straordinario del suo avversario, impallidì.

Si posero uno di fronte all'altro. Aiace gridò: «Credevi forse che non ci fossero altri fra gli Achei capaci di battersi con te? È vero, Achille non combatte più, non lo vedi fra di noi: se ci fosse non avresti lanciato la sfida. Ma ci sono altri non da meno. E adesso, principe troiano, fatti sotto!».

Ettore rispose: «Non trattarmi come un bambino ignaro o come una donna, Aiace: sono esperto di guerra e di massacro! Fatti sotto!».

E subito scagliò la lancia. Lanciò Aiace, secondo. Poi ognuno strappò l'asta dallo scudo dell'altro e si aggredirono nel corpo a corpo come leoni affamati.

Combatterono per ore con foga, con un'energia che sembrava non finire mai, arsi dalla sete, grondanti di sudore sotto gli occhi dei due eserciti. Solo la notte li separò. Appena il sole scomparve sotto l'orizzonte gli araldi dei due eserciti si avvicinarono e gettarono i loro scettri tra i due contendenti. I due campioni si scambiarono parole di cortesia e doni di pregio.

Rientrammo per riprenderci da una giornata di fatica, di paura, di ansia e di lutto. Io raggiunsi la mia tenda e la mia nave. Volevo gettarmi nel mare per rinascere dalle acque limpide, dalle onde lucenti. Riemersi, infatti, più calmo nel cuore, più lucido nella mente.

18

UNA NOVITÀ GIUNSE IMPROVVISA. IDEO, IN QUALITÀ DI ARALDO DI Troia, venne al nostro campo e chiese udienza per poter esporre al consiglio dei re una proposta.

«Vengo da parte del re Priamo» disse Ideo. «Questa sera c'è stata un'assemblea. Il nobile Antenore ha proposto di restituire Elena e pagare in più una riparazione e inoltre ha proposto di chiedere una tregua per seppellire i morti. Alla prima richiesta il principe Paride ha risposto di voler pagare in oro ciò che è dovuto, ma non vuole restituire Elena a nessuna condizione. Il re Priamo appoggia la richiesta della tregua. Sono qui per ottenere la vostra approvazione e tornare, se è possibile, con una risposta soddisfacente.»

Antenore non cessava nel tentativo di fermare una guerra sanguinosa e restituire Elena, ma Paride era ancora forte e Priamo non si sentiva di contraddirlo.

Diomede, che stava ritto accanto a me, si fece avanti per rispondere, prima ancora di Menelao: «Io dico di rifiutare la prima proposta: non possiamo accettare. E se avanzano questa richiesta significa che la gente è stanca della guerra. Hanno capito che anche senza Achille possiamo vincere. Accettiamo invece la proposta della tregua».

Menelao si dichiarò d'accordo, subito dopo. Rimasi sorpreso che nessuno mi avesse chiesto di parlare e che altri avessero preso la parola per dire cose che non lasciavano spazio ad alcun negoziato, ma capii perché quando Agamennone mi chiese di accompagnare da solo Ideo fino al limite del campo di battaglia, dopo che ebbe scambiato con l'araldo parole gentili e lo ebbe pregato di ringraziare Antenore per le assennate proposte che aveva fatto nell'assemblea.

Quando io e Ideo fummo lontani da occhi e orecchie indiscrete, mi decisi a parlargli. C'erano accordi e condizioni che non potevano essere accettati alla luce del sole, davanti a tutti, ma forse, in segreto, era possibile trovare una soluzione.

«Consegnatemi Elena» dissi. «Posso trovarmi al porto vecchio con una barca, camuffato, quando mi direte. Con un dono simbolico di riparazione.»

«Ma Menelao accetterebbe?»

«Sì. Riportarla a Sparta sarebbe comunque per lui un trofeo sufficiente.»

«È molto difficile» considerò Ideo. «Ora Ettore è l'ostacolo più grande. Nemmeno Andromaca, la sua sposa, che lo implora di non esporsi, riesce a trattenerlo. Vede la possibilità della vittoria. Ma se la cosa dovesse essere possibile, fra tre giorni vedresti, a questo punto della notte, una luce accendersi ai piedi del caprifico. Domani sarà in vigore la tregua.»

Assentii. Non disse nulla di Achille, non lo nominò né io dissi una parola. Ma il suo fantasma era fra di noi, un gigante muto che con la sua sola assenza faceva pendere le sorti della guerra dalla parte dei nostri nemici.

Le pire bruciarono per tutte le notti che durò la tregua. Solo i capi ricevevano l'onore del loro nome gridato dieci volte da guerrieri schierati, la spada ritualmente piegata, l'urna ben fatta e adorna; gli altri diventavano cenere senza nome coperta dalla terra o dispersa nel vento. Il terzo giorno passai la notte a scrutare la pianura ma non vidi alcuna luce illuminare il tronco del caprifico. Nessuna speranza.

Quando riprendemmo a combattere, apparve chiaro che il nostro valore e la nostra forza non bastavano a tenere lontani i Troiani dall'accampamento. Dovemmo rassegnarci a scavare un fossato e a erigere una palizzata a difesa delle navi. Se le avessero bruciate la nostra sorte sarebbe stata segnata. Era un'opera enorme che si vedeva da lontano e l'alzammo in poco tempo: il monumento alla nostra paura.

La notte che terminammo, il cielo si coprì di nubi nere, il rombo del tuono fece tremare la terra: era un presagio infausto.

Ma la tregua era già scaduta. Il mattino dopo, Ettore riportò la sua gente all'attacco e anche noi ci schierammo. Il grido di Agamennone e il suo braccio alzato a brandire l'asta dall'alto del carro ci lanciarono in avanti. Correvamo, gli uni contro gli altri, senza pensare, la mente vuota, il cuore che sembrava scoppiare nel petto. Miriadi di scudi si scontrarono scagliando contro il cielo un clangore assordante.

Una folgore colpì la punta della lancia di Aiace Telamonio. Cadde, il gigante, in ginocchio. Nugoli di dardi volarono da una parte e dall'altra, tanti caddero, tanti si ripararono dietro lo scudo. Atterriti da quel prodigio cominciammo ad arretrare: Zeus in persona combatteva contro di noi! Diomede stesso arretrò, e i due Aiace, e Idomeneo. Nestore che si era spinto troppo avanti restò isolato. Una freccia colpì uno dei suoi cavalli, il carro si rovesciò, e il vecchio guerriero cadde. Ettore gli arrivò addosso in corsa sfrenata, ma io a quel punto distolsi lo sguardo e fuggii.

Diomede gridò: «Odisseo! Dove corri? Torna indietro, difendiamo il vecchio, non può farcela!».

Io però non capivo più nulla, non sentivo, non respiravo, non avevo più niente: né forza, né coraggio, né vergogna.

Sentii Diomede gridare ancora: «Morirai con una lancia nella schiena, vigliacco!».

Andai a rifugiarmi sulla mia nave, a nascondermi.

Il fragore della battaglia arrivava furioso fino a me, ma non mi scuoteva, piangevo piegato in due, nascosto sotto i banchi. Poi sentii freddo e volli che si facesse buio, che la notte nera come pece mi coprisse, coprisse il campo e le navi e i volti dei vivi e dei morti.

Fu Agamennone a mandarmi a chiamare. Nestore, alla fine, era sopravvissuto alla battaglia, e ora proprio lui voleva parlarmi.

«Agamennone ha capito il suo errore ed è pronto a fare ammenda» esordì, «ma tu dovrai convincere Achille a tornare a combattere al nostro fianco. Agamennone offre ricchezze enormi e gli offre Briseide che lui tanto amava e che gli è stata ingiustamente tolta. Vai, Odisseo, solo tu puoi convincerlo. Di te si fida.»

Agamennone aggiunse di portare con me Aiace, cugino di Achille.

Risposi: «Andrò perché soffro a vedere i miei compagni, i nostri guerrieri, cadere. E speriamo che Atena mi guidi e ispiri le mie parole».

Achille accolse me e Aiace come vecchi amici nella sua tenda, ma non appena iniziai a spiegargli perché eravamo lì, scosse la testa.

«No, non mi fido di Agamennone» disse risoluto, «non lo stimo, le sue parole sono come aria per me. E poi è troppo tardi, anche per Briseide, ormai ho deciso: me ne vado, torno a casa. A casa, capisci? Abbiamo passato anni e anni in questo luogo dove abbiamo trovato solo disperazione. Abbiamo dimenticato tutto, trascurato ogni altra cosa, speso inutilmente la nostra vita.»

Tentai ancora. Non volevo arrendermi: «E ai tuoi compagni non pensi? Li hai visti tornare dal campo feriti, sanguinanti. Li hai visti ardere sulle pire. Nemmeno per loro sei disposto a rinunciare al tuo rancore?».

«No, Odisseo, tutto questo non è accaduto per colpa mia, è stato lui a trattarmi come un uomo da nulla, a togliermi la donna che amavo, a umiliarmi di fronte a tutti, io che ho combattuto per lui anni e anni. Non gli darò questa soddisfazione, di' pure agli altri da parte mia che seguano il mio esempio, e fallo anche tu. Tornatevene a casa: questa maledetta città non cadrà mai.»

«Non andartene, Achille!» lo supplicai.

«Lascia perdere» disse Aiace, «non gli importa niente di noi. Potremmo morire tutti per quanto lo riguarda e non muoverebbe un dito.»

Sorrisi amaro e dovetti ammettere che aveva ragione. Non c'era nulla che potesse convincere Achille a imbracciare di nuovo le armi. Mi avviai per tornare indietro a riferire la mia sconfitta, l'esito triste della mia missione.

«Odisseo...»

Mi volsi.

«Forse... forse non partirò domani.»

Non c'era altro che potevo chiedergli e non dovevo insistere, ma con quelle parole mi lasciava uno spiraglio di speranza.

Il fallimento della mia missione aveva reso chiaro a tutti che non avevamo altra possibilità che batterci.

Colui che più di tutti doveva rendersene conto era proprio Agamennone, il supremo condottiero, il re dei re degli Achei. La vicenda di Achille lo aveva messo in cattiva luce con gli uomini, aveva tolto loro la voglia di combattere. Lui doveva dare l'esempio, essere primo davanti a tutti, mostrare che meritava il potere che esercitava con lo scettro.

Questo gli consigliai, e lui, all'alba di una nuova battaglia, apparve sul carro coperto di un'armatura mai vista né indossata prima, la più splendida e abbagliante. Tutti capirono che quello sarebbe stato il suo giorno.

E davvero fino a metà del mattino Agamennone si batté come un leone, con un furore che avrebbe stupito Achille. Sembrò per tutto quel tempo che niente e nessuno potesse arrestarlo, la sua figura era spaventosa. L'effetto dei suoi colpi moltiplicava la sua forza e quella degli altri che si battevano al suo fianco.

Ma quando il sole era ormai al centro del cielo la sorte cominciò a volgersi a nostro sfavore. Vidi il carro di Agamennone correre indietro verso il campo e sul suo volto non più coperto dall'elmo una smorfia di dolore. Il re era ferito!

Ettore dovette accorgersi di quello che era successo e si diresse dalla nostra parte. Aveva certo visto Agamennone fuggire e pensava di poterci sgominare. Lo stesso indomabile Diomede cedeva terreno con i suoi e poi decisamente arretrava davanti all'infuriare di Ettore che voleva raggiungere le navi per incendiarle. Ora toccava a me richiamare lui. Diomede si voltò. Pochi istanti dopo era al mio fianco e prendeva la mira con l'asta. La scagliò con tiro violentissimo contro Ettore. L'asta volò dritta come una freccia scoccata da un arco e lo prese in pieno sull'elmo. Lo vedemmo vacillare e poi accasciarsi sul fondo del carro. Il suo auriga volse i cavalli in direzione delle porte mentre Diomede cercava di farsi largo fra i Troiani a colpi di scudo e di spada per recuperare la sua lancia. Gli andai dietro per non lasciarlo solo e lo raggiunsi appena in tempo: una freccia gli aveva inchiodato un piede al suolo.

Mi piantai davanti a lui proteggendolo con lo scudo e cercando di tenere a distanza i nemici che ormai mi circondavano da ogni parte.

Diomede venne caricato su un carro, e rapidamente

portato via. Io, invece, continuavo a fronteggiare avversari sempre più numerosi.

Era finita per me.

Sentii ancora la voce di Diomede che gridava: «Resisti, Odisseo!». E in quel momento ricordai la promessa che avevo fatto a Penelope, *che sarei tornato dalla guerra*, e rividi i suoi occhi e il suo sguardo lucente. Roteavo la spada e la lancia in tutte le direzioni con ogni mia energia residua, lo scudo attaccato al braccio. Non sapevo per quanto ancora le forze mi sarebbero bastate. Mi fermai un istante perché mi mancava il respiro e in quel momento un'asta massiccia spiccò il volo dalla mano di uno sconosciuto e trapassò il mio scudo e la corazza. Quando la estrassi sentii il sangue caldo scendermi lungo la coscia. Lo sconosciuto *cui presto sarebbe stato dato il nome di colui che aveva ucciso Odisseo dalla mente fertile di pensieri* esultò.

Poi, quando stavo per soccombere definitivamente, uno scudo enorme mi coprì, una montagna d'uomo mi si pose a schermo, e un altro guerriero si parò accanto a me. Aiace gigante e Menelao!

Menelao mi afferrò per un braccio, qualcuno mi mise su un carro. Arrivati alle navi, fui adagiato su un letto, qualcuno mi tolse l'armatura e un dolore acuto mi lacerò il fianco. Per un momento non vidi più nulla, poi capii che Euriloco, mio cugino, aveva fermato il sangue. Fu lui ad aggiornarmi sulla situazione. I nostri erano allo stremo, in pochi combattevano ancora. I Troiani premevano contro la palizzata che avevamo eretto e le sbarre di rinforzo sembravano dover cedere a ogni istante. Gli chiesi di andare e di tornare a riferirmi cosa stava succedendo. L'incertezza mi uccideva. Poi mi lasciai andare sul letto esausto.

Poco tempo dopo udii delle voci fuori dalla mia tenda. Mi lasciai scivolare a terra e mi trascinai fin quasi all'ingresso: Patroclo stava medicando uno dei nostri guerrieri.

Gli sentii dire che Nestore gli aveva affidato una missione importante e che doveva parlare subito con Achille.

«Patroclo!» lo chiamai quando mi passò vicino correndo. «Quale missione ti ha affidato il vecchio?»

«Non posso dirtelo. Non posso dirlo a nessuno! Nessuno deve sapere. È l'ultima speranza che ci rimane.»

Fuggì, veloce come il vento. E mentre mi trascinavo nuovamente verso il letto tornò Euriloco: «Ettore ha travolto le nostre difese» disse, «i Troiani stanno dilagando dovunque. Portano fuoco!».

«Aiutami» risposi. «Fasciami la ferita, strettissima, e aiutami a indossare l'armatura. Non morirò in un letto.»

Lo scontro si fece ancora più feroce. Ettore sentiva la vittoria ormai a portata di mano, era convinto che Zeus in persona lo proteggesse e sembrava animato da un'energia inesauribile. Dalla nostra parte, il vedere che io e Diomede eravamo ancora vivi diede forza ai nostri guerrieri.

La battaglia si prolungò senza che nessuna delle due parti prevalesse, ma con perdite pesanti per gli uni e per gli altri.

Le torce di Ettore però si avvicinavano sempre più alle navi e i più cercavano di isolare la nave di Protesilao, la più lontana dal centro del campo, la più vicina al vallo e la più esposta al vento, quella che avrebbe potuto propagare il fuoco a tutte le altre, e allora Aiace balzò sul vascello. Si piantò sulla prora, e brandì da solo un'asta enorme dalla punta di metallo massiccio, che di solito impugnavano diversi uomini. I dardi piovevano come grandine sul suo elmo, sulle spalle. Ormai era tutto inutile, anche lui, circondato da ogni parte, sarebbe crollato. Era solo questione di tempo.

Finché, nel clamore delle armi, non si udì un grido. Prima confuso e irriconoscibile divenne sempre più chiaro e netto. Il grido era: «Achille!».

Possibile?

Sì, era lui, accecante nell'armatura divina, che infuriava con l'asta e la spada. Tutti gli andavano dietro, e lo affiancavano Menelao e Idomeneo, Aiace di Locride e Aiace Telamonio. Io, Diomede e Agamennone ci spingemmo increduli fino alla palizzata per seguire con lo sguardo gli Achei, trascinati dal guerriero inarrestabile, incalzare i Troiani terrorizzati, in fuga, verso le porte della città.

Diomede urlò: «Achille è tornato!».

Io, però, non potei crederci. Mi volsi verso Agamennone e dissi: «Non è Achille. È Patroclo».

«Come puoi dirlo?» domandò Agamennone.

«Ho udito Patroclo parlare di una missione che gli aveva affidato Nestore e gli ho chiesto di quale missione si trattasse. Mi ha risposto che non poteva rivelarmelo, che era un segreto, l'unica cosa che potesse salvarci dalla rotta completa. Ecco di che cosa si trattava: Patroclo ha indossato le armi di Achille, ha preso il suo carro e il suo auriga...»

Agamennone subito mandò uno dei suoi più fedeli scudieri sul campo perché scoprisse cosa stava avvenendo realmente. Il nostro esercito intanto continuava ad avanzare, nulla sembrava poterlo fermare.

«Deve essere Achille, chi altri potrebbe fare questo?» disse ancora Agamennone.

«È il terrore di Achille» risposi, «non lui. La sola vista della sua armatura, del suo carro, del suo auriga ha sparso il terrore.»

Restammo in silenzio a lungo, non ricordo quanto passò, ma fu il grido di Diomede a riscuotermi. «È successo qualcosa, guardate! I nostri arretrano!».

Poi un carro attraversò la pianura verso di noi a folle velocità. Riconobbi il carro di Achille e il suo auriga e subito dopo, lo scudiero ci raggiunse ansante. Io sentivo il cuore gonfio di cupi presentimenti.

«Non era Achille, era Patroclo con la sua armatura!» confermò lo scudiero. «Dapprima la sua avanzata è stata travolgente, niente e nessuno sembrava poterlo arrestare, ma poi è successo qualcosa. Forse si è spinto troppo avanti, cercando di raggiungere Ettore e di ucciderlo, e così si è trovato con lui di fronte e un altro troiano alle spalle che lo ha colpito alla schiena con la lancia. E subito dopo Ettore ha avuto buon gioco. Lo ha ucciso e gli ha strappato di dosso le armi di Achille.»

Ciò che io più temevo era accaduto davvero. Patroclo morto, e le armi di Achille nelle mani dei Troiani.

«E il corpo?» domandai. «Il corpo di Patroclo, che ne è stato?»

La risposta dello scudiero ci gelò il sangue nelle vene: «Aiace e Menelao stanno tentando di riportarlo qui, ma i Troiani li attaccano da tutte le parti...».

Non c'era più tempo da perdere, dovevo parlare con Achille.

Lo trovai fuori dalla sua tenda, e capii subito che sapeva. Sembrava che il fulmine lo avesse colpito. Era sconvolto e pallido, immobile. Non lo avevo mai visto così.

«Achille» dissi, «nessuno poteva immaginare... Ma ora non possiamo lasciare che i Troiani si impossessino del corpo di Patroclo, come se fosse un trofeo. Fermali, Achille! Solo tu puoi farlo.»

Achille mi guardò senza dire nulla. Poi salì su un terrapieno e là si piazzò a gambe larghe. Si portò le mani alla bocca e lanciò il suo grido di guerra. E fu come se un boato si sprigionasse dalla terra.

I nostri che seguitavano a combattere reagirono come se un'energia misteriosa avesse invaso le loro membra esauste, e tutti gridarono unendo le loro voci al grido del più grande dei guerrieri. I Troiani atterriti fuggirono, i loro cavalli s'impennarono e si volsero indietro lanciandosi al galoppo sfrenato.

Prima che il sole scendesse sull'orizzonte, Aiace Telamonio, Aiace di Locride e Menelao, esausti, arrivarono al campo scortando il corpo di Patroclo portato a spalle da quattro guerrieri mirmidoni. Il resto dell'esercito fece ala all'eroe che aveva perso la vita per salvarli dalla disfatta e dalla strage.

19

INCONTRAI ACHILLE QUELLA STESSA NOTTE MOLTO TARDI, QUANDO il campo era immerso da tempo nel silenzio. La fatica di una giornata spaventosa, interminabile, che aveva stremato a tutti il cuore e le membra, aveva indotto nei guerrieri un sonno pesante. Si udiva soltanto il richiamo intermittente delle sentinelle che vigilavano.

Nessuno aveva chiesto una tregua come altre volte era accaduto perché nessuno la riteneva possibile. La morte di Patroclo imponeva ad Achille il dovere della vendetta.

Novantanove guerrieri mirmidoni su tre file e su tre lati, in tunica nera e armature brunite, erano la guardia d'onore per Patroclo che giaceva su un catafalco, un drappo di porpora sul corpo pallido e nudo. L'eroe che aveva messo in rotta un'armata con il solo suo grido di guerra, piangeva sconsolatamente con il volto nascosto fra le mani.

Piangeva Briseide, restituita quella stessa sera da Agamennone, perché Patroclo l'aveva sempre trattata con affetto e con riguardo fin dal primo giorno della sua prigionia. Anche i guerrieri mirmidoni, immobili e rigidi come statue nella veglia funebre, piangevano in silenzio, le guance rigate di lacrime. Ma quel lutto non era solo per il guerriero caduto, l'amico più caro e più fedele del loro principe, ma per lo stesso Achille. Il suo inevitabile ritorno in guerra avrebbe significato anche la sua morte.

Anche Balio e Xanto stavano immobili, con i grandi occhi lucidi, come se piangessero. Avevo sempre avuto tante parole che il cuore mi suggeriva in qualunque frangente, anche il più difficile, ma in quel momento nessuna mi veniva alle labbra davanti a quel dolore smisurato.

Fu Achille a parlarmi: «Ti avessi dato ascolto, avessi posto fine all'ira, Patroclo non sarebbe morto».

Da parte mia, non ebbi il coraggio di rivelargli del suggerimento di Nestore. E in ogni caso Achille sembrava pronto a rigettarsi in battaglia fin dall'indomani. Provai a farlo ragionare.

«Come pensi di combattere? Nudo e senz'armi? Aspetta. Lascia che domani avvenga la tua riconciliazione con Agamennone al cospetto dell'esercito e attendiamo finché un abile artigiano, non ne mancano fra noi, ti abbia forgiato una nuova armatura, degna di te.»

Achille mi guardò intensamente negli occhi e quello sguardo, malinconico e feroce a un tempo, non l'avrei mai più dimenticato. Gli appoggiai una mano sulla spalla e mi allontanai verso il centro del campo navale, verso la mia tenda.

Il giorno successivo avvenne la riconciliazione fra Agamennone e Achille in mezzo al cerchio dell'assemblea. Ma a quel punto, Achille annunciò che il giorno dopo all'alba avrebbe attaccato, anche da solo. Anche un solo giorno d'attesa per lui era troppo. Tutti, dunque, rispondemmo che saremmo stati con lui per vincere o perire.

Quella notte dormii un sonno agitato dagli incubi, ma prima dell'alba vidi la mia dea librarsi sulla prua della mia nave. La invocai: «Atena, dimmi, come potrà Achille combattere oggi senz'armi?».

La dea mi rispose con un sorriso enigmatico e svanì nell'aria leggera.

Al mattino, mi feci aiutare da Euriloco a indossare l'armatura e mi incamminai verso l'estremo lato settentrionale del campo navale dove si trovava la tenda di Achille. Mi portai fino quasi alla linea della risacca per osservare il sorgere del sole, e il primo raggio mi fece impietrire dallo stupore. Davanti a me da due aste incrociate pendeva un'armatura di stupefacente splendore: un elmo crestato con cimiero vermiglio, una corazza di abbagliante lucentezza, schinieri sbalzati orlati di lamina d'oro, e uno scudo completamente scolpito in fasce concentriche con centinaia di figure. Una meraviglia che il migliore degli artigiani allievi e devoti di Efesto avrebbe potuto realizzare nel corso di un anno intero. Non potevo crederci e mi avvicinai per sfiorare il metallo con le dita e rendermi conto che fosse vera.

«Vedi? Le mie armi sono pronte...» disse Achille.

«Come le hai ottenute? Chi le ha costruite per te?»

«Non lo so. Si può forse spiegare un prodigio?»

Per un istante mi parve di vedere *le armi di Achille portate dai marosi e deposte sulla riva*. Era successo questo durante la notte? Atena aveva dunque ascoltato la mia preghiera? .

Achille si avvicinò ai suoi cavalli e lo vidi parlare con loro.

«Che cosa hai detto a Balio e Xanto, Achille?»

«Ho detto: riportatemi in salvo alla mia tenda questa sera, non fate come con Patroclo, l'avete abbandonato là in mezzo al campo.»

«E ti hanno risposto?»

«Certamente. Mi rispondono sempre.»

«E che cosa ti hanno detto?»

Chinò gli occhi e lo vidi celare il pianto, l'inesorabile guerriero. Perché quel lutto così straziante, interminabile? Molti compagni erano morti, molti amici, e mai aveva mostrato tanta disperazione. Quali imprese gloriose aveva compiuto Patroclo se non quella che lo aveva portato alla morte? Nessuna. O se le aveva compiute nessuno le ricordava, perché egli era soltanto l'ombra di Achille. Ma nessuno può vivere senza la propria ombra. Chi non ha più ombra non ha più vita. È solo uno spettro.

Hanno detto: «Anche questa volta ti riporteremo alla tua tenda in salvo. Ma, attento, dopo che avrai ucciso Ettore, sarà la tua volta, e noi non potremo fare nulla».

Gli sorrisi: «Forse potrebbero sbagliarsi. Sono cavalli in fondo».

«Non si sbagliano mai, amico mio» rispose. «Mai!»

Balzò sul carro dove già era salito l'auriga Automedonte e i due cavalli divini, con passo solenne, inarcarono il collo possente e avanzarono fino al punto in cui si schieravano i suoi uomini, i guerrieri mirmidoni.

In lontananza vedevo aprirsi le porte di Troia, e due fiumi di fanti e di carri mescolarsi in un unico fronte poderoso. I guerrieri troiani sapevano di aver tenuto testa ad Achille per molti anni e avevano certo chiamato a raccolta ogni energia rimasta nel cuore e nelle braccia per fronteggiare il guerriero implacabile. Ma non ne conoscevano l'ira. O solo ne avevano sentita la voce. Quel giorno l'avrebbero sperimentata.

Né io, né Diomede e nemmeno Agamennone avremmo dovuto prendere parte a quella battaglia, le nostre forze non erano ancora ristabilite dopo l'ultimo scontro. Ma io non mi sentii di restare nella mia tenda in una simile giornata, e mi ricordai di un'arma che sotto le mura di Troia non avevo mai usata sul campo di battaglia, ma solo in qualche battuta di caccia nei boschi dell'Ida: l'arco.

Rimpiansi di non aver potuto portare quello che il nonno Autolico mi aveva donato, ma scelsi comunque un'arma eccellente, di grande potenza e mi recai alle tende e alle navi dei Tessali di Fere per incontrare Eumelo. Sebbene combattessimo la stessa guerra nel medesimo schieramento, era da tempo che non ci vedevamo, e ora non era certo per un evento gioioso che lo cercavo.

«Ti chiedo di essere il mio auriga, oggi» gli dissi. «A Itaca non abbiamo strade ma solo stretti sentieri e quindi non ho mai posseduto un carro. Ma la mia mira è delle migliori, e se tu mi porterai vicino al nostro schieramento, le mie frecce potranno sfoltire gli assalitori.»

Gli occhi di Eumelo sorrisero alle mie parole. Era contento che ci ritrovassimo, finalmente, e acconsentì subito.

Presi l'arco e due faretre, quindi attesi che passasse Eumelo. Montai, lui incitò le sue cavalle e volammo rombando verso il campo di battaglia.

La vetta del monte Ida intanto si era oscurata e coperta di nubi nere. Il rombo del tuono salutò l'inizio della carneficina. La giornata fu solo di Achille.

L'esercito di Ettore si era dispiegato in tutta la sua potenza, e Achille si lanciò proprio verso il centro dello schieramento sperando di trovarvi il nemico odiato. Io feci cenno a Eumelo di correre lungo le fila troiane e poi di fermarsi. Scoccai, colpii, ripartimmo. Scoccai ancora e ancora senza posa. Le cavalle di Eumelo erano veloci come il vento e il mio giovane auriga le governava leggero.

La battaglia continuò a infuriare per tutta la giornata e così pure la tempesta sul monte Ida. Zeus mostrava la sua collera, ma anch'egli, che aveva sempre steso la sua mano a proteggere la città, doveva piegarsi al fato. Vedemmo gonfiarsi lo Scamandro e il Simoenta di acque torbide e schiumose e per un momento sembrò che i nostri sarebbero stati travolti, ma Achille non si lasciò fermare. Entrò nello Scamandro contrastando la corrente con lo scudo. I suoi Mirmidoni gli andarono dietro e riuscirono così ad attaccare l'esercito troiano sul fianco mettendolo in rotta. Le porte di Troia si aprirono per accogliere i guerrieri in ritirata. Dov'era Ettore?

«Guarda!» gridò Eumelo. «È Ettore! È lui, indossa le armi di Achille strappate a Patroclo.»

«È vero. Saranno la sua fine se Achille lo vede e riesce a tagliarlo fuori.»

Dalla nostra posizione li vedevamo, i due campioni, dai cimieri degli elmi, dalla statura superiore a quella degli altri guerrieri. Ettore, accortosi del pericolo, cercò di arretrare. Achille chiamò a sé i suoi cavalli e balzò sul carro.

Le porte di Troia si chiusero, per impedire ai nostri eserciti di penetrare nella città. Ettore era fuori. Era giunto il momento dell'ultima prova. Sulle mura si assiepavano uomini e donne e gli stendardi che sempre accompagnavano il re sventolarono sulle torri che fiancheggiavano la porta. Forse Andromaca, angosciata, guardava il suo sposo affrontare un cimento terribile.

Non volli assistere all'epilogo della vita di un eroe valoroso e degno che si era lasciato abbagliare dalla sete di gloria e vincere dall'amore per la sua patria. Io ed Eumelo ci spostammo col carro lontani dal fulcro del duello. Il sole alla nostra sinistra scendeva verso il mare. Le grandi nubi nere erano squarciate da folgori.

Poi, improvvisamente i tuoni tacquero, i lampi si spensero, anche la voce del mare svanì. Nel gran silenzio si udì, attutito dalla distanza, un urlo di disperazione, e infine un lungo, straziante lamento.

«Ettore è morto» dissi.

Vedemmo l'esercito aprirsi e fare ala. Apparve il carro di Achille che attraversò la pianura. Dietro trascinava nella polvere, spogliato delle armi, il corpo senza vita di Ettore, il principe troiano, difensore instancabile di Ilio sacra.

20

ACHILLE BANDÌ SOLENNI GIOCHI FUNEBRI IN ONORE DI PATROCLO, a cui parteciparono tutti i re e i principi, affinché l'ombra dell'amico potesse avere pace.

Uomini armati di asce avevano tagliato un gran numero di querce e i tronchi erano stati accatastati a costruire la pira. Il corpo di Patroclo era deposto sulla cima con accanto la spada.

Il fuoco, dopo che ebbero terminati i giochi, fu appiccato ai quattro angoli dell'enorme catasta e il nome del caduto fu gridato dieci volte dai Mirmidoni schierati e poi dai re e poi dall'esercito intero che batteva le aste contro gli scudi con rombo di tuono.

Quando la pira si fu consumata, i sacerdoti raccolsero le ossa del defunto, e piegarono con tenaglie la sua spada incandescente per seppellirla con l'urna. Achille sembrava fuori di sé: senza più lacrime, stava ritto e immoto di fronte al rogo che mandava gli ultimi barbagli. Fuori dalla sua tenda il corpo di Ettore giaceva insepolto. Nulla era rimasto del glorioso guerriero splendente come un astro che attaccava urlando le nostre difese vacillanti.

Attesi che tutti se ne fossero andati, aspettai nell'ombra che la luna tramontasse, come avessi un presentimento. La Grande Orsa era discesa verso i monti, al suo punto più basso nel cielo, quando apparve dal nulla una figura incappucciata che entrò furtivamente nella tenda di Achille. Non fece alcun rumore, come se non toccasse terra. Non molto tempo dopo l'uomo col volto celato uscì, e apparve un carro trainato da un cavallo. Quattro guerrieri mirmidoni sollevarono il corpo di Ettore e ve lo appoggiarono. La figura incappucciata, chiunque fosse, lo coprì con un telo nero, salì, prese le redini e si allontanò lentamente senza fare il minimo rumore.

Una voce alla mia destra: «Achille ha mostrato pietà».

Mi tremarono le ginocchia. Solo un dio poteva aver ottenuto tanto: «Chi sei?».

«Ideo, l'araldo del re.»

«Priamo? È venuto fin qui?»

«Sì. Qualcuno credo più potente di noi ci ha guidati nell'oscurità. Priamo si è inginocchiato ai suoi piedi, gli ha baciato la mano che ha ucciso suo figlio, lo ha supplicato. Quel vecchio re prostrato dal dolore gli ha toccato il cuore. Ettore avrà l'onore del pianto... di sua madre, della sua sposa affranta, dei suoi compagni, della città intera.»

Io volsi le spalle e m'incamminai verso la mia nave.

Quando la guerra si riaccese, Achille riprese a sfidare e a colpire i guerrieri troiani che, dopo la scomparsa di Ettore, ne avevano preso il posto: Deifobo ed Enea. Più volte Achille li travolse con il suo impeto e li costrinse a rifugiarsi fra le mura della città, ma le possenti fortificazioni restavano imprendibili.

Poi un giorno, all'inizio dell'autunno, quando finalmente sembrava che la rotta dei Troiani fosse irrimediabile, una freccia avvelenata colpì Achille alla gamba, vicino al tallone. Vacillò e cercò di svellerla per proseguire l'attacco ed entrare nella città, ma alla fine s'accasciò a terra proprio davanti alle maledette porte di Troia.

Il più grande dei guerrieri era stato sconfitto.

Le urla di trionfo di Paride, che alzava un arco nella

mano destra perché tutti lo vedessero, ci fecero capire che a lui era andata la vittoria. Una beffa del destino! Ma la sua esultanza durò assai poco. Dalla mia posizione incoccai la freccia nell'arco. Non potevo lanciare in linea diretta perché davanti a me c'erano troppi ostacoli. Per un attimo prese forma accanto a me la figura di Damaste e udii nel cuore la sua voce: «Tieni conto del vento!». Scoccai! La freccia, pesante, ben equilibrata percorse la sua linea arcuata, fino al punto più alto, poi cominciò a piegare in basso acquistando maggior forza e velocità. Colpì in pieno il bersaglio.

Paride era morto.

Al calar della sera il corpo di Achille, sottratto alla furia dei Troiani, fu deposto sul feretro che aveva accolto Patroclo solo quattro mesi prima.

Il funerale di Achille fu celebrato tre giorni dopo all'imbrunire. Migliaia e migliaia di torce illuminarono la spianata sul mare dove sorgeva l'enorme pira di tronchi di pino e di quercia. I guerrieri avevano vestito le armature più preziose e sfolgoranti, ed erano stati schierati, regno per regno, città per città, con i loro principi, re e comandanti. Il mare era agitato e grandi cavalloni orlati di spuma frangevano scrosciando sugli scogli che limitavano la baia del campo navale. Il tuono rombava lontano, nubi di tempesta correvano nel cielo livido. Il mondo intero, il cielo, il mare e la terra si apprestavano a dare l'estremo addio al guerriero divino e selvaggio, Achille Pelide, principe di Ftia.

Mille guerrieri mirmidoni scortavano il feretro, e dietro veniva il carro dell'eroe, vuoto, trainato da Balio e Xanto. Poi quattro di loro portarono il feretro con il corpo di Achille sulla sommità della pira e lo deposero su un podio di legno coperto di lamina d'oro. Ma le sue armi non lo rivestivano, la sua spada non giaceva accanto alla coscia sinistra. Erano appese a due lance incrociate davanti alla pira e, anche così, incutevano terrore. Qualcuno – non seppi mai chi fosse stato – aveva voluto preservarle.

Venne il momento e i quattro Mirmidoni che avevano portato il corpo di Achille alla sommità della pira appiccarono il fuoco ai quattro angoli. Di lì a poco, il più grande guerriero che fosse mai nato sulla terra sarebbe divenuto cenere, avrebbe lasciato la storia della vicenda umana e sarebbe entrato per sempre nella leggenda, nel canto e nel pianto dei poeti.

Quando il corpo di Achille ebbe avuto gli onori dovuti, il campo affondò nel silenzio. Agamennone mi si avvicinò.

«Custodirai tu le armi di Achille» disse.

«Perché?»

«Perché di te mi fido. In attesa che decidiamo che cosa farne.»

«Meglio sarebbe stato rivestirne Achille. Così saranno strumento di contesa.»

Agamennone mi guardò per qualche istante come meditando sulle mie parole, poi aggiunse: «Credo che ci saranno cose ben più difficili da affrontare domani che disputarsi le armi di Achille. I Troiani riprenderanno coraggio. Loro hanno ucciso il migliore di noi e, nello stesso giorno, hanno perso il peggiore dei loro».

Non risposi nulla.

Due uomini raccolsero le armi di Achille, le avvolsero in panni di lana grezza e le portarono alla mia tenda.

Quella notte stessa, Aiace venne a reclamarle. Achille era suo cugino, e lui sentiva che la sua armatura dovesse appartenergli. Come avevo previsto, iniziavano i problemi, e dovetti faticare non poco per convincere Aiace a non riprendersele con la forza. Era pronto a usare la spada contro di me, per averle. Credeva che il suo valore di guerriero non fosse mai stato riconosciuto a pieno, e l'armatura di Achille rappresentava per lui una ricompensa e al tempo stesso un riscatto.

Io gli assicurai che sarebbero state certamente sue, non disonorando se stesso, ma rispettando chi aveva il comando e la responsabilità dell'esercito.

«Io non ho mai avuto la gloria» disse, «non ho mai riportato una vera vittoria, nessuno ha mai riconosciuto il mio valore. Non ho mai chiesto nulla agli dei. Gli dei non mi hanno mai dato nulla. Mi capisci, Odisseo?»

Sì, lo capivo, e aveva ragione. Aiace non era mai andato in collera, non aveva mai abbandonato il combattimento lasciando che i compagni morissero, per poi essere implorato di tornare. Aiace era una montagna e le montagne non vanno in collera. Aiace aveva salvato le navi perché era lo scoglio che respinge i marosi, e gli scogli non si adirano. Ma ora lo scoglio, la montagna, aveva scoperto di avere un cuore e dei sentimenti: di amicizia, di malinconia, di dolore, come tutti i mortali.

E di disperazione.

Voleva che si sapesse. Che si riconoscesse che cuore batteva sotto la sua corazza, dietro il suo scudo.

Si volse prima di uscire: «Non mi tradire, Odisseo».

Feci trasportare ed esporre le armi di Achille al centro dell'assemblea. Agamennone decise che sarebbero andate a chi più di chiunque altro lo meritasse e per questo aveva chiesto separatamente a ognuno dei membri del consiglio di pronunciarsi, ma alla fine si trovò con un verdetto di parità.

Si rivolse a me: «Tu non hai votato mentre Aiace lo ha fatto. Esprimi il tuo voto e la decisione sarà presa».

Avrei dovuto farlo, indicare Aiace; sapevo che era lui a meritare quelle armi e ricordai le sue ultime parole.

Mi aveva chiesto di non tradirlo, e io invece lo feci. Qualcosa che ancora oggi non so spiegare mi spinse a dire: «Ripetiamo la votazione e questa volta sia segreta. Ognuno si sentirà più libero».

E così venne fatto. Venne ripetuta la votazione.

Alla fine uscì il mio nome e tutti mi applaudirono. Tranne uno. Aiace lasciò furente l'assemblea e scomparve presto alla vista. Le armi furono riportate alla mia tenda.

Non riuscivo a prendere sonno quella notte, se non per brevi momenti, ma seppure mi fossi addormentato mi avrebbe risvegliato il grido di Aiace: «Vieni fuori, traditore!».

Uscii dalla tenda e vidi qualcosa che mai avrei immaginato: Aiace aveva scaraventato a terra i due uomini che facevano la guardia agli armenti e alle greggi, e ora stava ammazzando gli animali, credendo che fossero quelli che si erano messi contro di lui. Il suo sguardo era carico di follia, rabbia e dolore.

Alla fine, stremato, insanguinato da capo a piedi, scivolò e giacque a terra inerme.

Una folla sgomenta di centinaia e poi migliaia di uomini si era accalcata a vedere quello spettacolo. Tutti avevano capito cosa stava succedendo e molti piangevano impietriti. Nessuno si mosse, nessuno fece un passo. Nessuno in tanti anni di guerra aveva mai visto nulla di simile, nessuno avrebbe mai voluto vedere il gigante di cento battaglie in quell'abominio.

Infine, venne il momento dell'orrore estremo. Aiace si svegliò, si alzò con fatica e guardò gli amici e i compagni e poi se stesso. Istante dopo istante il ribrezzo sfigurava il suo volto, la vergogna gli riempiva gli occhi di lacrime, s'impadroniva del suo cuore così grande, e Aiace emise un urlo di strazio infinito. Impugnava ancora la spada e venne avanti.

Non mi mossi, meritavo che mi uccidesse. E invece la mia punizione fu mille volte più amara. Giunse fino a un passo da me sempre fissandomi negli occhi, senza emettere un suono, alzò la spada...

Ecco, la mia ultima ora era giunta. Avrei avuto una morte da uomo spregevole. E invece all'ultimo istante Aiace la rivolse contro se stesso.

Celebrammo il rito funebre di Aiace come avevamo celebrato quello di Patroclo e quello di Achille. Solo allora ci accorgemmo di quanto tutti lo amassero. Ognuno aveva di lui un ricordo, un segno, una voce. Fui io a piegare ritualmente la sua spada, poi erigemmo sul luogo della sepoltura delle sue ceneri un alto tumulo che lo ricordasse.

Mai ci eravamo sentiti così soli come dopo la sua scomparsa, mai così tristi. Avevamo perso in un breve lasso tre uomini di incommensurabile grandezza, e per l'ultima di queste perdite io ne portavo in me la colpa. Ma era necessario reagire. L'esercito doveva capire che c'era ancora la certezza di vincere. Aiace doveva essere sostituito con un altro guerriero di stirpe semidivina, formidabile per forza e ardore combattivo.

«Pirro. Il figlio di Achille!»

«Ma è solo un ragazzo» disse Agamennone.

No, non lo era. Aveva diciassette anni, e non aveva praticamente mai visto suo padre. Ne aveva solo sentito cantare le gesta leggendarie, e fin da piccolo si era addestrato alla guerra per poterne eguagliare la fama.

Agamennone si convinse. «Se è così, allora parti immediatamente, trova il figlio di Achille, e torna al più presto.»

Il giorno seguente, armai la mia nave, portai con me Euriloco ed Elpenore e altri fra i migliori, e salpai all'alba. Il mare mi accolse come un vecchio amico che non si vede da tanto tempo e la mia nave solcava le onde come se fosse al suo viaggio inaugurale.

Giunsi a Sciro in soli due giorni e approdai nel porto

principale. Mi feci riconoscere e il re Licomede mi ricevette con gli onori dovuti. «Qual è il motivo di una visita così inattesa?» mi domandò.

«Achille è morto. Sono venuto a prendere il ragazzo.»

«L'ho saputo» rispose il re, senza aggiungere altro.

«Lui lo sa?»

Licomede annuì: «Vuole vendicarlo e superare il padre in fama e valore».

Lo incontrai l'indomani sulla spiaggia. Si era gettato in mare e nuotava come un delfino. Poi tornò a riva e prese a correre sulla sabbia, sempre più veloce, tanto che il moto dei piedi quasi non si poteva distinguere. Era come se volesse superare e battere un avversario invisibile.

Suo padre.

Aspettai che si fermasse. Potevo avvertire l'energia che sprigionava come quando si sta davanti a un grande fuoco acceso; aveva capelli di fiamma, lunghi fino alle spalle, occhi colore del ghiaccio e braccia possenti, molto più massicce di quelle che avrebbe potuto avere un ragazzo della sua età.

«Sono Odisseo, re di Itaca.»

«Uno che usa più la lingua che la spada, a quanto si sente dire.»

Sguainai il mio bronzo affilato e glielo puntai alla gola in un batter di ciglia.

«Io sono l'uomo che tuo padre stimava più di tutti nell'esercito. Lui ti ha generato ma sono io che ho fatto di te quello che sei. Io ho stabilito come dovevi essere educato, addestrato e punito. Dove sono i tuoi istruttori?»

«Hanno voluto provare quanto avessi appreso dei loro insegnamenti. Sono morti.»

Io non tradii alcuna emozione. Dissi: «Prepara le tue cose, salpiamo fra un'ora».

Per tutta la durata del viaggio scambiammo poche parole e non mi chiese mai nulla di suo padre, né manifestò il desiderio di visitare la sua tomba. Quando arrivammo in vista della meta e apparve sul colle la città, stese il braccio a indicarla: «È quella?».

Annuii.

«E in dieci anni, con mille navi e cinquantamila guerrieri non siete riusciti a espugnarla?»

«No. Come vedi. Per quello sono venuto a prenderti. Riceverai il carro di tuo padre e i suoi cavalli, indosserai l'armatura che tuo padre prestò a Patroclo.»

«Ne aveva un'altra. Quella che indossava quando fu ucciso. Dov'è?»

Non avrei mai immaginato che sapesse tante cose.

«Nella mia tenda.» E quando risposi lo fissai dritto negli occhi. Non replicò.

La sera stessa del nostro arrivo, rivestito della prima armatura del padre, fu presentato su un podio illuminato da otto grandi bracieri e da decine di torce accese all'esercito schierato, che gli rese onore gridando sette volte il suo nome, battendo venti volte le lance contro gli scudi con frastuono assordante.

Quando mi passò davanti gli dissi: «Domani sarai in linea di combattimento alla testa dei tuoi Mirmidoni».

Pirro combatté tutto il giorno fino a dopo il tramonto, sul carro con l'auriga di suo padre, Automedonte, o a piedi, senza un attimo di riposo, senza prendere cibo né acqua, e la sua comparsa ebbe un effetto spaventoso sui Troiani. Credettero di trovarsi di fronte Achille redivivo e non sostennero il suo assalto. Perfino Enea rischiò di perdere la vita scontrandosi con lui.

L'entusiasmo dell'esercito crebbe a dismisura. I Troiani però moltiplicarono le difese, diradarono gli scontri in campo aperto e quando attaccavano stabilivano dove si trovava Pirro e lo tenevano sotto il tiro di centinaia di arcieri costringendolo alla difensiva.

Eravamo di nuovo in una condizione di stallo. Cominciava a serpeggiare la voce che Troia non sarebbe mai caduta perché gli dei non volevano che la guerra avesse fine.

Se questa diceria avesse preso piede sarebbe stata la fine dell'impresa. Ma i giorni passavano e la presenza di Pirro, se da un lato aveva dato all'esercito la forza e la volontà di continuare e condurre a termine la guerra, dall'altro rischiava di consolidare la convinzione che nemmeno la formidabile energia del figlio di Achille sarebbe bastata per vincere.

Per di più Pirro non era controllabile, non sopportava alcuna disciplina, più volte attaccò da solo alla testa dei Mirmidoni, che lo avrebbero seguito anche agli Inferi se lo avesse ordinato. Non sopportava il fallimento, diventava odioso e aggressivo, anche con i suoi compagni.

Mi convinsi alla fine che dovevo trovare io il modo.

Una sera, all'inizio dell'autunno, sedevo lungo la riva del mare meditando, quando udii una voce: «Odisseo...».

«Eumelo.»

Si sedette accanto a me. Sembrava indurito, la luce grigia lo faceva più pallido e sofferente, ma a un certo punto prese qualcosa dalla fascia che gli cingeva i fianchi e mi sorrise. «Questo, lo ricordi?»

Sorrisi a mia volta, incredulo: stava rigirando fra le mani il cavallino che avevo scolpito nel legno tanti anni prima, e che gli avevo donato per fargli capire che ero suo amico.

«Ce l'hai ancora! Non posso crederci.»

«È una delle cose più preziose che possiedo, il mio portafortuna.»

«È solo una figurina di legno.»

«Sì, ma dentro questo cavallino di legno c'è il cuore del re di Itaca, Odisseo dai molti pensieri, mio amico. A che pensavi?»

Presi dalla sua mano il cavallino e lo rigirai fra le mie.

«Pensavo... pensavo che è giunta l'ora di tornare a casa.»

Eumelo mi guardò perplesso: «Sì, è vero. Ma non prima di aver compiuto l'impresa».

«Non prima di averla compiuta» risposi.

Non appena Eumelo se ne fu andato, fui assalito da un'ansia misteriosa ed ebbi un brivido. Era lo stesso che avevo provato la notte che avevo dormito nella casa di caccia del nonno Autolico. Sapevo che cosa significava.

«Dove sei?» domandai guardandomi intorno per cercarla.

«Qui» mi rispose una voce interiore. «Qui, dentro il tuo cuore.»

La notte stessa feci sapere ad Agamennone che avevo bisogno di parlargli e che convocasse in consiglio ristretto soltanto Nestore e, dopo, il mastro dei fabbri e degli artigiani, Epeo. Quello che avrei detto doveva restare assolutamente segreto.

Nestore e Agamennone ebbero un sussulto quando cominciai a spiegare: «Ascoltatemi: costruiremo un gigantesco cavallo di legno, così grande da poter contenere nella sua cavità interna una trentina di uomini che sceglierò personalmente uno per uno la notte stessa in cui agiremo. Faremo circolare la voce che torneremo a casa perché la città è imprendibile e perché gli dei sono contrari, che costruiremo un dono votivo, un cavallo, animale sacro a Poseidone, per propiziarci il favore del dio nella traversata del mare. Quando il cavallo sarà pronto, salperemo le ancore ma non per tornare a casa.

Nei pressi del cavallo lasceremo, legato con le mani dietro la schiena, uno dei miei uomini, un mio amico fidato, Sinon. Quando i Troiani usciranno dalle mura dirà che è un fuggitivo e chiederà asilo e protezione. In cambio spiegherà che il cavallo è un potente dono a Poseidone per garantirci il ritorno. Solo così potremo attraversare il mare, raccogliere un'altra armata ancora più grande che già ci attende e tornare la prossima primavera».

Seguì un lungo silenzio, più di stupore, si sarebbe detto, che di incredulità. Né Agamennone né Nestore proferirono parola. Le cose però dovevano procedere e feci subito entrare Epeo, il mastro artigiano, a cui esposi il nostro progetto, senza però spiegare quali erano i miei veri scopi. Doveva costruire un cavallo alto trenta piedi, lungo trentasette, largo dodici. La coda e la criniera dovevano essere di veri crini di cavallo intrecciati appositamente e doveva essere appoggiato su una piattaforma.

Gli diedi dieci giorni per ultimare il lavoro.

Nulla poteva essere lasciato alla fortuna, ogni momento di questa azione doveva essere pensato accuratamente e messo in atto.

Non potevamo fallire.

21

PRIMA DEL TRAMONTO DEL DECIMO GIORNO, EPEO, IL MASTRO falegname, si presentò davanti alla mia tenda e mi fece segno di accompagnarlo. Avevo seguito da lontano il procedere dei lavori, perché non volevo che si attribuisse a me la costruzione di quel colosso e quindi si sospettasse un tranello. Allo stesso modo lo avevano seguito i Troiani. Si vedevano gremire gli spalti delle mura, sempre più numerosi. La mole del cavallo cresceva giorno dopo giorno: doveva sembrare una corsa contro il tempo. Il mal tempo.

La stagione autunnale era già inoltrata, e tutti potevano percepirlo nel rinfrescare dell'aria e dall'umidità crescente.

Per tutto il tempo in cui durarono i lavori non uscimmo mai in assetto di guerra e i Troiani ci assecondarono. Nemmeno loro uscirono dalle porte armati. Intanto Epeo, come avevo previsto, doveva aver fatto trapelare la voce che si tornava indietro per l'inverno e si era sparsa per tutto il campo una strana aura di gioia, leggera e segreta, come se nessuno osasse credere a ciò che si diceva.

A Epeo avevo fatto sapere solo a metà dei lavori che nel ventre del cavallo sarebbe stata posta un'offerta a Poseidone, un ulteriore tributo segreto e nascosto, il resto l'avrebbe saputo subito prima dell'azione. L'apertura nel ventre del cavallo doveva essere preparata di notte da lui solo e da nessun altro. Non si notava niente, nessuna interruzione nella tessitura dei travi di legno. Il segreto del cavallo era invisibile, insospettabile. Un lavoro perfetto.

Per tutto il tempo della costruzione nessuno dei re e dei principi era venuto a trovarmi, tranne Eumelo.

«Un cavallo così piccolo da stare nella mia mano ha generato un cavallo enorme che potrebbe contenere molti uomini. È giusto?»

Non risposi.

«Allora è giusto. Voglio esserci anche io, Odisseo, voglio fare la mia parte.»

«No. Entrerai in città con gli altri al momento dell'attacco. Questa sarà la tua parte. Fino a quel momento non devi parlarne nemmeno con l'aria. Un dio a noi avverso potrebbe udirti.»

Eumelo annuì. «Quando sarà?»

«Dopodomani, la prima notte di luna nuova.»

Quella stessa notte feci convocare da Agamennone il consiglio dei re in modo del tutto insolito. Uno per uno sarebbero dovuti venire nella mia tenda, senza scorta, senza armi né insegne, con il capo coperto e avvolti nel mantello fino agli occhi. Alcuni prima del tramonto, altri dopo, altri ancora col buio. Fui in dubbio fino all'ultimo istante se far convocare anche Pirro, poi, dopo aver molto meditato, decisi che anche lui sarebbe entrato nella mia tenda.

Agamennone ammise che le dicerie su un nostro ritorno in Acaia per l'inverno e per un nuovo reclutamento erano state diffuse ad arte. La verità era un'altra e io l'avrei rivelata di lì a poco. Quindi mi passò la parola.

«Amici, valorosi compagni d'arme, per anni e anni Zeus ha steso la sua mano sulla città di Troia in modo che non potesse cadere, nonostante la forza, il valore e il sacrificio di grandi eroi come Patroclo, Achille, Aiace e tanti altri» dissi io. «Nemmeno ora la città sembra sul punto di cadere, ogni nostro tentativo è frustrato e neanche il valore del figlio di Achille è stato sufficiente. È giunto il momento di porre fine a questa guerra interminabile. E l'unico modo è conquistare Troia. E lo faremo...

Ora!»

I convenuti, tranne Agamennone e Nestore, si guardarono in faccia stupiti, alcuni si lasciarono sfuggire parole pungenti, altri risero.

Io ripresi a spiegare senza curarmi dei commenti: l'indomani, al calare dell'oscurità, l'intera nostra flotta avrebbe preso il mare e si sarebbe nascosta dietro l'isola di Tenedo, non troppo lontana. Con me sarebbero rimasti solo pochi uomini scelti, tra cui Menelao, a causa del quale quella guerra era iniziata, Aiace di Locride, Diomede di Argo, Idomeneo, sovrano di Creta, Macaone allievo di Asclepio, medico guerriero, Menesteo di Atene, e infine Pirro, il figlio di Achille.

Pronunciai uno a uno il nome di tutti quelli che avevo scelto e infine rivelai il vero motivo della chiamata.

«Voi tutti entrerete con me nel cavallo. E il cavallo sarà portato dentro la città, ve lo assicuro. Quando questo avverrà qualcuno farà un segnale da riva ai nostri compagni a Tenedo. La flotta si rimetterà in movimento, senza vele e senza alberi, a forza di remi, invisibile, tornerà indietro. Nel cuore della notte, quando la città avrà finito di festeggiare la fine della guerra e sarà avvolta nel silenzio e nell'oscurità, usciremo, e prenderemo il controllo delle porte d'accesso. Apriremo dall'interno quelle che non potemmo forzare da fuori e faremo un segnale dalle torri. I nostri accorreranno veloci e si precipiteranno dentro la città. E sarà la fine.»

Subito dopo di me, Pirro parlò per primo, con l'arroganza che gli era abituale: «La nostra presa di Troia dovrebbe essere un'azione valorosa, e tu invece progetti di usare l'inganno. È questa la gloria che ci offri?».

«Sì, lo è» risposi io senza scompormi. «L'uomo non è fatto solo di muscoli e tendini, la mente è la parte sua più alta e nobile, quella che lo rende simile agli dei. La mente è l'arma più potente. Ti è stata data la possibilità di vincere combattendo in campo aperto: non mi sembra che tu sia riuscito. Io sono Odisseo dal pensiero complesso, così mi chiamano. Quella è la mia forza più grande: dove non è riuscito il braccio di tuo padre riuscirà la mia mente! Ma tu scegli quello che desideri: entra con me nell'insidia, perché ho bisogno dei migliori e non di codardi, oppure resta con Agamennone o sotto la tua tenda.»

Seguì un momento carico di incertezza poi, uno dopo l'altro, i chiamati si alzarono e accettarono di sottostare al mio comando da quel momento fino a quando Agamennone avrebbe varcato le porte di Troia.

Da fuori giungevano i richiami dei guerrieri che spingevano in mare le navi, una dopo l'altra, finché tutte riempirono la baia e presero il largo avvolte dall'oscurità.

A quel punto Sinon, con le mani legate dietro la schiena e i segni delle percosse sul corpo e sul viso, era già nel suo nascondiglio dove sarebbe stato trovato l'indomani. Noi uscimmo e raggiungemmo Epeo che, finalmente messo al corrente, ci aspettava. La botola era aperta, e una scala era appoggiata al bordo dell'apertura. Uno per uno salimmo, prima io poi tutti gli altri. Epeo salì con noi e richiuse la botola. La lucerna che portava creava un piccolo globo di fioca luce che ci permetteva di esistere. Gliela presi dalle mani e passai in rassegna i miei uomini. Pirro si era unito a noi: lo contai per primo, e poi gli altri. Poi, d'un tratto, giunto alla fine, sguainai fulmineo la spada e la puntai alla gola di un uomo dal volto coperto che non era parte del gruppo che avevo convocato: «Chi sei, amico? O parli o muori».

Si abbassò il cappuccio e sorrise.

«Eumelo!»

«Ho passato due anni nel palazzo di Euristeo, non credi possa passare una notte qui dentro? Non penserai che abbia paura del buio.»

Epeo si fece avanti: «Non posso riaprire la botola ora e poi richiuderla, domani si potrebbe vedere l'inganno».

Dovetti arrendermi. Eumelo sarebbe rimasto con noi.

Ora bisognava solo attendere. Calò il silenzio, ognuno rimase solo con se stesso e i suoi pensieri fino all'alba.

La luce del mattino filtrò tra le connessure delle tavole e dei travi e striò di nero e grigio i nostri volti, tesi e inquieti.

All'esterno qualcuno si muoveva attorno al cavallo.

«Ci siamo!» dissi io. «Da questo momento, zitti e immobili. Un errore e siamo tutti morti.»

Si sentiva correre intorno, si sentivano richiami e poi grida di gioia: «Se ne sono andati, abbiamo vinto, abbiamo vinto!». E poi ancora: «Il re! Sta arrivando il re Priamo!».

Epeo mi mostrò che c'erano punti nella parete che consentivano di guardare all'esterno, e vidi un fiume di persone che si riversava dalle porte della città: uomini e donne, vecchi, bambini.

Poi la folla si aprì e passò il carro del re. Priamo era provato: avere perduto Ettore, baluardo del regno e della città, figlio amatissimo, gli aveva spezzato il cuore.

Scese dal carro e camminò fin sotto il ventre del cavallo. «Che cos'è?» domandò. Nessuna risposta. Fremevo: se Sinon non fosse apparso, la nostra avventura avrebbe avuto fine in un modo terribile e vergognoso. Poi finalmente lo vidi, circondato dalla folla, gettarsi ai piedi del re implorando. Non potevo udire le loro voci, ma subito dopo si accese un dibattito tra i Troiani su cosa farne di quell'enorme scultura che avrebbe dovuto favorire il ritorno a casa degli Achei. Qualcuno urlò di bruciarlo, di distruggerlo. Poco dopo la punta di una lancia penetrò nel ventre del cavallo, raggelandoci tutti. Nessuno doveva perdere la calma.

Infine Priamo prese la parola: «Se questo è un dono votivo a Poseidone solo il dio può darci un responso, quindi sarà Laocoonte a immolare a Poseidone un sacrificio. Lui sicuramente ci darà la risposta».

L'uomo che aveva scagliato la lancia era dunque un sacerdote. Un toro fu trascinato dentro il mare e Laocoonte, assistito da due figli, calò l'ascia sul collo dell'animale. Le acque azzurre si tinsero di sangue. Poi, d'un tratto, due code emersero dal mare e trascinarono il sacerdote e i figli nell'abisso divorandoli.

Da uomo di mare sapevo da sempre che il sangue può attirare predatori dalle profondità, ma in quella condizione il responso non poteva esserci che favorevole: il dio non aveva gradito che si minacciasse di dare alle fiamme il suo dono e aveva inviato le sue creature degli abissi a punire il sacrilego.

Priamo diede ordine di trainare il cavallo fino sulla rocca. Fu necessario demolire l'architrave delle porte inferiori, per farlo passare.

I compagni mi guardarono con un'ammirazione che mai avevo letto così grande nei loro occhi. Tutto quello che avevo previsto si era perfettamente avverato.

Dalla città saliva l'eco dell'esultanza, delle feste e delle celebrazioni. A noi lo stomaco era attanagliato dai crampi, le membra contratte nell'ansia dell'attesa. Mancava un solo passo al compimento dell'impresa eppure tante minacce erano ancora in agguato.

Quando finalmente tutto sprofondò nel silenzio, udii un passo leggero risuonare attorno al cavallo. Chi poteva essere a quell'ora?

Poi una voce femminile, e in quella voce ognuno di noi sentì riecheggiare quella dell'amata. Soltanto Menelao la riconobbe davvero.

«Elena» disse. «Solo lei.»

"Lei, lei è tutte le donne..."

Il suo passo svanì lontano.

Elena!

Era venuta a tentarci? Era venuta per trarci in inganno e farci scoprire? O forse era venuta a dirci che aveva riconosciuto l'insidia ma non l'aveva voluta rivelare?

Quando fummo a notte inoltrata e tutto era pace e silenzio, diedi ordine a Epeo di aprire la botola e uno dopo l'altro ci calammo a terra con una fune. Guardai le costellazioni nel cielo: «A quest'ora la flotta ha preso terra. Andate e lanciate il segnale». Ognuno di noi sapeva già che cosa fare: Diomede e Pirro dovevano togliere di mezzo le sentinelle e sostituirsi a loro sulle torri delle porte. Eumelo avrebbe dovuto segnalare con una torcia che avevamo il controllo della porta. Gli altri, assieme a me, avrebbero dovuto coprire l'azione dei compagni e, se necessario, difendere le posizioni finché i nostri non fossero arrivati.

Era andato tutto alla perfezione fino a quel momento. Vidi la torcia di Eumelo muoversi a destra e a sinistra tre volte, fermarsi e poi farlo di nuovo. Seguì il tempo più lungo della nostra vita. L'impresa poteva ancora fallire: un ritardo, un fraintendimento, un incidente... finalmente apparve un'altra luce che palpitava dalla spiaggia. La flotta aveva preso terra e a quel punto fui certo che la vittoria ci attendeva.

Il rumore di migliaia di passi pesanti, il tintinnare di armi...

«Sono loro!» esclamò Diomede.

«Aprite!» urlai con tutto il fiato che avevo in gola. Un momento che aspettavo da anni.

Le porte gemettero sui cardini, poi i pesanti battenti rivestiti di lastre di bronzo si aprirono. L'esercito si riversò all'interno come un fiume in piena.

Troia da quel momento fu completamente in balia degli invasori. L'allarme si propagò quando era ormai troppo tardi. La città precipitò nel caos e nell'orrore. Non c'era modo né c'era volontà di controllare i nostri guerrieri che infuriarono per ore e ore. E dopo qualche tempo, cominciarono ad ardere incendi in vari punti della città, con il fuoco che divampava ruggendo fino ad arrivare alla parte alta.

Fu là che si concentrò l'ultima difesa, là c'erano il re con la regina, i figli e le spose, là c'erano gli ultimi valorosi difensori del regno: Enea e Deifobo, fratello di Ettore. Là c'era Andromaca, la sua vedova e il figlioletto Astianatte.

Là c'era Elena.

Cercavo di immaginare che cosa facesse, che cosa provasse al vedere l'olocausto della città che l'aveva accolta come una figlia, come attendesse l'arrivo inevitabile di Menelao, lo sposo tradito.

Corsi verso quel luogo perché avevo un compito da portare a termine. Cercavo la casa di Antenore, l'uomo che aveva previsto la rovina e in me aveva visto colui che voleva, come lui, evitarla. Ero stato suo ospite e gli ero debitore dell'unico dono ospitale che potessi ricambiargli: la vita sua e dei suoi familiari.

Trovai la via, e la casa, assediata da centinaia di guerrieri inferociti. Mi aprii la strada verso la porta principale facendomi riconoscere, e quando Antenore mi venne incontro gli gridai di seguirmi con tutta la sua famiglia.

Comprese. Uscii per primo e lui subito si mise al mio fianco; dietro venivano le donne e i bambini piangenti. Corremmo a perdifiato, passammo per le strade più oscure e impervie, per quartieri già distrutti dal fuoco finché giungemmo a una posterla. Aiutai lui e i suoi figli a uscire.

Si fermò per un attimo e mi fissò con un lungo sguardo di dolore infinito, con gli occhi pieni di lacrime.

«Così ha voluto il destino» disse. «Era scritto che finisse così, ma gli dei ti ricompensino per aver mostrato pietà.»

«Correte» risposi. «Non vi fermate mai, raggiungete un luogo dove tu possa trovare aiuto, sul mare o sui monti. Nessuno vi inseguirà.»

Li seguii con lo sguardo per tutto il tempo in cui il riflesso degli incendi mi permise di distinguerli, finché furono inghiottiti dalla notte.

Allora tornai verso la rocca. La fine di tutto era vicina: Pirro, affiancato da due guerrieri giganteschi, vibrava tremendi colpi d'ascia sui battenti della porta del palazzo, che alla fine volò in pezzi. Si gettò all'interno come una furia seguito dai suoi Mirmidoni. Riemerse non molto dopo da uno dei ballatoi superiori lanciando un grido spaventoso e alzando il suo trofeo: la testa di Priamo. La città più potente dell'Asia era con lui, decapitata.

A mano a mano che gli ultimi focolai di resistenza venivano annientati si formava la lunga teoria dei prigionieri. Pirro vide Andromaca, forse qualcuno gli disse chi era. Lui la trascinò via dal gruppo esclamando: «Questa è mia!», ma poi, indispettito dal pianto del bambino, glielo strappò dalle braccia, raggiunse il ballatoio sulle mura e lo scaraventò sulle rupi sottostanti.

Non feci nulla per impedirlo perché ero stato io a creare quel mostro.

Così si estinse il sangue di Ettore glorioso. Andromaca levò un grido disumano e crollò al suolo come morta.

Io cercai di raggiungere il santuario sulla rocca perché là c'era il simulacro di Atena che già avevo visto una volta. Incontrai per la via Diomede che veniva con me nella stessa direzione e insieme salimmo al sommo della città alta. Nel santuario Cassandra, la sacerdotessa, figlia di Priamo, giaceva a terra, ferita.

La portammo verso le rovine del palazzo dove erano ammassati i prigionieri. Pregai in cuor mio la dea che non mi abbandonasse e continuasse a tenere la sua mano sul mio capo... Un tuono rumoreggiò lontano, il riverbero di un rogo illuminò alla sommità di una rampa di scale Menelao: conduceva tenendola per un braccio Elena, superba nella sua bellezza inarrivabile, la sposa perduta e ritrovata.

La donna per la quale l'orrore della guerra si era compiuto.

E nessuno ebbe la forza per gioire davvero.

All'alba del giorno dopo, Agamennone, grigio in volto, convocò il consiglio dei re e dei principi per decidere se si dovesse restare ancora e offrire sacrifici agli dei, o invece partire subito. Dopo lunga disputa ognuno alla fine fu lasciato libero di scegliere.

Io decisi senza indugio di partire, impaziente di iniziare il ritorno, di dimenticare dieci anni di vita perduta, di pianti, di veglie solitarie intrise di nostalgia struggente, e di amici scomparsi.

Delle mie dodici navi, solo sette mi seguivano. Giungemmo rapidi a Tenedo, ma nubi nere si adunarono presto al centro del cielo e un vento freddo prese a soffiare. Sentii allora un dolore acuto ferirmi nel cuore, sentii una voce e il tuono rombare dai monti. Chi mi chiamava? Lo seppi in un attimo, quando mi volsi a guardare la sponda che avevo lasciato. Gridai: «Ammainate la vela, disalberate! Tutti ai remi, torniamo indietro!».

I compagni obbedirono al mio comando, le navi virarono, le prore fendevano onde sempre più alte orlate di spuma, e dopo poco prendemmo terra. Gettarono l'ancora. Anch'essi avevano capito cosa dovevo fare, io credo. Presi le armi di Achille, le legai assieme con una solida fune: lo scudo istoriato, gli schinieri sbalzati, la corazza splendente, l'elmo crestato e la spada invincibile, e mi gettai fuori dalla nave toccando con i piedi la ghiaia del fondo. Avanzavo con sforzo enorme e il peso del bronzo mi trascinava indietro ogni volta che le onde avverse rifluivano al largo.

Curvai la schiena, ansimando, spingendo con grande fatica un piede avanti all'altro; riuscii infine a conquistare la riva.

Ora davanti a me si ergeva immenso il tumulo di Aiace gigante. Deposi sull'altare che copriva le sue ceneri le armi splendenti di Achille e dieci volte gridai il suo nome sovrastando con la mia voce l'urlo del vento. Zeus tuonò. Le mie lacrime si unirono a quelle del cielo.

SECONDA PARTE
IL RITORNO

Né Lestrigoni o Ciclopi
né Posidone asprigno incontrerai,
se non li rechi dentro, nel tuo cuore,
se non li drizza il cuore innanzi a te.
COSTANTINO KAVAFIS, *Itaca*

1

TROIA BRUCIAVA ANCORA IN UN ROGO IMMANE, DARDI DI FUOCO piovevano dal cielo con strepito assordante, e le ombre dei guerrieri caduti ancora si aggiravano tra il fumo e le fiamme. E sarebbe bruciata per giorni e notti fino a ridursi in cenere. Il bagliore m'indicava la via.

Due uomini per ognuna delle mie navi raggiunsero la riva lottando contro la violenta risacca e le ancorarono a terra piantando saldi picchetti di quercia. Dissi loro di aspettarmi e di non allontanarsi per alcun motivo, e m'incamminai in direzione della città.

Ritrovai la strada, passai tra gli stipiti bruciati delle porte d'accesso e salii verso la rocca. In tempo per assistere a un evento sconvolgente. Il cavallo che avevo fatto costruire crollava in quell'istante divorato dalle fiamme. Solo ora lo avevano raggiunto, isolato. E alto com'era, a dominare la città e la reggia, si accasciò a terra in un vortice di scintille e di fumo bianco. La testa fu l'ultima a dissolversi nel rogo.

Dedicai un pensiero all'impresa appena compiuta, e al doloroso prezzo pagato, quindi continuai a salire, finché raggiunsi il vasto cortile porticato su cui sorgeva il santuario della mia dea. Il tetto era crollato, i pilastri anneriti erano sentinelle del silenzio.

Entrai.

Il santuario era vuoto, il piedistallo della statua era vuoto. Il possente idolo stellato di Pallade Atena era scomparso. Chi lo aveva preso? Chi aveva osato tanto? I miei? Io stesso, e poi la mia mente aveva dimenticato? Domande senza senso e senza risposta, ma mi aggiravo ugualmente come uno spettro fra le rovine divorate dal fuoco. La pioggia sfrigolava nel toccare le fiamme che continuavano ad ardere con una energia maledetta. Alla fine, esausto, discesi verso il campo di battaglia. C'era uno strano chiarore nell'aria, irreale, un vapore luminescente che trasformava ogni sagoma, ogni profilo, rendendo tutto irriconoscibile. Mi trovai improvvisamente e senza rendermene conto al caprifico: l'unica creatura vivente rimasta nel campo sconvolto. Appoggiai la schiena al suo tronco e mi addormentai sfinito, seduto a terra.

Fu la luna a destarmi. Ritornai alle mie navi, e quando all'alba una brezza dall'entroterra disperse le nubi e il fumo, lasciando il cielo sopra di noi terso e luminoso, sciogliemmo gli ormeggi, e alzammo la vela. Il vento ci spinse verso la costa della Tracia.

Eravamo in mare, finalmente, per non tornare mai più. Guardavo indietro e ricordavo i compagni, gli amici caduti, tutti quelli che non avrebbero fatto ritorno. E anche guardavo avanti, contavo i giorni che ci separavano dalla nostra isola e non mi sembrava vero. Mi figuravo gli eventi gioiosi: avrei riabbracciato i miei genitori, mio figlio che non mi aveva mai conosciuto, la mia amata Penelope, e forse persino – se fosse stato ancora in vita –, il cane Argo.

E pensavo anche alle cose dolorose: incontrare le famiglie dei compagni perduti, assistere al loro pianto inconsolabile. Ma poi cessavo di immaginare ciò che sarebbe accaduto di lì a pochi giorni. Quegli anni mi avevano insegnato che non si possono fare progetti, che il futuro è imperscrutabile, che gli dei sono spesso invidiosi della nostra felicità e godono a vederci soffrire. Solo la mia dea mi amava, ma nemmeno lei poteva piegare il destino.

D'un tratto ripresi a pensare come un guerriero. Era come aver contratto un morbo: avevo fatto solo quello per dieci anni e quando dal mare avvistammo una città su una collina decidemmo di prenderla. In fondo quella era la terra dei Ciconi, Traci, alleati di Priamo, era giusto attaccarli.

In breve Ismaro fu messa a sacco.

Caricammo il bottino e diedi subito ordine di salpare, ma molti dei miei uomini, anziché obbedirmi, si erano riuniti sulla spiaggia a bere e a banchettare. Fui il solo a salire sulla nave. Euriloco mi si avvicinò. «Hanno sofferto per dieci anni e ti hanno sempre obbedito battendosi con grande coraggio. Non disprezzarli se si concedono un po' di festa. Non credi che se la siano meritata?»

No, non lo credevo. Presto la notizia della caduta di Ismaro si sarebbe diffusa e saremmo stati attaccati. Purtroppo, l'alba fredda e grigia confermò i miei timori: migliaia di guerrieri ciconi si avventarono su di noi. Tenemmo la posizione, ma verso il pomeriggio cominciammo a cedere terreno. Ordinai che un gruppo alla volta spingesse in mare la nave. Dopo essere saliti a bordo avrebbero protetto i compagni a terra per permettere loro di imbarcarsi. Il mio piano funzionò e la duplice battaglia continuò finché l'ultima nave ebbe guadagnato il largo. Ma più di quaranta di noi restarono sul terreno. Il sole stava tramontando. Euriloco mi domandò di dare ai caduti insepolti l'estremo saluto gridando dieci volte il loro nome. Risposi: «Sono troppe, tre volte basteranno. Anche perché non meritano tanto onore: sono morti da stolti». Era il mio modo per non piangere.

Quando pensai di essermi allontanato a sufficienza dal territorio dei Ciconi, diedi ordine di prendere terra e permisi agli uomini di bivaccare sulla spiaggia e di consumare l'unico pasto della giornata.

All'alba togliemmo gli ormeggi e salpammo le ancore. Mentre le navi si allontanavano dalla riva, salii sul punto più alto della poppa e, urlando per sovrastare il sibilo del vento, lanciai il triplice grido dei re itacesi: «A Itaca, uomini! A casa!».

Tutti risposero con lo stesso grido battendo i remi sul ponte. Era cominciato il vero viaggio di ritorno. Se gli dei e il vento ci avessero aiutato, avremmo attraccato al porto grande al quinto tramonto.

Tenemmo la rotta che avevo stabilito e a metà del giorno seguente ci apparve di fronte, in lontananza, Sciro, l'isola di Pirro. La lasciammo sulla nostra destra, non cercammo di sbarcare; quel luogo mi evocava tetri ricordi. Mi chiedevo dove fosse ora il guerriero selvaggio, e a lungo mi volsi indietro a guardare l'isola lentamente sparire tra i flutti, finché il mare divenne purpureo e l'aria umida e fredda.

La luna spuntò alla fine tra le nubi, bianca, e disegnò sulla distesa marina una lunga scia d'argento. Immaginavo le altre flotte che ci avevano preceduto. Centinaia di navi di Menelao Atride, di Nestore, di Diomede, signore di Argo. Dov'era Elena in quel momento? Che cosa pensava? A chi pensava?

Mi addormentai solo quando la stella di Orione quasi toccò la superficie delle onde ed Euriloco mi diede il cambio al timone. In lontananza, verso l'Asia, il cielo sbiancava. Dormii all'ombra della vela finché il sole non fu alto nel cielo. Avrei voluto essere più sereno e sgombrare la mente da pensieri tristi, ma me lo impedivano il ricordo dei compagni perduti, il vento troppo forte che non potevo controllare né domare e l'approssimarsi di un punto, ultimo ostacolo fra me e la mia isola, la mia sposa e mio figlio, i miei genitori.

Sulla nostra destra si apriva un'insenatura e decisi di prendere terra prima di affrontare l'ultimo tratto. Gli uomini avevano combattuto con il vento e le onde tutta la notte e tutto il giorno. Dovevo dar loro riposo. Approdai per primo e una dopo l'altra le mie navi mi vennero dietro.

Toccammo la terra di Acaia dopo dieci anni.

La giornata andava spegnendosi lentamente. Accendemmo un fuoco, e mangiammo il pesce pescato nel nostro mare. Mai cibo mi parve più buono. Poi, quando la fame fu almeno in parte saziata, qualcuno cominciò a cantare. Era l'ora dei ricordi, immagini lontane e dimenticate da anni tornavano a lambire la nostra mente come le onde che si allungavano sulla spiaggia. Ma io sapevo bene che il nostro viaggio non era ancora finito, che restava ancora un passaggio arduo, irto di difficoltà e di pericoli sul nostro cammino verso casa.

Capo Malea!

«Dormiamo ora» dissi, «domani ci attende una dura giornata.»

Il giorno successivo salpammo. Manovrammo verso meridione e procedemmo in quella direzione mentre il sole cominciava a scendere alla nostra destra verso le creste dei monti e il vento rinforzava. Ci precipitammo alle manovre io, Euriloco, Perimede e Antifo il nocchiero; cercavamo di controllare la velocità delle nostre navi e la direzione, di calcolare il tempo che ci separava dall'arduo passaggio dello stretto. Conveniva cercare un approdo prima che facesse buio e ripartire la mattina seguente o era meglio procedere spediti, anche di notte, per giungere a capo Malea e doppiarlo, lasciandoci alle spalle l'ostacolo una volta per tutte? Quest'ultimo mi parve il consiglio migliore. Avremmo navigato con il braciere acceso, attenti alle stelle per non perdere la rotta e attenti al vento e alla sua direzione, la vela ridotta della metà.

Gli altri, dietro, avrebbero dovuto soltanto seguirci. Ma il vento, anziché calmarsi, aumentò d'intensità. La vela si strappò e dovemmo sostituirla con grande sforzo. Per tutta la notte nessuno di noi dormì, restammo ai posti di manovra, a scrutare l'orizzonte. Poi il cielo si coprì di nuvole e da quel momento tenemmo lo sguardo fisso verso terra per vedere se apparisse qualche luce. Ma non vedemmo altro che il buio, non udimmo altro che la voce del mare che non dorme mai.

Quando il cielo si rischiarò non aveva stelle e neppure luna, su di noi c'era soltanto una volta biancastra, il vento era più freddo e più forte: eravamo nel mezzo di una tempesta. Lo scoramento mi invase, gli dei mi respingevano ancora lontano dalla mia meta.

Da qualunque parte guardassimo non si vedeva nulla. La punta di capo Malea, se pure si ergeva ancora da qualche parte, doveva essere invisibile, lontana, perduta, chissà per quanto tempo! Avevo tanto sperato, tanto sognato l'isola mia, la casa, la famiglia, le avevo sentite così vicine che quasi avrei potuto toccarle.

Il mare, tutto attorno a noi, era vuoto.

A cosa stavano pensando gli uomini delle altre navi? Che mi ero sbagliato? Che il re di Itaca non sapeva riportarli a casa? Il cuore mi ardeva nel petto come un tizzone. Avrei loro parlato quando fosse venuto il momento, quando avessimo preso terra. Il vento soffiava impetuoso gonfiando le vele; nubi nere galoppavano nel cielo e forti scrosci di pioggia si abbattevano su di noi. Impossibile cambiare rotta, nemmeno mettendo mano ai remi. Anche il mare correva tumultuoso nella stessa direzione con onde alte, livide, ribollenti di schiuma.

Itaca, anziché avvicinarsi, si allontanava sempre più, e allo stesso modo il mio cuore si appesantiva.

Navigammo per nove giorni e nove notti nella tempesta senza mai fermarci. Al decimo giorno il vento cadde quasi d'improvviso, il mare si calmò. Chiazze di luce scivolavano attorno alle navi, nere sagome stillanti nell'azzurro profondo.

Issai il segnale di adunata e le navi si avvicinarono le une alle altre, a portata della mia voce. Non avevamo subito perdite.

«Ci siamo tutti e questa è buona sorte con una simile tempesta» dissi, cercando di rincuorare i miei uomini. «Ora mettiamo mano ai remi e andiamo avanti. La terra di sicuro è vicina: ci sono uccelli in cielo e si sente l'odore nell'aria.» Un odore di erbe aromatiche che non conoscevo. Ma non potevamo vedere nulla: davanti a noi s'era alzata una fitta foschia. Feci cenno al timoniere di dirigersi verso la nebbia che copriva il mare. Gli altri ci seguirono.

Mai prima di allora mi ero sentito, e mai dopo mi sentii come in quel momento. *Solo, impaurito, freddo, e il cuore era come vuoto.* Chiamai i compagni. Mi sembrava un sogno. Di quelli che danno angoscia. Perché non vedevo nessuno? Vedevo la prora scivolare aprendo in due l'acqua che si rivoltava sui lati senza rumore alcuno. Vedevo me stesso correre avanti e indietro fra i banchi, eppure sapevo bene di essere immobile a scrutare quella nebbia impenetrabile. *Quanto tempo passò? Non ricordo. Ore, giorni...* Sciabordio, acque fruscianti. D'un tratto una fitta al cuore, come un colpo di pugnale. Gridai così forte che la gola mi sanguinò, poi... ero fuori!

Terra davanti, mare dietro e il muro di nebbia, fitta, fumante. Poi le onde, finalmente, la risacca, lingue di mare si allungavano sulla sabbia scintillante, d'oro. Ora vedevo i compagni. Non avevano sentito il mio grido?

Un'altra nave uscì dalla nebbia a una certa distanza, metà in luce, l'altra metà invisibile. Gli uomini sembravano spettri.

Un'altra ancora, più verso oriente. Ci videro e ci raggiunsero. Poi più niente. Aspettammo e sperammo a lungo.

«Dove sono le altre navi?» domandai a Euriloco.

Mi guardò smarrito.

«Com'è possibile? Come abbiamo perso quattro navi con tutti gli uomini?»

Scosse il capo: non lo sapeva, non aveva risposte da darmi.

Sbarcammo. Quale terra era mai quella? Chi l'abitava? C'erano erba alta su una vasta estensione e macchie sabbiose qua e là. Palme altissime muovevano la chioma nella brezza del mattino. Più lontano un gruppo di tamerici. E creature che mai avevo visto. Sembravano piccoli uomini pelosi e con la coda. Occhi luccicanti, penetranti, inquietanti. Squittivano, gridavano, saltavano da un ramo all'altro.

«Pitechi» disse Euriloco, «fra gli animali quelli che più ci somigliano. Molesti, astuti, e sfrontati.»

Diedi ordini per le incombenze più immediate, come l'acqua, il cibo e il fuoco, quindi mi guardai attorno. Nulla mi appariva familiare: l'aria era diversa da quella che avevo sempre respirato, la luce pareva irradiata da un altro sole, il tempo a momenti era compresso, soffocante, e dopo, sospeso, dilatato a dismisura. Il pensiero delle navi e dei compagni perduti era insopportabile.

Un grido mi riscosse e vidi Elpenore, uno dei miei uomini più fidati, fare ampi gesti da un'altura sabbiosa che chiudeva la lunga spiaggia verso occidente. Corsi verso di lui.

In lontananza, a forse mille passi, c'erano le altre nostre navi, spiaggiate, tutte e quattro.

«Seguitemi» ordinai, «ma prima indossate le armi.»

Elpenore e il suo gruppo si misero in marcia con me. Mandai però indietro uno di loro ad avvertire i compagni perché non si muovessero. Ci aspettassero dov'erano finché non fossimo tornati.

Quando arrivammo alle navi non trovammo nessuno.

Le perlustrammo una a una senza vedere alcun segno di violenza o di scontro armato. E solo il mare che batteva instancabile sotto le chiglie si faceva sentire, insieme al vento fra le sartie. Il resto era silenzio.

Dove erano finiti tutti?

Vidi il terrore negli occhi degli uomini. Potevano affrontare qualunque pericolo, ma l'ignoto e, di più, l'inspiegabile, li riempivano di sgomento. Qualcuno li aveva rapiti? Arpie, demoni nella nebbia, nella fitta foschia?

«Ascoltatemi» dissi, «non è successo nulla di quello che pensate. Seguiremo le tracce dei nostri compagni finché non li avremo trovati.»

Mentre ancora parlavo tornò l'uomo che avevo mandato ad avvisare gli altri e gli diedi istruzioni perché le altre nostre navi prendessero ormeggio lì dove stavano i vascelli fantasma, così da non doversi dividere per custodirle. Quindi, alla guida di un piccolo gruppo, presi la strada dell'interno. Alla nostra sinistra si alzava un colle sovrastato da un altopiano, e dal suo fianco scendeva un ruscello di acqua limpida che bagnava un prato verde e rigoglioso su cui pascolavano tranquilli altri animali dalle corna acuminate e doppiamente ricurve, il mantello striato di nero sul dorso. In lontananza vedevo muoversi altre creature, gigantesche, paurose per la mole immensa.

Mai ne avevo viste di simili, mai ne avrei viste nel resto della mia vita. Sentivo di aver varcato una soglia invisibile, di essere entrato in un mondo nascosto e celato dove tutto era diverso, dove qualunque cosa sarebbe potuta accadere. Benché il mio cuore fosse greve per i compagni scomparsi e per il ritorno perduto, avevo gli occhi pieni di meraviglia e di stupore al vedere tali prodigiose creature e capivo quanto il mondo fosse grande e stupendo, e sentivo che la mia avventura e quella dei miei compagni non sarebbe stata da meno di quella del re Laerte mio padre e dei suoi compagni della nave *Argo*.

Marciammo tutto il giorno seguendo la linea delle tracce: quelle dei nostri, che indossavano calzari, e altre, lasciate da piedi nudi.

«Sono prigionieri di selvaggi» disse Antifo.

Ma era difficile crederlo. Potevano dei selvaggi avere la meglio su guerrieri armati e addestrati?

«Non c'è che una spiegazione» risposi, «li hanno seguiti di loro spontanea volontà. Guardate le impronte dei piedi calzati: sono dovunque. Se fossero prigionieri starebbero al centro e ai lati starebbero coloro che li hanno catturati.»

«E hanno abbandonato le navi con tutto ciò che c'è a bordo? Com'è possibile? Non posso crederci» ribatté Antifo, «che motivo avrebbero mai avuto?»

«Qualcosa per cui vale la pena lasciare tutto: le navi, i tesori, le armi. E forse anche...»

«Che altro?»

Non riuscii a rispondere, troppo amara sarebbe stata la risposta. Proseguimmo in silenzio, guardinghi. A metà del pomeriggio trovammo i resti di un bivacco, una decina di focolari ormai spenti, ossa di animali, gusci di uova enormi. Euriloco ne raccolse uno e lo rigirò fra le mani: «I Fenici le dipingono e le vendono nelle isole e... guardate laggiù, quegli uccelli giganti sono quelli che le depongono. I Cretesi li chiamano uccelli-cammello». Ci volgemmo e vedemmo una decina di femmine di colore bianco-bruno vicino a un grande maschio con magnifiche piume nere. In quella terra meravigliosa il tempo si era fermato all'età dell'oro, mandrie sterminate di animali pascolavano lontano: migliaia e migliaia di capi. E c'erano frutti di ogni tipo sugli alberi. All'orizzonte nubi di temporale e fulmini passavano dal cielo alla terra, colonne d'acqua scendevano a dissetarla. Una terra sconfinata...

Il tramonto incendiò tutto l'orizzonte da un estremo all'altro, il sole era un globo enorme, molto più grande del nostro, molto più rosso. Proseguimmo ancora fino a notte inoltrata, finché dovemmo fermarci per riposare. Lasciai quattro uomini di guardia cui fu dato il cambio a metà della notte. Nelle tenebre udimmo risuonare più volte il ruggito del leone, strida di uccelli sconosciuti, rumori misteriosi, ora vicini, ora lontani.

L'alba non fu fermata da nessun ostacolo: non monti, non rocce. La luce si alzava come un respiro possente, ininterrotto, diffuso.

Ancora le tracce, ancora una lunga, lunga marcia. Poi il profilo di una bassa, ondulata collina. Raggiungemmo la sommità e là ci rendemmo conto che eravamo arrivati.

Davanti a noi c'era una valle verde distesa attorno a un piccolo lago e migliaia di palme la circondavano. Ai margini della valle c'erano vasti campi coltivati e appezzamenti fitti di fiori rossi e carnosi. In lontananza si vedevano colline di sabbia simile a polvere d'oro.

Gli uomini erano quasi tutti riuniti in un vasto spazio ai margini del villaggio attorno a un grande monolite di pietra rossa. Suonavano i loro strumenti, flauti e tamburi, e cantavano.

Anche i nostri compagni.

«Che si fa?» domandò Euriloco, che era costantemente al mio fianco. «Io dico di attaccare. Siamo poco meno di loro ma siamo ben armati. Liberiamo i nostri e torniamo indietro alle navi.»

«No. Non c'è bisogno di armi. La cosa più difficile sarà convincere o costringere i nostri a seguirci.»

Euriloco comprese e prendemmo a scendere. Fummo notati quasi subito perché eravamo molti, un piccolo esercito, ma nessuno diede segno di spavento. Solo, cessarono di cantare.

Sorrisi e mi inchinai loro volgendomi intorno perché non v'era alcuno che sembrasse un capo. Poi salutai i miei uomini: «Salve».

«Salve, Odisseo» risposero. Mi avevano chiamato per nome come un loro pari.

«Abbiamo trovato le vostre navi vuote e abbandonate, abbiamo pensato che vi avessero portati via con la forza e siamo venuti a cercarvi, ma vedo che non è vero.»

«Infatti» replicò uno di loro, «non ci hanno portati via con la forza. Ci hanno convinti.»

«Non mi sembra che parlino la nostra lingua.»

«Ci siamo capiti ugualmente» disse un altro. Prese da un cesto uno di quei fiori rossi: «Assaggia questo e capirai».

Scossi il capo: «Sono contento che non vi sia accaduto nulla di male. Ora andiamo alle navi e poi torneremo a casa».

«Ma ti sei guardato intorno, re di Itaca? Hai visto le praterie, gli animali e gli uccelli, i tramonti e le albe? Hai visto che non ci sono armi? E sai perché? Perché non c'è nulla da rubare, da saccheggiare. Il cibo è abbondante e ce n'è per tutti, le donne sono bellissime, i bambini corrono felici sui prati. Gli uomini cantano, danzano e raccontano storie la sera. Storie che impareremo a comprendere con il tempo... Anche di quello ce n'è tanto, hai visto? Qui tutti hanno tempo.»

«E le vostre mogli? Le vostre fidanzate che vi hanno aspettato per tanti anni, i vostri figli che avete lasciato balbettanti? A quelli non pensate?»

«Per loro siamo morti, Odisseo. Le nostre fidanzate avranno trovato marito, i nostri figli non ci hanno mai visti e per loro è come se non fossimo mai esistiti. Per dieci anni abbiamo combattuto quasi ogni giorno, Odisseo, e la guerra ci pesa nel cuore.» Mi porse di nuovo il suo fiore: «Con questo si dimentica tutto, capisci? Tutto. La nostra terra è qui, dove abbiamo trovato la pace e l'oblio».

Mi ritirai in disparte con i miei uomini: «Sono sotto l'effetto di un potente farmaco. Come si potrebbero altrimenti dimenticare la casa, i genitori, i figli e le spose?

Dobbiamo riportarli indietro a qualunque costo, e presto. Gli altri, presso le navi, staranno in pensiero per noi».

«Non sarà facile» disse Antifo. «Sono molti e sembrano decisi a rimanere in questo posto.»

«Ho visto che ci sono qui parecchi rotoli di quelle loro erbe seccate. Li useremo come corde per legarli. Appena svanito l'effetto del farmaco ritorneranno in sé, vedrete.»

Aspettammo che scendesse la notte, che tutti andassero a coricarsi. I nostri compagni non avevano una dimora fissa, si stendevano su stuoie accanto al bivacco e questo rendeva il nostro compito più semplice.

Quando tutti mi parvero assopiti e il loro respiro era divenuto pesante, feci cenno ai miei e iniziammo, leggeri e silenziosi come ombre, a legarli: le mani dietro la schiena e poi al collo e ancora gli uni agli altri. Uno di loro si svegliò e tentò di ribellarsi. Ma ormai erano tutti legati e cominciammo a trascinarli fuori dal campo.

Mentre prendevamo a salire la collina vedemmo gli scuri abitanti di quella terra uscire dalle loro capanne e osservare immobili quanto stava accadendo. La luna spandeva la sua luce e tutti eravamo ben visibili, noi a loro e loro a noi. Non si avvicinarono. Il bronzo delle nostre armi brillava nella luce lunare. Non si mossero ma presero a cantare. Forse salutavano a quel modo gli uomini a cui avevano offerto ospitalità in un mondo magico e meraviglioso, in una terra senza confini e senza tempo.

Camminammo tutta la notte senza mai fermarci e tutto il giorno seguente con poche soste per riprendere le forze e per bere. Non scambiammo mai discorsi con i nostri compagni saldamente legati, né loro ci rivolsero la parola, ma potevo vedere che stavano tornando a guardare in faccia la realtà e che rimpiangevano amaramente il sogno e l'oblio.

2

DOVETTI LEGARE I MIEI UOMINI AL REMO E AI BANCHI DI VOGA E mettere al timone e al comando delle navi i miei più fedeli compagni: Euriloco, Elpenore, Antifo e alcuni altri armati di tutto punto. Poi diedi il segnale di salpare. Non volevo restare un attimo di più in quel luogo. Il fascino di quella terra misteriosa e superba mi era entrato nel cuore e non volevo che altri si sentissero tentati dalla condizione meravigliosa dei mangiatori di fiori. Il desiderio del ritorno era ciò che mi teneva in vita, per nulla al mondo vi avrei rinunciato, né avrei permesso che vi rinunciassero i miei uomini. Li avevo portati in guerra, ne avevo già perduti tanti, non potevo perderne altri sulla via del ritorno.

Intanto, cercavo di infondere sicurezza ai miei compagni, volevo far credere loro che sapevo in quale direzione stavamo navigando, ma il mare restava vasto e deserto. Mi rendevo conto che da quando la tempesta ci aveva portati lontano dal capo Malea non avevamo mai incontrato un'altra nave, né barche di pescatori. Neppure la mia dea mi parlava più, né si faceva vedere.

Navigammo tutto il giorno e quello seguente e, dopo che il sole fu tramontato, proseguimmo con le vele per metà imbrogliate per prudenza. Accendemmo dai bracieri delle torce e cercammo con quelle di illuminare a prua la superficie dell'acqua. Poi, a un tratto, il mare si fece improvvisamente piatto davanti a noi.

Eravamo entrati in quello che pareva un porto naturale.

La torcia si spense, ma procedemmo lentamente nella nebbia fitta e nella più completa oscurità finché la nostra prora non urtò la sponda, bassa e sabbiosa. Un dio doveva averci guidati: non sarebbe stato possibile altrimenti.

Una dopo l'altra le mie navi appoggiarono la prora sulla sabbia, e io slegai i compagni che avevo riportato dalla terra dei mangiatori di fiori rossi. Dissi: «L'ho fatto perché non vi riconoscevo più e ho pensato che aveste smarrito il senno. Io ho la responsabilità delle vostre vite. Abbiamo già perso troppi uomini, non avrei avuto cuore di annunciare ai vostri genitori che avevate dimenticato il ritorno e disprezzato il loro dolore». Non risposero, e mi ferì il loro cupo silenzio.

Quando ore dopo la luce dell'alba rischiarò dintorno, mi resi conto che eravamo su un'isola, bassa, fertile ma non coltivata. C'erano solo capre selvatiche in gran numero e la vegetazione era abbondante. Percorsi la costa tutto attorno e vidi che la terraferma era vicina, vasta, coperta da alberi e cespugli rigogliosi.

Passammo la giornata a fare provviste, a rifocillarci e ritemprarci, ma già quando calò di nuovo la notte io avevo deciso che sarei andato oltre. Avevo sprecato dieci anni preziosi della mia vita in guerra, e solo ora realizzavo quanto grande fosse la terra che gli dei avevano creato, e quanto piccola la nostra conoscenza di essa.

Salpai nel pomeriggio con i miei compagni dopo aver preparato e caricato la mia nave, e lasciai a Euriloco il comando di tutti i restanti, che ci avrebbero aspettati sull'isola. Portai con me anche alcuni di quelli che erano stati fra i mangiatori di loto perché il movimento, e forse l'avventura, li riscuotessero dal loro torpore. Attraversammo il braccio di mare che ci separava dalla terraferma, e attraccammo in una piccola insenatura sovrastata da un'alta rupe, quasi una montagna. Il ronzio delle cicale era l'unico rumore che si udiva. Uno dei compagni che si erano spinti in avanti tornò dicendo che aveva trovato un sentiero battuto. Lo seguimmo.

Arrivammo all'ingresso di una caverna, e finalmente vedemmo segno di vita umana: l'interno era diviso in recinti con agnelli e capretti. Dappertutto c'erano grandi forme di formaggio distese sui graticci a stagionare. Ma tutto era di enormi dimensioni: i vasi pieni di latte cagliato e di siero, la scure per abbattere gli alberi...

La scure, soprattutto, pareva forgiata per una mano così grande che non si poteva immaginarla.

Chi mai abitava in quella spelonca? I compagni, appena se ne resero conto, si spaventarono e avrebbero voluto prendere tutto quello che era possibile portare via e tornare di corsa alla nave.

Ma ormai era tardi.

Si udivano i belati di un gregge numeroso e un passo pesante che faceva tremare la terra. Una catasta di tronchi d'albero fu gettata da una forza sovrumana dentro la caverna come fosse un fascio di sarmenti. Legna per il fuoco. Poi vidi sui volti di tutti i miei uomini il panico. Nel vano d'ingresso si stagliava un gigante, solo una sagoma scura, senza volto né espressione.

Cercammo scampo negli anfratti della caverna, ma non passò molto tempo che il signore di quel luogo tremendo accese il fuoco. La fiamma divampò illuminando tutto lo spazio e fu impossibile nascondersi. Ma anche impossibile stare fermi. Il mostro vide alcuni di noi muoversi e, con una specie di ruggito, domandò: «Chi siete, stranieri? Naviganti o pirati? E dov'è la vostra nave?».

Il terrore mi prese perché ora anche lui era visibile. Aveva un solo occhio sotto la fronte, ardente come una brace ma fisso e apparentemente inerte, un petto enorme, braccia pelose, piedi sporchi del fimo di pecore e capre. Esalava un fetore insopportabile. Senza venire troppo allo scoperto risposi che eravamo naufraghi e che eravamo entrati per chiedere aiuto e ospitalità in nome degli dei. Scoppiò a ridere, una risata fragorosa che terminò in un ringhio. Quando compresi era troppo tardi. Aveva afferrato due dei miei compagni, li aveva uccisi con la sola stretta delle dita e li aveva divorati.

Erano due fra quelli che avevano assaggiato i fiori di loto. Erano rimasti impietriti alla vista del gigante ed era stato facile per lui ghermirli. Non avevano neppure tentato di sottrarsi, di nascondersi in qualche anfratto della grotta. E questo pensiero mi fece salire agli occhi il pianto. Avevano conosciuto un modo diverso di esistere, lontano dai crucci e dalle angosce, e averli strappati alla dolcezza dell'oblio era stato per loro fatale. Ero certo che non è da uomini rinunciare ai ricordi, ai volti delle spose e dei figli, alla terra in cui si è nati; è da vili separarsi dal resto dei nostri simili per condurre una vita senza scopo né significato. Ma mi affliggeva la loro fine ignominiosa, e mia era la colpa.

Così trascorremmo la notte. I miei uomini stretti gli uni agli altri erano atterriti e sgomenti. Io, solo, stringevo l'impugnatura della spada e avrei voluto uccidere quel mostro, ma farlo avrebbe causato anche la nostra morte. Per questo il ciclope poteva addormentarsi senza darsi pensiero di noi. Non c'era via di uscita dalla grotta. L'ingresso era chiuso da un macigno enorme. L'altra apertura, un foro alla sommità della caverna che lasciava uscire il fumo, era troppo in alto, irraggiungibile. L'unica cosa di cui ero certo era che il mio pensiero fosse più vasto e complesso del suo e che avrei dovuto renderlo incapace di nuocere ma senza privarlo della forza. Cercai di rincuorare i miei compagni. Il ciclope, dissi loro, poteva guardare in una sola direzione: se ci fossimo divisi, gli altri avrebbero potuto cercare riparo. Riuscii così a far prendere loro sonno.

L'indomani, quando il mostro si svegliò, per un poco ciò che avevo previsto si verificò. Poi, infuriato, rivolse la sua attenzione a un solo gruppo confinandolo in un angolo e ghermì due di loro divorandoli.

Non potei trattenere il pianto. Le lacrime mi scendevano lungo le guance e il cuore in petto abbaiava come un cane rabbioso. Finito che ebbe il suo pasto, separò gli agnelli dalle pecore, poi rimosse il masso enorme e si mise di traverso sull'apertura perché nessuno di noi potesse passare. Lasciava che solo le pecore, guidate dal grande ariete, attraversassero il varco per poi correre verso i pascoli erbosi. Quando tutte furono passate uscì egli pure trascinandosi dietro il masso. Restammo immersi nell'oscurità, solo un raggio di luce pioveva dall'apertura nella volta.

Riunii i compagni e promisi loro, con tutta la sicurezza che mi riuscì di mostrare, che li avrei salvati. Io li avevo condotti in quel luogo infernale, io sarei riuscito a portarli via da lì. Ciò che non dissi, era che non sapevo come avrei potuto riuscirci...

Mi volsi intorno smarrito e a un tratto vidi, appoggiato alla parete della caverna, un tronco di ulivo, tagliato forse per farne un attrezzo, o un bastone per camminare in montagna. L'ulivo... la pianta sacra della mia dea.

«Prendete quel tronco!» ordinai. «Lo voglio pulito, scortecciato, levigato come il manico di un remo.»

Lavorammo tutti assieme alacremente, e terminata l'opera, riponemmo il palo dalla lunga punta acuminata, che io stesso avevo appuntito con gran cura, fuori dalla vista.

«Ora non dobbiamo fare altro che aspettare» dissi. Avevo un piano, ma ancora una volta mi era necessario l'aiuto dei miei compagni.

Al calar della sera udimmo con terrore dei belati e un

passo pesante che si avvicinava all'ingresso. Il gigante stava tornando. Il masso ruotò verso l'interno e il ciclope fece entrare le greggi. L'ariete, enorme, venne dentro per primo e tutte le pecore e gli agnelli dopo di lui. Quando gli animali furono sistemati nei recinti il ciclope si volse verso di noi.

Era venuto il mio momento. Se non avessi agito, la furia del mostro avrebbe fatto altre vittime. Subito, feci riempire la grande conca di legno che il ciclope usava per cagliare il formaggio con del vino che avevamo portato dalla nave dentro un otre di pelle di bue. «È il nostro dono per placare la tua ira» dissi. «È ottimo vino, bevine fin che vuoi...»

Il mostro si avvicinò e vidi il suo occhio grande come la mia testa che mi scrutava. Non tremai, ero conscio che la vita dei miei compagni dipendeva da me. Stetti a guardarlo mentre tracannava il vino rosso spumeggiante, e quando ne volle ancora feci cenno ai miei uomini di riempire nuovamente la conca. Poi ci ritraemmo verso il fondo della grotta, divisi in due gruppi. Il ciclope si chinò, raccolse la conca e bevve tutto il vino senza versarne una goccia.

Quindi si rivolse a me: «Non avevo mai assaggiato nulla di così buono in tutta la mia vita, questa è una bevanda degna degli dei. Non mi hai ancora detto il tuo nome però: dimmelo ora, perché possa ricambiarti il dono ospitale».

Guardai il fondo della caverna, al centro, nel punto vuoto fra i due gruppi separati dei miei compagni, e vidi ancora l'ombra, sulla parete, di una figura eretta che impugnava una lancia: Atena!

Dovevo rispondere e la dea m'ispirò, ne sono certo: «Chiedi il mio nome? Te lo dirò: il mio nome è Nessuno. Mi chiamano tutti Nessuno».

«Bene, Nessuno, allora ti mangerò per ultimo, questo è il mio dono ospitale.» E scoppiò in una tonante risata.

«E tu?» gli domandai a mia volta. «Come ti chiami?»

«Polifemo» rispose, «perché la mia fama è e sarà per

sempre grande. Mio padre è Poseidone che circonda tutte le terre.»

Quelle parole erano il suo congedo per la notte. Si sdraiò sul giaciglio di pelli di pecora e chiuse l'unico occhio.

Quando il suo respiro si fece profondo e il corpo si distese completamente nell'incoscienza radunai tutti i miei attorno al focolare e aggiungemmo sterpi per ravvivare la fiamma.

«Questo è il momento più propizio per agire» dissi. «Portate il palo e arroventiamo la punta sul fuoco.»

In breve, la punta del palo era rossa e la brace dura e compatta. Afferrammo il palo e ci avvicinammo al mostro salendo su una sporgenza della roccia che incombeva sul suo giaciglio. Quando fummo perfettamente sopra il ciclope feci cenno ai miei di abbassare la punta rovente fino a poca distanza dall'occhio. Alzai una mano e tenni l'altra stretta saldamente sul palo.

«Ora!» gridai. Tutti assieme i compagni si mossero, la punta scese nello stesso istante in cui l'occhio si apriva, e il palo arroventato affondò nell'orbita.

«Via!» urlai ancora, e corremmo chi qua chi là a nasconderci negli anfratti che ognuno di noi si era già scelto. Polifemo si alzò di scatto con un grido lacerante, si strappò il palo dall'orbita dell'occhio, che apparve come una nera voragine, e lo scagliò lontano, urlando così forte che le pareti della spelonca tremarono. Chiamava aiuto. Poi cercò di afferrarci brancolando intorno, rovesciando ogni cosa, distruggendo i recinti delle bestie che si sparsero in giro belando atterrite. Ma il dolore, terribile, infine lo domava, le energie scemavano. Cadde in ginocchio tenendosi il capo e la fronte tra le mani, gemendo.

Altre voci si udirono all'esterno.

«Che succede, Polifemo?»

«Qualcuno ti assale? Ladri? Vogliono derubarti?»

«Chi è che ti fa del male?»

Erano altri ciclopi, a lui simili per mole e ferocia.

«Nessuno mi fa del male» gridò. «Nessuno mi assale! Aiutatemi!» ruggiva ora come una belva ferita.

Ci furono attimi di silenzio. E anche noi rimanemmo immobili e trattenemmo il respiro.

«Se nessuno ti fa del male, allora non c'è nulla da fare! È un male che solo gli dei possono curarti. Prega il tuo padre divino che ti soccorra e cerca di riposare. Domani starai meglio.»

I loro passi si allontanarono e il cuore mi rideva nel petto, gustavo fino in fondo il sapore della vendetta.

Sorse finalmente l'alba e un raggio di luce piovve dalla volta a illuminare l'interno della caverna. Il ciclope si erse lentamente. Le pecore e le capre belavano sempre più forte perché avevano sete e fame. Erano abituate, al sorgere del giorno, a uscire al pascolo.

Mosso a compassione per il suo gregge, il mostro si avvicinò a tentoni al masso che sigillava l'ingresso della caverna e lo smosse dalla sua posizione. Le bestie cominciarono a fluire verso l'esterno ma lui, abbassate le mani, impediva a noi di passare.

Radunai allora i compagni e dissi loro ciò che avevo ancora una volta escogitato per farli uscire. Prendemmo le corde di fibre di palma che giacevano nell'antro e io legai insieme le pecore a tre a tre, a sostenere ciascuno dei miei uomini. Poi li guardai uscire fra le gambe di Polifemo che lasciava passare le sue bestie.

Io uscii per ultimo, aggrappato alla lana del grande ariete, nascosto sotto il suo ventre. L'ariete passò e mi lasciai cadere a terra, mi alzai, andai a raggiungere i compagni che mi aspettavano. Insieme corremmo lungo il sentiero che portava alla nave. Giunti alla riva del mare ci abbracciammo in lacrime ed era per me come abbracciare fratelli o figli per cui a lungo si è trepidato. Nel cuore la gioia era grande perché li avevo salvati.

Uno dopo l'altro, salimmo sulla nave, sciogliemmo l'ormeggio e i compagni remavano curvi sui banchi, ansiosi di lasciare quella terra maledetta. Io, a prora, sorvegliavo la rotta quando d'un tratto vidi apparire dall'alto di una rupe il ciclope che si appoggiava a un tronco d'albero. Anche gli altri lo avevano visto e cercavano, remando, di allontanare la nave quanto più velocemente possibile dalla riva. Ma io non potei trattenermi alla vista del mostro che già avevo reso impotente. Gridai: «Ciclope!». E la mia voce echeggiò come tuono sul mare.

Mi udì, e si volse intorno per capire da dove provenisse il grido. Inutilmente i miei uomini mi imploravano di tacere.

«Ciclope!» urlai ancora. «Hai disprezzato le leggi sacre che proteggono gli ospiti divorando i miei compagni e hai pagato il prezzo della tua ferocia: se qualcuno mai un giorno ti chiedesse chi ti ha accecato, rispondi che è stato Odisseo, figlio di Laerte, re di Itaca.»

Le mie parole lo infiammarono, lo resero furente. Divelse con forza immane la cima del monte e la scagliò in mare. Il masso gigantesco cadde davanti alla prora sollevando un'onda altissima che ci sospinse indietro. I compagni atterriti vedevano di nuovo avvicinarsi la minaccia cui a stento sembravano appena scampati. Ripresero a remare affannosamente, ma subito dopo Polifemo scagliò un altro masso, che mancò di poco la nave colpendo il dorso del mare proprio dietro la poppa. L'onda questa volta ci sospinse al largo e ci dirigemmo verso l'isola. Udii la voce lontana del gigante che implorava dal padre Poseidone vendetta implacabile, ma io non mi lasciai intimorire. Avevamo sconfitto il mostro. Lanciai acuto il triplice grido dei re di Itaca.

3

L'ECO DELLA MALEDIZIONE DI POLIFEMO MI INSEGUÌ PER QUASI tutto il tratto di mare che ci separava dall'isola bassa, e nonostante la mia baldanza del primo momento, mi era entrata nel cuore come una lama gelata.

Arrivati all'isola trovammo gli altri compagni angosciati per il nostro ritardo ed Euriloco che stava preparando un forte gruppo di combattimento per sbarcare in terraferma alla nostra ricerca. Non appena ci videro esultarono lanciando grida di giubilo, ma, dopo che fummo sbarcati, si accorsero che alcuni mancavano. In tanti anni di guerra si era stabilito un profondo legame fra di loro per il sostegno che sempre si erano scambiati sul campo di battaglia e ogni compagno caduto rappresentava una profonda ferita difficile da rimarginare. Era come se fossero diventati tutti membri della stessa famiglia.

Io serbavo ancora la convinzione che saremmo tornati a Itaca, che avremmo riabbracciato i nostri cari e tutto sarebbe svanito per sempre come un brutto sogno al sorgere del sole.

All'alba, caricate le navi con tutto quanto quella terra poteva offrire e con una abbondante riserva d'acqua, ci schierammo lungo la riva rivolti in direzione della terraferma. Chiamammo dieci volte i nomi dei compagni perduti, poi ogni gruppo salì a bordo della propria nave e si mise al banco di voga impugnando il remo.

Prendemmo il largo e la mia nave di nuovo guidava la rotta. Un vento di terra caldo e forte ci spinse tra settentrione e occidente. Non c'era modo di contrastarlo e dovemmo assecondarlo.

Poco dopo la metà del giorno Euriloco mi si avvicinò: «Perché non vuoi dirmi che cosa è successo ai compagni che hai perduto in terraferma?».

Avevo sperato che non mi avrebbe più posto quella domanda ma dovetti rispondergli, e in breve glielo raccontai.

«Non hai null'altro da dirmi?» domandò ancora dopo che ebbi finito.

«Se lo sai già perché me lo chiedi?»

«Perché voglio sentirlo dalle tue labbra e sapere che cosa ci dobbiamo attendere.»

Il vento aumentava ancora e la vela era gonfia, gemeva l'albero sotto la spinta poderosa e il fasciame cigolava.

«Il mostro mi ha lanciato una maledizione. Ha invocato Poseidone perché impedisca il mio ritorno.»

Euriloco chinò la fronte, il suo volto si oscurò. Non ebbi cuore di fargli credere il peggio. Risposi in modo che sembrasse la verità: «Ha maledetto il mio nome, amico mio, ma, come tu sai, il mio nome... il mio nome è Nessuno!».

Sorrise Euriloco e anche io mi rallegrai perché voleva dire che i compagni non avevano riportato per intero le mie parole. La terza sera di navigazione il vento cominciò a diminuire d'intensità e a ruotare ancora, lentamente, verso occidente. Il sole del crepuscolo, infatti, era perfettamente di fronte a me, il mare spumeggiante era colore del vino e la nave inondata di quella luce pareva di rame. Euriloco nuovamente mi si avvicinò. «Che cosa c'è lì?»

Pareva un'isola, o forse una penisola. Diedi ordine di accostare, ed Euriloco a sua volta disse a Elpenore di manovrare il timone verso terra.

A mano a mano che avanzavamo ci appariva una visione stupefacente. Si vedeva una costruzione tutta di bronzo o di rame e, oltre quella, una colonna di fumo si alzava lenta verso il cielo e rombi cupi sembravano salire dalle viscere della terra.

Ci guardammo l'un l'altro come per consultarci sul da farsi. La recente memoria dell'ultima avventura mi tratteneva dallo sfidare pericoli in una terra sconosciuta, ma il luogo era abitato e non potevamo sfuggire all'incontro con il suo signore, chiunque egli fosse.

Ordinai che le navi restassero all'imboccatura del porto e mi feci portare a riva. Parlai a Euriloco prima di allontanarmi, gli dissi di restare a bordo con alcuni uomini, mentre io e pochi altri saremmo sbarcati. «Se entro il tramonto di domani non avrai mie notizie, volgete le prue al mare e proseguite da soli verso Itaca. Assumerai tu il comando.»

Scesi a terra con gli altri compagni e ci incamminammo alla volta del muro che rifletteva gli ultimi bagliori del sole. Alla fine giungemmo alle porte della città. Dall'interno veniva il suono di una musica di flauti e di cembali, come se ci fosse una festa con danze e canti. L'aria era immota, non una sola brezza si muoveva.

Bussai con il pomo della spada e attesi. Passarono solo pochi istanti, poi la porta altissima cominciò a ruotare sul cardine fino ad aprirsi completamente. Entrammo guardinghi, la mano stretta alla spada sotto il mantello. La luce scemava in fretta ma un'altra luce si manifestava davanti a noi, filtrava di sotto un'altra porta adorna di fregi in oro, argento e rame.

Anche quella porta si aprì prima che facessimo un movimento e apparve una grande sala con mense imbandite. In fondo sedeva su un trono d'argento un uomo con membra forti, non ancora vecchio benché una chioma folta di capelli bianchi e lisci gli incorniciasse il volto. Attorno a lui giovani uomini e giovani donne erano intenti a danzare, bere e mangiare.

«Benvenuti, stranieri» ci disse. «Venite avanti, qui sarete trattati bene.» Quindi ci chiese chi fossimo e cosa ci avesse condotto fin lì.

Parlai io, come sempre, ma rivelai la verità solo in parte: «Siamo Achei, e tornavamo dalla guerra, ma un vento fortissimo, invincibile, ci ha trascinati lontano. Quando finalmente le correnti aeree ci hanno lasciato tregua, siamo giunti alla tua dimora».

Eolo, così si chiamava il re, disse che anche gli altri uomini potevano scendere a terra, e ci concesse di restare ospiti nella sua dimora. Fu gentile e ospitale, e noi rimanemmo per quasi un mese alla sua corte. Ogni giorno, al calare della sera, il re ci invitava alla sua mensa e mi faceva mille domande sulla guerra e gli eroi più forti e le loro imprese. Chiedeva di Ettore e Achille, di Aiace gigante, del re dei re degli Achei Agamennone. La cosa più strana fu che non domandò mai il mio nome, come sarebbe stato suo diritto dopo avermi ospitato, né io volli dirglielo.

Tuttavia, c'era un elemento che avevo notato fin dal nostro sbarco che mi incuriosiva, e una sera volli chiedere spiegazioni.

«Da quando siamo giunti qui» dissi, «non ho mai sentito un alito di vento. Come è possibile? Mai ho visto un'isola senza vento e nel mio paese le isole sono molto numerose e tante ne ho visitate.»

«Te lo dirò: io sono un domatore di venti e ho potere su di essi. E questo potere mi è dato dagli dei.»

«L'avevo immaginato» risposi, «e per questo ti chiedo ciò che ora mi sta più a cuore. Io e i compagni abbiamo patito molti mali combattendo sotto le mura di Ilio. Il nostro più grande desiderio è di rivedere la nostra terra, ma in questo mare non riusciamo a riconoscere la via del ritorno: aiutaci, ti prego, insegnaci come possiamo rivedere la patria.»

Eolo sorrise, e acconsentì. E il giorno seguente, dopo che noi avemmo preparato le navi per la partenza, si presentò al porto. Apparve con otto servi che reggevano una portantina. Su di essa stava un otre enorme di pelle ben cucita e con l'imboccatura chiusa da una catena d'argento. Si fermò davanti a me: «Ascolta bene quello che ti dico, anche se ti sembrerà impossibile da credere. In questo otre ho racchiuso tutti i venti contrari che possono spingerti fuori rotta. Ho lasciato libero il solo Zefiro che spira da occidente. Non avrai che da tenere dritto il timone e arriverai alla tua isola».

Non battei ciglio mentre lui parlava, e colsi il moto delle sue labbra che, dopo aver pronunciato l'ultima parola, si atteggiarono a una smorfia leggera, appena percettibile, come di sorriso beffardo ed enigmatico. Pensai che fosse soltanto la mia immaginazione perché il mio cuore in realtà voleva credere pienamente alle sue parole. Lo ringraziai mentre i suoi servi sistemavano sotto il tavolato di poppa il grande otre, e salii sulla nave reale.

La flotta descrisse un ampio cerchio all'interno del porto, poi io per primo uscii in mare aperto e dietro di me le altre navi disposte in linea obliqua. Mi volsi a guardare Eolo, il domatore di venti, e le mura della sua città che riflettevano la luce del sole. Lasciai a prora una vedetta e andai a poppa per tenere io stesso la barra che regolava i timoni. Tutto il giorno e tutta la notte. Non mi fidavo di nessuno, forse nemmeno di me stesso. Non volevo essere sorpreso da un evento imprevisto, da uno scherzo del destino o di qualche dio. Il più pericoloso non era Poseidone con la sua ira, ma Hypnos, il sonno fratello della morte. Non credevo possibile che un uomo potesse resistere senza dormire per più di due giorni. Ne passarono quattro, cinque, poi sei. Stavo compiendo un prodigio, qualcosa che nessuno prima di me aveva mai fatto. Il desiderio di dormire si trasformava in un dolore sempre più acuto. Trascorsero così anche il settimo e l'ottavo.

Il nono giorno, poco prima dell'alba, vidi all'orizzonte una massa scura, il profilo di una montagna che non avrei mai potuto confondere con nessun'altra terra.

Itaca.

La mia isola, il suo profumo, il suo colore, i suoi contorni erano per me come il volto della sposa amata. Gli occhi, rossi della disumana fatica, si riempivano di lacrime e il sale li bruciava. Fra poco avrei toccato i sassi e la sabbia, le rocce, gli arbusti, avrei visto mio figlio.

Per un momento pensai che fosse un sogno, mentre l'Aurora mostrava le sue dita rosate dietro il profilo dei monti. Poi precipitai nella totale incoscienza.

Mi svegliai nell'infuriare di una tempesta.

Non potevo credere a quello che vedevo: la mia flotta, a poca distanza dalla meta tanto agognata, era stata respinta indietro dalla violenza del vento e del mare. Gridai per superare il fragore della bufera: «Che cosa è successo? Dove siamo? Perché non mi avete destato?».

Solo l'urlo del vento mi rispose: gli uomini correvano da un lato all'altro della nave. Elpenore, aggrappato alla barra che manovrava i timoni di poppa, a stento riusciva a reggerla tanta era la forza dei marosi. Valanghe d'acqua si riversavano dentro lo scafo e i compagni al remo cercavano in ogni modo di tenerlo in assetto perché non presentasse il fianco alle onde. D'un tratto gli occhi mi caddero sul grande otre, non più alloggiato nel cassone di poppa e assicurato con le funi ma sbattuto da un lato all'altro della nave e privo della catenella d'argento che ne teneva chiusa la bocca. Mi prese la disperazione, ma in quel frangente non avevo certo il tempo né il modo di parlare con i miei uomini. Era necessario salvare la flotta e riportarla in acque tranquille. Al resto avrei pensato in seguito.

Navigammo per altri giorni e notti che quasi non riuscivo a contare, poi, come era accaduto la prima volta, i venti cessarono di soffiare quasi d'un tratto, il mare, piatto, si coprì di una nebbia sottile e l'aria si riempì di silenzio.

A poco a poco, dalla nebbia apparve la vetta di un'isola, un pennacchio di fumo scuro che saliva verso il cielo, e io riconobbi il luogo. Gli dei mi assistevano! Il vento mi aveva riportato da Eolo, il domatore di tempeste. Eravamo diventati amici: mi avrebbe aiutato ancora.

Mentre mi accingevo ad accostare e segnalavo alla flotta di attendere a distanza, una voce tuonò dall'alto: «Come mai qui, re di Itaca? Non ti avevo forse chiuso tutti i venti contrari nell'otre e lasciato libero il solo Zefiro?».

La voce era mutata: l'amabile sovrano che mi aveva ospitato per un mese aveva ora una voce quasi minacciosa e incredibilmente potente. L'aria ne tremava, il cielo ne rimbombava.

Provai a spiegargli cosa era accaduto, scongiurandolo di aiutarmi ancora, ma Eolo non volle starmi a sentire. «Vattene, e non osare tornare: se non sei riuscito ad approdare alla tua isola dopo quello che ho fatto per te, vuol dire che sei in odio agli dei. Non posso farmi nemici gli dei per aiutare te. Vattene, ti ho detto, e per sempre!»

Mai come allora sentii e compresi la maledizione contenuta nel mio nome. Non ero io colui che odiava, ma colui che suscitava l'odio. L'odio inestinguibile di un dio mi perseguitava e le parole di Polifemo, che avevo cercato di annegare in fondo al cuore, risuonarono chiare e forti nella mia mente.

Diedi ordine di invertire la rotta e di muovere verso occidente perché non avevamo scelta: il vento soffiava in quella direzione. Mi sarei comportato come se nulla fosse successo, non mi sarei arreso, avrei lottato con tutte le mie forze per riportare i miei compagni e le mie navi a Itaca appena il vento avesse cambiato direzione. Poi mi accasciai sul ponte di poppa, mi coprii il capo e il volto con il mantello e piansi.

Lasciai l'isola con il cuore pesante e pensavo al domatore di venti Eolo: aveva davvero il potere di confinarli dentro un otre? O era quello un modo per farmi credere che lo avesse? Ricordai ciò che un giorno aveva detto uno dei marinai che avevano riportato a Itaca mio padre da Iolco, dopo l'impresa degli Argonauti: "C'è un punto, lontano, a occidente, dove tutti i venti si annullano e la calma può durare a lungo. Quando è terminata, uno solo di essi riprende a soffiare. Se soffia verso oriente ritroverai la casa e la famiglia, se soffia nella opposta direzione ti perderai in luoghi sconosciuti da cui ben pochi hanno fatto ritorno".

Il tempo si rasserenò, il sole splendeva in un cielo terso e un vento tiepido cominciava a prevalere spingendoci fra settentrione e occidente, ma i compagni erano afflitti. Per due giorni ancora nessuno fece cenno a ciò che era accaduto. Alla fine fui io a parlare a Euriloco, Elpenore, Euribàte e a tutti gli altri: «Ho trovato l'otre aperto, ma non voglio sapere che cosa è successo mentre io ero immerso nel sonno, perché non voglio adirarmi con voi. Qualunque cosa abbiate fatto, ora non c'è più rimedio se non quello di stare uniti per contrastare l'avversa fortuna. Voglio dirvi però che i venti hanno preso a soffiare contro di noi perché questa è la loro mutevole natura, niente altro. Vi chiedo di credere in me perché il mio solo scopo è di ricondurvi a casa».

Dopo altri quattro giorni di navigazione giungemmo in vista di una terra aspra e splendente. Alla nostra sinistra vedemmo una piccola isola connessa alla terraferma, poi un lungo arco di sabbie candide, e poi ancora un'altra isola più grande, anch'essa unita alla terraferma da una striscia più larga di sabbia. I delfini presero a saltare fuori dall'acqua accompagnando le nostre navi e lungo le fiancate branchi di pesci d'argento iridescente scivolavano come un festoso corteggio alla flotta. I sette vascelli sfilavano ora passando a poca distanza dalla costa. Non c'era pericolo: l'acqua era trasparente, il fondo era perfettamente visibile. Quando avemmo superato la seconda isola si aprì davanti a noi sulla sinistra un largo canale che si addentrava nell'interno. Suggerii di entrarvi ma esortai comunque i miei compagni a tenere pronte le armi.

Navigammo così fino a un punto dove il canale sembrava concluso ma, quando mi avvicinai, vidi che c'era un'altra strettoia che immetteva in un secondo bacino, porto meraviglioso, perfetto. Una dopo l'altra le navi mi seguirono nell'ultimo porto così ben riparato.

Quindi scelsi tre dei miei uomini e ordinai loro di andare a vedere se c'era una città nei pressi: forse avrebbero potuto dirci dove ci trovavamo e quali rotte avremmo dovuto seguire per ritornare a casa.

Li vidi salire sulla riva e avvicinarsi alla fonte. Poco dopo arrivò una ragazza, molto bella, ma solo quando i nostri le furono vicini mi resi conto di quanto fosse alta. Gigantesca.

La ragazza alzò il dito indicando qualcosa dietro la collina. I nostri partirono e le andarono dietro.

Euriloco mi si avvicinò: «Non mi piace questo posto. Sembra deserto, eppure sento che qualcuno ci sta osservando da quelle torri lassù in alto».

«Se è così, vedranno che non abbiamo intenzioni ostili. Siamo sbarcati senza armi. Stai tranquillo e aspettiamo. I nostri torneranno presto.»

Passò il pomeriggio. Quando la provvista di acqua e cibo fu completata, e pensai che forse avremmo dovuto prepararci per la notte, udii delle grida e vidi due dei nostri correre verso di noi. «Andiamo via!» urlavano. «Andiamo via! Presto! Presto!»

«Che cos'è successo?»

«Lestrigoni! Selvaggi giganteschi e feroci. Hanno preso il nostro compagno, l'hanno fatto a pezzi e divorato. Noi siamo scampati per miracolo.» Avevano gli occhi pieni di orrore.

Non attesi un solo istante: «Andiamo via! Prua a oriente, usciamo da questa trappola!» gridai.

Ma non avevo finito di parlare che un rumore fortissimo squarciò il silenzio e vidi un macigno enorme rotolare giù da un pendio, per poi precipitare su una delle nostre navi spezzandola in due. Urla di dolore e di disperazione echeggiarono alle nostre spalle, ma non c'era il tempo per fermarci a soccorrere i compagni.

Un altro macigno apparve e, come se mani invisibili lo spingessero, prese a rotolare in basso. Poi un altro e un altro e un altro ancora. Una dopo l'altra le navi furono colpite, squarciate, ridotte a informi relitti.

In breve tempo mi trovai solo con la mia nave e il mio equipaggio fuori dal porto. Ci fermammo al largo, fuori dalla portata dei Lestrigoni che si avventavano senza pietà sui compagni sopravvissuti, e gettammo l'ancora.

Avevo perduto tutta la flotta che mi aveva seguito a Ilio partendo fra squilli di trombe e sventolio di stendardi dal porto di Itaca tanti anni prima. Infelici compagni di tanti combattimenti, di tanti pericoli, di tante avventure! Li piansi amaramente. E li piansero gli uomini che avevo con me.

Si era ripetuto in larga parte ciò che era successo nella terra dei ciclopi, e il messaggio era chiaro, così come era evidente chi me lo aveva inviato: il dio dell'abisso aveva compiuto ciò che a suo figlio, cieco per opera mia, non era riuscito. Colpire le mie navi con massi enormi e affondarle.

Fu quella la notte più triste della mia vita, perché mai

in un solo momento avevo perduto tanti compagni, e li piansi finché le stelle del cielo non impallidirono. Poi, nell'ora in cui la luce sembrava affacciarsi sul mondo scorsi un'ombra scura, enorme, scivolare sotto la superficie dell'acqua che s'increspò al suo passaggio. Era forse il dio dell'abisso che passava a fianco della mia nave? Meditava quando e come distruggerla? Forse, eppure sentivo che il cuore non voleva arrendersi. Perché io avevo qualcosa che il possente dio del mare e dell'oceano non aveva e nemmeno conosceva: la paura della morte, lo sconfinato amore per la vita, non solo per la mia ma anche per quella degli altri, dei compagni, degli amici, della sposa lontana, del figlio che non avevo visto crescere. Avrei lottato, mi sarei battuto fino all'ultimo respiro con maggiore accanimento che sotto le mura di Troia. E quando fosse venuta la mia ora avrei affrontato la Morte fissandola negli occhi vuoti.

Mi rivolsi al dio dell'abisso: «Tu dai ascolto a tuo figlio, o dio dalla chioma azzurra, che io, Odisseo figlio di Laerte, ho accecato. Ma in cambio di un occhio spento hai preso molte vite, vite di uomini valorosi. Nessuno di loro farà mai più ritorno. Ricondurrò in patria questi miei compagni, questa mia nave reale con il tesoro di Troia. Non so cosa sarà di me, perché è impossibile che un mortale sfugga all'ira di un dio potente quale tu sei, ma il Fato è una divinità più forte degli stessi dei. Cercherò il mio destino in ogni angolo della terra e del mare e, quando l'avrò conosciuto, percorrerò la mia strada fino in fondo e nemmeno tu potrai fermarmi».

L'ombra nera scese nelle profondità e svanì nel buio. Io diedi ordine di salpare l'ancora e di spiegare la vela.

Riprendemmo la navigazione con il cuore colmo di dolore e nessuno per molto tempo trovò la forza di pronunciare una sola parola. Poi, un giorno, al primo chiarore dell'alba, Perimede, che era salito in testa d'albero, avvistò di nuovo la terra.

Sbarcammo su una spiaggia sabbiosa completamente deserta. Non vidi una sola traccia di piede umano ma soltanto quelle di uccelli d'acqua. In lontananza si vedeva però salire un filo di fumo.

Affidai a Euriloco sei uomini e dissi loro di andare a controllare e poi di tornare a riferire. Quando l'eco dei passi dei miei uomini che si allontanavano si fu spenta, nel silenzio profondo che ne seguì si udì un canto. Una voce limpida e armoniosa. La voce sottile, nitida e soave di una donna.

4

ASPETTAMMO FINO AL POMERIGGIO INOLTRATO EURILOCO E GLI uomini mandati in esplorazione ma non accadde nulla, non li vedemmo tornare, e nella mia mente già si affacciavano foschi presagi.

Dopo averli attesi anche il giorno successivo, decisi che sarei andato a cercarli. Io solo, però. Questa volta non avrei messo a rischio altre vite se non la mia.

«Se entro questa notte non dovessi tornare» dissi, «salpate l'ancora e andatevene. E fate conto che vi abbia abbracciati uno per uno prima di partire, come fratelli.»

Elpenore mi guardò con un sorriso strano: «Torna presto. Non credo che andremo da nessuna parte senza di te. È troppo tempo ormai che stiamo insieme».

Anche io gli sorrisi e partii di buon passo. Attraversai prima una macchia fitta di arbusti poi una distesa di sabbia, accumulata dal vento che spirava fra due alti scogli. Entrai quindi in un bosco di grandi querce secolari avanzando guardingo. Il bosco era stranamente silenzioso, le foglie immobili sugli alberi, non il canto di un uccello, né un fruscio d'ali, e nemmeno il frinire delle cicale turbava quel silenzio sempre più profondo.

A un tratto avvertii una sensazione che conoscevo bene: una sorta di tremito sotto la pelle, un freddo improvviso al cuore e la certezza di una presenza attorno a me. Poco dopo una voce mi fece sobbalzare. La mano corse alla spada.

«Lascia, quella non ti serve.»

Un giovane bellissimo, con il sole nei capelli, stava seduto su un masso a pochi passi da me e teneva in mano un fiore.

«Vivi su questa isola? È tua la casa con il focolare acceso?» gli domandai.

«Non proprio. Ci vengo di quando in quando. È un posto tranquillo, di qua non passa mai nessuno, ma i pochi che passano poi non vanno più via.»

«Voglio sapere dove sono i miei uomini che ho mandato ieri a cercare quella casa e non hanno fatto più ritorno. Tu non ne sai nulla?»

Sorrise, pur senza rispondere.

«Chi sei? Puoi dirmi almeno il tuo nome?»

«Meglio di no. Ma posso fare qualcosa per te.»

Indicò una pianta poco distante, non grande, con foglie dure, coriacee. Mi disse di strapparla e mangiarne la radice prima di arrivare alla casa con il focolare acceso perché mi avrebbe protetto.

Io non capii cosa intendesse, ma ugualmente presi la pianta. Dopodiché, m'incamminai di nuovo.

La voce del ragazzo risuonò alle mie spalle: «Non separarti mai dalla tua spada».

«Certamente no» risposi voltandomi. Non vidi nessuno.

Tagliai la radice in pezzi e la mangiai. Aveva un sapore come di mandorle amare e un succo acidulo. Ripresi il mio cammino seguendo il pennacchio di fumo che s'intravedeva oltre le chiome degli alberi percorrendo un buon tratto. Pensavo di avere ormai quasi attraversato l'isola da una parte all'altra. Trovai la radura e, all'improvviso, sentii il ruggito lontano e soffocato di un leone. Un leone... Sguainai la spada. Ma altre voci, soffi, grida e ringhi e sibili mi giunsero all'orecchio come se l'isola fosse popolata da una quantità di animali selvaggi, di uccelli da preda, di rettili enormi. Sentii ancora i brividi correre sotto la pelle e il cuore raggelarsi nel petto.

Non mi fermai, e attraversato un altro tratto di foresta, mi trovai di fronte la casa con il fumo che usciva dal tetto. Il sole declinava incendiando il mare. I versi degli animali venivano da grandi gabbie di canne robuste o di barre di bronzo. Vidi il leone che andava avanti e indietro incessantemente ruggendo, una lucertola enorme, grigioverde, dalla lunga lingua appuntita, un serpente mai visto prima, grosso come il collo di un uomo e tutto arrotolato su se stesso. Sentivo anche grugniti di maiali e il muggito sordo del toro selvaggio.

A un tratto sentii la voce di uno dei miei compagni nell'orecchio, come un soffio: «Odisseo, mio signore...».

«Dove sei?» domandai. «Fatti sentire, dove sei?»

Gli animali si fermarono, tacquero. Il serpente ritrasse la lingua inquieta e allungò la testa sul fondo della sua gabbia.

Alle mie spalle sentii una voce di donna: «Chi cerchi, straniero?».

Difficile credere a ciò che vedevo: aveva i capelli viola e gli occhi, a ogni movimento del capo, brillavano di luce diversa. Occhi di drago, di cerva tremante, di falco rapace...

Risposi: «Chi sei tu che parli la mia lingua?».

«Parliamo tutti la stessa lingua, non te ne sei accorto?»

«Cerco i miei compagni. Li hai visti?»

Ora mi era di fronte: «Compagni? No. Non ho visto nessuno. Ma vieni, c'è un giardino ombroso dentro la casa, il sole non brucia e potrai ritemprarti».

Si volse e io le andai dietro verso la casa. Entrammo.

Il giardino si aprì al centro, una fonte gorgogliava nel mezzo, sommessa. Piante s'inchinavano sull'acqua; fiori,

fiori, fiori dovunque, di ogni meraviglioso colore, profumo sublime fatto d'infiniti profumi.

«Qual è il tuo nome?» le domandai, mentre lei mi guardava come se vedesse una creatura che sfuggiva alla sua comprensione. Prese una verga e la batté sulla mia spalla.

E io compresi. Stava tentando di esercitare su di me un qualche incantesimo.

«Non accadrà nulla» dissi con voce ferma. Sguainai fulmineo la spada dal fianco e gliela puntai alla gola: «Dimmi cosa hai fatto ai miei compagni».

«Sono entrati nella mia casa, avidi, affamati, pronti a prendersi tutto. Ora stanno con i porci. Non hai sentito i loro grugniti?»

Spinsi la spada contro la gola bianchissima. Lei capì che non aveva scelta.

«Seguimi» disse, e si avviò verso l'uscita.

Giungemmo al recinto dei porci. Lì vidi i miei compagni, in mezzo al fango e allo sterco, grugnire e strusciarsi con gli altri animali.

«Liberali» ordinai, poi il tono della mia voce cambiò: «Ti prego».

Mi ascoltò, accostò la sua verga flessibile e li toccò uno per uno sul dorso. Quelli si alzarono uno dopo l'altro, e si resero conto di ciò che era successo, pieni di vergogna.

«Andate nel torrente e lavatevi. E poi tornate alla nave» intimai loro. «Dite che mi avete visto e che non c'è pericolo.»

La signora dell'isola si avvicinò e pronunciò parole suadenti: «Il mio nome è Circe e da sempre vivo in questo luogo distante da tutti gli altri luoghi, e tu chi sei? Qual è il tuo nome? Non ti conosco ma sapevo che saresti giunto fin qua e che il mio incantesimo nulla avrebbe potuto contro di te».

«Sono Odisseo, figlio di Laerte, e regno su Itaca. Tornando dalla guerra una grande tempesta ci ha spinti lontano dalla nostra rotta e ci ha trascinati in un mondo sconosciuto. La verga che hai nella mano non mi ha trasformato in un animale perché sono sempre stato un uomo, in qualunque ora del giorno e della notte, davanti ad altri uomini e davanti a donne, perché confido nella mia mente e nel mio pensiero che gli dei mi diedero versatile e complesso.»

«Tu hai il dono, Odisseo. Come me e come pochi altri.»

Pensai a Calcante. Anche lui mi aveva rivolto le stesse parole.

Verso sera giunsero i compagni che avevo inviato alla nave. Erano tornati assieme agli altri per verificare le mie condizioni, ma io li rassicurai. Lasciai il comando a Euriloco e dissi loro che il giorno seguente li avrei raggiunti.

Dopodiché, entrai nella casa di Circe.

All'interno sentii un suono venire dalle stanze superiori, un canto leggero come brezza mattutina. Salii le scale seguendo il richiamo di quella voce e mi trovai all'ingresso di una camera. Circe giaceva su un letto di porpora sostenuto da un albero che saliva dal giardino inferiore. Non c'era pavimento. I rami erano rivestiti di grandi foglie rosse e adorni di decine e decine di fiori candidi, carnosi, che spandevano il loro profumo in tutta la casa.

Scossi il capo perché non potevo credere a ciò che vedevo.

«Questo albero non esisteva quando sono entrato nel tuo giardino.»

«È vero. È cresciuto mentre tu parlavi con i tuoi compagni...»

Annuii: «Capisco... Nulla in questa isola è ciò che sembra. Nemmeno tu, immagino».

«Nemmeno io» rispose, «ma che importa?»

Non importava. Ero sfinito, l'animo stremato. Volevo

abbandonarmi fra le braccia di una donna e le sue braccia mi accolsero, mi persi nel colore oscuro del suo sguardo.

Quando mi svegliai Circe dormiva accanto a me. La guardai e mi sembrò una fanciulla che riposava serena. L'alba rischiarava appena l'orizzonte e andai a cercare i miei compagni.

«Hai visto, Euriloco? Non è successo nulla. Stiamo bene e ci troviamo in un luogo meraviglioso dove potremo riposare.»

Circe li accolse con sguardo limpido e li accettò tutti come ospiti. Il posto era fra i più belli e amabili che avessimo mai visitato e ogni giorno che passava somigliava sempre più a un luogo familiare, a una realtà tranquilla. E così il tempo trascorse senza quasi che ce ne accorgessimo.

Un giorno, sul finire dell'autunno, stavo disteso all'ombra di una palma quando lei si avvicinò e si sedette sulla sabbia accanto a me: «Il tempo è volato. Mi sembra ieri che sei arrivato».

«Niente è ciò che sembra in questa isola. Me lo hai detto tu, ricordi?»

«È così» rispose. «Ripartirai, non è vero?»

«Sì. Devo riportare i miei compagni alle loro case, come promisi partendo per Troia tanti anni fa.»

«Lo immaginavo e lo temevo. Io resterò qui sola a camminare per interminabili giornate lungo la spiaggia...»

«Ma perché questa dimora?» chiesi. «Perché questo interminabile soggiorno?»

Mi fissò con un'ombra di malinconia nello sguardo: «Ognuno ha la sua pena da scontare. Anche tu...».

«Anche io» risposi, «e non riesco a vederne la fine. Riuscirò a tornare? Potrò rivedere la mia terra e la mia famiglia e ricondurre i miei uomini alle loro?»

Circe mi sfiorò le labbra con le dita: «Vuoi davvero saperlo? Non è meglio ignorare ciò che ci attende?».

«No, preferisco sapere.»

«Tu vuoi conoscere un mistero che le Moire custodiscono, divinità tremende, spietate, e io non posso aiutarti. Solo un uomo sarebbe in grado, ma non è più tra i vivi.»

«Chi è?»

«Tiresia, il veggente. Lui potrebbe, ma è prigioniero nell'Ade implacabile e se tu vorrai consultarlo dovrai evocarne l'ombra dai morti.»

Le chiesi di insegnarmi, di spiegarmi come avrei potuto fare per convocare Tiresia al mio cospetto, e Circe, seppure riluttante, acconsentì.

Mi rivelò cosa avrei dovuto fare, e soprattutto *dove* mi sarei dovuto recare.

«Rammenta» disse però, «è cosa tremenda incontrare le ombre dei defunti.»

Poi non aggiunse altro. Era venuto il momento di separarci.

I compagni esultarono quando annunciai che avremmo ripreso il mare. La vita che avevano condotto fino a quel momento era stata di sollievo rispetto a quello che avevano visto e patito durante il nostro viaggio precedente, ma ormai era venuta loro a noia. Io pensavo invece a quando avrei comunicato loro la meta e a come avrebbero reagito alle mie parole. Si diedero a caricare la nave di buona lena, e in breve fummo pronti.

Erano felici, ma io guardavo la bella Circe, signora dell'isola strana e misteriosa che ci aveva nutriti per quasi un anno, la vedevo camminare, ombra silenziosa, lungo una bassa collina che sovrastava il porto.

Scomparve d'improvviso come dissolta nell'aria, e nello stesso luogo apparvero un ariete nero come la notte e accanto una pecora, essa pure di mantello nero. Compresi. Erano le vittime che mi aveva detto di immolare alla Signora delle tenebre alla bocca dell'Ade, quando avrei invocato Tiresia.

Mentre la nave lasciava la sponda dell'isola, da terra risuonò un grido: «Aspettate! Aspettatemi!».

Polite! Tale era stata la fretta dei compagni di ripartire che ci eravamo dimenticati di contarci. Polite si gettò in acqua e noi lo issammo a bordo.

«Elpenore» disse, «avete dimenticato anche lui. È morto.»

Lo afferrai per le spalle: «Che cosa stai dicendo? Dov'è Elpenore?».

«Là» gridò, «là dove c'è la casa. È morto, è morto! Dobbiamo tornare indietro a seppellirlo.»

Euriloco mi guardò aspettando un mio ordine. Io scossi il capo: non potevamo tornare, la corrente era troppo forte, e ci aveva già spinti lontano.

Polite abbassò lo sguardo rassegnato. Io però volevo sapere cos'era accaduto.

«Non so come sia successo e non so chi sia stato» aggiunse lui ancora ansante. «L'ho trovato che giaceva esanime con il collo spezzato...»

Gli dei o il fato ci stavano decimando uno alla volta. Ma noi non potevamo fare altro che proseguire il nostro viaggio.

«Gli ho chiuso gli occhi e niente altro» riprese Polite. «Ha diritto al rito funebre per poter entrare nelle case dell'Ade. Ti prego, torniamo indietro: era un mio amico.»

«Non possiamo» risposi.

Polite chinò il capo e nascose il viso fra le mani.

Proseguimmo sulla nostra rotta e solo allora rivelai ai miei compagni il luogo dove eravamo diretti, riferendo loro ciò che mi aveva spiegato Circe. Tutti furono presi dal terrore e piansero come se fossero condannati a morte, ma io cercai di infondere loro coraggio, giurai che li avrei ricondotti nel mondo dei vivi e li persuasi a seguirmi nell'impresa, la più ardua e la più straziante che io avessi mai compiuto.

Navigammo verso occidente per giorni e giorni, percorremmo tutto il mare e arrivammo infine alla corrente del fiume Oceano che circonda tutta la terra. Di là procedemmo ancora, sempre seguendo la costa e sempre avvicinandoci al regno delle tenebre.

Mi apparve infine una torre su uno scoglio circondato di punte aguzze, relitti smembrati giacevano fra le rocce: il paese dei Cimmeri, come mi aveva predetto Circe, guardiani del nulla, e la loro città, costruita con pietra nera su una montagna aspra. Passammo oltre lo scoglio e la torre minacciosa e di nuovo manovrammo fra rupi taglienti mentre il mare ribolliva in quelle strettoie, e finalmente, dopo molto penare, dalla testa d'albero uno dei miei segnalò la grande pietra bianca. Anch'essa mi era stata descritta da Circe.

Poi anche noi la vedemmo, alta, dirupata, precipite sul mare. Feci subito ammainare la vela e a remi ci avvicinammo alla costa. Alla fine toccammo terra, e io saltai sulla riva. Avevo il mantello e la spada e nient'altro, dalla nave trassi le vittime da immolare alle divinità dell'Ade. Camminai lungo un sentiero fangoso. Raggiunsi la sommità di un'altura e, prima di scendere, mi volsi a guardare la mia nave: solo l'albero vidi, che svettava sul silenzio. Anche il mare taceva, immobile. Davanti si apriva una valle scura, nuda, piatta, desolata. Infine, come dal nulla, apparvero sul sentiero impronte, centinaia, migliaia di impronte di bambini, di uomini, di donne, orme di un esercito infinito, sconfitto dalla morte. Avevo trovato la via e la seguii non so per quanto tempo, fin quando si aprì davanti a me una caverna enorme che scendeva nelle viscere della terra. Ero giunto alla meta.

Mi inginocchiai, scavai con la spada una fossa profonda un cubito e larga un cubito, afferrai l'ariete per le corna e lo sgozzai, e lo stesso feci con la pecora; lasciai colare il sangue nella fossa. Era arrivato il momento: invocai a lungo con un canto i morti. Ed essi vennero a me: madri, figli, vecchi e giovani. Mostravano una tristezza infinita, e io, nonostante mi fossi preparato per quell'incontro, mi sentii invadere da un terrore gelido.

Riconobbi un giovane, un segno violaceo gli attraversava la fronte. Elpenore! Era già arrivato alla dimora dei defunti, correndo più veloce di quanto avessimo fatto noi navigando via mare.

«Cosa è successo?» gli domandai. «Come hai incontrato una morte senza senso?»

«Qualunque morte alla mia età è senza senso» rispose, e chinò il capo cercando di nascondere la fronte come se si vergognasse. Aveva bevuto, raccontò. Era ubriaco ed era salito sul terrazzo della casa, dove si era addormentato d'un sonno pesante. Un compagno lo aveva chiamato svegliandolo d'improvviso, ma con la mente confusa, pensando di essersi sdraiato sul suolo aveva mosso un passo in avanti ed era caduto a capofitto, spezzandosi il collo. Mi supplicò di trovare i suoi resti e di metterli sulla pira e di seppellire le sue ceneri perché il suo spirito trovasse pace. Dopo che glielo promisi, Elpenore fuggì via gemendo.

Molti altri spettri si accalcavano attorno alla fossa ma io li tenevo lontani con la spada gridando: «Indietro! Indietro!». La lama ancora li spaventava benché non potessero morire due volte, perché ricordava loro il potere di togliere la vita.

E fu allora che vidi fra gli altri il sacro vate, il veggente tebano, Tiresia dagli occhi spenti.

«Rimuovi la tua spada dalla fossa» disse avvicinandosi, «e lascia che io beva se vuoi conoscere il tuo destino.»

Strappai la spada dal suolo e lui si chinò, bevve il sangue e le forze rifluirono nella sua vuota immagine per un poco. Disse: «Tu cerchi il dolce ritorno, Odisseo, un ritorno che il dio dell'abisso ti renderà duro, perché gli hai accecato il figlio e senza pietà lo hai umiliato. Tornerai, ma tardi e male, avendo perduti tutti i compagni, su nave straniera, e troverai la casa invasa da uomini arroganti che divorano le tue ricchezze e insidiano la tua sposa. E tutti li dovrai spegnere, con la forza o con l'inganno... E nemmeno allora potrai godere la sposa dolcissima e il figlio caro, ripartirai con un remo sulla spalla e andrai sul continente, tanto lontano da raggiungere luoghi e popoli che mai nessuno ha veduto. E quando un viandante ti chiederà cosa sia quel remo che porti sulla spalla, quello sarà il segnale. Conficcalo in terra, sacrifica al grande Poseidone un toro, un cinghiale e un ariete. Solo allora potrai tornare e regnare fra popoli felici, e te, esausto di serena vecchiezza, la morte ucciderà, dolce, venendo dal mare».

Lacrime scesero copiose dai miei occhi: avrei voluto urlare, gridare la mia rabbia contro il dio che mi puniva per essermi difeso, mi perseguitava per aver vendicato i miei compagni. Implorai il vate di darmi un vaticinio migliore e lui, mosso a compassione, pronunciò allora una seconda profezia.

Lasciato quel luogo buio, avrei raggiunto l'isola di Trinachia, dove avrei trovato la mandria dei buoi del Sole. «Se non li toccherai, pur patendo molta fame e sofferenze, giungerete al fine in patria. Se invece stenderete su di loro le mani, allora ti predico la rovina per la nave e i compagni, e se pure ti salverai, giungerai tardi e male nella tua terra. Altro non posso dirti.»

Si dileguò come nebbia e scomparve alla mia vista, ma non potevo tornare indietro alla nave e ai compagni: mi tratteneva una forza invincibile, sentivo una presenza che m'ispirava nel cuore pensieri e sentimenti lontani, quasi dimenticati.

«Madre!» gridai. «Madre, sei qui?» L'eco in quel mondo di dolore replicò all'infinito le mie parole.

Poi la vidi, l'avevo di fronte.

«Madre» dissi piangendo, «che cosa ti ha portato nella tenebra dell'Ade? Forse Artemide ti ha colpito con una delle sue frecce? Forse un morbo ti ha consumata lentamente?»

«No, figlio, non è stata Artemide e non mi ha consumata lentamente un morbo, ma solo il desiderio di te, figlio amatissimo, il desiderio struggente di rivederti mi ha tolto la vita.»

Chiesi di mio padre e di mio figlio, e mia madre tentò di rincuorarmi. Mio padre era ancora vivo, si era ritirato in campagna, in solitudine, afflitto per me. Di Telemaco, mio figlio, invece potevo andare orgoglioso, era cresciuto bene, era ormai un ragazzo, ed era amato e stimato tra il popolo.

«E la mia sposa?» domandai ancora.

«Ti è fedele, figlio, ma piange giorno e notte perché soffre molte umiliazioni nella casa, e tu non torni... non torni mai.»

Mi avvicinai per abbracciarla, ma non potevo, perché non si possono stringere i morti. Di loro restava solo la memoria. Mia madre mi sorrise con infinita tristezza. «Lascia, ti prego, questo luogo desolato, fuggi prima che puoi.» Queste furono le sue ultime parole, prima di dileguare nell'aura scura fra la moltitudine di spettri.

Io caddi in ginocchio e piansi. Il cuore mi si spezzava nel petto per il dolore. Ma ecco che i miei occhi videro altri spiriti e, fra le migliaia di miriadi, solo quelli che il mio cuore desiderava.

Mi apparve per primo Agamennone, il grande Atride, e seppi che era stata la sua sposa Clitennestra a tradirlo e a ordire la congiura contro di lui, affinché il suo amante Egisto potesse ucciderlo. Mi ricordai del sacrificio di Ifigenia, sua figlia, vittima innocente immolata perché la più grande armata di tutti i tempi potesse varcare il mare. Ma lui forse non la ricordava più, oppure ne aveva sepolto la memoria nelle profondità più oscure dell'animo.

Piangemmo, l'uno di fronte all'altro e fu allora che vidi ergersi di fronte a me d'improvviso l'ombra di Achille!

Così profonda era la tristezza nel suo sguardo, che volli parlare alla sua sconfinata malinconia, come se fossimo ancora nel bosco e ci seguissero sciolti i suoi cavalli meravigliosi.

«Achille, gloria di tutti noi, sono venuto per conoscere il mio destino. Non ho mai raggiunto la nostra patria, gli dei si fanno gioco di me, si divertono a infliggermi ogni sorta di sofferenze. Non angosciarti di essere morto. Quando moristi, ti alzammo una pira gigantesca. Un fuoco vi arde giorno e notte. E il navigante che passa sotto la costa dell'Asia, vedendo la fiamma inestinguibile brillare nel buio dice: "Quella è la tomba di Achille magnanimo, valoroso, che mise in fuga gli eserciti con la sola potenza del grido".

Io ho davanti a me solo sofferenza e disperazione, e quando verrà il mio momento il mio corpo giacerà dimenticato su qualche spiaggia deserta. Tu invece sarai sempre un dominatore, anche qui, sulle teste pallide dei morti.»

Achille rispose: «Non lodarmi la morte, Odisseo, perché preferirei essere il servitore a giornata di un uomo da nulla, povero, senza possedimenti, ma nel mondo luminoso, piuttosto che regnare sui morti. La vita è l'unico dono, l'unico tesoro, la sola, meravigliosa avventura. L'ho persa per un attimo di luce abbagliante, e passerò l'eternità a rimpiangerla».

Attorno a lui si assiepavano tanti altri spettri di guerrieri caduti, e io sentivo le loro mille voci confuse. Solo uno, gigantesco, maestoso, se ne stava in disparte, muto, e mi fissava con occhi di fuoco. Aiace! E tutto ricordai in un attimo.

Lo chiamai: «Aiace, neppure da morto hai scordato il

rancore per quelle armi maledette, che ingiustamente ti furono tolte e che io troppo tardi ti ho voluto restituire. La tua scomparsa, il modo così doloroso, furono una sofferenza immensa, per me, per tutti. T'imploro di credermi: avrei dato la vita perché tu potessi rivivere. Ora, ti prego, unisciti a noi, parliamo, consoliamoci l'un l'altro per le nostre disgrazie. Dimentica, ti supplico, il rancore».

Lo implorai ma lui non rispose. Mi volse le spalle e affondò nella nebbia.

5

TORNAI ALLA NAVE CAMMINANDO COME DENTRO UN SOGNO. O forse, come dentro il più terribile degli incubi.

Qualcuno dei miei uomini mi vide arrancare e gridò il mio nome, dopodiché i compagni mi issarono a bordo, e mi coprirono con un mantello, livido di freddo e tremante.

Quando li guardai, vidi nel loro volto il mio volto riflesso come in uno specchio di bronzo. C'era stupore, spavento, incredulità. Al mio ordine Perimede ed Euriloco si posero subito al timone e la mia nave uscì dal riparo degli scogli, guadagnò il mare aperto e prese ad avanzare veloce con la vela piena di vento.

Viaggiammo tutta la notte e poi il giorno seguente. Con il passare del tempo l'aria divenne via via mite e il sole e il calore scacciarono la morte dalle mie membra.

«Che cosa hai visto?» mi chiese Euriloco. «Hai davvero incontrato le ombre dei morti?»

«Ho visto quello che dovevo e ho incontrato le anime desolate dei nostri compagni caduti. Mia madre è morta.» E sentii scorrermi nuovamente le lacrime sulle guance.

«E ti è stato rivelato il nostro futuro? Torneremo in patria? Rivedremo le spose e i figli?»

Mi aveva appoggiato una mano sul braccio e lo stringeva forte.

«Sì, se mi obbedirete, qualunque cosa io vi ordini di fare. Se non mi obbedirete sarà la rovina per la nave e per tutti noi.»

Euriloco non mi fece altre domande, alzò gli occhi alle stelle. All'orsa che segna il settentrione e che avevamo alle spalle.

Navigammo per molti giorni verso oriente, finché un mattino Perimede mi avvertì che una corrente anomala ci stava trascinando in senso contrario al vento.

Era vero, e benché tutti gli uomini si fossero messi ai remi per contrastare quella corrente inusuale, ben presto ci trovammo senza controllo.

E di nuovo, come in un sortilegio, scorgemmo l'isola di Circe.

Come quando eravamo riapprodati all'isola del signore dei venti, anche ora il nostro percorso s'attorcigliava su se stesso.

Vidi Circe che stava sull'altura che dominava il porto e teneva le braccia stese verso di noi. Avrei potuto pensare che ci chiamasse. Saltai sulla riva e nello stesso istante lei mi volse le spalle e prese a camminare verso la sua casa.

La seguii, e una volta soli, mi gettò le braccia al collo stringendomi forte.

«Hai evocato le ombre dei morti come ti avevo detto? E hai incontrato lo spirito del profeta tebano?»

«L'ho fatto» risposi.

Si sciolse da me e mi guardò negli occhi: «Non credevo che ci saresti riuscito né che avresti fatto ritorno».

«E mi hai spinto a farlo ugualmente...»

«Pensavo che se c'era un solo uomo al mondo capace di compiere una simile impresa, quell'uomo eri tu. Non voglio sapere quello che ti ha detto Tiresia.»

«Allora perché hai trascinato la mia nave di nuovo qui nella tua isola?»

«Perché c'è un pensiero che ti assilla e non ti dà pace. E so che soltanto io posso aiutarti a scoprire il perché.»

Non mi aspettavo simili parole. La mia mente era confusa, a momenti credevo, anzi ero certo, di aver sognato tutto, di non essermi mai mosso dall'isola, o forse di non essermi mai mosso da Itaca.

«Preparati a fare un viaggio. Con me.»

«Un viaggio? Dove?»

«Lo vedrai...»

Si levò il vento, le chiome delle piante stormirono, poi il bosco, i prati, il torrente, tutto attorno a noi sparì. Eravamo sul campo di battaglia. Dietro le nostre spalle l'accampamento e le navi, davanti la città, le mura e le torri di Troia.

Ciò che mi mostrò Circe fu terribile. Perché mi mostrò me stesso.

Mi fece vedere ciò che una notte, prima della fine della guerra, avevo compiuto e poi avevo voluto dimenticare.

Così vidi me stesso entrare una seconda volta fra le mura di Troia, con una lunga fune nascosta all'interno dello scudo: io ero il guerriero che si era calato dentro il santuario e con l'aiuto di Diomede aveva rubato la statua di Atena, affinché Troia potesse essere vinta.

Ricordavo di essere entrato nel tempio, e di averlo trovato vuoto, ma solo ora sapevo di essere stato io a portare via l'effige della dea.

Mi volsi verso Circe e la luce metallica dei suoi occhi mi raggelò.

«Volevo tornare a casa» dissi a voce bassa.

«E loro volevano sopravvivere.»

«Vince il più forte. È la legge.»

«O il più astuto. Ora sai perché Atena non ti parla più.» Le sue parole mi trapassarono come un pugnale di ghiaccio. «Hai commesso un sacrilegio, contro di lei, profanando il suo simulacro.»

Scossi il capo incredulo. Una parte di me non voleva credere a ciò che l'altra mia parte stava affermando: «La notte del massacro ho visto con i miei occhi Diomede uscire dal santuario portando via qualcosa che teneva stretto al petto».

«E hai voluto credere da quel momento che fosse stato lui a profanare il santuario, ignorando ciò che ben sapevi.»

Un tuono scoppiò sopra le nostre teste e di nuovo eravamo nella casa sull'isola, io di fronte a lei nel cuore della notte ascoltando il silenzio.

«Ora sai. Non dimenticare più ciò che ti è stato rivelato. Domani riprenderai il tuo viaggio. Altre prove ti attendono. Ognuna di esse potrebbe distruggerti. Giungerai agli scogli delle sirene. Il loro canto è soave, dolcissimo, ma può darti la morte.»

«Non ho paura degli scogli. Sono reduce dalla bocca dell'Inferno.»

«Non sono gli scogli che possono distruggere un uomo come te.»

«Che cosa, allora?»

«La verità.»

Nel silenzio d'abisso che mi circondava, udii le strida di un grifone: il sole stava per sorgere. Circe riprese a parlare: «Poi la tua nave, l'ultima che ti resta, dovrà passare una strettoia: da un lato e dall'altro ti annuncio pericoli mortali. A te toccherà decidere quale scegliere. Qualunque scelta tu farai sarà causa di morte per i tuoi compagni».

Le lacrime che fino ad allora avevo trattenuto a stento sgorgarono dagli occhi. Quanto avrei ancora dovuto patire? Quanti dolori, quante angosce?

«Non ho altro da dirti. Questa è davvero l'ultima volta, figlio di Laerte. Dopo che avrai varcato la porta di questa casa io non ti vedrò mai più, ma resterai per sempre nei miei occhi e nel mio cuore.»

Mi guardò con infinita tenerezza Circe, la signora degli animali, l'incantatrice, bellissima fra le donne della terra e le dee del cielo. E pianse.

Ritrovai i compagni e vidi che avevano completato la sepoltura di Elpenore. Dieci volte gridammo il suo nome, poi partimmo senza attendere oltre. Mettemmo la prua a occidente e un vento teso e costante ci portava.

Navigammo con il tempo sereno e il sole caldo; le sartie cantavano nella forza del vento come corde di una cetra. Sarei potuto essere felice, se le parole di Circe e il pensiero di come avrei potuto sopportare la voce della verità, senza morirne, quando fossimo arrivati in prossimità degli scogli delle sirene, non mi avessero echeggiato nella mente.

E un mattino giungemmo in vista di un piccolo arcipelago fatto di poche isole. Erano di roccia nuda con qualche albero di pino verdissimo. Un canto lontano, sommesso ma dolcissimo, sembrava provenire dalle rupi che affondavano nel mare. Sirene! Nessun altro avrebbe potuto vivere in quelle rupi deserte in mezzo al mare. Il vento che ci aveva spinti in quel luogo senza mai interrompersi cadde d'un tratto, l'ansia m'invase il cuore.

Subito m'affrettai a preparare con la cera tappi da infilare nelle orecchie dei miei compagni, e concitato mi rivolsi a loro. «Ascoltate!» gridai. «Ci attende qui una prova molto difficile da superare, ma una delle ultime. Un oracolo mi ha messo in guardia: queste sono le isole delle sirene e le ossa e i corpi che vedete su quegli scogli sono dei naviganti che si sono fatti ingannare dal loro canto melodioso e non sono più tornati. Sono finiti contro le rocce, e non rivedranno più le loro case né le loro famiglie.»

Diedi loro ordini precisi, e i compagni obbedirono: lasciarono che chiudessi loro le orecchie con la cera, così che non udissero i canti, dopodiché mi legarono stretto all'albero. Se anche li avessi supplicati, sapevano di non dovermi liberare.

La nave continuava ad avanzare e Perimede, ai timoni, teneva saldamente la rotta. La melodia delle sirene si fece sentire ancora di più mentre la nave rallentava per una corrente contraria. Era un canto sottile, penetrante, dolcissimo dapprima, che poi si affinava in un tono intenso e struggente. A mano a mano che mi avvicinavo anche le voci che facevano coro si avvolgevano l'una all'altra come fili che formano una fune. Infine, divennero una voce sola. La voce della mia sposa! Penelope cantava, entro quel filo sonoro, una canzone d'infinita malinconia.

Non mi piegò, sapevo che era il mio cuore a cantare, non altri, il desiderio di riposare fra le braccia della mia regina dopo tanto soffrire, ma poi il canto si frantumò di nuovo ed erano altre le voci che accompagnavano quella di Penelope. Quella di Circe, quella di Elena, e altre due che solo in seguito avrei conosciuto. E amato.

Il canto era straziante ed evocava qualcosa di profondo e doloroso che mi attirava inesorabilmente.

Era il canto della mia avventura di uomo, di re, di sposo, di padre, di amico, di figlio, di nemico, di eroe, di codardo. Era il canto della mia vita passata, presente, futura. E ciò che compresi fu così doloroso che mi strappò grida acute dal cuore.

Io volevo morire.

Nulla mi risparmiarono quelle voci così belle, così suadenti. Conobbi in quel canto meraviglioso fino all'estremo limite tutta la maledizione contenuta nel mio nome.

Poi i compagni mi sciolsero.

"Qualunque scelta tu farai sarà causa di morte per i tuoi compagni." Queste furono le prime parole che si affacciarono alla mia mente non appena i miei uomini mi liberarono dalle funi. Una strettoia avrei dovuto attraversare, con pericolo mortale dall'una e dall'altra parte. Ma quale?

Il sole splendeva alto, il cielo era limpido, un gabbiano si era posato sulla cima dell'albero e il vento gli arruffava le piume. Quello che avevo passato non sembrava più nulla, i compagni si erano tolti la cera dalle orecchie e osservavano le onde azzurre e lucenti, il vento spingeva la nave verso meridione. Solo io sentivo un peso tremendo.

Navigammo per giorni e notti senza incontrare nulla e nessuno. Soltanto una volta, nel buio, vidi sorgere dal mare una montagna orlata in alto di una luce rossa, sinistra, una montagna che emetteva rombi profondi e che faceva lampeggiare bagliori di fuoco. Il mio mondo appariva sempre più lontano, il mio cuore era sempre più angosciato.

Un giorno, prima dell'alba, Euriloco lasciò il suo turno al timone a Euribàte, e mi si avvicinò: «Sei stato il solo fra noi a udire il canto delle sirene. È qualcosa che posso conoscere anche io?».

Non sapevo come spiegarmi. Gli parlai solo della contraddizione tra la melodia dolcissima che quei canti evocavano e le parole crudeli in essi contenute, parole che ti si insinuavano nel cuore e nella mente fino a farti desiderare la follia o la morte, per potervi sfuggire... Ma ci attendevano ancora prove terribili e io chiesi il suo aiuto: «Ascoltami. Se, quando verrà la prova ultima e definitiva, mi darai sostegno nel convincere i compagni a obbedirmi, forse ci salveremo e potremo finalmente puntare la prora verso casa seguendo sempre l'oriente, la nave obbedirà al timone e ai remi, le distanze si potranno misurare e si conteranno i giorni finché non troveremo la terra. La nostra terra».

Euriloco mi guardò muto e quasi contrariato. Forse pensava che fossi divenuto pazzo, forse nemmeno lui credeva più in me e quel pensiero mi feriva.

Subito dopo la voce di Sinon cadde su di noi dalla testa d'albero: «Vortice a dritta! Scogli a sinistra!».

"Ci siamo" pensai, quanto mi aveva predetto Circe si avverava inesorabile. Una decisione da prendere, due pericoli da affrontare.

«Dai ordine di tenere la prua al centro!» disse Euriloco.

«No» risposi, «se stiamo al centro entriamo nel braccio del vortice e la nave verrà inghiottita con tutti noi. Dobbiamo stare tutto a sinistra e rasentare gli scogli. È molto pericoloso ma se stiamo al centro sarà la fine per tutti.»

Gli uomini eseguirono la manovra, la nave cominciò a piegare a sinistra sotto la spinta dei remi e del timone, ma ora uno dei bracci della corrente ci spingeva verso gli scogli, e verso una grotta che emergeva dal mare con la sua volta incurvata. L'ingresso dell'antro era poco visibile perché nascosto da una cortina di nebbia e di spruzzi, ciononostante continuavamo a tenere la rotta perché il rombo del vortice alla nostra destra ci atterriva.

Eravamo avvolti in una nube fittissima, l'acqua era dappertutto, ci accecava. A un tratto sentii delle urla strazianti, enormi tentacoli sferzavano la tolda della nave e spezzavano i remi. Vidi i miei compagni urlanti divincolarsi sopra le nostre teste e sparire. Le loro grida, più forti del fragore dei flutti, le loro disperate invocazioni di aiuto furono inghiottite dalla bocca della caverna irta di guglie aguzze come denti di un mostro. Poi la corrente prevalse sul riflusso e ci trascinò ruggendo fuori dalla strettoia. Quando la fitta nebbia di spruzzi e di schiuma si fu dileguata, la nave rallentò la sua corsa e ci trovammo in mare aperto. La forza dei flutti si quietò a mano a mano che ci allontanavamo dall'angusto passaggio. Verso il tramonto ci fermammo in mezzo al nulla.

La voce di Euriloco mi richiamò dal mio stordimento: «Abbiamo perso sei uomini».

«Che cos'è stato?» domandai come svegliandomi da un incubo. Non riconoscevo la mia voce.

«Un mostro» rispose Euriloco, «con sette teste...»

Non dissi nulla, camminai lungo i fianchi della mia nave, affranto, a contare i posti vuoti. Tra questi, anche quello di Polite e di Sinon. Ma non volli mostrare abbattimento. Le mie lacrime erano confuse sul mio volto con le gocce salate del mare. Mi volsi verso gli altri, ansimanti, piegati dalla fatica, dal terrore, dal dolore.

«Uomini!» gridai. «Abbiamo superato una prova spaventosa, siamo sopravvissuti alla corrente invincibile, al gorgo vorace, al mostro massacratore! Abbiamo perduto sei valorosi compagni, rimarrà per sempre il loro ricordo nel nostro cuore, li piangeremo quando toccheremo terra. Ho dovuto fare una scelta che mi ha spezzato il cuore: ho dovuto scegliere fra la perdita di qualcuno di noi e la perdita di tutti e della nave. Il loro sacrificio ha consentito a noi di essere vivi! Solo questo vi chiedo ancora: obbeditemi, qualunque cosa io vi ordini o vi proibisca, obbeditemi e vi riporterò a casa! Ve lo giuro sulla testa di mio figlio che non ho mai più rivisto e su quanto di più caro e prezioso ho al mondo. E ora, alziamo la vela!»

Lanciai il triplice grido dei re di Itaca e la nave, spinta dal vento, si mosse, solida e veloce, arando con la prora i flutti azzurri del mare che non dorme mai.

Percorremmo navigando un lungo cerchio, perché ancora la corrente ci portava, ci allargammo verso meridione e poi volgemmo a occidente e di nuovo a settentrione, finché approdammo alla terra di Trinachia dove pascolano le mandrie di Elios, il Sole che tutto vede dall'alto.

Prendemmo terra in una bella insenatura dove si gettava una corrente di acqua limpida e dopo aver celebrato il rito funebre per i nostri compagni, consumammo la cena in comune. Tutto sembrava tranquillo.

La mattina dopo, però, una grande nube tempestosa oscurò il sole. Il vento aumentò la sua forza e dovemmo correre alla nave e spingerla dentro una grotta ormeggiandola al riparo. Compresi presto che quel vento che non dava tregua, era il segno letale dell'ultima prova. Un dio ci imprigionava su quella terra, impedendoci di riprendere il mare.

In capo a dieci giorni le nostre riserve di cibo terminarono. Verso sera e di mattina, quando il calore diminuiva, camminavamo lungo la riva del mare a caccia di pesci, di granchi e di gamberi, altri andavano verso l'interno per raccogliere radici, frutti, bacche e tuberi, ma sempre tornavano con un magro bottino. Con il passare del tempo i nostri corpi si asciugavano, i muscoli che avevano reso micidiali i nostri colpi in combattimento si assottigliavano, perdevano forma e potenza. Poi, una mattina, subito prima dell'alba, sentimmo un rumore di sonagli nel buio e apparve una mandria di vacche e tori giganteschi dalle lunghe corna ricurve. Ma non c'era un mandriano.

Ecco, la prova ultima! La mandria del Sole, intoccabile, fatale.

Altri la videro, alcuni si avvicinarono alle misteriose creature, affamati. Li fermai e svegliai anche quelli che ancora dormivano, e con la forza delle parole li trattenni: «Tutto si sta avverando, di ciò che Circe mi ha detto: abbiamo incontrato le sirene e la strettoia micidiale, il mostro e il gorgo profondo. Alle une e agli altri siamo sopravvissuti, pur con perdite dolorose. Ma non è soltanto Circe che mi ha messo in guardia: ci fu un'altra e più tremenda profezia. Il vate Tiresia, che io evocai dall'Ade, mi ha detto che se stenderemo le mani su questi animali sacri al dio che tutto vede dall'alto saranno sicure la morte per noi e la distruzione della nave».

Mi ascoltarono, i miei compagni, con volto attento ma con sguardo quasi attonito. Non riuscivo a capire che cosa provassero in quel momento, che cosa passasse nel loro cuore. Ma mi obbedirono. Non si avvicinarono alla mandria e sperai ardentemente che gli animali se ne andassero così come erano comparsi. E invece restarono.

Passarono così i giorni e le notti. Non c'erano più pesci nel mare, né bulbi nella terra, non c'era più acqua nel torrente e il cielo ardeva e splendeva come un catino di bronzo. Un giorno, ormai disperato, mi trascinai sulla vetta di un promontorio prospiciente il mare e gridai e implorai il dio di lasciarci partire. Non avevo più lacrime, non avevo più voce, non avevo più forze. Poi mi incamminai per tornare dai miei uomini e vidi ciò che mai avrei voluto vedere. I compagni avevano aggredito la mandria, avevano abbattuto due capi e, seduti attorno al fuoco, li stavano divorando. Si udivano nell'aria muggiti tremendi, assordanti.

Volsi intorno lo sguardo e vidi Euriloco trascinarsi ferito fra le pietre. Accorsi al suo fianco.

«È accaduto in un momento, non sono riuscito a fermarli. E alla fine... anche io ho ceduto. Perdonami, perdonami!» Singhiozzava.

Lo aiutai ad alzarsi, sanguinava dal volto e dal braccio destro. Si era battuto. Inutilmente.

I compagni proseguirono il loro banchetto per tutta la notte. A un certo momento anche Euriloco si alzò e si avvicinò a loro. Tentai di dissuaderlo, ma non ascoltò nessuna ragione. Io solo salii sulla nave.

Il mattino seguente mi svegliarono la brezza di mare e un brivido di freddo. Si era alzato il vento e la vela sbatteva schioccando contro l'albero. Anche i compagni si svegliarono, raccolsero i loro mantelli e salirono a bordo. La mandria era sparita. Mi passarono davanti uno dopo l'altro, muti, a testa bassa, e quando tutti furono seduti ai banchi di voga salii sulla prora e gridai a piena voce: «Perché? Perché?».

Poi non aprii più bocca per giorni e giorni. Euriloco pensava a governare la nave, a dare gli ordini e a disporre i turni. Tutto sembrava andare per il meglio: il vento era teso e continuo verso oriente, la navigazione procedeva, ma io sapevo che la fine era imminente, lo sentivo, risuonavano nelle mie orecchie le parole di Tiresia: "Ti predico la rovina per la nave e i compagni".

La tempesta arrivò dopo sei giorni: una nube scura e vasta come il mare giunse galoppando e nascose il sole, poi una folgore schiantò il cielo nero saettando sull'orizzonte come un immane dardo di fuoco. Un tuono deflagrò e il vento di bufera alzò onde enormi, rombanti, schiuma livida. La nave, investita con violenza sulla fiancata, sbandò fin quasi a capovolgersi, poi riprese a cavalcare i marosi precipitando nelle improvvise voragini e risalendo veloce ripide pareti d'acqua cupa. Lo scafo gemeva torcendosi da un'estremità all'altra come un cetaceo ferito. Mi precipitai al timone tenendomi al parapetto per dare man forte a Perimede.

Ma le forze oscure generate contro di noi erano invincibili.

Un'onda alta come una montagna si abbatté sulla fiancata sinistra, spazzò i banchi e investì l'albero, che crollò sulla testa di Antifo uccidendolo. Subito dopo un'altra onda tremenda spezzò il trave di chiglia, ghermì Perimede che urlava il mio nome e lo trascinò con sé nel cuore dell'uragano. Io non vedevo nulla né capivo dove mi trovassi, m'inabissavo e riemergevo senza sapere perché, finché compresi che ero aggrappato all'albero della mia nave. Avevo udito il suo ultimo grido mentre affondava spezzata in due: sì, perché le navi hanno un'anima e una voce, e quando affondano salutano con un ultimo gemito straziante il loro comandante, prima di morire.

6

NON RICORDO QUANTO TEMPO PASSAI IN BALIA DELLE ONDE E dell'uragano, quante volte la folgore accecante si abbatté sul mare. Ero avvolto da terrore e angoscia infinita, consapevole di aver perduto tutti i compagni, di aver visto la mia nave perfetta, schiantata, precipitare nelle profondità. Non c'era attorno a me che oscurità, gli occhi bruciati dal sale non distinguevano che masse d'acqua avventarsi l'una sull'altra con rumore di tuono. L'acqua era dovunque fuori e dentro di me, mi penetrava dalla bocca e dalle narici, mi mozzava il respiro e a ogni istante credevo di affogare e di raggiungere i miei compagni nel baratro del mare. D'un tratto, vidi emergere vicino a me il trave di chiglia della nave, e mi issai su quell'improvvisato rifugio aggrappandomi con tutta la mia forza, non volevo cedere, non volevo arrendermi alla forza nemica, spietata, del dio azzurro. Avrebbe dovuto emergere lui stesso dall'abisso per annientarmi.

Forse il dio udì la mia sfida perché presto mi accorsi che la corrente mi riportava verso la strettoia da cui eravamo dolorosamente scampati, e questa volta mi trascinava verso il gorgo. Sarebbe stata di certo la fine. Ancora poco e mi sarei schiantato.

Eppure, mentre stavo per chiudere gli occhi, vidi sporgere dal promontorio il ramo di un fico millenario, gigantesco, che si protendeva verso il gorgo. Un attimo prima di precipitare nell'abisso mi alzai in piedi sul trave di chiglia, e spiccai un balzo afferrandomi al ramo. Si spezzò. Mi aggrappai a quello più vicino, e da lì cercai di issarmi sul ramo più grosso ma le forze ormai mi mancavano. Mi lasciai cadere, nuotai con forza disperata fino ad aggrapparmi nuovamente al pezzo della mia nave che tanti pericoli aveva affrontato, mi issai a cavalcioni e, usando come remo il ramo spezzato del fico che era caduto con me, seguii la corrente che ora mi spingeva al largo.

Trascorsi giorni e notti portato dalla corrente e dal vento. Avevo freddo, fame, sete, ogni muscolo del mio corpo era dolorante e non riuscivo più a tenere gli occhi aperti. Questa volta sentii che era giunta l'ultima ora. Il dio azzurro mi aveva risparmiato solo per infliggermi una morte lenta e ancor più dolorosa. Mi lasciai andare.

Quando mi ridestai era scuro, pensai di essere nell'Ade ma le mie mani toccavano sabbia e ciottoli, le mie narici sentivano il profumo della terra.

Mi alzai a sedere e poi in piedi, a stento mi reggevo. Volsi le spalle al mare e vidi davanti a me piante rigogliose cariche di frutti maturi, frutti che non avevo visto mai in tutta la vita. Mangiai e bevvi nello stesso tempo, fino a saziarmi e dissetarmi. Poi crollai nuovamente.

Mi svegliarono i raggi del sole, i riflessi dell'acqua danzavano sulle chiome degli alberi sopra la mia testa. Dove mi trovavo?

Il mare ora lambiva i miei piedi con lunghe, calde carezze. Lo stesso mostro spaventoso dalle mille anime, ribollente di schiuma, spietato, che aveva spezzato la mia nave e si era preso tutti i miei compagni...

Gridai i loro nomi, li chiamai a gran voce: ne avevo portati seicento con me a Troia su dodici navi e nessuno di loro avrei ricondotto a casa se mai fossi tornato né avrei riportato il bottino da dividere tra le loro famiglie. Non avevo nulla da offrire alla loro memoria.

Quindi, con il coltello che ancora portavo assicurato alla cintola, mi costruii un rifugio per la notte. Il giorno dopo mi misi in viaggio. Sempre seguendo la costa, per non perdere mai di vista il mare, percorsi l'intero perimetro dell'isola, di tanto in tanto spingendomi all'interno. Mi nutrii di ciò che trovavo e dormii in ripari naturali. Non vidi mai sentieri che non fossero creati dal passaggio di animali, né villaggi, né abitazioni di alcun tipo. Non un'impronta di umano.

Tornato al punto di partenza mi prese un senso di sconforto che mai avevo provato.

Ero solo.

Per la prima volta nella mia vita ero completamente solo. Potevo contare solo su me stesso, sulle mie forze e sulla mia mente. Avrei dovuto costruirmi un'imbarcazione, o forse la fortuna, o il Fato o la mia dea avrebbero potuto spingere una nave fino all'isola dove mi trovavo e io avrei potuto chiedere di essere imbarcato. Non ne avevo mai incontrata una da quando avevo varcato il muro di nebbia, ma non sarei rimasto ad aspettare. In un modo o nell'altro avrei ripreso il mare.

Qualche tempo dopo, tornando al mio riparo, lo trovai quasi distrutto. Era già accaduto, senza che me lo potessi spiegare, ma questa volta in prossimità notai tracce di piedi sul terreno sabbioso. Quando alzai gli occhi, vidi una figura seduta su una pietra levigata dal mare. Era solo una sagoma dal nero contorno contro la luce del sole.

Mi avvicinai lentamente, tenendo la mano all'impugnatura del coltello.

Una donna. Di meravigliosa bellezza, capelli d'oro, occhi colore del mare. La copriva un velo trasparente e liquido come acqua, lucente come il sole.

«Perché distruggi il mio unico rifugio?» le chiesi.

«Non vuoi sapere chi sono?» Aveva voce di fanciulla, fresca e sonora.

«Nessuna donna mortale si troverebbe in un luogo come questo ai confini del mondo, sola in un paese selvaggio, perfetta come un fiore appena sbocciato.»

«Sai riconoscere una dea, dunque.» Sorrise. «Sono Calipso, la figlia di Atlante, e questa terra mi toccò in sorte come eredità di mio padre. E tu sei Odisseo, re di Itaca. La tua fama è giunta fino a questo luogo remoto.»

Scese dalla pietra nera, lucente, e venne verso di me. Le onde che andavano e venivano bagnavano l'orlo della sua veste. Mi prese per mano e mi condusse a una caverna in un piccolo promontorio che si spingeva verso il mare.

«È la mia casa» disse.

«È un inganno» risposi, «prima non c'era, ho percorso ogni angolo di questa isola e non l'ho mai vista.»

«C'è sempre stata. Sei tu che non l'hai vista.»

Avanzò per prima ed entrò, io la seguivo e vedevo meraviglie. C'era una luce strana che fluttuava dovunque, danzava sulle pareti e rendeva tutto incantevole. Da un lato c'era un piccolo lago così trasparente che si vedeva solo nel momento in cui si increspavano le acque al mio passaggio. Al centro, vicino al piccolo lago, si alzava dalla sabbia, simile a una mensa, un macigno squadrato di roccia. Sedili di vimini erano disposti tutto attorno.

«Vedo che ricevi ospiti» dissi.

«Mai. È solo per illudermi di non essere sola... sempre.»

Pensai a Circe. Che sorte toccava mai a queste persone perfette, incomprensibili, immortali?

«Ed è per questo che mi hai portato qui? Vuoi qualcuno che ti tenga compagnia mentre siedi a mensa?»

Lei non mi rispose, mi portò ancora più nel fondo della caverna, dove c'era il suo talamo, e lì mi baciò.

Da quel momento divenni con lei una cosa sola. Non so se fosse amore, o se fosse la solitudine a unirci. So soltanto che per me Calipso divenne tutto, divenne l'aria che respiravo, il sole che mi scaldava, la sabbia che mi scorreva tra le dita.

Eppure non avevo dimenticato Penelope e più volte, al sorgere della luna, il suo ricordo mi stringeva il cuore.

Calipso mi vedeva assorto, seduto su uno scoglio in mezzo al mare che avevo raggiunto a nuoto, e mi appariva all'improvviso, ma non poteva capire quei miei pensieri, non erano nella sua natura di dea il rimpianto e la nostalgia. Erano sentimenti che non conosceva.

«A cosa pensi?» mi chiedeva.

«Alla mia sposa. A mio figlio. Ai miei amici che ho perduto.»

«Dimenticali. A che servono questi ricordi?» mi rispondeva.

«A nulla. Per questo mi sono necessari, per questo sono così cari al mio cuore. Per te la vita non ha valore. Ne hai senza limiti. Nulla ti può segnare, niente può cambiarti. Io so che la mia finirà, presto o tardi, per questo ne amo ogni istante. Per questo voglio rivedere chi amo.»

Si allontanava allora, camminando sul sentiero d'argento che la luna disegnava sul mare.

Una notte, mentre dormiva, appoggiai l'orecchio sul suo petto per ascoltare la voce del suo cuore. Quando sollevai il capo vidi i suoi occhi aperti che mi guardavano.

«In che cosa sei diversa da me» dissi, «questo vorrei sapere.»

«Se ho un cuore come il tuo? Che cosa c'è nelle mie vene? Se potrei vivere ugualmente senza respirare o senza dormire? È questo ciò che voi mortali volete sapere di noi?»

Non risposi. Ero troppo confuso, triste, avvilito.

«Noi siamo molto simili. Abbiamo tutto quello che voi vorreste e non potete avere. Di più non posso dirti, non è lecito. Forse le sirene avrebbero potuto dirtelo se lo avessi chiesto, ma ti hanno rivelato invece altre cose, non è vero?»

Annuii. *Altre cose.*

«L'unico modo per capire è diventare uno di noi. Solo allora saprai. Io ho questo potere. Io posso darti l'immortalità, fermare il tuo tempo, ora. Pensaci. Io vorrei vivere con te sempre, sempre...»

Il tempo, l'immortalità. Ma il tempo, per me, aveva già cessato di avere senso. Non sapevo da quanto fossi lì. Mesi? Anni?

Poi, un mattino, udii venire dal mare un possente battito d'ali. Quando mi volsi verso Calipso, accanto a lei dentro la grotta, come apparso dal nulla c'era il giovane con il sole nei capelli.

Non entrai. Non volli turbare un incontro che per sua natura mi escludeva. Fu Calipso, poco dopo, che mi raggiunse in riva al mare. La sua ombra si distese sull'acqua accanto alla mia.

«Quante volte verrò qui a sedermi a guardare il mare, quante volte chiamerò il tuo nome, Odisseo!»

«Perché dici queste cose?»

«Un messaggero degli dei è venuto a trovarmi. Il grande padre Zeus mi ordina di lasciarti andare.»

Non capivo. In tutto quel tempo, così come mi ero costruito un rifugio, avrei potuto costruirmi una qualche imbarcazione e tentare di riprendere il mare. Nulla me lo aveva impedito...

«Non ci saresti mai riuscito senza che io volessi. Non l'hai capito?» disse Calipso. «Ora è venuto il tempo. Ho sperato tanto che gli dei dimenticassero quest'isola e me che l'abito. Certo qualcuno di loro ha interceduto per te.»

"La mia dea!" pensai nel cuore, ma non mi uscì parola.

«Sì, lei. Gelosa» rispose Calipso senza emettere alcun suono. E poi, facendo udire la sua voce: «Ma ora vieni con me, la marea è molto alta».

Dette queste parole, mi abbracciò e si sollevò in volo, tenendomi un braccio attorno alla vita. Salimmo insieme roteando come in una danza stupenda. Sempre più stretta, più rapida, più inebriante. Attraversammo il mare e volammo sopra l'isola. Poi mi lasciò cadere. Precipitavo, la forza dell'aria quasi mi strappava i capelli, poi Calipso riappariva a me vicina e risaliva con me. E ogni volta che precipitavo mi veniva meno il respiro, la forza del vento mi frustava la schiena fino a farmi male. Passammo fra le chiome degli alberi come il vento, fra i profumi della terra e quelli del cielo. Poi precipitammo un'ultima volta, mi aveva lasciato, non riuscivo più a toccarla.

Lei non avrebbe colpito la terra, nulla è impossibile a un dio.

Io sarei morto.

Mi risvegliai disteso accanto a lei.

«Ho sognato che volavamo nel cielo, sul fiume, sugli alberi, fra le stelle...»

«Volevo che tu capissi cosa significa essere immortale prima di navigare verso la morte.»

«Vuoi dire che gli dei mi lasciano partire per uccidermi sul mare?»

«Voglio dire solo che sei mortale e ogni giorno ti avvicina alla fine.»

«Quanto del mio tempo è trascorso qui nell'isola?» domandai.

«Sette anni.»

«Sette anni?»

Così, dunque, mi ero avvicinato alla morte. Senza saperlo, senza più contare i giorni, i mesi, gli anni. I doni degli dei, anche i più belli, sempre si pagano alla fine con le lacrime.

«Ora riposa. Ti attende un lungo viaggio.»

Calipso mi aiutò a trovare il legno adatto, e lunghe funi di palma perché potessi fabbricarmi un vascello, e io – ormai preda della smania d'andarmene –, lavorai alacremente per quattro giorni senza sosta. Al quinto l'opera mia era compiuta.

Venne il momento dell'addio.

Me la trovai di fronte, la dea splendente, mi guardava fissa negli occhi.

«Calipso divina... è amore quello che ho provato per te su quest'isola» le dissi. «Se fossi un uomo solo, resterei qui finché tu non ti stancassi di me. Non puoi capire quello che provo, ma io voglio tornare, devo rivedere la mia famiglia e la mia casa: a questo mi spinge il cuore.»

«Lo capisco invece. Finché sei rimasto con me, io ho vissuto il tuo tempo, ho amato i tuoi occhi, le tue menzogne perfino, e le tue storie meravigliose... Io vorrei seguirti, se fosse possibile, su questa zattera, ovunque ci portasse il vento.»

Credetti di veder brillare lacrime nei suoi occhi e liquide perle scendere lungo le guance perfette. So che non è possibile perché gli dei non piangono. Ma lei volle che io lo credessi.

Il vento soffiò favorevole e mi spinse lontano dall'isola, ma continuammo a guardarci, io dal mio legno, lei dalla spiaggia, finché il dorso del mare che non dorme mai ci separò per sempre, ci nascose alla vista.

Io lasciai che la corrente prendesse la mia zattera, lasciai che le onde mi portassero.

Navigavo ormai da diciassette giorni, quando mi parve di scorgere il profilo di una terra che sorgeva dalle onde. Un'isola o la parte più avanzata del continente? Il cuore prese a battermi forte. Forse le sventure erano ormai alle mie spalle? Erano finite le disgrazie? Non si era forse avverato il vaticinio di Tiresia? Tornavo tardi e male dopo aver perduto tutti i compagni: che altro poteva volere il mio implacabile nemico? Mi sbagliavo purtroppo: la sua ira non era ancora spenta.

Dapprima udii rumoreggiare un tuono lontano, una specie di brontolio sordo. Poi una nube nera prese ad avanzare da settentrione, sulla mia sinistra, quindi un colpo di vento improvviso. Il mare ingrossò, le onde si sollevarono sempre più alte, la folgore squarciò la nube nera che copriva tutto il cielo e poco dopo il tuono strepitò sul mio capo con spaventoso fragore: scese una cupa notte tutto attorno a me, mi sentii perduto. Gridai al cielo e al mare furioso: «Avanti! Massacrate Odisseo! Vi manca la forza? Avete il vento, i fulmini, i tuoni, i marosi! Avanti, cosa aspettate! Mi avete strappato tutto, strappatemi la vita, non mi resta altro!».

Mi udirono le forze titaniche: una raffica di vento arrivò urlando, volò da una cresta all'altra delle onde immani tagliando la schiuma, prese in pieno la vela e l'albero che reggevano la mia imbarcazione di fortuna, e io fui scaraventato in mare. Affondai nel vortice, che mi trascinò in un abisso di buio e di silenzio. Non riuscivo più a risalire, eppure una forza misteriosa a un tratto rianimò le mie membra, le mie braccia si mossero, sempre più forti e veloci contrastavano il gorgo, mi riportavano in superficie.

Sputai l'acqua, annaspai e mi ritrovai di nuovo nel fragore assordante del vento, del mare, nel cuore della tempesta. Trascinato in alto da un'onda gigantesca, vidi sotto di me quel che restava della mia zattera, e mi diedi a nuotare con tutte le forze fino a raggiungerla. Mi aggrappai all'unico parapetto rimasto, mi issai all'interno dove ancora quattro pali erano tenuti insieme dalle funi, e ripresi fiato. Respirai profondamente, lasciai che il cuore calmasse il suo battito furibondo.

Non so quanto tempo passò mentre il relitto della mia zattera, senza più timone né albero né vela, era trascinato via, non sapevo dove, sulle onde ribollenti. Poi accadde qualcosa che mi lasciò stupefatto al punto di farmi dimenticare il furore dell'uragano. Dall'acqua spuntò, come freccia scoccata dall'arco, una folaga nera con la gola bianca, che si appoggiò al parapetto. Nel becco aveva un drappo leggero di stoffa e una voce risuonò nel mio cuore: «Avvolgitela attorno e gettati in acqua».

La mia dea, finalmente! Mi avvicinai tenendomi al parapetto, e gridando «Sei tu! Sei tu!», tesi la mano verso il lembo di stoffa inzuppato. Come lo toccai, la folaga spiccò il volo e si tuffò in acqua. Capii che ciò che aveva inteso il mio cuore era la verità. La mia dea mi aveva indicato la via e anche dato l'aiuto per percorrerla. Mi lanciai in mare e nuotai a lungo sott'acqua. Volevo nascondermi, sparire. Il mio nemico doveva convincersi che la sua vendetta era compiuta. Riemergevo ogni tanto e di nuovo mi gettavo sotto. Così facendo, vidi che mi stavo avvicinando sempre più alla costa, ma quando fui abbastanza vicino, un'onda più forte delle altre mi scagliò contro le rocce. Mi aggrappai con tutta la forza, ma la risacca mi strappò dal mio appiglio e fui trascinato indietro con le mani che sanguinavano. Il sale marino sulla carne viva mi bruciò come il fuoco. Urlai dal dolore e subito ripresi la mia lotta interminabile contro il destino crudele. Presto si sarebbe fatto notte e forse mi sarei perso o peggio sarei annegato. Ma poi mi sovvenne che una folaga mi aveva portato una stoffa e me l'avvolsi attorno alle reni.

In quello stesso istante il cielo si aprì, squarci di nubi sfilacciate lasciarono passare i raggi del tramonto che illuminarono la costa, e vidi una spiaggia bassa e sabbiosa, con la foce di un fiume limpido, rilucente. Sentii la ghiaia sottile e appoggiai i piedi sul fondo, presi a camminare, dapprima lentamente, poi sempre più veloce finché non uscii dal mare e raggiunsi la terra. Caddi in ginocchio e piansi a dirotto, singhiozzai a lungo, scosso in ogni fibra del mio corpo.

Quando mi rialzai una voce mi risuonò nel cuore: «Restituisci quello che ti ho dato. Arretra fino alla battigia, togliti la fascia e gettala nell'acqua alle tue spalle!».

E così io feci, mi tolsi la fascia che avevo stretta intorno alle reni e, senza voltarmi, la gettai. Udii il richiamo di un uccello, poi più nulla.

Ero nudo, non avevo più navi, né guerrieri, né armatura. Eppure mi sentivo, dopo tanti anni, per la prima volta libero e quasi nato a nuova vita.

Avanzai fino al limitare di un bosco di querce, mi inoltrai fra gli alberi secolari camminando su uno spesso strato di foglie secche che frusciavano sotto i miei piedi, poi, quando le ginocchia non mi ressero più, mi sdraiai su quella terra sconosciuta e scura. In quel momento la luna sorgeva dal mare.

Pensai a Penelope.

7

MI SVEGLIÒ UN GRIDO ACUTO, IMPROVVISO, E BALZAI A SEDERE E poi in piedi. Subito dopo, il grido si ripeté, di tante voci in coro, fanciullesche, argentine. Mi feci avanti e vidi un gruppo di ragazze che giocavano a palla. Poco distante, appesi a una fune tirata fra due tronchi di ulivo selvatico, c'erano panni stesi ad asciugare. Più in là, due mule aggiogate a un carretto brucavano tranquille del finocchio di campo e della cicoria. Sullo sfondo, vedevo campi coltivati, vigneti e uliveti risplendenti nella luce abbagliante e limpida del mattino.

Poi le fanciulle si stancarono di correre e di gridare e si ritirarono all'ombra. Una tra tutte spiccava per bellezza e grazia, e dai suoi modi pensai subito dovesse essere una principessa. Proprio lei intonò una canzone e le altre la seguirono. Era una melodia meravigliosa, ma l'armonia del canto era come velata da una leggera malinconia. Dopo si misero a chiacchierare, a raccontarsi storie.

Parlavano una lingua simile alla mia e di fatto comprensibile, ma strana nella sonorità e nella cadenza quasi musicale. La più bella e luminosa tra tutte, a un tratto, raccontò che una ragazza le era apparsa in sogno e l'aveva esortata ad andare al fiume a lavare le vesti del re suo padre e dei fratelli. «Ma c'era in lei qualcosa di strano» aggiunse al termine del suo racconto. «Sentivo un brivido e la sensazione fortissima di una presenza reale.»

Mi balzò il cuore in petto all'udire quelle parole. Sapevo che cosa intendeva: io stesso l'avevo provato più volte. Era la mia dea, Atena, occhi azzurri, occhi verdi. Era stata lei a mandarmi incontro quelle fanciulle perché mi aiutassero!

Strappai una fronda di lauro per coprirmi l'inguine e mi feci avanti. Dovevo essere orribile: coperto di salsedine, di alghe, i capelli arruffati e incrostati, gli occhi rossi, le labbra spaccate, ma non mi reggevo in piedi, ero affamato e bisognoso di aiuto.

Uscii dal bosco per raggiungere le ragazze. Come avevo previsto appena esse mi videro gridarono e fuggirono atterrite.

Non tutte: lei sola, la più bella, la più splendente rimase ferma e impavida. Mi guardava, più incuriosita che turbata.

«Ti prego, o signora, sei tu una mortale o una delle dee che possiedono il cielo infinito? Solo ad Artemide potrei assomigliarti...» la implorai stando a distanza. «Non disprezzarmi per il mio aspetto. Sono stato in balia del mare e della tempesta, ho lottato, mi sono dibattuto tra i flutti, la mia imbarcazione è stata travolta, spezzata, e ieri notte il mare mi ha gettato su questa spiaggia. Ero un uomo potente un tempo, capo di molti guerrieri, molte navi mi seguivano. Non ho più niente.»

Le lacrime che mi scendevano dagli occhi mentre parlavo erano vere, calde e amare, le sentivo ai margini della bocca. Non riuscii a dire altro.

«Avvicinati» disse lei, «non temere. Ti farò lavare dalle mie ancelle. E indosserai questa.» Mi offrì una splendida veste, presa tra i panni stesi ad asciugare, e mi porse un vasetto d'olio per lavarmi.

«No. Mi laverò da solo» risposi rifiutando di farmi lavare dalle sue giovani ancelle. Quindi allungai la mano e presi la veste e l'olio.

Finito che ebbi le mie abluzioni, mi avvicinai di nuovo alla principessa. Un'espressione di stupore le si dipinse sul volto. Ora aveva di fronte un uomo, non più un relitto.

«Che terra è questa, chi l'abita?» le domandai. «Puoi indicarmi se c'è una città in modo che io la raggiunga e possa cercare aiuto se ci riesco?»

«Chi sei?» chiese lei di rimando. Il mio cambiamento l'aveva certamente colpita.

«Il mio nome è... Non credo che il mio nome ti direbbe nulla. Sono solo un naufrago che la mala sorte ha colpito duramente. Ti prego, fa' che io sappia dove mi trovo.»

Quel luogo era un'isola di nome Scheria, abitata dai Feaci che lei descrisse come i più abili e audaci navigatori del mondo. «La città è vicina» proseguì. «E vi regnano la forza di mio padre Alcinoo e la grazia di mia madre Arete. Io sono la loro figlia Nausicaa e ho cinque fratelli, due sposati. Ora ti condurremo a palazzo dove vedrai meraviglie. Appena sarai entrato gettati ai piedi di mia madre, non di mio padre. Se convinci lei, hai convinto anche lui e i dodici anziani del consiglio. Riconoscerà la veste che indossi. Dille la verità.»

Annuii e subito ci avviammo. Oltrepassammo su ponticelli di legno due torrenti ricchi di acqua, come quello che mi aveva accolto la sera prima alla sua foce. Poi cominciò ad apparire la città, adagiata attorno al porto, circondata di mura possenti. In posizione dominante c'era la rocca.

Nausicaa si volse verso di me: «Non seguirmi troppo da vicino, perché la gente chiacchiera. Diranno "chi è quel bello straniero che accompagna la principessa? Certo sarà il suo fidanzato. Lei è troppo superba per accettare un giovane della sua città"». Mi indicò un bosco non molto distante e mi disse di fermarmi lì, aspettando che lei arrivasse a palazzo. Sarebbe venuta ad accogliermi alla porta.

Così feci, poi dopo aver atteso presi a salire verso la cittadella. Quando fui abbastanza in alto vidi una cosa che fino a quel momento mi era rimasta nascosta: un monte si ergeva alle spalle della città e sulla cima c'era un macigno di enormi dimensioni, grande, sembrava, come la città stessa. Dal fianco, dove mi trovavo per salire alla rocca, si vedeva chiaramente che era in bilico, aderente al monte solo per una piccola parte della sua base. Nessuno, comunque, pareva preoccuparsene.

Arrivai alla cittadella e finalmente mi trovai di fronte il palazzo. Non avevo mai visto nulla di simile, nemmeno lontanamente. Una gradinata precedeva un colonnato imponente. I fusti delle colonne erano color avorio e i capitelli erano dipinti in rosso e oro. Alla base della gradinata c'erano due statue d'argento, mirabili a vedersi, d'incredibile fattura, quasi lo stesso dio Efesto le avesse modellate e fuse con la sua arte incomparabile. Restai incantato a guardarle: rappresentavano due molossi giganteschi, con occhi fiammeggianti. Mossi qualche passo per raggiungere il portale d'ingresso, ma non avevo ancora salito il primo gradino che i cani volsero uno dopo l'altro la testa verso di me, aprirono la bocca irta di zanne di avorio ed emisero un suono tremendo, una specie di latrato. Poi cominciarono a muovere le zampe e a dirigersi verso di me. Mi fermai atterrito a guardarli ma subito echeggiò una risata alle mie spalle: Nausicaa.

Mi volsi mentre scendeva la scalinata.

Dissi, ancora tremando: «Quelle statue sono meravigliose: mai ne ho viste prima di così grande bellezza».

Nausicaa sorrise: «Non sono statue, come hai potuto vedere. Sono automi».

Scossi il capo senza comprendere.

Nausicaa allora percosse un timpano che pendeva da

un pilastro e i cani chiusero le fauci e tornarono indietro ai loro posti di guardia. Quindi mi fece cenno che potevamo entrare, e mi condusse fino alla sala del trono al cospetto del re e della regina.

Come mi aveva detto di fare Nausicaa, mi gettai ai piedi di sua madre e implorai la sua benevolenza.

Mi accorsi che la regina guardava le mie mani, ferite, scorticate, e poi i miei abiti. Infine alzai gli occhi, e vidi che le mie parole l'avevano commossa. Mi fece cenno di alzarmi e indicò il consorte con lo sguardo. Mi volsi allora dalla sua parte: «Grande re, Alcinoo, ti prego di concedermi soccorso e accoglienza perché sono bisognoso di tutto».

Alcinoo fece un cenno con il capo. Tutti i suoi gesti erano lenti e misurati. Così immaginavo si muovessero sui loro scranni gli dei celesti, immortali, quando sedevano a consiglio.

«L'hai già ottenuta, perché ciò che piace alla mia sposa piace anche a me. E perché è nostro uso accogliere il misero e il derelitto.»

M'inchinai profondamente, baciai la mano del re e quella della regina, li ringraziai dal profondo del cuore e seguii Nausicaa, che mi avrebbe condotto a un alloggio a me destinato. Percorremmo un lungo corridoio sul quale si aprivano alte finestre, e io vidi nuovamente l'enorme masso che incombeva sulla città e sul porto.

«Ti piace la nostra isola?» domandò Nausicaa.

«Più di qualunque luogo abbia mai visto in vita mia... Ma c'è qualcosa che mi ha messo tristezza nel cuore.»

«Cosa?»

Stesi la mano a indicare il masso. «Dal basso sembra parte della montagna, ma da qui si vede che si regge quasi per miracolo in equilibrio su uno sperone roccioso. Basterebbe nulla a farlo precipitare.»

Gli occhi di Nausicaa, sempre sereni, si oscurarono di un'improvvisa tristezza. «Noi non ci pensiamo, ospite straniero. Quel masso potrebbe essere lì dall'inizio del mondo, perché dovrebbe cadere ora?»

«Perdonami» risposi. «Non avrei dovuto parlare. Ti ho rattristata per nulla.»

Nausicaa non disse altro. Quando giungemmo al mio alloggio mi aprì la porta e mi fece entrare. Il suo volto perfetto mi parve di nuovo sereno. «Noi Feaci discendiamo da Poseidone» disse. «Perché egli dovrebbe far tremare la nostra terra?»

Io lo sapevo il perché, ma non ebbi il coraggio di dirlo.

Restai così al palazzo del re Alcinoo. C'era veramente qualcosa di divino in quell'uomo e anche nella sua sposa Arete, donna di maestosa bellezza. Regnavano su un popolo alacre e, si sarebbe detto, felice in una terra lontana e benedetta dagli dei e dalla natura.

Nessuno mi chiese mai per quali traversie fossi passato per giungere naufrago alla loro isola, ridotto a un uomo che non aveva più nulla. Era evidente che fossi bisognoso, e come tale, come un ospite che necessita di aiuto, fui trattato.

Mai mi era capitato di essere accolto con tanta disinteressata benevolenza.

Passavo non poco tempo con Nausicaa perché preferiva mostrarmi affetto molto più che rispetto. Era ancora nell'età dei sogni e pensava al suo futuro e alle gioie dell'amore come a un giardino di frutti meravigliosi. Non feci nulla per impedirle di sognare, ma neppure incoraggiai l'ammirazione che aveva per me, un sentimento che stava per trasformarsi in qualcosa di diverso. Non volevo che il mio destino così amaro contaminasse anche il suo. Desideravo sempre più il ritorno, ma anche temevo che l'equilibrio misterioso che conteneva l'odio di Poseidone potesse rompersi improvvisamente. Per questo il mio nome non doveva risuonare nell'aria di Scheria.

Nausicaa mi raccontò la storia del suo popolo, mi intrattenne con il suo canto dolcissimo, e alla fine, dopo molti giorni, mi fece la domanda a cui non potevo dare risposta: «Chi sei?».

«Io sono... nessuno, solo un derelitto, un mendicante che non aveva di che coprirsi. Nemmeno il mare mi ha voluto...»

«Non ti fidi di me? Che cos'altro devo fare perché tu creda che provo per te un sentimento che riempie il cuore e a un tempo lo ferisce?»

Mi morsi il labbro, le parole erano tante ma non trovavano la via. Non volevo quel suo sentimento, non volevo l'amore di una fanciulla in fiore. Meritava un giovane buono e forte che l'amasse, non un uomo come me, maledetto dagli dei e prosciugato dalla guerra.

Lei, però, non cedette, e una sera, dopo che furono levate le mense, nuovamente chiese: «Chi sei?».

Ancora una volta restai muto, non dissi una parola e il mio silenzio si propagò alla sala, ai convitati, al re, alla regina e ai principi.

Alcinoo alla fine proferì parola: «Se l'ospite straniero non vuole rivelarsi avrà di certo il suo motivo. Forse ha sofferto mali indicibili e ancora non si fida degli uomini. Domani sarà grande festa nell'isola, ricorre la celebrazione del nostro antico viaggio, quando lasciammo la patria ancestrale per cercarne una nuova. I giovani disputeranno gare e ai migliori saranno dati premi bellissimi. Molti fra loro sicuramente vogliono attrarre l'attenzione della nostra figlia, che ancora non ha deciso da chi accettare i doni nuziali. Sono tutti molto nobili, giovani e valorosi, ma io vorrei che il nostro ospite fosse quell'uomo...».

Tutti i presenti si guardarono l'un l'altro, stupiti a quelle parole. Nausicaa arrossì. Di certo la cosa si sarebbe risaputa, la voce si sarebbe sparsa per la città e io sarei stato odiato. Ricordai le parole che mio nonno Autolico pronunciò quando venne a impormi il *nome che porto*: "Io sono arrivato qui covando nel cuore odio per molti, sia donne che uomini. Dunque Odisseo sia il nome del bambino".

«È un uomo che ha molto patito» proseguì il re, «sa cos'è il dolore e non può desiderare, per chi gli sta vicino, che giorni felici.»

Chinai il capo confuso. Non riuscii a parlare. Prima di congedarmi e di ritirarmi nella mia stanza volsi lo sguardo a Nausicaa e vidi i suoi occhi brillare di lacrime.

Quella notte mi fu difficile prendere sonno e più volte udii gli automi che vigilavano sulla reggia camminare avanti e indietro e aprire le fauci e latrare con suono di metallo percosso, contro oscure presenze che passavano nelle tenebre.

Il giorno seguente ci dirigemmo verso la grande arena allestita nella piazza, al centro della città aperta sul mare, e lì il re diede inizio ai giochi. Io presi posto tra gli spettatori accertandomi di non essere troppo vicino a Nausicaa, così da non dare alla gente il pretesto di parlare alle sue spalle.

A un certo momento il giovane che più si era distinto, che aveva vinto le gare più difficili, si avvicinò al punto dove io stavo seduto e si rivolse a me: «Ospite straniero!».

Finsi di non averlo udito nel mezzo del vociare e degli applausi, ma a quel grido gli altri fecero silenzio, cosicché non potei fingere di non aver udito il secondo appello. «Ospite straniero, corre voce che tu sia un grande guerriero che ha partecipato a grandi imprese. I Feaci hanno l'abitudine di accogliere e di apprezzare gli uomini valorosi: perché non ti unisci a noi e non gareggi nell'arena dei giochi?»

Tutti si volsero verso di me, il re e la regina restarono colpiti da quell'invito che pareva più una sfida, e Nausicaa non poté nascondere la sua preoccupazione. I giochi comprendevano anche il duello con le spade e in quegli scontri poteva accadere di tutto. Quel giovane aitante e fiero sembrava sapere bene quello che voleva, si sentiva sicuro di conseguirlo e si capiva anche a quale scopo.

Risposi: «Ti sono grato per l'invito, ma queste sono imprese per giovani. Io sono stanco e le mie membra non hanno più il vigore di un tempo. Il mio solo pensiero è di tornare a casa. Ti prego quindi di perdonarmi se non accetto».

Il ragazzo si rivolse allora ai sovrani e al pubblico. «Capisco. Forse ci siamo sbagliati! L'ospite millanta imprese che non ha mai compiuto. Io non credo che sia un guerriero né un combattente: forse è solo un mercante che vaga da un porto all'altro, di quelli che vivono d'inganni...»

Era troppo. Un ardore di fuoco mi salì dal petto. Il fuoco che mi aveva bruciato il cuore per tanti anni di selvaggi combattimenti nei campi di Ilio riavvampò e mi incendiò il volto. Non potevo sopportare di essere umiliato al cospetto delle persone che mi avevano accolto e onorato, e al cospetto di Nausicaa. Una collera cieca, incontenibile mi invase e gridai: «Sei un giovane stolto e senza riguardo per chi è più anziano di te e di te ha molta più esperienza della vita. Vediamo se hai più lingua o più cuore. Aspettami laggiù dove c'è il recinto per il duello con le spade!». Gettai il mantello e balzato dal mio scranno sul campo delle gare afferrai uno scudo e lo scaraventai oltre ogni limite.

Cambiò d'un tratto al mio giovane sfidante l'espressione del volto. Passai attraverso il campo del salto e giunsi infine a quello del giavellotto. Lì presi il primo che vidi e lo lanciai con tale forza che andò a conficcarsi a pochi passi dal mio avversario. Non rideva più, non parlava, e io potevo respirare la sua paura mentre mi avvicinavo, finché gli fui di fronte con una spada in mano. Cadde sull'arena un silenzio mortale.

Il giovane cercò di prendermi con la sorpresa e di vincermi con il vigore, ma molto più di lui, che forse si era battuto solo per gioco, ero esperto. Attaccava con foga, tuttavia i suoi colpi erano vibrati con gran dispendio di forze e poca precisione. Io rispondevo a un colpo su dieci ma sempre raggiungevo il bersaglio. All'ultimo assalto evitai il suo affondo e risposi inatteso con un gran colpo dall'alto. La sua mano già dolorante lasciò la presa, la spada gli cadde, io puntai la mia al suo collo pronto al colpo definitivo.

Il volto di una donna con gli occhi pieni di lacrime mi fermò. Il volto angosciato di un padre con i capelli bianchi mi fece lasciare la presa sull'elsa e abbassare la lama. Non potevo massacrare un figlio di quel popolo generoso e mite.

Mi portai al centro dell'arena e gridai: «Perché sappiate tutti che non ospitate un mercante, io sono Odisseo figlio di Laerte, re di Itaca, e la mia fama è alta come il cielo!».

Passò un brusio per tutto il palco sopra l'arena. Tutti si guardarono l'un l'altro in volto, parlando sottovoce.

Nausicaa nascose le lacrime nelle mani che le coprivano il volto.

Il re mi venne incontro: «Quel giovane ti ha insultato ed era tuo diritto passarlo con la spada, ma hai mostrato pietà per lui, i suoi genitori e il suo popolo. Ti siamo tutti grati per questo. Solo i grandi sono magnanimi».

All'udirlo mi si riempì il cuore di pace, e l'antica furia che mi aveva posseduto se ne andò.

Il re parlò ancora. Più volte, nel tempo che avevo trascorso al suo palazzo, il suo cantore aveva narrato della guerra di Troia e delle gesta dei valorosi guerrieri che vi avevano preso parte, e più volte io non avevo trattenuto il pianto, poiché troppo dure erano quelle memorie. Nulla avevo spiegato, ma ora Alcinoo capiva le mie lacrime.

«Le tue sofferenze sono finite» disse infine. «Ti darò una nave che ti riporti a casa e questa volta non ti accadrà nulla. Siamo discendenti di Poseidone e siamo in grado di navigare verso qualunque terra del mondo, fosse anche quella che da noi è la più distante.»

Cercai di ringraziarlo come mi dettava il cuore per tanta generosità, ma lui con un gesto si schermì.

«Da quanto manchi da casa?»

«Nel mio tempo» risposi, «venti anni.»

«Non esiste un altro tempo» disse il re.

8

I POCHI GIORNI CHE MI SEPARAVANO DALLA PARTENZA RIEMPIRONO il mio cuore di malinconia. Avrei dovuto essere sereno, e perfino felice. Finalmente tornavo a casa, guidato dai più grandi navigatori del mondo intero. Ma poi vedevo lo sguardo smarrito di Nausicaa e il cuore mi moriva in petto. Conoscevo quello sguardo: l'avevo visto negli occhi di Penelope ogni volta che mi accingevo a partire, quel contare ogni istante che ci separava dal distacco.

Ogni notte, dopo che le mense venivano levate, narravo le mie disavventure, le terre sconosciute, i compagni uccisi e mai dimenticati, i ricordi, gli spettri che tornavano a popolare i miei sonni e le mie notti di veglia. Fui incerto se narrare della maledizione che il ciclope aveva lanciato su di me invocando il padre suo Poseidone, ma il re e il suo popolo erano stati generosi con me e meritavano che io fossi sincero, così non tacqui di quelle parole tremende uscite dalla bocca del mostro cui avevo tolto per sempre la luce del sole.

Vidi il volto di Alcinoo rabbuiarsi. Molte cose i Feaci conoscevano dei ciclopi, perché un tempo abitavano la terra che confinava con il loro territorio e spesso da essi si dovevano difendere. Ma alla fine, piuttosto che combatterli come nemici, avevano preferito cercare una nuova terra e per questo erano rimasti cari al dio azzurro.

Un giorno, quando ormai avevo terminato la mia storia, Nausicaa mi portò a uno dei santuari della città e mi mostrò, nel penetrale più segreto del luogo sacro, una grande pittura che rappresentava il golfo, la città e il masso immane, incombente. Al centro della baia v'era una nave che prendeva il largo. Sotto c'erano segni dipinti, tutti dello stesso colore, segni che narravano qualcosa.

«Vuoi sapere che cosa dice?» mi domandò.

«Sì, lo voglio sapere» risposi.

«Dice che un giorno sarebbe giunto alle nostre spiagge un uomo e avrebbe chiesto il nostro aiuto per tornare alla sua terra. Un uomo inviso a Poseidone nostro dio e progenitore. Se i Feaci lo avessero trasportato fino alla sua destinazione, la loro nave, al ritorno, sarebbe stata trasformata in roccia all'ingresso del porto, bloccando l'accesso, e il macigno sarebbe crollato dal monte e avrebbe coperto la città con la sua mole smisurata distruggendo le case con i loro abitanti.»

Lacrime mi scesero dagli occhi. Dunque non avevo scampo. Ero io quell'uomo e qui mi aspettava da tempi immemorabili la maledizione e l'atroce dilemma: accettare il loro aiuto ed essere causa della loro distruzione o rinunciare per sempre a rivedere la mia famiglia e il mio popolo.

Il cuore rifiutava quella condanna spietata e forse Nausicaa ebbe pietà quando aggiunse: «C'è ancora l'ultima frase. Dice "se il dio lo vorrà, ma anche potrebbe non volerlo". Dunque non è detto».

«Tuo padre conosce questa profezia, non è vero?»

«Certamente.»

«E perché fa questo per me?»

«Tu non faresti forse la stessa cosa? Siamo un grande popolo con un grande cuore.»

«La farei, sì.»

«E allora puoi certamente capire la scelta dei valorosi Feaci, signori incontrastati del mare.»

Il mio sguardo intanto scorreva lungo il dipinto, in ogni punto, in ogni angolo, poi si fermò al centro: «Quella nave... non ha il timone».

«Lo avevi già visto al porto, no?»

«Pensavo fosse stato tolto.»

«No. Le nostre navi non hanno timone. Conoscono sempre la rotta. Ti chiederanno dov'è la tua terra e la nave saprà dove portarti.»

Restai stupefatto a quella risposta. Ma il mio cuore era triste al pensiero di esporre quel generoso popolo a un pericolo mortale.

No, non potevo accettare.

Domandai a Nausicaa di chiedere udienza al padre e alla madre.

Il re e la regina mi ricevettero nelle loro stanze quel giorno stesso e mi ascoltarono attentamente mentre li imploravo di lasciarmi partire solo, senza alcun aiuto da parte loro, così che il dio degli abissi non scatenasse il suo castigo, ma nulla di ciò che dissi li convinse a cambiare idea.

«Odisseo glorioso» rispose il re, «non sia mai che ti abbandoniamo dopo che hai tanto sofferto. Se gli dei vogliono colpirci troveranno altri modi. Ma quello che ho deciso sarà.»

«Tu hai fatto battere il cuore di Nausicaa nostra» proseguì la regina come se le loro voci fossero un'unica voce, «ma l'hai rispettata e le hai lasciato il futuro della sua vita di fanciulla. Questo per una madre è il più grande dei doni...»

«E dunque non sentirti in colpa» concluse il re, «nessuno ci obbliga a fare ciò che facciamo. E confido che Poseidone non scateni la sua ira contro di noi che siamo suoi discendenti. Parti sereno, Odisseo. Le tue sventure sono finite. I miei marinai ti porteranno a casa.»

Mi prese un'immensa commozione a quelle parole, e quasi non riuscivo a parlare. Risposi soltanto: «Voi sarete sempre nel mio cuore, grande re, e tu, regina luminosa».

«Ora vai» disse ancora la regina, «vai da Nausicaa. Non c'è più molto tempo che tu possa dedicarle.»

Seguii il suo consiglio e raggiunsi Nausicaa dove l'avevo lasciata, sul grande portico pensile della facciata. Mi accostai a lei appoggiando i gomiti sul parapetto.

«È venuto il momento dell'addio?» mi chiese.

Potevo immaginare il tumulto di pensieri che le attraversavano la mente.

«Sì.»

«Hai visto? La profezia non spaventa i Feaci.»

«Non volevo. Ho chiesto a tuo padre una barca che potessi governare da solo, ma non l'ho convinto. I tuoi genitori sono come i numi immortali quando siedono in trono, e quando parlano mostrano l'affetto e il calore di semplici uomini.»

«Belle parole. Pochi sanno parlare come te. Anche per dirmi addio hai preparato parole così belle! Parole che io possa ricordare quando giacerò nel mio letto a guardare d'inverno il mare che diventa grigio.»

Nausicaa tacque un istante, poi riprese a parlare.

«Ricordi cosa mi dicesti quel giorno che ti trovai?»

«Sì, certo, lo ricordo: "Ti prego, o signora, sei tu una mortale o una delle dee che possiedono il cielo infinito? Solo ad Artemide potrei assomigliarti"...» mi si spezzò la voce.

«Ti credetti, lo sai?»

«E facesti bene. Dicevo la verità. Davvero pensai che tu fossi una dea perché non eri fuggita come tutte le altre.»

«Forse avrei dovuto. Ora te ne vai e non ti vedrò mai più.»

«Questa è la sola verità, non voglio dirti parole di miele, sarebbero soltanto un male per te.»

«Tu sai cosa sarebbe un male per me? E sai anche cosa sarebbe un bene?»

Chinai il capo confuso. Dov'era la mia mente capace, dov'era Odisseo dai pensieri complessi?

«Te lo dirò io, Odisseo glorioso, figlio di Laerte, re di Itaca! Io ti ho raccolto, ti ho sfamato, lavato e vestito, ti ho accolto in casa mia, ho implorato i miei genitori di aiutarti.»

«È vero e sarai sempre nel mio cuore per questo, finché avrò vita.»

«Faresti una cosa per me?»

Il sole scendeva in quel momento dentro il mare purpureo e il canto degli uccelli si spegneva piano tra le fronde dei cipressi e dei mirti.

«Qualunque cosa.»

«Allora dammi un bacio: il primo e l'ultimo, l'unico.»

Si avvicinò e mi cinse il collo con le braccia. La baciai.

«Vi sono momenti che possono valere come una vita intera» disse. «Questo vale come tutto quello che ho fatto per te. Addio.»

Era l'ora in cui si accendono le lampade, l'ultimo bagliore di fuoco si era spento sul mare.

Il momento della partenza arrivò veloce.

Non vidi più Nausicaa, e così mi limitai a salutare il re e la regina esprimendo loro ancora una volta la mia infinita gratitudine. Dopodiché, otto guerrieri in splendenti armature mi scortarono dal palazzo fino al porto. Salii a bordo della nave preparata per me, incontrai il comandante e osservai i cinquantadue rematori che sedettero agli scalmi. La luna era una falce sottile.

Sciogliemmo gli ormeggi e i remi s'immersero in acqua, la vela si gonfiò e la nave solcò maestosa le acque tranquille del porto, fino all'uscita, lasciando dietro di sé un sentiero di spuma.

In breve lo scafo acquistò velocità e i rematori ritirarono i remi entro bordo.

«Che rotta teniamo?» chiesi al comandante.

«Alcinoo nostro re ci ha detto dove si trova la tua isola. Sarà la nave a scegliere la direzione.»

Non replicai a quella frase incomprensibile: se avesse voluto mi avrebbe spiegato lui che cosa significava, ma non potei fare a meno di domandarmi se quello fosse davvero l'ultimo tratto di mare che avrei percorso prima di arrivare a casa.

«Cerca di riposare ora» continuò il comandante. «Il viaggio sarà lungo. Molto lungo.» Mi fissò con occhi chiari e penetranti e sorrise.

Mi avevano preparato un giaciglio bello e comodo, e improvvisamente avvertii stanchezza. Volevo tenere gli occhi aperti per vedere se mai avessimo attraversato il muro di nebbia che avevo varcato la prima volta dopo la tempesta del capo Malea. Mi aveva allontanato dal ritorno per tanti anni. Ma le ciglia si fecero pesanti, il rumore della vela nel vento e il fruscio del mare che non dorme mai mi conciliarono il sonno.

Mi svegliò un raggio di sole e passai la mano sul vello morbido: ero sempre sul mio giaciglio. Poi però udii un rumore di campanelli come quelli che si mettono a capre e pecore per ritrovarle quando si perdono. Possibile che fossimo già arrivati?

Mi alzai di scatto e mi trovai steso sulla ghiaia in riva al mare sotto i rami di un ulivo. Quanto tempo era passato? Una notte, non di più: ma allora mi avevano abbandonato sulla prima terra che avevano incontrato? Perché? Non riuscivo a capire, mi guardavo intorno e non mi rendevo conto di dove fossi. L'angoscia mi prese: in quale paese mi trovavo? La maledizione dunque non sarebbe cessata mai?

I campanelli risuonarono ancora e da dietro una collinetta sbucò un gregge di capre condotto da un pastorello. Almeno questa volta avevo un aspetto che potesse ispirare fiducia e mi avvicinai. «Salve ragazzo» dissi, «sai dirmi dove siamo?»

«Vuoi dire che non lo sai?» rispose quello. «Tutti conoscono ormai questa isoletta. La conoscono perfino in Asia, che è ben lontana. È Itaca!»

Itaca... Itaca! Avrei voluto inginocchiarmi e baciarla la mia terra. Ero tornato! Ero a casa! Come avevo potuto non riconoscere il profumo? Era la mia terra tanto invocata e desiderata nelle ore amare, disperate... E non potevo dire nulla, non potevo gridare, né piangere né danzare. Nulla doveva trasparire della mia vera identità. A questo mi aveva esortato l'ombra di Agamennone – tradito dalla sua stessa moglie – quando l'avevo evocata dall'Ade: "Non ti fidare di nessuno, nemmeno della tua sposa, di' una cosa e pensane un'altra". Ma sentivo al tempo stesso uno strano disagio, come un refolo di vento freddo che s'insinuasse fra la veste e la pelle.

Il pastorello sorrise: «Ma se non sai niente di questa isola così famosa, da dove vieni? Chi sei?».

Inventai lì per lì un cumulo di frottole che propinai al ragazzo. E stavo ancora abborracciando un improbabile racconto, quando questi sorrise nuovamente.

«Incorreggibile bugiardo! Non ti stanchi mai di raccontare fandonie? E quante ne inventi... trarresti in inganno anche un dio, tanto sei scaltro. Ma non mi riconosci?»

Atena!

«Ma dov'eri andata? Mi hai abbandonato. Ho sofferto tanto: perché non mi sei mai venuta in soccorso? Che cosa ti ho fatto che mi hai lasciato solo?» La rimproveravo come un amante tradito. Come osavo?

Lei mi rispose con lo stesso tono: «Solo? Eri tu che non mi vedevi più, non ascoltavi la mia voce. Chi credi che abbia mandato il giovane con il sole nei capelli nell'isola di Circe e in quella di Calipso? E chi pensi che fosse la folaga che usciva dall'abisso del mare per guidarti?».

«E perché eri così difficile da riconoscere?»

«Perché eri quasi sempre in mare o su isole circondate dal mare e lì Poseidone, il fratello di mio padre, è potentissimo, ha una forza smisurata. Non volevo farmi vedere né sentire da lui. Chi sarebbe rimasto ad aiutarti se mi avesse scoperto?»

«Ma anche qui siamo in mezzo al mare e mai come ora mi sei apparsa, mai mi hai parlato così chiaro come adesso.»

«Qui è diverso» disse ancora folgorandomi con lo sguardo verde. «Qui siamo dietro il muro di nebbia. Qui tutto torna come era prima che ti portasse via la tempesta. E non è detto che sia meglio.»

«Perché?»

Stavo parlando con la mia dea, dopo tanto tempo, come avrei potuto parlare con un'amica e non riuscivo a crederlo: forse ero ancora addormentato e stavo sognando? Ma lei proseguì: «Non puoi andare a casa, così. La tua casa è occupata da giovani arroganti che ti divorano le sostanze, e sono in tanti e bene armati. Vogliono costringere Penelope, che ancora ti è fedele, a sposare uno di loro e tramano per uccidere tuo figlio». Trasalii. «Stai tranquillo, il tuo ragazzo lo proteggo io. Ma ora tu devi camuffarti...»

Mi ritrovai in un istante coperto di stracci come un mendicante, e l'istante dopo sentii la mia pelle e la mia carne che invecchiavano.

«Ecco» disse la mia dea soddisfatta, «così va meglio. Lascia questo posto. Sali per quel sentiero lassù e raggiungi la capanna di Eumeo, il tuo servo. Lui ti aspetta ancora, si ricorda di te. Ti è fedele. Addio.»

Sparì.

Mi aveva lasciato anche un bastone.

Mi mossi, e quando fui salito abbastanza mi volsi a contemplare la mia patria. Di lassù potevo vedere dove ero sbarcato: nel porto segreto chiuso fra due alti promontori. Quanti ricordi mi tornavano ora alla mente! Ripresi a salire appoggiandomi con il bastone e quando giunsi quasi alla sommità del monte mi volsi di nuovo e mi parve di vedere all'orizzonte, piccolissima, una vela bianca. Era la nave che mi aveva riportato a casa? No, non poteva essere lei: a quell'ora del giorno avrebbe dovuto trovarsi ben più lontana, invisibile.

M'interrogai sul prodigio che mi aveva condotto così in fretta dall'isola di Nausicaa alla mia isola, ma subito rinunciai a cercare risposte, e soltanto benedissi quell'evento magico.

Ormai ero a poca distanza dalla casa di Eumeo. Mi avrebbe riconosciuto? No, così come ero ridotto, nemmeno mia madre e la mia nutrice mi avrebbero riconosciuto. E infatti, dopo avermi salvato da due cani furiosi che facevano la guardia, mi disse solo: «Vieni dentro, vecchio. Di dove sei? Non ti ho mai visto».

Io inventai un'altra storia.

«Vengo dal continente. Avevo sentito dire che ci sono molti principi a palazzo e banchettano ogni giorno. Speravo di poter racimolare qualche elemosina.»

«Ti auguro buona fortuna, quelli non sono lì per dare ma per prendere. Hanno trasformato la casa del mio padrone in un porcile...»

«Ma perché il tuo padrone sopporta una cosa simile? Perché non li caccia da casa sua?» chiesi mentre entravamo nel recinto.

«Perché non c'è. È morto.»

«È morto? L'hai visto morire tu stesso? E come è accaduto?»

Mi sembrò che gli tremasse la voce: «No, purtroppo. Partì tanti anni fa per la guerra e non è mai tornato».

«Gli volevi bene?»

«Io? Avrei dato la vita per lui.»

Aveva gli occhi lucidi, il mio buon Eumeo...

Mi invitò a mangiare con lui e quando avemmo finito ci versammo ancora del vino e riprendemmo a parlare.

«Ma chi era il tuo padrone?» domandai. «E quella maledetta guerra di cui prima parlavi?»

«Lo sanno tutti da queste parti» rispose Eumeo, «è la guerra che Agamennone di Micene e Menelao di Sparta hanno scatenato contro Troia a causa di Elena. Il mio padrone si era appena sposato, aveva un figlio piccolo e non voleva partire, ma fu costretto. Si chiamava Odisseo.»

«Perché dici "si chiamava"? Non potrebbe essere ancora vivo?» insistetti.

Eumeo allora mi si avvicinò e mi fissò dritto negli occhi: «Ascoltami bene, vecchio. Il mio padrone è morto. Hai capito bene? Morto! E se non lo è, è come se lo fosse. Sono passati vent'anni. Troppi. Che non ti venga in mente di andare dalla regina a palazzo a raccontarle frottole nella speranza di buscarti qualcosa da mangiare o per coprirti». Poi, con gli occhi ancora lucidi aggiunse con voce stanca: «Il mio padrone è morto... morto. Io gli volevo bene più che ai miei stessi genitori...».

A quel punto non potei più tacere. La sua fedeltà disperata meritava una consolazione: «Ora ascoltami tu» gli dissi senza sottrarmi al suo sguardo. «Odisseo tornerà. E anche presto, io lo so. Tornerà entro questa luna. Alla fine del mese o all'inizio del mese successivo.»

Eumeo mi guardò ancora più sospettoso e quando gli proposi di scommettere una tunica e un mantello nuovi nel caso io stessi dicendo la verità, scosse la testa.

«Con me non funziona, vecchio. Lascia perdere questi giochetti. Quel mantello e quella tunica non te li guadagnerai mai. E poi ho altri guai per la testa. Suo figlio Telemaco, un ragazzo meraviglioso, generoso e buono come suo padre, è partito alla sua ricerca. A quest'ora dovrebbe essere arrivato al Pilo, dal re Nestore.»

Io deglutii cercando di ricacciare indietro il magone. Mio figlio sperava fossi ancora vivo e mi cercava.

«Il re Nestore è famoso per essere un sovrano giusto e generoso» riuscii a dire. «Il ragazzo sarà trattato benissimo, io credo.»

«Non è di lui che mi preoccupo ma dei principi che occupano la casa. Gli vogliono tendere un agguato nel canale quando tornerà, per ucciderlo e così spegnere con lui l'ultimo erede del casato che regna su Itaca e le altre isole. Sua madre è disperata. Ma lasciamo perdere queste cose tristi...» concluse cambiando discorso. «Dimmi di te, da dove vieni?»

Eumeo mi versò un altro bicchiere di vino. Fuori il vento soffiava forte. Aveva voglia di ascoltare una bella storia il mio vecchio servo fedele, una storia lunga e piena di avventure, e io l'accontentai. Cucii insieme quelle che avevo già vissuto e quando ebbi finito la mia narrazione era commosso.

Mi offrì di restare nella sua capanna e io gli chiesi un mantello per coprirmi. Poi cinse una spada e prese in mano una lancia, e mi lasciò solo. Aveva le sue bestie da custodire e proteggere dai ladri.

Il vento infuriava e aveva cominciato a piovere. Restò, nel silenzio della capanna, il crepitare del fuoco che si andava spegnendo e il rumore della pioggia sul tetto.

Poi, nel mezzo della notte, un flauto da pastore alzò la sua melodia solitaria. La mia dea mi faceva udire la sua voce.

9

IL GIORNO DOPO, ALL'ALBA, EUMEO RIENTRÒ INFREDDOLITO NELLA capanna mentre nell'aria risuonò ancora la nota dello zufolo. Nuovamente Atena voleva farmi sentire la sua presenza, e forse rassicurarmi sulla sorte di mio figlio.

«Com'è?» domandai a Eumeo.

«Chi?»

«Il principe Telemaco, com'è? Voglio dire di aspetto, di carattere.»

Eumeo mi guardò negli occhi come cercasse di capire quali pensieri mi passassero nel cuore.

«È un ragazzo splendido, dovresti vederlo. Di cuore è generoso. È coraggioso come suo padre, e di carattere irascibile come sua madre. Ma basta poco per calmarlo, un sorriso, uno scherzo.»

«Suo padre ne sarebbe orgoglioso, quindi.»

«Lo puoi ben dire, più che orgoglioso. Quel figlio è un tesoro, e il suo cruccio più grande, oltre a quello che vede in casa, è di non aver conosciuto il padre. Gli manca molto, proprio adesso che deve affrontare questi arroganti che si sono installati nel palazzo. Vede sua madre piangere ma sa di non avere la forza per difenderla.»

Mi volsi ad attizzare il fuoco per nascondere il volto e la rabbia che mi montava nel petto.

«Mai come ora si è sentito solo» continuò Eumeo. «Io sono solo un guardiano di porci, e per quanto tempo il principe passi in mia compagnia, ci vorrebbe ben altro per lui. Suo nonno, il re Laerte, se n'è andato da tempo a vivere nel suo podere in campagna. Meglio così. Se fosse rimasto sarebbe corso il sangue nella sua casa.»

«Non ricorda proprio nulla di suo padre?»

«Era troppo piccolo quando il padrone partì per la guerra.»

Trascorsi così qualche giorno con lui, e ogni sera restavamo svegli fino a tardi a parlare e a bere del vino. Poi un giorno, all'alba, appena sveglio, gli dissi che non potevo più trattenermi, e che sarei andato a palazzo a vedere di rendermi utile.

«Sei pazzo, vecchio. I loro servitori ti prenderebbero a calci vedendoti coperto di stracci, e con addosso la puzza di maiale.»

«Io so soltanto che sono qui da giorni a mangiare il tuo pane e a bere il tuo vino senza aiutare» replicai. «Ma come porcaro non sono molto abile. Quanto al puzzo di maiale, mi fermerò alla fonte presso la roccia del corvo e mi darò una ripulita.»

Eumeo stava per rispondermi, quando improvvisamente mi fece cenno di tacere. Fuori i cani segnalavano l'arrivo di qualcuno.

Un istante dopo, si precipitò fuori dalla capanna per poi rientrare subito. E con lui c'era mio figlio!

Il cuore mi balzò in petto. Feci per alzarmi ma Telemaco disse: «Stai comodo, straniero, Eumeo adesso trova un altro sgabello». Non potevo credere che mio figlio mi stesse parlando. Mio figlio! Mi sentivo tremare come mai in tutta la vita. Trovai allora una scusa per assentarmi. Non sopportavo che Telemaco mi vedesse in quello stato e così uscii dalla porticina in fondo alla casa. Andai verso la rupe del corvo. Lì sgorgava un ruscello dove si abbeveravano le greggi. Mi lavai il corpo e i capelli.

Poi, mentre stavo per tornare indietro, vidi, appoggiati al ramo di un ulivo, una tunica bianca, lunga e un mantello bellissimi. Di chi erano mai? Li indossai e feci per incamminarmi verso la casa di Eumeo.

Mentre tornavo sui miei passi, però, intravidi fra i tronchi degli ulivi centenari il pastorello che conduceva al pascolo le sue caprette. Capii allora che la mia dea mi aveva restituito l'aspetto e il vigore degni di un re per presentarmi dopo vent'anni a mio figlio. Rientrai dalla porta principale, ed Eumeo, al vedermi, restò come di pietra, mi osservava senza dire una parola, non riusciva a capire o, forse, capiva molto bene. Ma io guardavo il mio ragazzo, lo guardavo per riempirmi il cuore e gli occhi della sua immagine.

«Chi sei straniero?» mi chiese. Anche lui appariva molto meravigliato del mio aspetto.

Mi feci coraggio, mi avvicinai a lui e cercai di rispondere a quella domanda, ma non riuscivo a trovare una parola per rompere il silenzio.

«È tuo padre» rispose per me Eumeo. «L'emozione lo ha tradito, le lacrime gli brillano negli occhi quando si parla di te o ti guarda, e poco fa ha nominato un luogo che uno straniero appena sbarcato non poteva conoscere: la fonte presso la rupe del corvo. E ora che sembra ringiovanito e sembra un re o un dio del cielo lo riconosco senza bisogno d'altro: è tuo padre, Telemaco, tuo padre che è tornato dopo vent'anni!»

D'improvviso trovai le parole: «Sì, sono io, figlio. Ho provato tante volte a immaginare come fossi, ogni anno che passava cercavo di farti crescere dentro di me. E ora che ti vedo mi sembra di non essermi mai separato da te. Io non volevo lasciarti, figlio mio, ho fatto di tutto per non lasciarti e quando dalla mia nave vidi allontanarsi la riva, e tua madre con te in braccio che diventava sempre più piccola e distante fino a sparire, il mio cuore si spezzò».

Aprii le braccia e lui, dopo un momento di esitazione, mi abbracciò stretto. Restammo lì, immobili senza dire niente. Si era fatto un gran silenzio, non vedevo più nulla e nessuno. Anche Eumeo era scomparso. Piangevamo, padre e figlio, uno nelle braccia dell'altro.

«Quante cose abbiamo da raccontarci, figlio mio!» dissi quando non ebbi più lacrime.

Telemaco annuì sorridendo. Sembrava felice ed era più bello di quanto avessi potuto immaginare.

«Raccontami dove sei stato e perché sei andato via senza dire nulla. Eumeo dice che tua madre è quasi impazzita quando l'ha saputo.»

«È stato Mente, capo dei Tafi. È arrivato venti giorni fa, inatteso. Mi consigliò lui di partire in cerca di tue notizie. Se avessi avuto la certezza che eri morto...» mi fissò intensamente, «ti avrei innalzato un tumulo sulla riva del mare e avrei lasciato che mia madre si risposasse.»

"Mente..." Non l'avevo mai sentito nominare, ma pensai a Mentore. Dov'era?

Mio figlio proseguì nel suo racconto, mi disse che vivere nell'incertezza era peggio che sapermi morto. Così era partito per il Pilo dove aveva incontrato il re Nestore, e che proprio quest'ultimo lo aveva esortato a proseguire per Sparta. «Correva voce che Menelao fosse tornato dopo un viaggio durato anni: avrebbe potuto avere notizie di te» spiegò.

A Sparta Menelao lo aveva accolto come un figlio, ma nemmeno lui aveva indicazioni sicure. «Mi disse che in Egitto aveva interrogato l'oracolo del Vecchio del mare e aveva avuto da lui la visione profetica: eri vivo, ma prigioniero in un luogo tutto circondato dall'acqua, senza nave e senza compagni. Non c'era dunque speranza che tu potessi tornare.»

E a quel punto, non sapendo che altro fare, si era preparato a partire.

«Però accadde una cosa strana» continuò. «Mentre i compagni stavano per mollare gli ormeggi si avvicinò alla mia nave uno sconosciuto, un fuggitivo. Aveva ucciso un uomo e i familiari lo inseguivano per vendicarsi, ma lui era un indovino capace di prevedere il futuro. Si chiamava Teoclimeno e mi chiedeva un passaggio sulla nave. Lo feci salire a bordo, ora è giù al porto con gli altri.»

«Sei stato imprudente, i parenti dell'ucciso possono essere molto violenti con chi gli ha concesso rifugio.» Sorridemmo ambedue: ero tornato dopo vent'anni e già cominciavo a rimproverarlo.

Restammo in silenzio per un poco. Da fuori venivano i grugniti dei maiali, e la voce di Eumeo che preparava loro il pasto.

«Parlami di tua madre» gli chiesi.

Telemaco abbassò lo sguardo e volse il capo dall'altra parte: gli avevo fatto una domanda dura per il cuore e per la mente.

Rispose: «Ti è sempre rimasta fedele. Nei primi tempi, quando il re Laerte mio nonno era ancora con noi, riuscivamo in qualche modo a sopportare la tua assenza. Poi arrivò la notizia che la guerra era finita e la pena della nostra attesa si fece sempre più acuta e dolorosa, uno spasmo del cuore. A ogni viandante che passava dal palazzo, a ogni mercante che veniva dal mare mia madre chiedeva se avesse notizie...».

Capivo quanto fosse difficile per Telemaco quel racconto, e a ogni sua parola il mio cuore si appesantiva sempre più. Eppure lui non smise di dividere con me i suoi ricordi, e io rimasi in fronte a lui ad ascoltare fino a notte tarda.

«Da allora, da quando la guerra fu dichiarata finita» riprese, «ogni giorno che passava, si faceva più debole la speranza di rivederti. Ma io non ti avevo mai visto e per me era diverso. Per il nonno era durissimo e anche per la mamma. La nonna Anticlea cadde in una sorta di oscura disperazione.»

Telemaco fissava le fiamme che crepitavano nel focolare: «Quando morì, il nonno fece preparare per lei un funerale solenne, la fece rivestire dei suoi abiti più belli. Il re Autolico suo padre apparve improvvisamente come dal nulla. Passò in mezzo a tutti coperto da un mantello nero lungo fino ai piedi, e si fece silenzio. Gettò nel fuoco un oggetto di poco valore, si sarebbe detto una bambola o qualcosa del genere. Poi fu visto imbarcarsi al porto e dirigersi con la sua nave verso occidente. Non se n'è più saputo nulla».

Poi erano passati gli anni, e si era sparsa la voce che io ero morto. Molti dei guerrieri che avevano combattuto al mio fianco erano tornati, ma non io.

L'unica a non arrendersi era stata la mia amata Penelope. Si era rifiutata di alzare un tumulo e di celebrare un rito funebre per me.

«Diceva che le avevi promesso di tornare e che tu mantenevi sempre le tue promesse» disse Telemaco. «Da allora, la sua fama di donna inflessibile, custode della tua casa, si sparse per mare e per terra, e così la voce della sua speranza nel tuo ritorno. In questo modo molti girovaghi, avventurieri e vagabondi approfittarono di lei nel corso degli anni. Spargevano voce di aver visto il re di Itaca, di sapere che era vivo e così si guadagnavano ospitalità, cibo abbondante, e un comodo giaciglio sotto il portico del palazzo. Le raccontavano ciò che lei voleva sentirsi raccontare. E anche se le sue speranze venivano sempre deluse, non si scoraggiava, non voleva perdere nessuna occasione di mantenere in vita il suo sogno. Ha sofferto molto.»

«Ma ora tutto è cambiato, mi dicono.»

«Sì, in peggio. Due anni fa giunsero i principi da Itaca, da tutte le isole dintorno e perfino dal continente. Portavano grande quantità di doni nuziali. Volevano che scegliesse uno di loro come sposo e che dichiarasse pubblicamente di essere vedova. Il re Laerte tuo padre allora abbandonò il palazzo. Non potendo sterminarli e non potendo sopportarli, si ritirò nel suo podere in campagna dove vive come un pover'uomo. Qualunque cosa gli è più sopportabile che la vergogna della tua casa.»

«Parlami ancora di tua madre: com'è riuscita a tener testa ai pretendenti?»

«È la degna sposa del grande Odisseo dai molti pensieri, così ti chiamano i cantori di strada, lo sapevi? Poiché le loro richieste si facevano sempre più pressanti ideò uno stratagemma: disse che avrebbe fatto la sua scelta non prima di aver portato a termine il sudario funebre per l'eroe Laerte e nessuno osò opporre un rifiuto a una simile richiesta. Mia madre quindi tesseva di giorno la tela e di notte la disfaceva...»

Sorrisi a quell'astuzia, che mi ricordava la ragazza dagli occhi profondi e penetranti che mi aveva fatto innamorare tanti anni prima a Sparta.

«... Ma una delle ancelle, che era intima di Antinoo, il loro capo, scoprì l'inganno e lo riferì ai pretendenti. A quel punto non c'era più via di scampo. Io ho tentato di ricorrere all'assemblea ma loro sono presenti dappertutto e armati. Nessuno osa ribellarsi e io da solo non ne avevo la forza... Perdonami» disse e chinò il capo.

«Non hai nulla di cui vergognarti: hai fatto quello che potevi.»

«Alcuni di loro si sono rivolti al nonno Icario, a Sparta, per convincerla a risposarsi. Se tu non fossi tornato non credo che avrebbe potuto resistere molto a lungo.»

«È vero. Non avrebbe più potuto rimandare. Ma tu perché sei tornato prima del tempo?»

«Ho sentito una voce che mi richiamava in patria e l'indovino Teoclimeno mi ha giurato che eri già sull'isola. Il cuore in petto mi danzava di gioia. Mi credi?»

«Ti credo, e anche io non vedo l'ora di incontrare il re Laerte mio padre per ricompensarlo di tanta amarezza. Ma prima... prima i pretendenti dovranno pagare. E tu mi aiuterai.»

«Io e te soli? Sono cinquanta, a volte di più, nel pieno delle forze, armati...»

«Io ho distrutto Ilio, credi che una cinquantina di giovani mi facciano paura?»

Eumeo entrò in quel momento. Teneva in mano due canestri con pane, formaggio e spiedi di carne da passare sul fuoco.

«Eumeo» gli domandai, «tu saresti pronto a combattere?»

«Anche adesso» rispose appoggiando sulla tavola i pugni enormi.

«E su chi altro possiamo contare?»

«Filezio, il bovaro, è forte come un toro e con un'ascia in mano diventa una furia. Per te si getterebbe nel fuoco.»

«Nessun altro?»

«Forse qualcuno potrebbe esserci, ma è meglio non rischiare. A meno che tu non voglia avvertire il re Laerte tuo padre. Credo che, benché non più forte come un tempo, non vedrebbe l'ora di indossare l'armatura.»

«Meglio di no. Saprà del mio ritorno a tempo debito. Ora ascoltatemi, il piano è chiarissimo nella mia mente...»

Spiegai a Telemaco e a Eumeo l'idea che aveva preso forma nei miei pensieri, e mi raccomandai di non farne parola con alcuno. Nemmeno Penelope doveva sapere prima che fosse giunto il momento.

Telemaco mi fissò per qualche istante con uno sguardo smarrito, ma subito riprese il dominio del suo cuore. Fece cenno con il capo che avrebbe fatto ciò che gli chiedevo.

«Amo tua madre, l'amo più della mia vita e ho pensato a lei in tutti questi anni, ogni giorno, ogni notte. Ma non possiamo dirle nulla per ora, credimi. Potrebbe tradirsi senza volere e tradire me. Basterebbe uno sguardo, un gesto... Non possiamo commettere neppure un errore o saremo perduti.»

Le mie parole lo rasserenarono. Eumeo ci passò la carne arrostita e il pane, e versò il vino. Eravamo tutti e tre tesi come la corda di un arco prima di scoccare ma mangiammo tuttavia con cuore leggero parlando dei tempi andati, lunghi quello mio e quello di Eumeo, breve quello di Telemaco. Mi sembrava, a vederlo, così giovane e inesperto.

«Chi ti ha addestrato al combattimento?» domandai.

«Il re Laerte mio nonno, tuo padre. È stato un grande maestro.»

«Hai mai combattuto?»

«No. Questa sarà la prima volta.»

Un brivido freddo mi corse sotto la pelle.

«E non hai paura?»

«Un poco. Siamo solo quattro.»

«Cinque» risposi.

«Cinque? Ho dimenticato qualcuno?»

«La mia dea: Atena ci sarà vicina.»

Alla fine ci coricammo, accanto al focolare, vicini l'uno all'altro, scambiandoci ogni tanto qualche parola nel buio.

«Mentore, sai chi è?»

«Sì. È il consigliere che fu tuo amico finché fosti a Itaca.»

«E dimmi, da quanto non lo vedi?»

«È strano, non ricordo. Ma c'è il suo seggio nell'assemblea. A volte lui c'è, a volte non c'è.»

Un lungo silenzio. Potevo sentire ora il respiro di mio figlio, leggero e tranquillo. Il respiro che concilia il sonno. Lo avevo desiderato e sperato, ma tante volte era sembrato impossibile. E invece ora l'avevo ritrovato, Telemaco, il mio bambino che si era fatto ragazzo.

Rimasi solo nel buio a volgere nel cuore mille pensieri, finché anche sulle mie palpebre scese il sonno. La voce del vento fuori cantava fioca.

Mi svegliò la luce dell'alba e del sole che si affacciava dalle montagne. Da fuori sentivo le voci di Telemaco e del mio buon Eumeo. Stavano già preparandosi a mettere in atto le prime mosse del piano.

Innanzitutto, Telemaco doveva tornare a palazzo.

«Stai attento, creatura mia» sentii dire a Eumeo. «Quelli saranno furenti per non essere riusciti a ucciderti. Vorranno riprovarci. Subito vai da tua madre, al piano superiore. Lei sentirà il tuo passo, che le è familiare, e il suo cuore esulterà di gioia. Fai capire loro che sai ma senza dirlo apertamente. E mostrati allegro. Questo li riempirà di sgomento. Io voglio che comincino a sentire la paura.»

Mi avvicinai alla porta appena accostata e guardai fuori. Eumeo metteva nella mano di Telemaco una lancia e a tracolla un fodero con una spada. I cani lo accompagnarono fuori dal cortile e poi lungo il sentiero, finché Eumeo li richiamò con un fischio.

Uscii nella luce di un giorno limpido e radioso. Il sole ormai alto scaldava l'aria ed Eumeo mi porse una tazza di latte appena munto, del pane fresco e miele delle sue api.

Quindi smisi la tunica bianca e indossai di nuovo i miei cenci da mendicante, mi gettai a tracolla la corda sporca e consunta che reggeva la mia bisaccia e afferrai il mio bastone, dono di una dea. Eumeo si mise in cammino accanto a me.

Attraversare la mia tenuta e i miei campi al fianco dell'uomo che li aveva curati e accuditi per tanti anni senza mai perdere la speranza del mio ritorno mi dava un'emozione intensa, ed Eumeo mi raccontava ciò che era avvenuto in mia assenza.

Poi, arrivati a un bivio, indicò verso la sinistra: «Là c'è il podere del re tuo padre. Sicuro che non vuoi andare a salutarlo? È questione di poco».

Avrei voluto, certo, con tutto il cuore, ma era meglio di no. Avevo ben chiaro quello che dovevo fare e proseguimmo. «Quando tutto sarà stato compiuto» risposi. «Non prima.»

Andammo dunque dritti in direzione del palazzo, che cominciava ad apparire in lontananza sul colle a mano a mano che uscivamo dal bosco ed entravamo nei pascoli e nei campi coltivati. La mia casa! Mi fermai a guardarla, quasi temendo che sparisse da un momento all'altro come un miraggio.

Procedemmo ancora. La strada iniziava a salire. Arrivammo a una fontana e mi fermai per bere un poco d'acqua fresca. Ormai il palazzo era vicinissimo e già si udivano gli schiamazzi provenire dall'interno. Sentii il mio sangue ribollire. Mi fermai proprio davanti all'ingresso del cortile, trassi un respiro profondo, poi guardai Eumeo che mi fece un cenno d'intesa: era ora di entrare.

Eumeo si diresse all'ingresso posteriore, mentre io varcavo la soglia con il cappuccio in testa, appoggiandomi al mio bastone. Un'onda di ricordi mi assalì. Mi rividi fanciullo a correre in quel cortile, Eumeo e Filezio poco più grandi di me, e Mentore... Mentore che anni dopo avrei visto apparire e sparire misteriosamente, le sue sembianze sfumare nel mistero.

Rividi l'eroe Laerte mio padre partire per le sue avventure sul mare, coperto di bronzo, lucente come un astro, e mia madre la regina, seduta al centro della sala, circondata dalle sue ancelle a filare lana morbida, tinta di porpora, di azzurro. Un mondo perduto che non sarebbe tornato mai più.

Ma proprio mentre mi accingevo a entrare nella sala piena di voci estranee, arroganti, udii un suono flebile, ma inconfondibile. Mai l'avrei dimenticato. L'uggiolare di un cane. Mi volsi e il cuore mio si riempì di pianto. Giaceva in un angolo, vecchio, spelacchiato, gli occhi vitrei e quasi spenti. Argo! Il mio Argo, il compagno di cacce, di corse spensierate nei boschi e fra gli ulivi d'argento. Si trascinava penosamente verso di me. Lui solo nella mia casa, lui per primo mi aveva riconosciuto, dopo vent'anni. Mi aveva aspettato tutto quel tempo, respingendo la morte che lo assaliva, per potermi vedere un'ultima volta e morire ai miei piedi.

Nascosi le lacrime nel mio logoro cappuccio ed entrai.

10

PENSAVO, ENTRANDO NELLA SALA, CHE TELEMACO A QUEL PUNTO doveva già essere arrivato e doveva aver parlato con la madre. Di sicuro Penelope era nelle sue stanze al piano superiore con le altre donne e la mia nutrice. L'essere a loro così vicino mi dava il batticuore, quasi mi toglieva il respiro.

Ma avrei voluto chiudere gli occhi quando, finalmente entrato, mi guardai intorno. Decine di uomini di varie età, riccamente vestiti, erano seduti su troni di legno scolpito. Davanti avevano mense apparecchiate con vassoi e coppe di bronzo o d'argento, e parlavano ad alta voce, discutevano, bevevano. Erano quelli i pretendenti della regina di Itaca, mia sposa, coloro che volevano prendere il mio posto accanto a lei!

In un angolo, seduto su uno sgabello, riconobbi Femio, il cantore. Non mi vide per il momento, ma mi vide Telemaco che stava scendendo dall'appartamento delle donne. Ci scambiammo un cenno d'intesa, e subito lui ordinò a Eumeo che mi portasse un pezzo di pane e aggiunse che mi concedeva il permesso di chiedere l'elemosina nella sua casa.

«Ma chi è questo pezzente, da dove spunta?» gridò uno dei pretendenti.

«Lo so io» disse Melanzio, un capraio della nostra isola che s'era venduto ai nuovi arrivati. «L'ha portato Eumeo, li ho visti venire da questa parte.»

«Ecco, lo vedete?» intervenne un altro, il più prestante di tutti. «Non ne abbiamo abbastanza di mendicanti straccioni che anche il porcaio ce ne deve portare uno!»

Non risposi, ma Eumeo gli si avvicinò senza paura: «Ti stupisce, nobile Antinoo, che io inviti un mendicante? I signori, gli artisti e i cantori tutti li invitano, ma i poveri, quelli che la vita e la sorte hanno ridotto in miseria, quelli non li vuole nessuno. Eppure sono loro quelli che hanno più bisogno. Che fastidio ti dà? E poi io non devo chiedere il permesso a te di quello che faccio, io rendo conto alla regina e al principe Telemaco. A te non devo nulla».

Antinoo... era lui dunque il capo di tutti, e anche in casa mia voleva spadroneggiare. Il mio cuore era pieno di amarezza, ma non potevo lasciar trasparire i miei sentimenti. E così mi avvicinai a lui, e lo sfidai usando soltanto le mie parole.

Gli chiesi, se davvero era nobile come appariva, che fosse lui a donarmi il pezzo di carne migliore, così da dimostrare la sua generosità. «Guardami» gli dissi, «io sono solo un poveretto ma posso darti un insegnamento prezioso. Un giorno non lontano ero come te e tu potresti un giorno diventare quello che sono ora. O anche meno... Facendo del bene a me fai del bene a te stesso. Lo capisci?»

Lo fissavo negli occhi e lui sentiva in quel momento che ero io il più forte, io mendicante, accattone, ero io il cacciatore e lui la preda. Fiutavo la sua paura, la sentivo scorrergli sotto la pelle.

Antinoo reagì rabbioso, non sopportava la forza del mio sguardo: «Togliti di mezzo, vagabondo, ci sono tanti qui che mangiano e bevono. Che ti sazino loro. Tu mi fai schifo!».

Sentii d'un tratto addensarsi sulla sala il silenzio come

una nube nera. «È così dunque. Di questa razza tu sei, di quelli che non danno del proprio nemmeno una briciola, nemmeno un granello di sale, e ti rifiuti di darmi anche solo un pezzo di pane, che non è neanche tuo e che non ti sei guadagnato!» Gli volsi le spalle per continuare la mia questua.

«Questo è troppo!» gridò. Afferrò uno sgabello e me lo tirò addosso con forza. Un dolore lancinante. Ma non mi mossi, non mi spostai di un palmo. Dopo che lo sgabello fu caduto a terra lo fissai ancora negli occhi: «Sei un vigliacco, nobile principe: mi hai colpito perché avevo fame. Se fra gli dei ce n'è uno che protegge il povero e il derelitto pagherai caro per quello che hai fatto».

Non dissi altro e andai a sedermi sulla soglia.

Guardai Telemaco. Era sconvolto per quello che aveva visto: il proprio padre colpito e umiliato nella sua casa nel giorno del suo ritorno. Ma non proferì parola. Si limitò a scuotere la testa in segno di disapprovazione. Aspettava anche lui che venisse il giorno della resa dei conti.

Me ne stetti dunque seduto sulla soglia, e osservavo tutti, anche Eumeo e i suoi movimenti. Ogni tanto mi volgevo indietro a guardare il corpo inerte del mio povero Argo. Aveva finito di soffrire! Avrei voluto seppellirlo nel bosco, sotto una quercia... Ma non potevo farmi vedere, avrei suscitato sospetti.

Guardavo i principi, arroganti, rumorosi, senza rispetto e senza riguardo. Erano tanti e molto vigorosi. Guardavo le loro armi appoggiate alla parete davanti all'ingresso: spade, lance, scudi lucenti, ma ero quasi certo che per loro fossero più ornamenti e segni di potere e prestigio che armi di offesa. Non credo che le avessero mai usate in battaglia.

Non avevo ancora visto la mia nutrice. E Penelope, scendeva mai nella grande sala? Sapere che era così vicina e non poterla vedere mi metteva un'ansia incontenibile, ma al tempo stesso mi sarei vergognato a presentarmi a lei in quelle condizioni.

Eumeo attraversò la sala e venne verso di me. I principi non s'interessavano più a noi.

Mi si sedette di fianco: «Ho visto la regina».

«Come sta?»

«Da quando è tornato Telemaco, molto meglio. Era tanto che non la vedevo così. Le ho anche detto che abbiamo un ospite...»

«E lei?» domandai allarmato.

«Mi ha chiesto da dove venivi, se portavi notizie che potevano interessarle. Le ho risposto che sì, l'ospite porta notizie di Odisseo suo marito, e lei ha subito detto che vuole parlarti...»

Ero confuso, improvvisamente assalito da dubbi e paure. Risposi: «Dopo il tramonto, appena comincia a far scuro».

«Va bene. Riferirò alla regina, e quando vedrai la sala vuota e silenziosa lei scenderà, si metterà seduta accanto al fuoco: a quel punto tu potrai avvicinarti e lei ti parlerà. Ti prego, ha molto sofferto, non ferirla se possibile.»

Annuii.

Quindi attesi paziente il calare del sole. Le grida e le imprecazioni dei miei ospiti violenti, accese dal vino, continuarono per lungo tempo. Finché una delle ancelle, indicando la scala che scendeva dall'appartamento delle donne, disse: «Guardate tutti: ecco la regina di Itaca!».

Il cuore mi balzò in petto, quasi il battito mi soffocò. La mia sposa scendeva superba vestita di un abito colore del grano maturo. Sembrava che il tempo non fosse per lei trascorso. Ma quando entrò nella sala e mi fu più vicina vidi che la luce che sempre aveva negli occhi e che un tempo illuminava la mia vita era come offuscata da un velo di tristezza. Guardai i miei abiti lisi e stracciati, la bisaccia unta, i piedi polverosi, le mani secche e screpolate, e provai profonda vergogna. Avrei voluto in ben altro modo apparire alla mia sposa dopo tanto tempo, ma conveniva sopportare. Se la mia dea così aveva voluto, così doveva essere.

Al suo ingresso il frastuono cessò, come se una divinità scesa dal cielo fosse d'improvviso apparsa nella sala. Si fece silenzio e tutti gli sguardi erano per lei. Allora la mia regina parlò con la sua voce sonora, armoniosa. Era ancora la voce di una ragazza e mi toccò il cuore, lo fece tremare.

«Pretendenti superbi, orgogliosi principi! Da tanto tempo occupate questa casa. Approfittate di una donna sola e di un ragazzo che non ha la forza per respingervi, e sapete bene che se improvvisamente apparisse da quella soglia Odisseo, glorioso re di questa isola...» un brivido mi corse per la schiena. Inconsapevole, Penelope indicava me e io vedevo il suo sguardo di fuoco «... credo che la vostra arroganza si muterebbe in timore e sgomento. Non vi basta divorare le sostanze di un uomo assente che non può difendersi, insultate anche l'ospite di questa casa che Telemaco ha portato al palazzo. Dovreste vergognarvi per il vostro comportamento: da quando in qua è d'uso divorare i beni della sposa che si vuole conquistare invece che offrirle regali?»

Cercava ancora di prendere tempo, non voleva cedere. E voleva metterli in difficoltà svergognandoli. Antinoo non reagì e prese anzi il rimprovero della regina come uno spiraglio che si apriva nel suo costante rifiuto di nuove nozze. Ognuno di loro mandò un araldo alla propria casa per prendere doni. Ma quando tornarono lei era già scomparsa, si era ritirata nelle sue stanze.

Tornai ad accostarmi al focolare, aggiungevo legna e facevo rosolare la carne: un modo per guadagnarmi l'ospitalità ma anche per ascoltare quello che i pretendenti dicevano. Un'ancella mi si rivolse con malagrazia: «Levati di torno, pezzente! Vai ad accucciarti nel tuo angolo e non ti avvicinare più!».

Un pretendente non si lasciò sfuggire l'occasione di intervenire e dopo di lui altri suoi compagni si diedero a insultarmi e a spintonarmi.

A poco purtroppo erano servite le parole di Penelope.

E così tirai avanti per tutta la sera. Ogni tanto il mio sguardo incontrava quello di Femio il cantore e fra di noi passavano istanti di dubbioso tumulto. Poi lui abbassava di nuovo la testa, curvo in attesa che qualcuno gli chiedesse di cantare.

Ma nessuno glielo chiedeva: erano troppo occupati a mangiare e a ridere di me. Vedevo anche Telemaco che soffriva in silenzio ma non voleva lasciarmi solo. Dovetti fargli cenno di uscire dalla sala, era meglio così. Io mi sedetti su uno sgabello vicino all'entrata.

Alla fine udii Antinoo proporre l'ultima libagione prima di andare a dormire e tutti seguirono il suo consiglio. Quando finalmente se ne furono andati, tornando verso la città, e quando anche le loro voci si spensero, rientrai.

La mia casa era immersa nel silenzio.

Le lucerne che pendevano dalle colonne e dai pilastri erano accese e un riflesso opaco arrossava le armi appese ai muri. C'erano ancora tutte: lance, scudi, elmi, schinieri, allo stesso posto dove le avevo lasciate partendo, ma erano offuscate dal fumo e dalla polvere di molti anni. Sfiorai le spade di legno che Damaste impugnava quando m'insegnava a combattere... Ogni oggetto, ogni graffio sul muro, ogni trave del soffitto evocava un pezzo della mia vita trascorsa e mai dimenticata. Ora, in quel silenzio e in quella solitudine, ogni cosa sembrava rianimarsi, richiamare da luoghi remoti del mio cuore istanti, notti e giorni, mesi e anni di un tempo che per me era stato felice. Prima non me n'ero accorto, aggredito dal frastuono, dalle risate, dagli insulti e dalle percosse. Ora i ricordi mi sommergevano come onde di un mare agitato.

D'un tratto vidi Telemaco apparire in fondo alla grande sala ora deserta.

«Padre, la regina mia madre sta per scendere...» mi disse avvicinandosi.

«Ascoltami» gli risposi, «questo è il momento per me più difficile. Ma tu, intanto, fai quello che ti dico. Questa notte stacca tutte le armi dai muri della sala e falle rinchiudere nell'armeria. Non deve rimanere nulla.»

«Ma non credi che la cosa farà insospettire i principi?»

«Dirai che le hai fatte consegnare all'armiere perché le controlli e le pulisca. Ora vai, tua madre sta scendendo. Devo raggiungerla.»

Penelope si era seduta sul suo seggio. Mi venne un groppo alla gola al vederla e ogni passo che mi avvicinava a lei faceva aumentare il battito del mio cuore, ma mi fermai al limite dell'ombra, là dove il riverbero delle fiamme del focolare cedeva all'oscurità della notte.

«Vieni avanti, ospite straniero, qui sei il benvenuto» disse lei.

«Ti ringrazio, regina, ma non sono in condizione di presentarmi al tuo sguardo. Sono sporco e lacero.» Avevo imparato a modulare la mia voce per renderla irriconoscibile, o forse la mia dea l'aveva cambiata così come aveva cambiato il mio aspetto.

«Non giudico un uomo dalle sue vesti» rispose, «e so bene che ogni mortale è esposto ai colpi della sorte.»

«Ti prego, regina, mi vergogno del mio aspetto e non sarei a mio agio davanti alla tua splendente bellezza.»

Penelope sospirò e chinò il capo: «Il mio volto non splende più da tempo, ospite straniero, troppe lacrime ho versato...».

Ma io vedevo una bellezza immutata e con un velo di malinconia che la rendeva ancora più intensa e struggente. Avrei voluto dirle che da quando avevo lasciato Itaca avevo pensato a lei intensamente ogni volta che avevo visto la luna sorgere dal mare, perché ero certo che anche lei l'avrebbe fatto nello stesso istante e le nostre anime si sarebbero toccate. Ma dovevo celare i miei pensieri e il mio volto: «Io lo so perché hai pianto, regina. La tua fama è nota su tutta la terra. Ti struggi perché tuo marito, il figlio glorioso di Laerte, non è mai tornato dalla guerra, ma io posso dirti che le tue pene sono finite. Odisseo tornerà e tornerà presto. Se già non è qui».

Penelope mi scrutò nell'oscurità: «Ma che dici, ospite straniero? Tu nemmeno lo conosci, Odisseo. Sei anche tu uno dei tanti che hanno voluto guadagnarsi ospitalità raccontandomi menzogne?».

Mi interrogò, la mia regina, con l'ansia di sapere e la speranza che io non fossi l'ultimo di tanti bugiardi. Lei chiese, e io risposi, e per fugare ogni suo dubbio dissi: «Io l'ho visto Odisseo. Indossava un mantello rosso con un fermaglio d'oro, bellissimo. Davvero un gioiello degno di un re».

Penelope cambiò espressione. Si vedeva che quelle parole l'avevano profondamente colpita, sconvolta: «Quel mantello glielo avevo tessuto io» disse, «e anche il fermaglio gli avevo regalato». Ricordavo quel momento, lo ricordavo come se stesse accadendo in quell'istante.

«Ma come riesci a rammentare così bene un particolare così piccolo? Chi sei?»

Mi si era avvicinata e per un attimo fui per crollare: sentivo il suo profumo, vedevo le lacrime brillare nei suoi occhi. Sentivo l'aria vibrare del battito del suo cuore. Mi aveva riconosciuto?

«Sono Aithon di Creta» mentii, «sono il fratello di Idomeneo, signore di Cnosso e del Labirinto. Mala sorte mi ha ridotto in questo stato...»

Sembrò rassegnarsi ma le lacrime le rigavano le guance. Restò così a capo basso per qualche istante e io avrei voluto stringerla a me ma dovevo resistere, reprimere nel cuore l'onda della commozione. Non era ancora il momento. Non ancora...

Penelope si asciugò le lacrime, dopodiché chiamò a voce alta Euriclea perché mi lavasse i piedi e facesse mettere un letto nell'atrio.

Si alzò, mi lanciò un ultimo sguardo accorato e poi salì altera le scale che portavano alle sue stanze. Mi morsi il labbro per non piangere.

Euriclea arrivò con passo lento. Era curva e imbiancata ma sempre lei, nella dolcezza dello sguardo, nella voce ruvida che celava la tenerezza del suo cuore.

Riempì una bacinella con l'acqua calda e la appoggiò in terra davanti a me. Prese a lavarmi borbottando contro quello che riteneva un altro imbroglione venuto a raccontare fandonie alla regina. Poi, a un tratto, la sua mano si fermò sul ginocchio, sulla cicatrice che aveva lasciato la zanna acuminata, tagliente, di un cinghiale tanti anni prima. Lasciò cadere il mio piede nella bacinella, l'acqua schizzò fuori, la bacinella si rovesciò.

«Creatura mia! Creatura mia, sei tu, sei tu, sei tornato!» cominciò a dire con la voce che le tremava, mentre grosse lacrime le cadevano lungo le guance rugose. Le chiusi la bocca con la mano.

«Non una parola» la zittii duramente. Ma quando vidi il suo sgomento aggiunsi sottovoce: «Ti prego, taci. Ti voglio bene come a mia madre, ma sono qui per vendicarmi sui pretendenti arroganti e devo restare nascosto: neppure a Penelope mi sono rivelato, e non sai quanto mi è costato...».

«Lo capisco, creatura mia, mio signore e mio re» disse lei. «Dalla mia bocca non uscirà una parola, nemmeno se qualcuno mi torturasse. Ti ho pensato tutti i giorni, e non ho mai dubitato che saresti tornato.»

Si asciugò le lacrime con la manica della tunica e si allontanò con la sua bacinella. Tornò poco dopo con una pelle di bue e una coperta di vello di pecora, morbida e fitta.

Uscii e distesi le mie pelli una sull'altra in un angolo ben protetto del portico che dava sul cortile. Ma prima che mi stendessi vidi il cadavere di Argo. L'avevano buttato sul letamaio. Mi avvicinai, mi assicurai che non ci fosse nessuno a vedermi; infilai nella cintura una zappa, poi lo raccolsi fra le braccia. Uscii dal cortile e percorsi per un poco la strada che portava alla città, finché non vidi un grande leccio. Scavai una fossa abbastanza grande da contenere il mio amico e ve lo deposi con un'ultima carezza. Coprii la fossa con pietre e la nascosi con foglie ed erba secca.

«Non ho potuto darti l'onore del rogo, amico mio» mormorai nel cuore, «ma ti ho sepolto degnamente. Per questo, quando giungerà la mia ora, spero che mi aspetterai alle soglie del mondo nebbioso. Addio.»

Tornai alla mia casa e mi distesi sotto il portico, ma per lungo tempo continuai a rigirarmi senza trovare pace. Poi, a notte fonda, mi giunse sommesso e inconfondibile il pianto di Penelope, e mi ferì il cuore. La immaginavo distesa a singhiozzare sul letto che io stesso le avevo costruito perché fosse per lei il luogo del riposo, dei sogni e dell'incanto ed era diventato invece il letto dei tormenti.

E non solo quel pensiero mi angustiava. Avevo portato alla morte tutti i giovani che mi avevano seguito a Troia e ora mi accingevo a sterminarne un'altra generazione, se mai vi fossi riuscito. Io, che avevo espugnato la più grande città del mondo, ora, allo stesso modo, dopo essermi introdotto sotto false spoglie, avrei espugnato la mia stessa casa.

Alla fine la stanchezza mi vinse e il sonno appesantì le mie palpebre.

Riposai fino a che mi destarono l'Aurora e il sole splendente. Una nuova giornata cominciava, e per me si avvicinava il momento della vendetta.

Vidi che arrivava Telemaco. Era vestito e armato e lo osservai compiaciuto: non mi stancavo di guardarlo il mio ragazzo. Anche ora, mentre seguito dai suoi cani si avviava verso la città. Poi, in poco tempo, vidi l'intero palazzo fervere di opere. E notai che tutto quello che vi avveniva era in funzione degli ospiti abituali.

Giunsero anche Eumeo e Melanzio, portando maiali e capre, e con loro Filezio. Lo riconobbi benché fosse tanto cambiato. L'avevo lasciato che era un ragazzino e ora era uomo fatto e ben piantato: aveva due braccia da lottatore, un collo da toro e due cosce come colonne. "Quello che mi ci voleva" meditai fra me, "un uomo che da solo ne vale tre."

Lui, invece, non mi riconobbe, ma le parole che mi rivolse, immaginando che il suo padrone potesse essere ridotto a mendicare come me, insultato e umiliato, mi confermarono la sua fedeltà. Meritava un premio, come Eumeo ed Euriclea e Argo. Mi guardai intorno per accertarmi che nessuno potesse udirmi e gli risposi: «Sei un uomo onesto e fedele, e allora ascolta bene quello che ho da dirti: il tuo padrone tornerà mentre sei ancora qui, in questa casa, e se vorrai lo vedrai con i tuoi occhi ammazzare i pretendenti, te lo giuro su Zeus e sulla memoria del tuo signore che hai così a cuore».

Filezio si illuminò e flettè i muscoli ringhiando: «Voglia Zeus che sia vero quello che dici, ospite, vedresti allora di cosa sono capaci questi» e mostrò i pugni enormi, duri come pietre. Anche Eumeo sostenne il mio augurio ma non parlò, aspettava che io mi rivelassi.

Udimmo i soliti schiamazzi a cui tutti eravamo abituati: arrivavano i pretendenti, come ogni giorno, ed erano molti. Quasi sembrava che se ne fossero aggiunti di nuovi.

«Contali» sussurrai sottovoce a Eumeo, e Filezio mi guardò nuovamente, sorpreso. Non aveva ancora capito ma era eccitato, fulmineo nello sguardo, ansioso di battersi. Appoggiai le mie mani sulle loro spalle: «Pazienza, uomini, ancora un poco. Lui sta per arrivare».

Il grido di un'aquila risuonò sopra le nostre teste e alzammo lo sguardo al cielo: il maestoso rapace volteggiava in ampi cerchi sopra la mia casa e, ogni volta che passava davanti al sole, la sua ombra nera traversava le campate del portico come un cupo presagio.

11

EUMEO E FILEZIO SI DIRESSERO ALLA PARTE POSTERIORE DEL palazzo, mentre Melanzio si tenne alla larga: forse aveva intuito che per lui il vento aveva cambiato direzione. Io restai sotto il portico a osservare chi si muoveva e come, chi entrava e chi usciva, ascoltavo le grida e i canti, finché Telemaco tornò dalla città con i suoi cani e la lancia nel pugno.

Mi disse: «Entra, ospite, per il banchetto. Ti ho fatto preparare una mensa in disparte ma ho disposto che ti sia data una coppa del servizio reale». Ammiccò in modo appena visibile e aggiunse: «È quella che mio padre, il re Odisseo, soleva usare quando sedeva a mensa qui nel palazzo, accanto a mia madre la regina».

Parlò in modo da essere udito, sia dentro che fuori dalla sala.

Annuii accettando la sua decisione e lo seguii varcando la soglia. Da un lato della sala c'erano uno sgabello e una mensa di legno bruno con i segni dell'usura. La coppa, tutta sbalzata d'oro, faceva per questo un contrasto fortissimo. Notai anche che la mensa era stata collocata in modo che la luce del sole colpisse in pieno la coppa rendendola sfolgorante.

Non vi fu chi non la notasse, e subito tra i pretendenti serpeggiò il malcontento per come Telemaco trattava un povero mendicante come io apparivo. In particolare la notò un principe grasso e ricco che reagì in modo sconsiderato, scagliandomi contro una zampa di bue. L'evitai per un soffio e mentre mi chinavo incrociai lo sguardo di Femio e fui certo che mi avesse riconosciuto. Mi morsi le labbra per non reagire ma Telemaco lo fece per me.

Poi, uno dei principi chiese agli altri di fare silenzio.

«Telemaco ha ragione» cominciò, «dobbiamo smetterla di mancare di rispetto ai suoi ospiti, questa è casa sua ma è anche vero che non si può più andare avanti in questo modo. Odisseo non tornerà più. È sicuramente morto. A che pro ostinarsi? Ascoltami bene, Telemaco, accetta i doni nuziali di uno di noi: saranno sufficienti per ripagarti di quello che hai perso a causa della nostra lunga permanenza. Tu resterai qui a goderti il palazzo e i tuoi possedimenti mentre tua madre seguirà un altro e si prenderà cura della sua casa. Non ti sembra la soluzione migliore?»

Telemaco rispose: «Sì, da come la racconti sembra la più ragionevole delle soluzioni, ma dimentichi una cosa: mia madre non vuole seguire nessuno di voi e io non posso e non voglio costringerla. Non caccerò mai mia madre da questa casa!».

Mi aspettavo che avrebbero riflettuto, che avrebbero avuto una manifestazione di rispetto, e invece no.

Scoppiarono a ridere.

Un riso infrenabile, compulsivo, insano.

Proprio in quel momento entrò, quasi un'apparizione, l'ospite fuggiasco di mio figlio: Teoclimeno, il veggente assassino che era salito sulla sua nave al Pilo per sfuggire all'ira dei parenti dell'ucciso. Il suo volto era pallido, gli occhi dilatati erano abissi di tenebra.

«Disgraziati!» gridò. «Non avete scampo. Le vostre teste sono avvolte dalla notte, andatevene, andatevene ora finché siete ancora in tempo!»

Vidi Penelope alzarsi dal suo scranno e sparire. I pretendenti, anziché tremare alle parole dell'indovino, scoppiarono nuovamente in risa sguaiate.

Io li guardavo, di ognuno spiavo i punti deboli. Ancora poco e ci sarebbe stato per loro ben poco da ridere. Incontrai di nuovo lo sguardo sgomento di Femio il cantore e fui certo che avesse compreso. Lacrime gli scendevano lungo le guance. Quante storie mi aveva cantato da piccolo quando cercava di addormentarmi. Ora, muto, implorava pietà.

Penelope ridiscese dopo pochi istanti, superba. Teneva in mano una chiave di bronzo che ben conoscevo. La chiave del ripostiglio sotterraneo. Che cosa aveva in mente? Mi aveva riconosciuto la notte precedente o era stata soltanto la mia impressione? E se mi aveva riconosciuto perché non mi faceva sapere?

Mentre gli occhi di tutti erano fissi sulla figura della regina, scivolai fuori nell'atrio e feci cenno a Eumeo e a Filezio di avvicinarsi: «Il vostro padrone è tornato» disse. «È qui, davanti a voi.»

Filezio si gettò in ginocchio abbracciandomi le gambe.

«Ascoltatemi» continuai. «Aiutatemi a vendicarmi e a riconquistare la mia casa e vi giuro che non ve ne pentirete.»

«Siamo con te» risposero, «pronti a batterci fino all'ultimo respiro.»

«Eumeo, le mie armi.»

«Eccole» disse, «le ho qui pronte.» E me le porse aiutandomi a indossarle, poi sopra di nuovo mi aggiustò il mantello lacero e la tunica stracciata. Il brivido freddo del metallo mi corse sulle spalle e sulle braccia. Da molti anni non provavo il contatto del bronzo sulla pelle.

«Adesso rientriamo, io e te, Eumeo. Filezio, tu andrai alla porta posteriore. Chiudila a chiave e da fuori puntella il battente. Nessuno deve uscire.»

Ci muovemmo. Nessuno mi notò perché il loro sguardo era diretto altrove.

Penelope.

Stava attraversando in quel momento la sala, accompagnata da due ancelle che reggevano un sacco di cuoio con la bocca legata da un laccio. Andò a sedersi accanto al mio trono, vuoto da vent'anni, e le ancelle deposero ai suoi piedi il sacco, lo aprirono ed estrassero un arco, enorme, di corno. Il nerbo, sciolto, era avvolto all'impugnatura.

Il mio arco!

Quello che Autolico, padre di mia madre, mi aveva donato perché non lasciasse mai la reggia. Era scuro e lucente, in perfette condizioni. Perché Penelope lo aveva portato nella sala? Di nuovo il battito del cuore si faceva veloce.

Teoclimeno l'indovino era scomparso.

Eumeo era vicino al focolare.

Antinoo, il capo di quei giovani, di tutti il più arrogante, si stava versando da bere.

Si era fatto uno strano silenzio nella sala. La regina si alzò: «Principi!» disse. «Principi, ho deciso di accettare le vostre richieste!»

Che cosa stava succedendo? Guardai Eumeo con un'espressione interrogativa, ma quello scosse leggermente il capo: non ne sapeva nulla. Cercai Telemaco con lo sguardo e gli rivolsi la stessa muta domanda.

Nemmeno lui sapeva: era sorpreso quanto me ma si avvicinò al trono.

La voce di Penelope squillò di nuovo: «Sono qui per proporvi una gara: chi di voi riuscirà a tendere il nerbo di quest'arco e ad agganciarlo al corno superiore, e poi a scoccare una freccia attraversando l'anello di dodici bipenni ben allineate e a colpire il bersaglio, ebbene io seguirò quell'uomo fuori da questa casa e diventerò la sua sposa».

Non potevo credere alle mie orecchie: che cosa stava facendo Penelope?

Una voce che non sentivo da tempo mi risuonò nel cuore: la voce di Mentore.

«Sei un uomo saggio, dalla mente profonda e complessa: rifletti.»

E subito tutto mi divenne chiaro: la risposta era nell'arco. Chi sarebbe mai riuscito a metterlo in tensione senza conoscerne i segreti?

Penelope fece un cenno alle ancelle e queste portarono un velo leggero, lucente, e glielo appoggiarono sul capo, coprendole il viso.

Il cuore mi si spezzò nel petto. Lo stesso velo che aveva usato per coprirsi il volto davanti a suo padre Icario tanti anni prima, per fargli capire che era la mia fidanzata e la mia sposa e lo sarebbe stata per sempre. E quel velo ora era per colui che avesse vinto la gara dell'arco.

I principi si avvicinavano e Antinoo prese la parola: «Amici, la regina ci ha proposto un cimento. Accettiamo la sfida e vediamo a chi arriderà la fortuna!».

Io non potevo fermare i miei pensieri. Dove avevo sbagliato? Se Penelope mi aveva riconosciuto non poteva non pensare che avessi un piano e che la gara lo avrebbe forse compromesso. Aveva voluto punirmi? Dimostrarmi il suo risentimento perché non mi ero confidato con lei? E se non mi aveva riconosciuto, perché proprio in quel momento aveva deciso di concedersi ai pretendenti?

La voce di Mentore risuonò ancora nel mio cuore: «C'è una terza spiegazione».

«Sì. Lei mi ha fatto una domanda. Ho risposto con una menzogna. Questo è per lei l'unico modo per farmi dire la verità.»

Le parole di Telemaco mi riscossero. Come sua madre anch'egli voleva prendere un'iniziativa.

«Pretendenti!» disse. «Questa è la mia casa, la regina è mia madre. E anche l'arco è mio. Ho il diritto di partecipare per primo a questa gara: se riuscirò a mettere l'arco in tensione e a scoccare attraverso i dodici anelli la freccia, allora mia madre non dovrà più seguire per forza uno di voi. Resterà qui con me finché vorrà.» Era un uomo ormai. Aveva diritto di farlo.

Nessuno ebbe da obiettare ed Eumeo porse al principe il grande arco. Telemaco appoggiò a terra il corno inferiore, puntò il ginocchio sinistro contro l'arco, afferrò con la mano sinistra l'anello terminale del nerbo e con la destra il corno superiore, cercando di piegarlo in basso per agganciare l'anello. Il suo corpo si tese nell'enorme fatica, sudore copioso grondò dalla sua fronte, gli occhi si arrossarono per lo sforzo e per un istante vidi il corno superiore flettere. Il cuore mi si gonfiò di orgoglio... ma sapevo che era impossibile. Il corno superiore riprese a salire vincendo la pressione del suo giovane braccio. Alla fine dovette arrendersi. Sul volto di Antinoo apparve un ghigno sarcastico.

«Allora prova tu!» disse Telemaco. «Vediamo cosa sai fare.»

Antinoo non si tirò indietro: afferrò con la sinistra il corno superiore, con la destra il nerbo dalla parte dell'anello che serviva per agganciarlo. Diventò rosso per lo sforzo, le vene del collo gli s'inturgidirono. L'anello cominciò ad avvicinarsi alla punta del corno superiore. Era quasi arrivato a concludere ma osservavo il suo ginocchio. L'arco avrebbe vinto e lui avrebbe perso. Resistette in posizione di stallo per alcuni istanti, poi iniziò a cedere. Non poté impedire che il corno superiore si allontanasse di nuovo dall'aggancio. Antinoo gettò l'arco a terra con rabbia e non osò volgere lo sguardo a Penelope. Coperta dal velo, la regina sembrava una divinità misteriosa e impassibile.

Altri provarono. E altri fallirono.

Comprendevo ora l'immensa forza e il pensiero acuto di Penelope; comprendevo che il suo piano era cento volte più forte e devastante del mio.

Mi voltai per cercare Telemaco ma non lo vidi. Cercai allora lo sguardo di Eumeo e quello assentì gravemente. Il mio ragazzo, come avevamo progettato, in quel momento era nella sala degli Argonauti.

Mi rivolsi allora con parole suadenti ai pretendenti: «Nobili principi» dissi, «guardando quest'arco mi sono ricordato che anche io ne possedevo uno simile nei giorni lontani della mia prosperità e mi è venuto il desiderio di stringerlo fra le mani. Vorrei vedere se mi è restato ancora qualcosa, nelle membra, della forza dei miei anni verdi».

Non ebbi terminato di proferire quelle parole che sentii su di me lo sguardo della sposa superba, e mi bruciò come un marchio infuocato.

«Sei pazzo, vecchio» rispose Antinoo, «come osi anche solo fare una domanda del genere? Non ci pensare nemmeno o te ne farò pentire amaramente.»

Penelope allora parlò: «L'ospite non vuole certo sfidarvi, né pretende di avere alcun vantaggio tendendo quell'arco. Non vedo perché non glielo dovremmo permettere. E dunque, Eumeo, consegnagli l'arco: fino a domani comando io in questa casa».

Poi si alzò, attraversò la sala e salì maestosa e leggera alle sue stanze. Mi lasciava lo spazio e il tempo per redimermi ai suoi occhi e riscattare la sua umiliazione e la sua solitudine.

Eumeo obbedì e mise l'arco nelle mie mani. Io lo unsi con un pezzo di grasso e mi avvicinai al focolare passandolo e ripassandolo sulla fiamma per scaldarlo e renderlo più flessibile. Tutti mi osservavano incuriositi dai miei movimenti. Cominciavano a sospettare che non fossi ciò che sembravo. Era venuto il momento: afferrai il corno superiore con la sinistra e il nerbo con la destra e, alzata la gamba, appoggiai il ginocchio sul corno poco sotto l'impugnatura, là dove le resistenze s'incontravano. Spinsi con forza. L'arco si piegò gemendo, il corno superiore obbedì alla mia mano e scese ad agganciare il nerbo. Vidi le dita di Femio scorrere sulle corde della sua cetra e feci lo stesso con l'arco. Sollecitata, la corda vibrò. Il nerbo rombò cupo al centro e poi più forte e stridulo in alto.

Nel silenzio profondo che seguì il mio gesto, incoccai la freccia e presi la mira.

Scoccai.

Con un sibilo la freccia passò i dodici anelli e colpì il bersaglio.

Tutti si guardarono in faccia l'un l'altro e finalmente compresero, ma ormai era tardi. Un sole rosso e bruno inondò la sala di un riflesso sanguigno. Quando mi volsi, alla mia destra stava ritto Telemaco coperto di bronzo abbagliante.

12

ALLORA MI SPOGLIAI DEI MIEI CENCI E ANCH'IO MI MOSTRAI COPERTO di bronzo. Non ero più un vecchio, né un mendicante. Ero il re di Itaca, il guerriero che aveva combattuto e vinto Troia.

Antinoo in quel momento stava portando alle labbra la sua coppa colma di vino. Scoccai un'altra freccia e lo colsi alla base del collo.

Gli altri ammutolirono, increduli. Non mi avevano riconosciuto ancora. Erano troppo piccoli quando ero partito.

«Sono il vostro re!» gridai. «Credevate che non sarei mai tornato dalla guerra. E avete divorato il mio patrimonio, cercato di uccidere mio figlio, avete insidiato la mia sposa. Siete morti! Tutti!»

Fecero per correre alle pareti ad afferrare le armi che sempre vi erano state appese, ma vi trovarono soltanto ombre di armi. Il terrore li prese.

Eurimaco, il più accorto fra loro, si avvicinò, lo vedevo sulla traiettoria del mio dardo. «Fermati! Aspetta! Se sei davvero Odisseo ascolta prima le mie parole. Non pensavamo che tu potessi tornare dopo vent'anni. Nessuno avrebbe potuto immaginare.» Teneva le mani aperte, parate in avanti per proteggersi, voleva darmi il tempo di riflettere. «Ti abbiamo insultato e umiliato, ma non sapevamo che eri tu. Sembravi un altro. Non l'avremmo mai fatto, credimi...»

Era abile, sapeva parlare.

«È stato Antinoo a fare tutto e a convincerci. Ti risarciremo, ti daremo tutto quello che abbiamo consumato e molto di più. I nostri genitori sono ricchi e potenti, alcuni li conosci, no?»

Si stava avvicinando ancora di più.

«Antinoo è morto. Perdona la tua gente che ti supplica, grande re!»

Ma la freccia era già partita. Se anche avessi voluto non avrei potuto richiamarla. Lo trapassò da parte a parte.

Forse mi sarei fermato, a quel punto, perché avevo ucciso i due più insolenti, ma vidi gli altri reagire, o almeno tentare. Cercavano di sopraffarci con il numero, usando i pugnali, e facendosi scudo con le mense. Telemaco ne trapassò uno con un colpo di lancia mentre provavano a cacciarmi via dalla soglia. Se vi fossero riusciti e avessero raggiunto la città, sarebbero tornati in forze con i loro genitori, fratelli e parenti. Nessuno avrebbe dovuto scampare.

«Perdona la tua gente, grande re!»

Di chi era adesso la voce? Quella di Mentore? Quella di Atena? La mia, forse? Soltanto la mia?

Telemaco corse all'armeria e tornò veloce con lance e scudi per Eumeo e Filezio e anche per me. Ci stringemmo l'uno a fianco dell'altro e contrattaccammo. La mischia infuriò ancora. D'un tratto però, come per magia, vedemmo che alcuni di loro erano armati, con armi pesanti.

«Dove le hanno prese?» domandai. «Se riescono ad armarsi tutti siamo finiti.»

Telemaco si batté la mano sulla coscia: «Perdonami, padre, forse nella fretta ho lasciato io aperta la porta dell'armeria e qualcuno si è introdotto».

«Eumeo, Filezio» gridai, «correte a vedere e, chiunque sia stato, prendetelo!» Corsero veloci verso l'armeria mentre io e Telemaco continuavamo a respingere gli assalti dalla porta principale.

Ormai avevo esaurito i dardi, ma Eumeo e Filezio tornarono con altre armi, aprendo dall'interno la porta di un corridoio da tanto tempo in disuso. «È stato Melanzio» disse Filezio ansimando per il peso e la corsa, «lo abbiamo legato e issato fin sotto le travi del soffitto. Sarai tu a stabilire la sua punizione quando avremo terminato.»

Ci gettammo di nuovo nella mischia, colpendo senza sosta, e proseguimmo finché tutti non giacquero esanimi. Avevo riconquistato la mia casa, vendicato il mio onore e quello della mia famiglia, dato un esempio tremendo per il futuro.

Restava Femio: anche lui? Aveva pur rallegrato i banchetti dei pretendenti arroganti. Non si era ribellato. Se ne stava ora, tremante, appoggiato a uno dei pilastri che reggevano il soffitto tutto attorno all'apertura sul focolare. Sentì il mio passo che si avvicinava e uscì allo scoperto, si gettò ai miei piedi e mi abbracciò le ginocchia: «Abbi pietà» supplicò, «mio re!». E scoppiò in pianto.

Gli porsi la mano e lo aiutai a rialzarsi. Ci fissammo l'un l'altro nella luce rossa del tramonto, e a tutti e due il pianto brillò negli occhi. Nei suoi vedevo passare i giorni e le notti di un tempo, le immagini belle della mia isola e della mia famiglia, le feste e i conviti. Non so che cosa vedesse lui nei miei, ma nel cuore mi risuonò una voce: «Nessuno può levare la mano sul poeta. Egli è sacro, perché il suo canto è sollievo per le angosce dei mortali».

Una tenebra, irreale ancora nel pieno del giorno, scese sulla casa, sull'atrio e sul cortile, su tutta l'isola, come Teoclimeno, il vate assassino, aveva predetto. Femio si allontanò con il capo chino e le spalle curve. La casa era ormai oscura.

Chiamai Euriclea, e le dissi di dare ordine alle ancelle di portare fuori i corpi dei caduti.

Una volta che furono portati all'esterno, io stesso mi affacciai, e il cuore mi tremò nel petto al vedere quell'oscurità prima della notte. Era come se un velo nero fosse calato sul sole. Ne oscurava la luce ma non la spegneva del tutto. La luna era diventata visibile, e anche le più luminose fra le stelle. Ora nessuno rideva più della visione nera di Teoclimeno.

«Adesso tocca a Melanzio!» esclamò Eumeo. «Andiamo a prenderlo.» Si allontanò seguito da Filezio e tornarono poco dopo trascinando il capraio con le mani e i piedi legati. Implorò, pregò e supplicò, ma aveva tradito il suo re, fino all'ultimo istante si era macchiato di atti disonorevoli e non mostrai alcuna benevolenza.

Poi chiamai nuovamente Euriclea, le chiesi di portarmi fuoco e zolfo e purificai la sala e il cortile. La mia casa non doveva serbare alcuna traccia della profanazione subita.

Euriclea chiamò le ancelle e i servi che si erano chiusi nelle loro stanze durante il massacro, perché mi riconoscessero e mi rendessero omaggio. Fui commosso dalle loro parole e dai loro gesti.

Non potevo credere di aver restaurato il diritto nella mia casa e riconquistato il trono. Ma in fondo al cuore sentivo profonda amarezza, perché mai prima di allora avevo brandito le armi contro la mia stessa gente. La vendetta tanto agognata si convertiva in veleno. Molti lutti avevo procurato, troppi. Nemmeno uno dei compagni che mi avevano seguito in guerra avevo riportato indietro alle loro famiglie. Eppure c'era una ragione che tutto rendeva legittimo, uno scopo per cui anche la mia dea aveva combattuto al mio fianco: la giustizia, che è il compito più alto di un re. Questo avevo compiuto. Ora potevo pensare anche ai miei sentimenti.

A Penelope.

Si faceva scuro, ormai. Femio attraversò la sala come un fantasma, mi passò a fianco senza guardarmi, come se fissasse davanti a sé immagini che solo lui poteva vedere.

Varcò la soglia, e la sua sagoma scura si profilò contro il cielo rosso che si spegneva con un ultimo tenue bagliore. Lo trattenni per un momento: «Puoi restare ancora un poco?».

Nella sala e nel cortile qualcuno accese le lucerne.

«Se lo vuoi, mio re.»

«Sì, lo voglio. Eravamo amici un tempo... tanto tempo fa.»

«Sì, lo eravamo.»

Femio si volse e rientrò nella sala. Si sedette su uno sgabello accanto al muro e si pose la cetra in grembo. Poi chinò il capo e pianse a calde lacrime, e anche io sentii un groppo alla gola: avrei voluto piangere come lui e dare sfogo all'amarezza che mi opprimeva, ma, dentro, il cuore era di pietra.

Guardai Telemaco che rientrava dal cortile con le armi: il mio ragazzo, che solo pochi giorni prima era semplice e ingenuo, aveva ferito e ucciso molti uomini. Pensai che anche io dovevo avere lo stesso aspetto, se non peggiore. Ci guardavamo in silenzio: l'uno lo specchio dell'altro.

Udii il rumore di un passo che scendeva le scale e il cuore mi tremò. Mi volsi e vidi Penelope, la mia sposa. La seguiva Euriclea, che indicandomi disse: «È lui, creatura mia, è tuo marito che aspettavi da tanto tempo. Era il mendicante che chiedeva l'elemosina nella sala. Non voleva farsi riconoscere».

Ma la mia regina restava immobile a fissarmi, come avesse davanti a sé un estraneo. Si sedette vicino al focolare e continuò a guardarmi, quasi indifferente. Chiesi allora alla mia nutrice di farmi preparare un bagno e di farmi portare vesti pulite, le più belle, quelle cerimoniali che mettevo nelle udienze al tempo in cui regnavo su Itaca in pace.

Così raggiunsi la mia sposa, mi posi a sedere di fronte a lei e la contemplai in silenzio: bellissima e fiera, arrossata dal fuoco.

C'era una tensione fra me e lei, come una folgore che non riusciva a esplodere. Nessuno di noi avrebbe mai immaginato che il nostro incontro, dopo venti anni di sogni, di desideri, di pianti, sarebbe stato silenzio mortale, muti sguardi smarriti.

«Ma non lo vedi che è tuo marito?» l'incalzava ancora Euriclea. «È così che lo accogli, dopo tanto tempo? Dopo che l'hai invocato per tanti giorni e tante notti?»

In fondo alla sala, Telemaco osservava attonito i suoi genitori riuniti sfidarsi in un'assurda schermaglia di sguardi e di parole non dette.

Penelope scosse il capo e negli occhi le brillarono lacrime di fuoco: «Non è lui, Euriclea. Credi forse che non riconoscerei mio marito? Il suono della sua voce? I suoi occhi che cambiano colore quando sorride?».

Il silenzio fra noi era più fragoroso di un duello fra guerrieri coperti di bronzo. E mi spezzava il cuore.

Fu lei a riprendere a parlare: «Euriclea, se l'ospite dice di essere Odisseo, allora vai di sopra e porta giù il letto in cui era solito dormire il mio sposo. Che riposi tranquillo».

Mi volsi verso di lei e lessi leggera nel suo sguardo scuro una luce di ironia. Mi dava una possibilità, l'unica con cui potessi riconquistarla: «Che dici, regina? Il mio letto nessuno lo può muovere. Io stesso lo incastrai fra i rami di un ulivo secolare, ti preparai un nido fra le sue chiome verdi, mia sposa, mio solo amore».

Si alzò allora, avevo proferito il segreto che solo io e lei conoscevamo. Si gettò fra le mie braccia piangendo, si strinse a me con forza convulsa, e io sentii il battito del suo cuore ardente. Le sussurravo parole confuse, folli, affondavo il volto nei suoi capelli, onde di mare notturno, e piangevamo uno nelle braccia dell'altra, come fanciulli che scoprono lo struggimento dei sogni d'amore per la prima volta.

Per un attimo incontrai lo sguardo smarrito di Femio, poi lui abbassò il capo aspettando che io gli chiedessi ciò per cui l'avevo trattenuto nella sala. Lo raggiunsi sciogliendomi dalle braccia di Penelope.

«Fai accendere lumi dappertutto, suona e canta, e voi, ancelle, danzate e cantate, che se qualcuno passa per la strada pensi che qui si celebra una festa di matrimonio, che la regina ha acconsentito a sposare uno dei pretendenti. Nessuno deve sapere quello che è successo.»

Obbedirono, e restai per un poco a osservare quella danza macabra che voleva essere di gioia ed era di fredda e pura follia. Suonava il cantore e cantava con le lacrime agli occhi. Mai avrebbe pensato che la casa in cui eravamo vissuti sereni, sognando avventure, sarebbe diventata un luogo di massacro. Quando tornai presso il focolare, vidi che Penelope non c'era più: era salita alle sue stanze accompagnata dalle ancelle con fiaccole per illuminare i suoi passi.

Anche io alla fine salii la scala tagliata nella parete, preceduto da due ancelle con le torce accese.

Entrai.

Il nostro letto ci accolse, e ci amammo con ardore e tenerezza, cercandoci nel buio e tenendoci aggrappati uno all'altra come se non volessimo perderci mai più.

Ci addormentammo dimenticando tutto. Il tempo si dilatò all'infinito, l'onda dei ricordi mi travolse, tutto sembrò per un momento immutato. Come se non fossi mai partito, come se il nostro amore riprendesse il suo corso naturale cancellando il baratro degli anni.

Sentivo su di noi il velo di Atena che ci proteggeva: lei non era gelosa di Penelope, forse l'amava come amava me. Ma l'ira di Poseidone si sarebbe quietata? E quando sarei dovuto ripartire? Dopo un giorno, un mese, un anno? Con quale coraggio l'avrei detto a Penelope?

Ero caduto, dopo l'amore, nel torpore, né sonno né veglia. A volte aprivo gli occhi e incontravo quelli di Penelope, fissi e profondi.

«Ti ho sentito piangere» disse.

Non seppi cosa rispondere.

«Ti capisco. Non era così che avevi immaginato il tuo ritorno. Forse pensavi che il tuo popolo ti avrebbe accolto festante, i nobili ti avrebbero accompagnato al palazzo. Mi dispiace che non sia accaduto e mi dispiace che non ti sia fidato di me.»

«Ho sbagliato e ti chiedo perdono, mio amore. Eppure il mio pianto non era per l'amarezza che ti ho causato...»

«L'ho già dimenticata. Ti ho ritrovato e ho dormito fra le tue braccia dopo tanti anni. Non puoi sapere che cosa ho provato... Perché piangevi?»

«Perché dovrò ripartire.»

Sembrò per un momento pietrificata.

Non potevo fermarmi. Avevo cominciato a parlare. Dovevo andare fino in fondo.

«Quello che sto per dirti è incredibile, lo so, ma io ho attraversato con la mia nave il muro di nebbia che separa il nostro mondo da quello dove tutto è possibile. Ho raggiunto gli estremi confini della terra, mi sono avventurato sulle onde del fiume Oceano, mi sono inoltrato fra gli scogli aguzzi verso le torri rocciose che sono sentinelle al mondo dei morti. Il vate tebano, Tiresia, mi ha parlato.»

Le raccontai della profezia, che prevedeva il mio ritorno ma anche una mia nuova partenza, un nuovo viaggio con un remo sulla spalla che avrebbe dovuto portarmi in terre mai viste fino a incontrare un uomo che m'avrebbe chiesto cosa fosse quel pezzo di legno che portavo con me. Solo allora avrei dovuto conficcare il remo e sacrificare a Poseidone un toro, un cinghiale e un ariete. Solo allora sarei potuto tornare.

Quando Tiresia aveva nominato i tre animali, mi ero ricordato del messaggio che avevo consegnato a mia madre di ritorno dalla battuta di caccia dal nonno Autolico. Avrei dovuto riferirle il nome di tre animali ma dovevo stare molto attento, perché quelle tre creature avrebbero potuto segnare il mio destino. Io avevo detto senza esitazione un toro, un cinghiale e un ariete. Non potevo eludere il mio destino. Era già tutto segnato.

Penelope ascoltava. Le lacrime della mia sposa brillavano come perle sulle sue guance. «So che ripartendo ti faccio soffrire, ma non ho scelta» continuai. «Solo se chiudo questo interminabile scontro avrò una speranza di vivere serenamente l'ultima parte della mia vita con la mia famiglia, sulla mia isola.»

Penelope si strinse di nuovo a me, si rannicchiò fra le mie braccia e io accarezzai il suo volto, cercai i suoi occhi nel buio. Anche così straziati, ci amammo ancora, abbracciati con forza invincibile, piangendo. Da quella intimità totale di animo e corpo saliva al cielo una sfida più audace e potente di qualunque altra che avessi potuto combattere con la spada e la lancia: quella di due creature mortali che si amavano disperatamente. Un sentimento di cui nessun dio avrebbe neppur lontanamente immaginato l'infinita grandezza.

La luce si diffuse sui nostri volti e sui nostri corpi, e forse la mia dea mi pose nel cuore il pensiero di ciò che sarebbe potuto accadere appena si fosse diffusa la notizia della morte dei pretendenti. Balzai quindi in piedi, e raggiunsi Telemaco, Eumeo, Filezio e alcuni altri dei loro più fedeli compagni che mi aspettavano già armati di tutto punto.

Parlò Telemaco, ancora eccitato dal suo primo scontro armato: «Padre, forse è meglio che raggiungiamo subito il podere del re Laerte, per unire le forze se i parenti dei morti dovessero attaccarci. Il palazzo e mia madre non correranno pericoli. È noi che vogliono». Il mio ragazzo aveva già pensato a tutto, si comportava con la saggezza e la preveggenza di un sovrano.

Partimmo coprendoci le spalle con mantelli lunghi fino ai piedi, così da celare le armature: qualcuno avrebbe potuto insospettirsi. Penelope, dalla finestra della nostra camera da letto, ci guardava allontanarci.

In breve tempo arrivammo al podere dove mio padre aveva trascorso gli ultimi anni, e lo vidi, fuori, sotto il sole, intento al lavoro.

Mi si strinse il cuore. Era lui, ma quanto cambiato! Vestiva abiti consunti, rattoppati, le mani fasciate da guanti per proteggerle dalle spine. A questo era ridotto il re di Itaca, l'eroe che aveva conquistato con Giasone il vello d'oro.

Al rumore dei nostri passi, appoggiò la zappa al tronco di un pero e ci venne incontro. Riconobbe Telemaco: «Chi è quest'uomo? E come mai arrivate così di buon'ora alla mia casa?».

Mi gettai ai suoi piedi, e gli baciai le mani: «Sono io, padre, sono Odisseo, tuo figlio, tornato dopo tanti anni». Mi tolsi dalle spalle il mantello e mi posi in piedi davanti a lui rivestito dell'armatura splendente.

«Mi riconosci?»

Mi abbracciò, mi strinse forte al petto: «Figlio mio, figlio mio...» singhiozzava, «quanto tempo, quanto tempo... Non avrei voluto che tu mi vedessi in questo stato».

«È finita, padre, è finita. Quelli che ti hanno umiliato, ridotto in povertà, costretto a vivere come un miserabile sono tutti morti.»

«Li hai uccisi? E come avete fatto così in pochi? Perché non mi hai avvisato? Mi sarei precipitato indossando l'armatura, e anche se sono vecchio ti assicuro che ne avrei passati parecchi sul filo della mia spada.»

Sorrisi. Ero certo che l'avrebbe fatto. Tuttavia, ora era un altro il mio pensiero. Volevo sapere dove era stata sepolta mia madre.

Un'ombra gli scese sugli occhi, come nube di tempesta sul mare: «Dunque sai che è morta... Nel cimitero reale ho lasciato una tomba vuota, bella a vedersi. Le sue ceneri riposano non lontano dalla mia casa, e quando verrà la mia ora mi metterai accanto a lei».

Mi fece cenno di seguirlo, e raggiungemmo un prato ben tenuto, falciato di fresco con fiori purpurei di cardo e bacche di rose selvatiche, rosse come cornaline. C'era un piccolo cippo all'ombra di un leccio e davanti, in terra, una pietra tagliata dalla montagna. Guardai negli occhi mio padre e poi la pietra, e nel cuore mi risuonarono le parole che lo spirito di mia madre che avevo incontrato alla bocca dell'Ade, mi aveva detto: «No, figlio, non è stata Artemide e non mi ha consumata lentamente un morbo, ma solo il desiderio di te, figlio amatissimo, il desiderio struggente di rivederti mi ha tolto la vita».

Colsi le bacche rosse, colsi il fiore del cardo purpureo e li deposi sulla tomba. La spina del cardo mi punse, una goccia del mio sangue stillò sulla pietra.

«Perché non mi hai aspettato, madre, perché?»

Non ebbi, nel cuore, risposta.

Mio padre aveva gli occhi lucidi: «Mi manca» disse, «ancora adesso».

Tornammo sui nostri passi, ma strada facendo incontrammo Eumeo trafelato: «Presto, stanno arrivando!».

«Chi sta arrivando?» chiesi.

«I parenti dei morti, i padri, i fratelli. Sono armati e vengono da questa parte per vendicarsi.»

Ci affrettammo verso la casa di mio padre. Eumeo trovò altri disposti a combattere, in tutto eravamo poco più di una dozzina. Rimpiansi di non aver portato l'arco: avrei potuto colpirne molti quando ancora erano lontani. Ma quando furono a cinquanta passi qualcosa di mirabile accadde. Qualcosa precipitò dal cielo: un rapace forse? E subito dopo, in mezzo ai due schieramenti, il nostro tanto più esile, apparve Mentore! Sembrò esitare per un momento, poi si diresse dalla nostra parte. Sentii un brivido gelato scorrere sotto la pelle!

I nostri avversari cominciarono a tirare i loro dardi contro di noi e ci coprimmo con gli scudi. Solo mio padre, l'eroe Laerte, scagliò la lancia, quella che aveva con sé quando navigava alla ricerca del vello d'oro. L'asta massiccia salì dritta e veloce, poi piegò in basso la punta inesorabile e andò a conficcarsi nella guancia di Eupite. Era il padre di Antinoo. Crollò al suolo. I nostri avversari si fermarono attoniti. Come aveva potuto il braccio di un vecchio, provato dagli anni e dal dolore, scagliare l'arma con quella micidiale potenza? Mentore era adesso vicinissimo, il suo sguardo mi folgorò, in un istante seppi quello che dovevo fare.

Mi incamminai verso i parenti dei defunti, con mio padre al fianco e Telemaco dietro. Gli altri ci seguirono in due file. Giunti a un passo di distanza ci fermammo. Eravamo separati, ma sempre figli della stessa terra.

Avevo le lacrime agli occhi quando dissi: «Pace». Conficcai la lancia in terra e gli altri, disponendosi alla mia destra e alla mia sinistra, compirono lo stesso gesto.

Anche i nostri avversari fecero lo stesso.

Gridai: «Mentore!» e non ebbi risposta. Un falco sopra di me volava alto verso il sole, roteando in ampi cerchi nel cielo.

13

LA PACE ERA SANCITA, MA UNA TRISTEZZA PROFONDA M'INVASE il cuore, perché la vendetta è comunque un cibo avvelenato che lascia l'amaro in bocca. L'ira si spegne, il furore si dissolve. Resta nell'animo un grande freddo, un senso di smarrimento e di mestizia insanabile.

Nei giorni seguenti soffrii pene non inferiori a quelle che avevo sofferto negli anni della guerra e in quelli delle lunghe peregrinazioni al di là del muro di nebbia. Non riuscivo a rientrare nella mia casa, a parlare con mio figlio e la mia sposa. Mangiavo poco, e spesso da solo. Le uniche persone con cui sentivo il desiderio di parlare erano Femio e mio padre. A Femio narrai per giorni e notti la storia dei venti anni che avevo trascorso lontano dalla mia casa. A mio padre chiedevo come avrei potuto continuare a vivere nell'isola, a regnare sul mio popolo così duramente ferito.

«Quello che hai fatto era tuo diritto. Sei il re di questa terra e delle isole vicine: cos'altro avresti potuto fare? Se li avessi perdonati molti altri, anche nel continente, avrebbero seguito il loro esempio. Tu non sai che cosa è successo: Agamennone è stato assassinato al suo ritorno, assieme a tutti i suoi compagni, da una congiura ordita da sua moglie Clitennestra. Diomede ha dovuto lasciare Argo per non scatenare un'altra guerra. Idomeneo la stessa cosa...» Mio padre chinò il capo: «Il nostro mondo rischia la distruzione. La guerra ha falciato i nostri giovani più validi, che ora potrebbero governare e mantenere saldo il paese. I re più valorosi e potenti sono morti o scomparsi: Agamennone, Diomede, Idomeneo, Achille, Aiace... Nestore regna ancora incontrastato, ma piange la perdita di Antiloco, il suo figlio prediletto... Dopo che ho saputo del suo ritorno, sono andato a trovarlo più volte nei primi tempi. Era inconsolabile. Poi, quando capii che non saresti più tornato, non ci andai più. Non volevo piangere assieme a lui un figlio perduto. Lui almeno ne aveva altri. Io solo te. E quando perdetti tua madre restai solo, solo in questa casa. Per anni ho vissuto come un uomo selvatico».

«Lo so. Tu lo avevi detto. In guerra non ci sono vincitori. Perdono tutti.»

A volte andavamo insieme a camminare nei boschi per i sentieri di montagna e avvenne che ci fermammo sulla rupe che sovrastava il palazzo, verso il tramonto. Il luogo in cui, bambino, gettavo i miei sassi colorati per indovinare il mio futuro.

Andare a trovare mio padre mi rasserenava e Penelope mi esortava a farlo. A volte portavo con me anche Telemaco. Mi piaceva vedere tre generazioni di re itacesi che si parlavano, si raccontavano storie, andavano insieme per i boschi a caccia o lungo la costa a pesca.

La notte era il mio tormento: tutto di notte assume i contorni dell'incubo e si ha il cuore in pena. Penelope si volgeva verso di me e diceva: «Non tormentarti, Odisseo, non infliggerti altre sofferenze. Già ne hai sopportate abbastanza». Mi accarezzava a lungo, si stringeva a me.

A volte mi prendeva la testa fra le braccia e mi parlava all'orecchio, sottovoce. Una voce così dolce. Anche lei cercava di abituarsi al pensiero che sarei ripartito.

«Quando partirai?» mi chiedeva sommessa nel buio.

«Non lo so. Gli dei dovranno farmi capire. Devono essere loro a darmi un segno.»

«Prima devi riconciliarti con il tuo popolo.»

«La pace è stata fatta.»

Penelope mi fissava. «Quello è stato soltanto un patto per evitare un altro bagno di sangue. Un re deve essere come un padre per la sua gente. L'hai detto tu. Hai inflitto loro una punizione terribile. Ora devi mostrare compassione ed espiare.»

Non dissi altro. La strinsi a me e cercai il sonno fra le sue braccia.

Mi alzai presto, cinsi la spada e mi allontanai dalla reggia. Cercavo, camminando, di mettere ordine nei miei pensieri, anche se in cuor mio avrei voluto che Mentore fosse lì per consigliarmi.

Sulla strada, d'un tratto, scorsi tra gli alberi un movimento furtivo. Misi mano alla spada. E subito apparve un ragazzo di forse tredici, quattordici anni che uscì dalla macchia e si gettò ai miei piedi, supplicandomi di non fargli del male. «Chi sei?» domandai.

Lui scosse la testa. Gli tremava il mento ed era sul punto di piangere.

«Come ti chiami?»

«Mi chiamo Eutimide, sono il figlio più piccolo di Eupite. Non farmi del male, ti supplico!» Cercò di abbracciarmi le ginocchia, di baciarmi la mano.

«Sei il fratello di Antinoo... O dei possenti. Che cosa fai qui?»

«Cercavo un nascondiglio. In città dicono che nessuno può resistere alla tua forza, che la tua ira è tremenda e non si salverà nessuno. Hai ucciso mio padre e mio fratello. Ti supplico, risparmiami la vita.»

Lo alzai da terra per guardarlo negli occhi: «Non hai

fatto nulla, Eutimide: non devi temere alcun male. Non ho ucciso io tuo padre. È stato il re Laerte a colpirlo con la lancia per fermare l'attacco che lui stava conducendo contro di noi». Eutimide scoppiò in lacrime.

«Ma è come se l'avessi ucciso io» continuai. «Tu, però, non hai alcuna colpa. Nessuno ti farà del male. Te lo giuro.»

Il ragazzo sembrò rinfrancato. Al tempo stesso potevo immaginare che in lui albergasse il desiderio di vendetta.

Così, sentii il bisogno di spiegarmi, di spiegargli le ragioni delle mie azioni.

«Prova a pensare» dissi. «Sei dovuto partire per una guerra che non volevi, hai dovuto abbandonare la sposa, il figlio ancora piccolo. Hai sofferto pene infinite, hai visto morire uno dopo l'altro i migliori fra i tuoi amici. Poi finalmente, dopo lungo tempo, hai preso la strada del ritorno. Ti sei perso, sei finito in un mondo lontano e sconosciuto, hai dovuto combattere contro mostri orribili, hai dovuto chiamare dall'aldilà le ombre dei morti per conoscere quando avresti potuto fare ritorno...»

Gli occhi del fanciullo si dilatavano di meraviglia. Non aveva mai ascoltato una simile storia.

«Poi, dopo anni e anni, hai finalmente rivisto la tua terra e la tua casa. Ma come l'hai trovata? Invasa da giovani arroganti, violenti, che ti hanno divorato le sostanze, insidiato la sposa, e hanno cercato di uccidere tuo figlio. Come ti saresti sentito? Che cosa avresti fatto? Dimmelo e ti darò la mia spada perché tu possa uccidermi e vendicare i tuoi.»

Sfilai la spada dal fodero e gliela porsi dalla parte dell'impugnatura: «Se pensi che tuo fratello e tuo padre fossero nel giusto e io meriti di morire, ecco il tuo momento».

Il ragazzo mi fissò per un lungo istante. Poi scosse la testa, e scappò via piangendo.

A sera, rientrando a palazzo, Penelope mi disse che aveva invitato mio padre per cena. «Ho pensato che ti avrebbe fatto piacere» aggiunse. E un momento dopo udimmo, fuori, la voce di Filezio che arrestava il carro. Poi, la voce di mio padre.

«Non potevo rifiutare un invito del re e della regina» disse entrando.

«Perché non ti trasferisci qui?» domandò Telemaco raggiungendoci. «Adesso nessuno ti mancherà più di rispetto. Manderemo qualcun altro a lavorare il tuo podere e tu potrai andarci quando vorrai.»

«Ci devo pensare» rispose mio padre. «I vecchi hanno le loro abitudini. E le mie si sono consolidate.»

Ci sedemmo tutti a mensa, e dopo che il vino ebbe rallegrato i nostri cuori e cacciato i pensieri tristi ci sembrò di essere tornati ai bei tempi, quando il re Laerte invitava i nobili dell'isola a cena e Mentore ci intratteneva fino a tardi raccontando le sue storie.

Penelope si ritirò salendo le scale che portavano al piano superiore e io restai a parlare con mio padre e con mio figlio. Passava fra di noi una forza possente: il sangue dei re di Itaca. Sentii che era venuto il momento di sciogliere con loro il nodo che mi serrava il cuore e la parola.

«Ho riflettuto molto in questi giorni» iniziai, «ho parlato con Femio. È un uomo saggio e dice quello che pensa.»

«E che cosa pensa?» mi esortò mio padre.

«Che dovrei parlare al popolo. Non mi sono mai mostrato da quando sono tornato. Dice che avrei dovuto perdonare i pretendenti dopo aver ucciso Antinoo. Oggi mi sentirei meglio, tutti si sentirebbero meglio nell'isola e nel regno, e invece il lutto ha colpito in un modo o nell'altro quasi ogni casa.»

Tacquero per qualche tempo, mio figlio e mio padre. Poi fu il re Laerte a parlare per primo: «Femio è un cantore. Tu sei un re. Tu sei colui che ha fatto cadere Ilio dopo dieci anni di assedio. Tutti sanno che in guerra e in mare si può morire, non è colpa tua. Quanto al resto, sai già cosa penso. Ti spiace di avere ucciso quelli che hanno umiliato tuo padre, hanno cercato di uccidere tuo figlio e volevano prendersi tua moglie?».

Telemaco non aveva proferito parola. Forse la presenza di un padre a cui non era ancora abituato e di un nonno che da sempre aveva considerato la massima autorità nell'isola lo induceva ad ascoltare più che a parlare. Ma a quel punto si pronunciò: «E dunque qual è il tuo pensiero? Che cosa vuoi fare?».

«Convocare il popolo in assemblea, chiedere una vera riconciliazione dopo aver confermato il mio diritto, quindi offrire un segno di riparazione che spenga per sempre ogni rancore.»

«E cosa sarebbe questo segno?»

«Lo vedrete a suo tempo. L'assemblea verrà sciolta al calare della sera. Convocherò poi i nobili a notte fatta.»

«Ma cosa potrai proporre di più forte di un patto giurato come quello che ha avuto luogo davanti alla mia casa?»

«Anche questo lo vedrai.»

«Come vuoi» rispose l'eroe Laerte mio padre.

«Come vuoi» rispose Telemaco mio figlio, simile a un dio.

«Questa notte dormirò in pace per la prima volta dal mio ritorno in patria: e sarà merito vostro. Le vostre camere sono pronte. Per la prima volta, da quando lasciai la mia terra, dormiremo di nuovo tutti e tre sotto lo stesso tetto.»

Così ci salutammo e io salii al talamo dove Penelope mi aspettava, sveglia. I grandi occhi neri aperti nell'oscurità rilucevano appena del lume della luna.

Lasciai passare solo due giorni prima di convocare l'assemblea, poi inviai l'araldo. Avevo meditato parola per parola ciò che avrei detto, ma alla fine ero certo che non sarei riuscito a ripeterlo davanti ai familiari di coloro che avevo ucciso.

Mio padre restò con noi e sperai che ci sarebbe rimasto per sempre. La mattina dell'assemblea lasciammo la casa poco dopo il sorgere del sole. Ci eravamo preparati: le nostre armature, scelte fra le più belle, splendevano come l'oro. Ci mettemmo in cammino e la notizia che il re con suo padre e suo figlio si dirigeva verso la città ebbe tempo di diffondersi per tutta l'isola, così che ben presto si accalcarono centinaia di persone ai lati del sentiero.

Quando finalmente arrivai al luogo dell'assemblea, lo trovai gremito. Ci accostammo al punto da cui il re era solito parlare: una pietra di calcare grigio rozzamente scolpita. Là io mi posi al centro, ai lati mio padre e mio figlio perché tutti vedessero i tre sovrani di Itaca: il presente, il passato e il futuro.

«Itacesi» gridai, sovrastando il brusio diffuso, «ascoltate! Io sono Odisseo figlio di Laerte, tornato alla terra dei padri dopo tanti anni di dolori e peregrinazioni. Sono il conquistatore di Ilio e re di questa isola e delle altre vicine. Vi ho convocati per dirvi che non così avrei voluto tornare a Itaca. Non solo, non dopo tanti anni e non spoglio di tutto!»

Raccontai della guerra, che io e mio padre, il re Laerte, avevamo fatto di tutto per evitare, e dissi a coloro che avevo di fronte che sempre avevo cercato di avere cura dei figli che mi avevano affidato.

«Sono sempre stato davanti, in battaglia, e non dietro. Ho sempre soccorso i feriti, chi era in difficoltà, molte volte ho rischiato la vita. Ci siamo battuti con coraggio, senza mai dimenticare la nostra terra e le nostre famiglie, ma le tempeste, gli dei avversi, mostri sanguinari, popoli feroci e selvaggi hanno disperso la mia flotta, ucciso i compagni, affondato le navi. Solo io sono sopravvissuto, purtroppo. Solo io.»

A quelle parole mi vennero agli occhi lacrime ardenti, e provai una strana vertigine. Come fossi ancora in balia delle onde e non potessi mantenermi in equilibrio sui banchi della mia nave. Anche al mio popolo venne la voglia del pianto. Molti ne vidi versare lacrime e mi volsi più volte a mio padre e a Telemaco come se potessero in quel momento aiutarmi. Sentivo come un macigno gravarmi sul cuore.

Ma ripresi a parlare. Ancora dovevo affrontare l'evento più straziante: «E quando finalmente ritrovai la patria, non fu come quando – lo ricordate? – tornava il re Laerte mio padre e una folla in festa lo attendeva per scortarlo fino al palazzo. Era come fosse tornato il sole dopo un lungo freddo. Quello sempre sognai sarebbe stato il mio ritorno.

Così non è stato.

Voi tutti sapete come si sono comportati coloro che si erano installati nella mia casa, voi sapete le umiliazioni a cui hanno sottoposto mio padre e la mia amata sposa, e sapete quale destino atroce volevano serbare a mio figlio.

Un dio ha acceso la mia collera. Come avremmo potuto altrimenti, in quattro, avere ragione di cinquanta uomini? Qualcuno di voi qui presenti avrebbe fatto diversamente? Lo dica se lo pensa!».

Nessuna parola risuonò nell'aria immota.

E io ripresi: «Ecco, anche voi avreste agito come io ho agito. Ho fatto quello che era giusto, ma questo non significa che io ne sia felice. E nemmeno Telemaco, che ha combattuto al mio fianco, o mio padre.

Abbiamo dovuto affrontare, l'indomani, anche l'ira dei parenti degli uccisi. Mio padre ha colpito a morte Eupite, il padre di Antinoo, ma un segno degli dei ci ha indotto a fare la pace. Una pace senza gioia. Non c'è gioia a vedere i corpi esanimi di figli della nostra stessa terra essere condotti ai genitori straziati.

Io dimenticherò le mie umiliazioni e i delitti tramati

contro la mia famiglia. Voi, se potete, dimenticate questa sciagura e questo lutto. Nulla di ciò sarebbe accaduto se non lo avessero voluto gli dei, se non fosse stato scritto nel fato di ognuno di noi. Gli stessi dei che ora, per bocca di un oracolo, mi impongono di ripartire per offrire un sacrificio in un luogo remoto e soltanto dopo fare ritorno. Questo riporterà la pace e la serenità a voi e a me. Non odiatemi, lasciate che parta e che compia il mio e il vostro destino».

Molti mi guardarono stupiti e un mormorio passò fra i presenti.

«Quelli fra di voi che accettano il patto, vengano uno per uno davanti a questa pietra e rendano omaggio al re di oggi, al re di ieri, al re di domani.»

Per lunghi, interminabili istanti nessuno si mosse, e sull'assemblea scese un silenzio greve. Poi, uno di loro si alzò e venne verso di me. Lo riconobbi: era Teoclimeno, l'indovino che aveva predetto la strage e messo in guardia i pretendenti. Tutti ormai lo conoscevano. Baciò la mia mano, s'inchinò a mio padre Laerte e a mio figlio; disse: «Addio» e si allontanò. Non lo vedemmo più.

Quel gesto ricordò a tutti che gli dei avevano mandato un avvertimento rimasto inascoltato. Uno dopo l'altro i presenti sfilarono davanti alla pietra e piegarono il capo in segno di omaggio. La maggior parte di loro mi baciò la mano. La commozione mi prese per il dolore che vedevo negli occhi del mio popolo, ma in quel momento ero il loro re e dovevo mostrare di aver agito per il mio diritto e quello della mia famiglia. A coloro che riconobbero la mia autorità ricambiai un abbraccio.

Quando tutti furono passati e furono usciti verso i loro campi e le loro case, anche io lasciai l'assemblea assieme a mio padre e mio figlio. Vidi per un istante, al sommo della gradinata, una donna ammantata di scuro. Quando si mosse riconobbi la regina, la mia Penelope. Non aveva perduto, io credo, una sola parola del mio discorso. Feci per andarle dietro ma un'immagine mi colpì. Non potevo credere di non aver visto prima quello che ora mi appariva. Un ragazzo solo, in piedi in mezzo all'emiciclo, mi fissava.

Eutimide. Il fratello piccolo di Antinoo.

Lui solo non mi aveva reso omaggio, non aveva baciato la mia mano né piegato il capo. Non c'era odio nel suo sguardo, né la innocente ferocia che a volte balena negli occhi di un adolescente. Il suo cuore doveva aver già superato il limite estremo della sofferenza. Ricambiai il suo sguardo con un'occhiata malinconica e mi avviai verso il palazzo.

Da quel giorno non mi guardai più le spalle. Camminavo per il mercato o percorrevo i sentieri dei campi e della montagna senza preoccuparmi di nulla. Altre volte andavo a caccia con Telemaco o a potare gli ulivi nel podere di mio padre. Con il passare dei giorni e delle notti la mia vita sembrava sempre più simile a quella che avevo vissuto prima di partire per la guerra. Mio padre trascorreva lunghi periodi da noi a palazzo. Cenavamo tutti assieme, e anche Penelope si tratteneva con noi fino a tardi. Cominciai a pensare che il fato si fosse dimenticato di me.

Passarono così mesi o forse anni. Uno, due, chi può dirlo? Una sera che Penelope era con noi a mensa, mio padre le disse: «Ho sentito del tuo inganno per prendere tempo con i pretendenti. Davvero astuto, degno di tuo marito. Che fine ha fatto quel sudario che stavi tessendo per me?».

«Non ci lavoro più, non ce n'è bisogno, tu sembri più forte che mai» rispose lei

«Lo finiresti per me? Vorrei che vi fosse ricamata la nave *Argo* che solca il mare.»

Gli occhi di Penelope si fecero lucidi: «Se lo chiedi lo farò, benché mi costi, e prego gli dei che ti concedano ancora tanti anni da vivere nella nostra casa, amato e rispettato come meriti».

Il re Laerte mio padre si alzò in piedi e le fece una carezza: «Fallo per me, figlia mia». Ci augurò una notte serena e si ritirò nella sua stanza.

Da quel giorno, Penelope riprese a tessere la sua tela.

14

PASSÒ ANCORA DEL TEMPO E SEMPRE MENO SENTIVO IL DESIDERIO di lasciare Itaca. Mi tornavano in mente le parole di mio padre quando ero ancora un adolescente: dopo aver compiuto un lungo viaggio mi sarei sentito a disagio. Itaca mi sarebbe parsa troppo piccola, quasi una prigione. E invece no. Forse perché l'avevo desiderata tanto, la mia patria, in tutti gli anni che avevo trascorso in guerra e poi sul mare, volevo goderla.

Una volta Telemaco mi raggiunse al porto segreto, forse mi aveva visto dall'alto, dalla rupe del corvo, e gli era venuta voglia di stare un poco con me.

«Padre» disse, «perché non andiamo nel continente io e te? Perché non andiamo a trovare il re Nestore al Pilo e poi il re Menelao a Sparta? Farebbe loro molto piacere stare in compagnia con te a banchettare, a scherzare: ti farebbe bene e farebbe bene a loro. Avete passato tanti anni assieme in guerra, avete combattuto gli uni per gli altri quando è stato necessario. Non credi che sarebbe una bella cosa? Proprio come facesti quando tuo padre ti portò con sé.»

«Sì» risposi, «forse dovremmo partire, rinsaldare i vincoli di amicizia, raccontarci quello che abbiamo passato... Ci penserò e fisserò un giorno per la partenza, ma per ora aspettiamo, non voglio lasciare sola tua madre. È stata sola troppo a lungo. Voglio aspettare che le ferite si siano rimarginate. Ci vorrà tempo.»

Telemaco chinò il capo pensoso.

«E mio nonno Autolico?» domandai. «Che ne è stato? Non lo incontrai fra le ombre dei defunti che evocai dall'Ade.»

«È morto quando io ero ancora molto piccolo. O forse è scomparso: nessuno lo sa per certo.»

«Ma io vidi l'ombra di mia madre venirmi incontro dall'Ade. Le parlai e lei mi parlò. Mi disse la verità. Perché non ho visto lui?»

«Forse non voleva farsi vedere. Mi hai raccontato che era un vecchio bizzoso e intrattabile. Non è detto che morendo sia migliorato.» Sorrise e anche io sorrisi, ma quella notte, quando mi coricai accanto alla mia sposa, feci sogni diversi, pensai che mio nonno avrebbe potuto essere ancora vivo, di una particolare e misteriosa forma di vita. Un giorno, forse, sarei tornato sul continente a cercare la sua rocca sul Parnaso, arcigna e petrosa come lo era lui.

Andavo spesso nel luogo in cui i Feaci mi avevano deposto sulla riva addormentato, e dove, poco dopo, avevo incontrato la mia dea. Speravo tanto di rivedere quel pastorello che mi aveva parlato: la mia dea sotto false spoglie, come sempre accade quando un dio vuole mostrarsi a un mortale. Forse non mi sarebbe mai più apparsa e mi mancava molto.

Poi un giorno, improvvisamente, accadde qualcosa...

Una sera, subito dopo il tramonto, passeggiavo lungo la riva del mare. C'era la luna piena e il cielo era freddo e terso. A un certo momento vidi qualcosa che si avvicinava lentamente portato dal moto delle onde. Entrai in acqua e avanzai finché affondai fino alle ginocchia e lo afferrai: un remo, grande e massiccio, di frassino. Non quello di una barca da pesca ma quello di una nave!

Sentii il cuore balzarmi in petto, mozzarmi il respiro. Di quale naufragio era mai il relitto quel remo giunto fino alle sponde della mia isola, fino ai miei piedi? Feci scorrere la mano lungo l'asta e poi su, fino all'impugnatura, e sentii che c'era un'incisione. Il lume della luna piena era sufficiente a farmi riconoscere il segno: la figura di una farfalla. Il remo di Polite! Mi vennero le lacrime agli occhi. Da quanto tempo viaggiava quel remo? Quale dio lo aveva sospinto fino a me, in una notte di luna piena, sulle rive del porto segreto, nella mia isola? Quel remo era l'ultima reliquia della mia nave inabissata, mi cercava da anni e ora mi aveva trovato, per recarmi un muto, inequivocabile messaggio.

Era giunta l'ora di riprendere il viaggio. L'ultimo, quello che mi avrebbe portato in un luogo desolato ai confini del mondo per immolare un sacrificio a Poseidone, riconoscere la sua vittoria e la mia sconfitta: solo così avrei avuto pace.

Mi posi il remo sulla spalla e m'incamminai verso casa. Era venuto il momento di ripartire, di annunciare a Penelope che l'avrei lasciata, sopportare il suo pianto inconsolabile, e ripeterle che sarei tornato presto e che avremmo regnato su un popolo felice.

Sapeva che sarebbe dovuto succedere; tante delusioni l'avevano temprata e mostrò grande forza d'animo.

«Mi mancherai» disse con quieta tristezza.

«Anche tu. E questo fa parte dei miei dolori, quelli che devo sopportare per placare l'ira di un dio ingiusto. Dal momento in cui ci saremo amati ancora una volta, da lì conta i giorni. Non mi vedrai partire, né io vedrò la tua figura allontanarsi dalla mia vista. Non potrei sopportarlo.»

Secondo a saperlo fu mio padre.

«Quando sarà?» domandò.

«Presto. Prima è, meglio è. Inutile aspettare: non so quanto sarà lungo questo viaggio, dove incontrerò l'uomo che sarà per me il segnale che sono arrivato alla fine del mio percorso. Ma di certo sarà duro e penoso. Non sarà così facile chiudere la contesa con il dio che scuote la terra.»

«Sai cosa penso?»

«No, padre, non lo so, ma il tuo sguardo mi dice che non è nulla di piacevole.»

«Penso che forse non ti vedrò più.»

«Perché dici queste parole?»

«È un presentimento.»

Abbassai lo sguardo senza aggiungere altro.

«Dunque salutiamoci ora.»

Aveva gli occhi lucidi, l'eroe Laerte mio padre. I suoi meravigliosi occhi azzurri. Ci abbracciammo stretti, piangendo.

«Addio» dissi. «È stato bello essere generato da un padre come te. Il migliore che potessi desiderare. Valeva la pena venire al mondo anche solo per questo.»

«Addio. Voglio che tu sappia che il tuo ritorno è stata la più grande gioia della mia vita. Non avrei potuto morire senza rivederti. Ora parti per il tuo ultimo viaggio» disse. «Scegli tu il giorno e l'ora. Meglio che io non lo sappia e non veda: non credo che il mio vecchio cuore reggerebbe. Segui il tuo fato e la volontà degli dei: non c'è altra via possibile. Il mio ultimo pensiero sarà per te. Il mio spirito ti sarà a fianco per sempre.»

Mi allontanai con il cuore gonfio, ma doveva essere così.

Camminai fra gli ulivi d'argento, lungo il sentiero che avevamo percorso tante volte assieme.

A un tratto udii un grido alle mie spalle: la vecchia serva che lo accudiva! Mi si gelò il cuore, e corsi indietro più in fretta che potevo. Lo vidi da lontano: a terra, inerte. La vecchia serva singhiozzava disperata, accasciata su di lui. La voce di mio padre mi risuonò nel cuore: «Meglio che io non lo sappia e non veda: non credo che il mio vecchio cuore reggerebbe».

Quando ero entrato nel talamo a darle la notizia, la mia sposa aveva risposto: «Mi aveva chiesto di terminare il suo sudario: sapeva che sarebbe morto presto, e sapeva anche cosa gli avrebbe tolto la vita». Staccò la tela dal telaio, bellissima. Vi si vedeva la nave *Argo* e si riconosceva mio padre, accanto a Giasone e a Eracle, dal mantello azzurro che gli copriva le spalle.

«L'ho finito questa notte» disse, e pianse nascondendo il viso fra le mani.

Il corpo del re Laerte, ricoperto della tela stupenda, fu portato a spalle da sei guerrieri fino in cima alla montagna. All'inizio, a seguirlo eravamo soltanto io, Penelope, Telemaco, Euriclea, Eumeo e Filezio con le loro famiglie, i servi e le ancelle, e il mio cuore era triste. Ben diverso avrebbe dovuto essere il corteo funebre di un re e di un eroe argonauta come lui. Ma poi, a mano a mano che avanzavamo verso il luogo della pira, altri si univano, uomini e donne, nobili e guerrieri ma anche contadini, pescatori, pastori. Il corteo si faceva sempre più numeroso e a ognuno che si aggiungeva ringraziavo gli dei. V'erano anche molti degli aristocratici che avevano perso i figli a causa della mia vendetta, ma in quel momento ricordavano solo il tempo della giovinezza, quando seguivano il loro re nelle sue scorrerie sul mare.

Giunto in vetta, il corteo si fermò e il corpo di mio padre fu deposto sulla pira. Telemaco e io gli appoggiammo sul petto la sua spada e appiccammo il fuoco. Il rogo arse per tutta la notte, il vento trascinò al cielo altissime lingue di fuoco e con esse lo spirito glorioso del re Laerte mio padre. Il riverbero della sua pira fu visto da ogni angolo del regno.

Quando l'alba rischiarò il cielo, Telemaco e io prendemmo la spada del re, la piegammo ritualmente in due con le tenaglie e la gettammo in mare. Le ceneri le mettemmo sulla sua nave. Aspettammo che soffiasse il vento fra oriente e settentrione, alzammo la vela, bloccammo il timone e restammo a guardarla finché non scomparve oltre l'orizzonte. Solo quelle potevano essere le esequie di un eroe argonauta.

Con Telemaco parlai un giorno intero. Gli giurai che sarei tornato, che gli avrei insegnato l'arte del governo e le leggi dell'onore affinché fosse un re migliore di suo padre e di suo nonno. Allora sarei diventato il suo consigliere e avrei tenuto per me e per Penelope solo un piccolo quartiere del palazzo, quello che includeva il talamo reale.

«Voglio essere io a scortarti fino al porto segreto, padre» rispose Telemaco, «io a portarti lo scudo e a darti l'ultimo saluto nel momento in cui partirai. Concedimi questo privilegio, ti prego. Lascia che sia l'ultimo a vederti prima del tuo ultimo viaggio, perché l'immagine tua resti nella mia mente e impressa nel mio cuore.»

«Non posso. Questo non è un viaggio come gli altri, e devo essere forte. Se ti vedessi il mio cuore potrebbe vacillare. Resta nel palazzo. In mia assenza sarai il re di Itaca, sarai tu ad amministrare la giustizia, a custodire la casa, a proteggere tua madre, a offrire voti e sacrifici ad Atena per il mio ritorno. Non dovrai portarmi lo scudo. Partirò con l'arco con cui ho fatto giustizia nella mia casa, un pugnale, e con un remo sulla spalla come ha profetizzato l'ombra di Tiresia tebano che evocai dall'Ade. Questo.» E gli mostrai il remo.

«Che cos'è?» mi chiese.

«È un remo della mia nave, quello di Polite. L'ho riconosciuto dalla farfalla intagliata sul manico. È venuto a toccare la riva davanti ai miei piedi. Un prodigio, certamente. Un segno degli dei. Lo sai cosa significa: che devo partire.»

Telemaco chinò il capo senza dire una parola.

«E ora vieni, torniamo a casa.»

Quella notte ci amammo a lungo io e Penelope, poi giacemmo uno accanto all'altra, tenendoci per mano come due bambini che hanno paura del buio.

«Da oggi conterò i giorni e le notti» disse sottovoce.

Risposi: «Qualunque cosa accada, so che continueremo ad amarci per sempre, oltre la vita e oltre la morte. Noi non siamo come gli altri, mio amore, nessuno ha tanto amato, tanto gioito, sperato e sofferto. Se anche rinascessi mille volte, mille volte vorrei unire il mio destino al tuo».

Sentii che piangeva. La strinsi a me in un lungo abbraccio, in un accorato silenzio.

Il terzo giorno mi alzai prima dell'alba, senza fare alcun rumore. Sentivo nel buio il respiro di Penelope addormentata: la mia dea certamente le aveva versato sugli occhi un sonno profondo. Scesi le scale, mi vestii, presi l'arco e lo misi a tracolla, appesi la faretra alla cintura, andai sotto il portico e staccai dal muro il remo incamminandomi per uscire. Mi trovai di fronte Euriclea. Non mi toccò. Mi guardò soltanto, con gli occhi pieni di lacrime, mormorando: «Creatura mia, creatura mia...». Anche io la guardai con la vista annebbiata dal pianto e feci un lieve cenno con il capo.

Passai davanti alla tomba di Argo e immaginai che potesse vedermi dall'aldilà. Sfiorai con la mano il tumulo come per fargli una carezza. Anche lui mi lasciai dietro le spalle, dopo Euriclea e Penelope. Dormiva davvero? O forse piangeva nel suo letto vuoto? Telemaco doveva dormire anche lui: *i giovani hanno il sonno pesante.*

Imboccai il sentiero che conduceva al porto segreto, dove avevo preparato, il giorno prima, una barca per raggiungere la terraferma. Albeggiava, una luce grigia si sostituiva all'oscurità; i cani cominciavano ad abbaiare dai casolari, gli uccelli modulavano il loro canto nell'attesa di salutare il sole. Mi diressi verso la rupe del corvo e iniziai a scendere il ripido sentiero che conduceva al porto segreto. Mi appoggiavo con il remo per non scivolare.

All'improvviso mi parve di udire un frusciare di frasche a lato del sentiero. Un animale forse? Ripresi il cammino e udii ancora lo stesso rumore, come se qualcuno mi seguisse nel folto della macchia. Ma dov'era? A monte o a valle? D'un tratto, un giovane balzò fuori dalla macchia impugnando qualcosa. Un bastone... Avevo già visto quegli occhi freddi: Eutimide, il fratello più piccolo di Antinoo! Mi colpì con quello che aveva in mano e si diede alla fuga. Crollai al suolo, rotolai a valle trascinando con me una frana di pietre e ciottoli. Calò il buio su di me. Quanto tempo passò? Quanti giorni, quante notti? Ero vivo? Ero morto?

Udii la voce di Telemaco chiamarmi più volte e poi un lungo pianto sconsolato.

Sentii a un certo momento che qualcuno mi prendeva sulle spalle e mi adagiava su un tavolato di legno. Mi mettevano sulla pira? Cercavo di chiamare aiuto ma non gridavo che silenzio.

No. Udivo lo sciabordare delle onde contro il fianco della nave, ero disteso sul ponte di prora... ma perché non potevo muovermi? Perché sentivo molto pianto attorno a me?

Infine la nave urtò qualcosa, la riva? Quale? Di nuovo fui sollevato e portato lungo un sentiero in salita. Avvertivo sulla pelle i raggi del sole declinante e sentivo il profumo dei pini, delle ginestre e, più in alto, degli abeti. Mi ricordava qualcosa, quel profumo. L'avevo già sentito. Ma quando? La mia prima volta in terraferma.

La marcia continuò, e sentivo il mio corpo oscillare a destra e a sinistra, inerte. Poi tutto si fermò. Udii la voce di mio figlio: «Scendete con me nel sotterraneo, troveremo un architrave con le teste di ariete, di toro e di cinghiale. Lì riposerà mio padre, coperto da questa tela che ha tessuto la regina mia madre: vi sono rappresentati gli eventi del suo ultimo destino. Mio padre non è morto. Lui non morirà mai».

Sentii che diceva: «Tornerò, padre, qui sei nella rocca di tuo nonno Autolico».

Ma era vero? Che cosa mi stava accadendo? Quelle parole di Telemaco mi risuonavano dentro il cuore, ma era lui? E io dove mi trovavo? Mi sembrò di udire dei passi che risalivano le scale, un rumore di cardini e di battenti che si chiudevano. E poi il freddo della pietra. E il buio.

Quanto durarono quella notte impenetrabile e il silenzio abissale? Era quella l'ultima punizione, la trappola letale in cui il dio nemico mi aveva attirato? Giacere immobile per l'eternità, vivo e cosciente, senza che mai dormisse il cuore?

Cigolio di cardini.

Un passo scendeva le scale di pietra.

«Chi sei?» urlai, ma non un suono mi uscì dalle labbra.

Il passo si arrestò.

«Calcante» rispose una voce. E subito dopo il passo riprese a scendere e si fermò accanto a me. «C'era un patto tra noi.»

Qualcosa si sciolse nel petto, il nodo che fermava la voce allentò la sua presa. «Come mi hai trovato?»

«Vagavo per queste montagne e all'improvviso ho sentito il battito del tuo cuore vibrare sotto i miei piedi, attraverso le viscere del monte.»

«La mia dea ti ha mandato. Solo lei avrebbe potuto compiere il prodigio.»

Aprii gli occhi e vidi un raggio di luce penetrare da un pertugio in alto, illuminare i gradini tagliati nella viva roccia. La luce mi ferì come spada.

«È venuto il tempo che ognuno dica all'altro quando

giungerà per lui il momento estremo. Ambedue abbiamo il dono.»

«È per questo che posso aprire gli occhi e parlare?»

«Sì... e no. Sei stato colpito. Ti hanno dato per morto.»

«Ho temuto di essere messo vivo sulla pira...»

«La dea ha ispirato altre cose a Telemaco e altre ancora a me.»

Cercai di sollevarmi ma il corpo non obbediva. Da troppo tempo i muscoli non tendevano le membra, ogni più piccolo movimento mi costava dolori acuti.

«Da quanto tempo sono in questo luogo?»

«Solo il cuore che sa i suoi battiti potrebbe dirlo. Mesi... forse. E in questo tempo è accaduto qualcosa in te.»

«È sepolto qui mio nonno Autolico?»

«Anche in lui è accaduto qualcosa.»

Era quasi il crepuscolo quando riuscii ad appoggiare i piedi a terra e a resistere al dolore. Calcante mi trascinò come un corpo morto, mi sostenne, aiutandomi a salire le scale. Arrivammo in alto che era ormai scuro. Respirai!

La luna bagnava di liquido argento la vetta del Parnaso. Un lungo ululato fra gli abeti. Tremai.

«Ti ricorda qualcosa?»

«Sì» risposi, «ora sì. Tanto tempo fa l'eroe Laerte mio padre mi conduceva lungo le valli di Arcadia, verso un monte. Udii l'ululato venire dal monte, venire dal piano. Sognai... Puoi vedere ciò che sognai?»

Calcante mi fissò negli occhi: «Oh, Odisseo, io lo vedo il tuo sogno: il carro trainato dai lupi, un uomo sul carro... quell'uomo sei tu!».

Lampi palpitarono nella foresta, il tuono rumoreggiò lontano rombando dai monti, le nubi nascosero la luna.

Capii dov'ero. Un passaggio che si apriva nel bosco in un luogo nascosto. Calcante aveva rimosso le pietre che celavano l'ingresso ed era sceso fino alla mia tomba. Con il suo aiuto raggiunsi la casa di Autolico. Il remo della mia nave con la farfalla incisa sull'impugnatura era appoggiato al muro. La porta era aperta, l'interno silenzioso.

«Lo sai che cos'è questa casa?» chiesi.

«È la rocca di tuo nonno Autolico» rispose Calcante. «Qualcuno l'ha espugnata di sorpresa. Non è rimasto nessuno.»

«E lui, dov'è?»

«È qui, è vicino, ma non so dirti dove. Questa dimora è deserta da lungo tempo.»

Cominciavo a capire perché non avevo visto Autolico all'ingresso dell'Ade. Sentivo anche che avrei varcato un confine ben più tremendo del muro di nebbia. Avevo i brividi e non sapevo se fosse dovuto all'ora notturna, al vento freddo, al mio corpo esausto, o alla paura, che m'invadeva al pensiero di separarmi di nuovo dalla mia terra, dalla mia famiglia, dai miei affetti, dal mio modo di essere umano. Quello sentivo nel cuore e ne avevo paura.

«Ascoltami, sai dirmi se la profezia di Tiresia si avvererà? Se potrò, alla fine di questo viaggio, tornare alla mia famiglia e regnare su popoli felici fino alla vecchiaia?»

«Il profeta ti ha parlato dall'Ade terribile. Mai avrebbe potuto mentire. Tutto questo si avvererà, ma non posso dirti quando. Non riesco a vedere.»

«Quando partirò?»

«Appena potrai reggerti in piedi.»

«Allora è venuto il tempo di rivelare tu a me e io a te il giorno e l'ora della nostra fine.»

«Sì. Domani mattina le nostre strade si separeranno. Ho compiuto la mia missione. Domani all'alba ci parleremo per l'ultima volta.»

Lottai a lungo, per non addormentarmi: temevo di sprofondare di nuovo nell'impotenza e nell'inerzia, e di non risollevarmi mai più. Alla fine il sonno mi vinse e dormii profondamente.

Un sole pallido mi svegliò e mi sembrò di avere forze sufficienti per alzarmi. Calcante stava preparando la colazione, come se tutto fosse perfettamente normale. Mangiammo in silenzio, poi uscimmo.

«Vorrei farti ancora tante domande, ma forse è meglio che ognuno di noi vada per la sua strada. Mi hai liberato dalla mia prigione. Non lo dimenticherò finché avrò vita.»

«L'unico modo per ringraziarmi è fare quello che ci siamo promessi. Avvicinati.»

Mentre lo diceva si accostò a me fino a sfiorare la mia guancia con la sua. «Quando sentiremo il contatto» disse, «ognuno di noi parlerà all'orecchio dell'altro.» E così fu. Una parte di me parlò, una parte di me ascoltò nello stesso istante. Non so quale delle due fosse la sentenza più triste, più amara ed enigmatica. Ambedue avevamo le lacrime agli occhi quando ci staccammo l'uno dall'altro. Eppure restavano a noi, nel cuore, angoli oscuri che solo un giorno, forse, avremmo compreso.

Ci salutammo. Egli si allontanò in direzione del mare, aiutando i suoi passi con un bastone. «Addio» dissi, «grande veggente.»

«Addio» disse, «re Odisseo, cuore ardente. Ti vedrò, forse, in un'altra vita.»

Lo guardai allontanarsi sul sentiero che scendeva verso il mare, e per un attimo vidi spettri scortarlo impugnando lance e imbracciando scudi. Non li vedeva lui, il veggente, forse ne avvertiva la presenza. Dove lo conducevano?

Presi il remo, l'appoggiai sulla spalla con grande fatica cercando il punto di equilibrio. Dov'era il mio arco? Dov'erano le mie frecce? Dov'era la mia forza?

«Qui» disse una voce che risuonò alla mia sinistra, mentre un brivido freddo che riconoscevo mi corse sotto la pelle. Una voce di uomo: mio nonno, mio padre, Mentore, la mia dea? Tutti erano presenti in quella voce.

Mi volsi e vidi l'arco e la faretra, appoggiati al tronco di una quercia secolare. Avevo sognato? Erano sempre stati lì? Ero confuso, solo, angosciato, e quello che sentivo non l'avevo mai sentito prima. Un abisso di solitudine, un freddo glaciale che mi mordeva il cuore, ma sapevo cosa volevo. Allontanarmi dal mare, il più possibile, finché un remo non potesse essere riconosciuto come ciò che spinge la nave sui flutti ma come ciò che separa la pula dal grano. Dovevo solo andare in una direzione contraria al mare e non fermarmi mai. Non c'era una meta. L'unica cosa che mi sosteneva era la fede in me stesso, la certezza che solo io sapevo come sopravvivere alle avversità, come mantenere saldo l'amore nel mio cuore, come sentire vive al mio fianco le persone che avevo perduto, come continuare a credere che alla fine di tutto avrei vinto.

15

UN GIORNO, DOPO AVER VISTO IL SOLE DECLINARE SULL'ORIZZONTE, mi apparve in lontananza un villaggio. Camminavo da lungo tempo, da mesi forse, senza incontrare anima viva; solo tramonti di struggente bellezza, e placide, silenziose aurore su terre sempre più estese.

Decisi di entrarvi e mi avvicinai lentamente. Avevo voglia di stare con degli esseri umani e di confermare a me stesso che ero vivo, che il mondo che percorrevo era reale e non immagine di sogno.

Mentre mi avvicinavo, vidi invece alla mia destra, in lontananza, uomini a dorso di cavallo che cavalcavano in una nube di polvere. Erano tutt'uno, uomini e bestie, magnifici centauri.

Giunti alle soglie del villaggio, balzarono a terra agili come fossero privi di peso, lasciando liberi gli animali con le briglie sul collo. Mi ero avvicinato anche io, e mi accorsi subito che l'attenzione degli abitanti era tutta su di me. Calò un silenzio pesante. Nessuno proferiva un suono o una parola, nemmeno i bambini, che si tenevano stretti alle vesti delle madri. Il mio remo, ora ben saldo nel pugno, proiettava un'ombra lunghissima e netta attraverso tutto lo spiazzo al centro del villaggio.

Mi avevano completamente circondato e mi guardavano, forse cercando di capire chi fossi o che cosa fossi. Poi uno dei centauri, quello che sembrava fra loro il più forte, mi si avvicinò cautamente. Mi chiese qualcosa che non compresi. Il suo linguaggio mi suonava familiare ma non riuscivo a capirlo. Insistette, indicando il remo, e a me il cuore balzò nel petto. Era quello l'uomo di cui Tiresia mi aveva predetto? Colui che mi avrebbe domandato che cosa fosse ciò che avevo portato con me sulla spalla? Era quello il mio punto di arrivo? Certo era stato un viaggio non lungo, non pericoloso, e già avrei potuto iniziare il ritorno, tornare da Penelope e da Telemaco, per sempre. Non potevo crederci, e infatti non dovevo. D'un tratto l'uomo scoppiò a ridere e non cessava più: indicava il remo e rideva.

Si chinò sul terreno e disegnò con un bastone la sagoma di una nave, la indicò con la punta del dito poi indicò l'orizzonte alla sua sinistra come volesse dire: "Tu cerchi il mare e le navi dove non sono".

Non mi fermai neppure in quel luogo. Proseguii senza indugio con il cuore pieno di tristezza.

La mia solitudine si fece di giorno in giorno più grande e la malinconia più amara. Avrei dato qualsiasi cosa per un'ora in compagnia di mio figlio o della mia sposa, mentre evitavo il contatto con qualunque essere umano, pur comprendendo che in quel modo mai si sarebbe avverata la profezia, mai avrei incontrato l'uomo che mi avrebbe posto la domanda fatale. Ma pensavo anche che così facendo avrei costretto il mio destino a rivelarsi in modo inconfondibile. L'uomo si sarebbe mostrato, in ogni caso, quando meno me lo sarei aspettato, in mezzo a una pianura o su un sentiero di montagna o lungo la sponda di un fiume. *Quello è il segnale, non puoi sbagliare...*

Cacciavo con l'arco, tendevo trappole, raccoglievo tuberi, noci e frutti selvatici. In un piccolo vaso di coccio tenevo le braci del mio ultimo bivacco per riaccendere il fuoco alla sera. Quando cacciavo ero costretto a separarmi dal mio remo e, benché il più delle volte fossi solo, cercavo sempre un nascondiglio per l'unica reliquia rimasta della mia nave, l'unica speranza di un patto leale con gli dei.

Pensavo spesso a Mentore; di lui avevo perso del tutto le tracce. Era la dea che aveva usato il suo corpo ad aver rapito anche il suo spirito? Invano la invocavo.

Avevo marciato per più di tre mesi sempre verso oriente; avevo visto altre orde di centauri, e villaggi di capanne fatte di pelli di animali scuoiati. Avevo visto anche carri da combattimento in qualche modo simili ai nostri.

Solo una volta fui costretto a combattere per la mia vita: quando mi resi conto che il remo che avevo sulla spalla doveva aver spaventato gli abitanti di un grosso villaggio. Mi costrinsero a battermi contro un guerriero gigantesco, non mi fu difficile abbatterlo, e dopo di lui altri quattro. Colpiti da grande stupore mi lasciarono andare e mi allontanai con il mio remo sulla spalla.

Quella stessa notte, trovato un riparo in un avvallamento del terreno, mi sdraiai avvolto nel mio mantello su un mucchio di foglie, e mi addormentai.

Poi, non ricordo se fosse all'alba o nel cuore della notte, udii la voce di Mentore che mi chiamava: «Svegliati». Mi riscossi e mi alzai. Lui era ritto di fronte a me e mi guardava con l'espressione intensa che conoscevo fin da bambino.

«Mentore!» dissi. «Come mi hai trovato in questa desolazione? O sei forse la mia dea che ha preso le tue spoglie? Altre volte lo ha fatto.»

Rispose: «Io non sono la dea. Sono il messaggio della dea per te. Guarda!». Si muoveva, l'apparizione, come uno spettro che del mio vecchio amico aveva solo le sembianze. E indicò il mio giaciglio. Anche io guardai e vidi me stesso dormire profondamente. «E ora vieni con me.» Mi stavo forse muovendo dentro a un sogno?

Lo seguii e mi accorsi che percorrevamo veloci la terra. Davanti a noi cominciava a profilarsi una catena di monti altissimi con le cime coperte di neve e di ghiaccio.

«Che ne sarà del mio remo? L'ho dimenticato accanto al giaciglio.»

«Nessuno lo toccherà» rispose. «Lo ritroverai al tuo ritorno. Ti servirà.»

«Quando?»

«Forse presto, posso solo dirti che qualcosa accadrà la prossima primavera. Ma prima dovrai attraversare l'inverno, da un capo all'altro, il gelo, il vento urlante, nessuno è mai sopravvissuto. Hai passato il muro di nebbia: dovrai passare il muro di ghiaccio. Infine varcherai l'ultima frontiera.»

«Voglio tornare da Penelope, da Telemaco... Sono stanco... stanco...»

«Li vedrai.»

«Quando?»

«Quando sarà il momento. Quando avrai fatto ciò che ti ha predetto il vate tebano che evocasti dall'Ade.» E mentre pronunciava queste parole la luna apparve illuminando la pianura innevata. Tre animali, enormi, avanzavano al galoppo: un ariete albino, gigantesco, dalle corna ritorte; al suo fianco un verro enorme come il cinghiale di Caledonia e dall'altro lato un toro dalle corna acuminate che sbuffava dalle froge nubi di vapore ardente...

«Calcante è morto in questo momento: lo senti passare nel vento?» disse la visione col volto di Mentore. «Come gli avevi predetto sussurrando al suo orecchio. Anche tu hai il dono, ricordi? E non solo questo.»

«Del morso di un serpente?»

«Sì, anche questo gli avevi predetto. E lui, che cosa ti disse nello stesso istante?»

«Questo non posso svelartelo. È troppo duro per me e forse anche per te.»

«E se io ti mostrassi il vero Mentore?»

«Allora forse te lo direi.»

«Vieni, seguimi.»

Si mosse camminando a mezza costa, così leggero che non lasciava impronte nel manto nevoso che copriva la montagna. Nemmeno io lasciavo impronte. Il mio corpo era altrove. Ci trovammo di fronte a una caverna.

Lo spettro che mi precedeva diffuse un debole chiarore sulle pareti dell'antro. Lo seguii attraversando una sala enorme, foresta pietrificata di pallidi pinnacoli che salivano dal basso e scendevano dalla volta. Alcuni avevano forme quasi umane o di animali favolosi con le fauci irte di zanne di pietra. A volte, congiunti gli uni con gli altri, formavano colonne. Uno spettacolo simile mai lo avevo visto nella mia vita. Imboccammo un cunicolo e lo percorremmo a lungo.

Il cunicolo si diramò più volte in altri passaggi. Infine, il pertugio prese ad allargarsi, fino ad aprirsi in una camera più grande che aveva al centro un masso squadrato. Su di esso, rigido e immobile, giaceva Mentore, il mio amico, il corpo che la mia dea aveva indossato per apparirmi o apparire a mio figlio, l'amico prezioso che sempre mi era stato prodigo di consigli e di rimproveri, di aiuto e di sostegno, di saggezza impagabile, tanto generoso da non rifiutare il suo stesso corpo al nume che mi amava, che più volte mi aveva salvato.

«Alla fine» disse l'apparizione, «la presenza della dea ha bruciato il suo fragile involucro, l'ha deposto qui in questa maestosa dimora, incorrotto e incorruttibile per sempre.»

Mi gettai su quel corpo freddo piangendo, accarezzai il suo volto e baciai le sue mani. Aveva sul petto un piccolo fiore di pietra di quelli che prendevano forma dalle lacrime della montagna. «Permettimi, amico, di portarlo con me sul petto come portafortuna e ricordo di te finché vivrò.» Poi gridai: «Se questo era il prezzo della mia vita, meglio seguire la sorte dei miei compagni, mille volte meglio morire trafitto da un dardo sotto le mura di Troia o affondare nell'abisso con la mia nave, appagando l'odio e la sete di vendetta del dio azzurro!».

«Non parlare così» disse lo spirito che mi guidava. «Non è lecito disprezzare i doni e l'amore di una dea.»

«Non li disprezzo. Anzi mi manca, vorrei che fosse qui a darmi una speranza, a dirmi un luogo e un tempo in cui possa incontrare le persone che amo.»

«Quando sarà il momento, forse, anche questo accadrà. Ma c'era un accordo fra noi. Ti ho mostrato Mentore; ora dimmi che cosa ti sussurrò all'orecchio Calcante.»

«Posso dirtelo ma io stesso non sono certo di ciò che ho udito.»

«Dimmelo allora.»

Non capivo perché la mia guida volesse conoscere qualcosa che già avrebbe dovuto sapere, ma cercai di pronunciare la frase di Calcante così come la ricordavo in quel momento: «"Quando avrai conficcato il remo nella terra, allora scegli se compiere il sacrificio e tornare al mare a regnare e morire o riprendere il viaggio. Per sempre." A lungo ho cercato di interpretare queste parole. Tu forse vi riusciresti?».

Non ebbi altra risposta che il soffio del vento urlante che portava neve e ghiaccio sulle distese infinite.

Mi svegliai per il freddo che m'intirizziva le membra e guardai intorno e in alto, sopra di me. Il remo era posato di traverso su una buca e su di esso era teso il mio mantello a mo' di tenda, fissato sugli orli con pietre. Non ricordavo di aver costruito quella piccola dimora, né avevo potuto farlo nel sonno. Il mantello prese a vibrare come una vela per la forza del vento e guardai fuori: nevicava. Inutile uscire: avrei camminato nella bufera con il nevischio gelato che mi pungeva la faccia.

Restai sotto il mio riparo finché non cessò di nevicare e verso il tramonto uscii. In nessun luogo avevo mai visto la terra estendersi piatta come il mare in bonaccia fino all'orizzonte, in tutte le direzioni, e sempre dello stesso colore bianco candido.

Pensavo a ciò che avevo visto e udito durante la notte. Era stato davvero un sogno? Tutto era così chiaro e limpido come mai avevo sognato nella mia vita.

Il sole era uscito e la temperatura dell'aria si era un poco riscaldata. Il vento era ancora teso e costante e sentii qualcosa che, agitato dalla sua forza, si muoveva sul mio petto e batteva. Mi portai una mano sul cuore e sentii un oggetto duro appeso a un collare di tessuto: la piccola rosa di pietra appoggiata sul petto di Mentore! Che messaggio era mai quello? Che cosa voleva dirmi la mia dea?

Il giorno dopo scrollai la neve dalla tela del mio mantello, sollevai il remo e ripresi il mio cammino. Non c'era traccia di esseri umani, dovunque spingessi lo sguardo: cominciava da quel momento la parte più dura, dolorosa e impervia del mio viaggio.

Camminai per giorni e giorni ansimando, serrando i denti, imprecando, invocando e piangendo... ma a ogni passo che contendevo allo spazio senza limite, al vento feroce, sentivo il coraggio crescere nel cuore, sentivo una forza mai provata prima e scemare lentamente la paura.

E quando, d'improvviso, calava un silenzio totale su di me e sulla distesa bianca, la mancanza di qualunque suono ed eco e soffio mi dava una strana ebbrezza.

Alla fine, era sempre la voce del vento a rompere il silenzio, con una folata violenta, oppure con un suono flebile che appena riuscivo a udire, soave.

Dopo altri due mesi di marcia estenuante, il vento imparò a parlare e perfino a cantare.

Con la voce di Penelope mia, lontana...

E ora sono qui.

Ho impiegato altri mesi a percorrere l'ultimo tratto del crudo inverno e a ricordare giorno per giorno, quasi momento per momento, la mia esistenza. Ho rivissuto ogni istante in modo così intenso e vivido che quasi non posso credere che sia stato possibile. Qui nulla era accaduto che risvegliasse in me le forze con cui avevo compiuto le mie imprese in passato, tutto pareva svanire in quei tramonti che non finivano mai, in quelle luci fantasmagoriche che si accendevano nel cielo notturno. Ero l'unico animale pensante che potesse vivere in quel candido deserto.

Poi, questa mattina, aperti gli occhi e distese le membra contratte e intirizzite, mi sono trovato immerso nella nebbia. Non posso nemmeno vedere l'aspetto del terreno che mi circonda né ricordare come lo avevo visto prima di addormentarmi. Ma poi il sole si è alzato sull'orizzonte, ed ecco che la nebbia a mano a mano si dissolve, rivelando un lungo vallo scintillante e stillante di perle di luce purissima: è forse il muro di ghiaccio di cui mi aveva parlato Calcante?

Quello che ho davanti è davvero l'ultimo ostacolo? Vincerò ancora una volta? Riuscirò a superare anche questa barriera? Improvvisamente, non so perché, ne sono certo.

Il muro è ora di fronte a me, barbaglio accecante che mi brucia gli occhi. Ho legato con lacci di cuoio il remo alla cintura e lo trascino dietro di me. Lentamente, stringendo i denti, salgo sempre di più, e mentre mi avvicino alla sommità, certo che dall'altra parte mi attende una rivelazione, cerco di immaginare cosa vedrò.

Sono ora a pochi passi dalla cima: il respiro è sempre più faticoso e affannato. Mi vengono in mente le immagini delle cime nevose di Arcadia mentre, ancora fanciullo, seguivo l'eroe Laerte mio padre verso il santuario del re Lupo.

Sono in cima! Trascino il remo fino a me e lo conficco nella neve alta, a proiettare una lunga ombra, mentre la piana che mi si apre davanti, solcata da torrenti vorticosi, s'incendia dei raggi del sole. Grido con tutta la voce, con tutta la forza, grido agli uomini e agli dei, al vento e alle cime che vedo in lontananza. Grido perché qualcuno mi oda e si mostri.

Ma la mia voce si perde nel silenzio.

Riprendo il remo e discendo così il muro di ghiaccio, sempre più giù verso la pianura. Il vento riprende a soffiare impetuoso.

D'un tratto, un rombo. La neve davanti a me sembra sciogliersi e una colonna d'acqua erompe dal suolo. Dentro la colonna trasparente appare una figura avvolta in un vortice, una risata fragorosa risuona su tutta la terra, chiome azzurro-verdi come gorgo profondo, un volto inscrutabile, un corpo liquido, cangiante...

«Davvero credevi di essere arrivato?» Voce di tuono che si spegne in un lungo gorgoglio e ruggiti lontani di mostri marini. «Davvero credevi di essere giunto al termine del tuo lungo andare? Dov'è l'uomo che guarda il tuo remo e ti chiede una risposta? Dove sono le vittime da immolare al mio nume? Corri, corri, Odisseo glorioso, corri finché hai respiro e vita, se puoi!»

Poseidone.

La terra subito l'inghiotte. Mi circonda la distesa bianca, infinita, l'orizzonte da ogni parte è deserto: anche il muro di ghiaccio è scomparso. Il cielo è vuoto, la luce immobile. Ed ecco un punto nero a grande distanza...

Avanza verso di me veloce, diventa sempre più grande! Finalmente, mi è vicino. Lui. Il re Lupo, veloce su un carro senza ruote trainato da lupi, che sembra volare sulla neve...

Il mio sogno nel santuario in Arcadia: questo sognai!

D'improvviso si arresta e una voce nel cuore mi dice: «Avvicinati!». Ecco che scende e sta ritto e fermo accanto al carro, mi fissa e il cuore mi balza in petto.

La sua chioma è percorsa da fili d'argento, come la mia, la sua barba è come quella che a me incornicia il viso, sul petto gli pende legata a un nastro di tela una piccola rosa di pietra...

«Avvicinati» dice ancora nel cuore la voce, e io mi avvicino, tanto che sono lui e lui è me e io non ci sono più. Non c'è che un uomo nella distesa nevosa.

Ecco, arrivano altri carri trainati da altri lupi, si fermano accanto al mio, al suo. Voci gridano: «Comandante!». E sono le voci di Antifo, Sinon, Polite, Elpenore, Euriloco, Euribàte. Tutti gli amici della mia infanzia.

Ecco cosa ho trovato oltre il muro di ghiaccio: un altro tempo, un altro luogo, e un'altra avventura con i compagni di tutta una vita. Assicuro il remo al carro mentre gli altri ridono: «A che ti serve quello, comandante? Non ci sono barche da queste parti!».

«Che importa?» rispondo. «Avanti!» e lancio i miei lupi in corsa.

Che importa? Io sono quello che sono: piccolo re di un piccolo regno perduto, figlio di una piccola isola, di un destino amaro. Io che ho affrontato senza tremare mostri ed eroi invincibili, io che sono stato spinto dal desiderio invincibile di andare sempre più avanti, oltre l'ultimo confine e oltre l'ultimo orizzonte.

Io che ho pianto, riso, gioito e sofferto, io che ho amato e odiato. Io che ancora adesso mi spingo verso l'ignoto, finché un giorno, chissà dove, chissà quando, incontrerò un uomo che mi chiederà se quello che porto sulla spalla non sia un ventilabro per separare la pula dal grano, e finalmente riabbraccerò per sempre Penelope, la mia sposa amata, e Telemaco, mio figlio adorato, e regnerò su popoli felici. Io che sono tutti e chiunque.

Io che sono Nessuno.

INDICE

7 - ISOLA DI CIRCE
9 - RITORNO ALL'ISOLA DI CIRCE
6 - LESTRIGONI
5 - ISOLA DI EOLO
4 - TERRA DEI CICLOPI
13 - ISOLA DI CALIPSO
3 - MANGIATORI DI LOTO

IL VIAGGIO DI ODISSEO

La carta riproduce l'ambientazione tirrenica dell'*Odissea*, frutto di una elaborazione dei coloni calcidesi dell'Eubea nell'VIII secolo a.C. L'itinerario originale si era svolto probabilmente fra Mar Nero ed Egeo e, rispetto alla presente ricostruzione, includeva molte varianti tra cui anche un passaggio sulle coste dell'Oceano Atlantico.

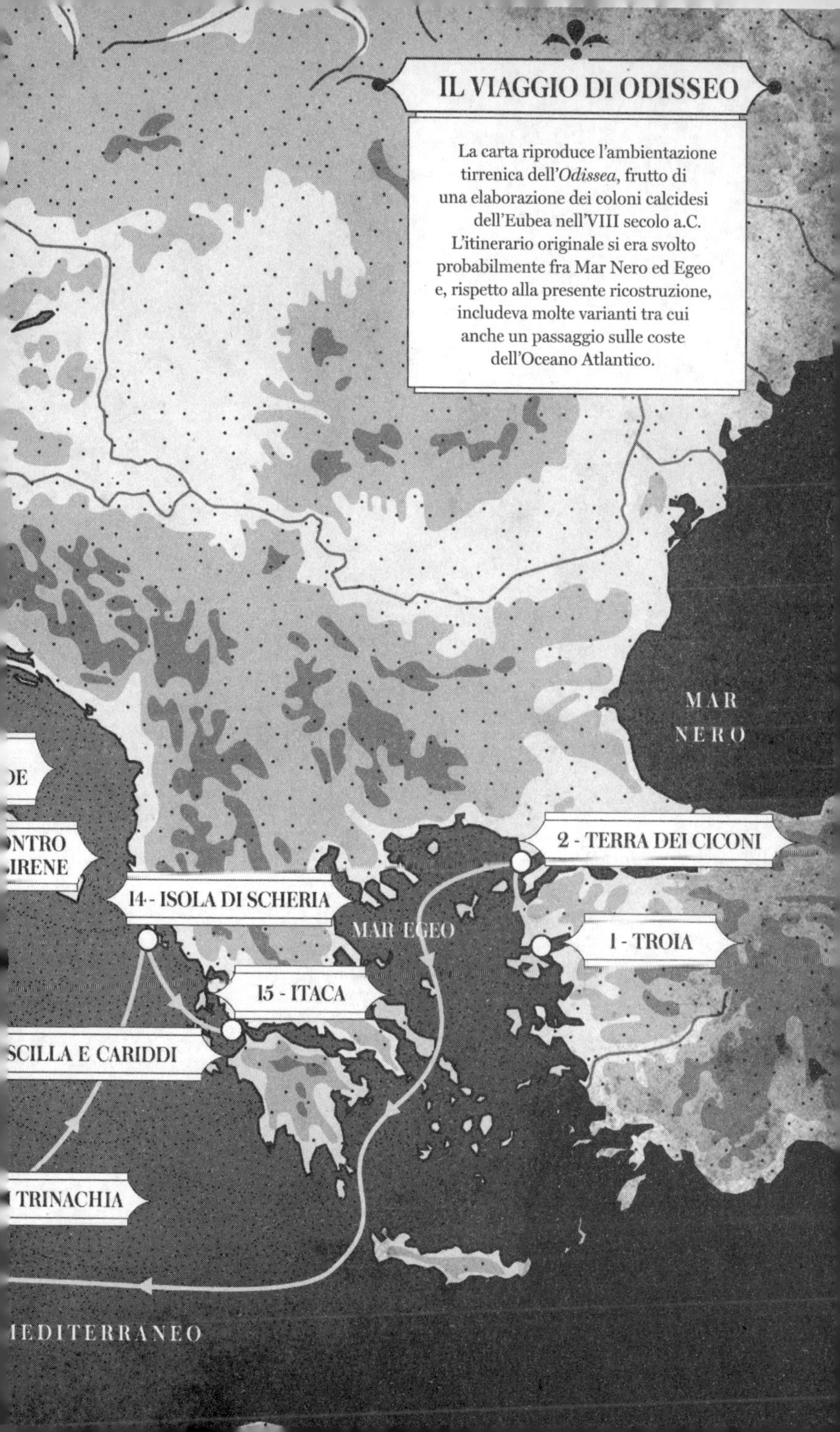

POLIPETES
LEONTEO
PODALIRIOS
MACAONE
MONTE OLIMPO
MONTE OSSA
ITACA
LEUCADE
ITACA
CEPHALLENIA
PROTESILAO
ACHILLE
PATROCLO
MEGES
ETOLIA
MONTE OETA
LEUKAS
LOCRIDE
BEOZ
ODISSEO
ITACA
CALEDONIA
CEPHALLENIA
MYRSINUS
ELIDE
THOÀS
ZAKYNTHOS
NEMEA
ORCHOMENUS
ARGO
TIRINTO
ANFIARAO
POLISSENO
LACONIA
SPARTA
PILO
MAR IONIO
GYTHION
NESTORE
ANTILOCO
MENELAO

PONTO
RESO
PANDARO
TRACIA
PROPONTIDE
SAMOTRACIA
LEMNOS
ETTORE
ENEA
TROIA
TENEDO
MONTE IDA
EEZIONE
MAR EGEO
LESBOS
MYSIA
SCIRO
AUTOMEDONTE
NEOTTOLEMO
AIACE
TEUCRO
CHIO
MENESTEO
SAMO
ICARIA
MYCONOS
NAXOS
PAROS
CARIA
GLAUCO
SARPEDONTE
ASTYPALEA
COS
LICIA
THERA
RODI
IDOMENEO
CARPATHOS
CRETA
NOSSO
LA GRECIA OMERICA